译文纪实

ALL THE PRESIDENT'S MEN

Carl Bernstein   Bob Woodward

[美]卡尔·伯恩斯坦 鲍勃·伍德沃德 著 杨恒达译

总统班底

上海译文出版社

献给总统班底的其他先生女士——

他们在白宫或其他地方——

冒险为我们提供

秘密信息。

没有他们，就没有

《华盛顿邮报》的水门事件报道。

也献给我们的父母。

致 谢

就像《华盛顿邮报》对水门事件的报道一样，此书是与我们的同事——管理人员、编辑人员、记者、图书管理员、电话接线员、新闻助理——合作努力的结果。自从 1972 年 6 月 17 日以来，我们得到他们的帮助、支持和忠告。有些人很突出。我们特别感谢凯瑟琳・格雷厄姆、本杰明・C・布拉德里、霍华德・西蒙斯、哈里・M・罗森菲尔德、巴利・苏斯曼、里昂纳德・道尼、劳伦斯・迈耶、拉里・福克斯、比尔・布雷迪、道格拉斯・费佛、伊丽莎白・多诺万、菲利浦・盖耶林、梅格・格林菲尔德，罗杰・维尔金斯和摩利恩・乔伊斯。

另一些人把他们的时间、精力、忠告贡献给了此书的准备工作。我们要感激泰勒・布朗奇、玛丽・格雷厄姆、伊丽莎白・德路、海恩斯・约翰逊、戴维・奥布斯特的帮助和仁慈。对娜拉・伊佛伦、芭芭拉・科恩、理查德・科恩表示特殊感情和感谢。

理查德・斯奈德和西蒙与舒斯特公司的工作人员——尤其是克利斯・斯坦麦茨、伊利莎・萨克斯、哈利叶特・利品斯基、索菲・索尔金，他们准备了投入生产用的手稿——给予我们巨大的容忍，因为已经错过最后期限，生产计划得改变，复杂的技术问题得考虑。自始至终，工作人员，尤其是丹・格林、米利・马尔穆尔、海伦・英格利士、泰利・敏谢利，有使不完的热情，更重要的是他们的友谊。

没有罗伯特・芬克的工作，此书就不可能出版，他在研究中帮助我们，把想法贡献给我们，还温和地向我们提出批评。

最重要的是我们对编辑爱丽丝·梅休的赞赏和尊敬，她的思想和指导反映在每一页上。

卡尔·伯恩斯坦

鲍勃·伍德沃德

华盛顿特区

1974 年 2 月

人物表

美利坚合众国总统

理查德·M·尼克松

总统班底

阿尔弗雷德·C·博德文（总统连任委员会安全警卫）

亚历山大·P·巴特菲尔德（总统副助理、H·R·霍尔德曼的助手）

约翰·J·考菲尔德（约翰·埃利希曼的随从人员）

凯恩·W·克劳逊（白宫联络委员会副主任）

查尔斯·W·柯尔逊（总统特别顾问）

肯尼思·H·达尔伯格（总统连任委员会中西部财务主席）

约翰·W·迪安（总统顾问）

约翰·D·埃利希曼（总统国内事务助理）

L·帕特里克·格雷（联邦调查局代局长）

H·R·霍尔德曼（总统助理、白宫幕僚长）

E·霍华德·亨特（白宫顾问）

赫伯特·W·卡尔姆巴赫（总统连任委员会财务副主席、总统私人律师）

亨利·A·基辛格（总统国家安全事务助理）

理查德·C·克莱恩丁斯特（美国司法部长）

埃吉尔·克罗（总统国内事务副助理、埃利希曼的助手）

弗雷德·C·拉吕（总统连任委员会副主席、约翰·米切尔的助手）

G·戈登·李迪（总统连任委员会财务顾问、约翰·埃利希曼的助手班子前成员）

克拉克·麦克格列高尔（总统连任委员会主席）

杰伯·斯图亚特·马格鲁德（总统连任委员会负责竞选的副主席、霍尔德曼的前助手、白宫联络委员会副主任）

罗伯特·C·玛迪安（总统连任委员会政治协调员、前助理司法部长）

约翰·N·米切尔（总统连任委员会主席、前司法部长）

鲍威尔·莫尔（总统连任委员会负责新闻事务的副主任）

罗伯特·C·奥德勒（总统连任委员会负责行政与人事的主任、前白宫工作人员）

肯尼思·W·帕金森（总统连任委员会律师）

赫伯特·L·波特（总统连任委员会负责调度的主任、霍尔德曼的前助手）

肯尼思·利兹（总统连任委员会负责青年工作的主任律师）

唐纳德·H·赛格雷蒂（律师）

戴文·L·舒姆威（总统连任委员会公共事务主任、前白宫新闻助理）

休·W·斯隆（总统连任委员会司库、霍尔德曼的前助手）

莫里斯·H·史坦斯（总统连任委员会财务主席、前商业部长）

戈登·C·斯查骞（霍尔德曼的助手）

杰拉德·沃伦（总统新闻副秘书）

戴维·R·扬格（国家安全委员会助理、亨利·基辛格及约翰·埃利希曼的助手）

罗纳德·L·齐格勒（总统新闻秘书）

闯入者

伯纳德·L·巴克

弗吉利奥·R·冈萨雷斯

欧仁尼奥·R·马蒂内斯

詹姆斯·W·麦考德

弗兰克·A·斯特吉斯

检察官

亨利·E·皮特森（助理司法部长）

厄尔·J·西尔伯特（哥伦比亚特区助理联邦检察官）

唐纳德·E·坎贝尔（助理联邦检察官）

塞穆尔·E·格兰泽（助理联邦检察官）

法官

约翰·J·西利加（美国哥伦比亚特区法庭大法官）

《华盛顿邮报》

凯瑟琳·格雷厄姆（发行人）

本杰明·C·布拉德里（总编辑）

霍华德·西蒙斯（执行编辑）

哈里·M·罗森菲尔德（大都会新闻编辑）

巴利·苏斯曼（哥伦比亚特区新闻编辑）

参议员

山姆·J·欧文（参议院水门事件调查委员会主任）

1

1972年6月17日，星期六。早晨9点钟。这么早就来了电话。伍德沃德摸索着电话听筒，一下子醒了过来。电话是《华盛顿邮报》本地新闻编辑打来的，说是当天凌晨，有五个人带着照相设备和电子窃听装置，在民主党总部的一桩盗窃案中被逮捕，问他能不能来一下？

伍德沃德在《华盛顿邮报》刚刚工作了九个月，他一直在寻找一次像样的星期六新闻采访任务，但这一次似乎并不是什么好差使。这桩在当地民主党总部发生的偷盗案，听起来很像是他一直在做的大多数新闻——关于不卫生的餐馆、小规模的警察腐败现象的调查。伍德沃德本以为自己已经摆脱了这些东西：他刚完成了一系列关于亚拉巴马州州长乔治·华莱士的未遂暗杀案的报道。瞧，现在他又要回过头去走老路了。

伍德沃德离开自己位于华盛顿市区的一居室寓所，穿过六个街区，步行前往报社的编辑部。周六的新闻编辑部异常宁静，一百五十多英尺见方的大房间里，一排排颜色明亮的办公桌整齐地列在一块巨大的吸音地毯上。这一天，应该有充裕的时间吃午餐，把一周里剩下的工作干完，然后再读一读星期日增刊。伍德沃德在编辑部门口停下来，接收他的邮件和电话留言，然后到本地新闻编辑那儿报到。他很惊奇地得知那些盗贼闯入的不是当地民主党人的小办公室，而是民主党全国委员会在水门办公商住综合大楼里的总部。

水门大厦并不是民主党人时常光顾的地方，这幢豪华的办公商住综合大楼坐落在波托马克河的河岸上，像联邦同盟俱乐部一样，它是共和党人的天下。住在里面的人有美国前任司法部长，现任总统连任委员会主席约翰·N·米切尔；总统竞选运动主管财务的主席，前商业部长莫里斯·H·史坦斯；共和党全国主席，堪萨斯州参议员罗伯特·多尔；尼克松总统的秘书罗丝·玛丽·伍滋；以及飞虎队王牌飞行员陈纳德的遗孀，著名的共和党女主持人陈香梅，以及尼克松政府的许多头面人物。

这座设施先进的综合型大楼，有着蛇齿形的混凝土护栏和同样吓人的房价（许多两室的公寓套房房价为10万美元），它已成了理查德·尼克松执政期间统治者们在华盛顿的象征。两年前，它曾是一千名反尼克松示威者的攻击目标，人们高喊着“猪猡”“法西斯”“Sieg Heil”①，试图冲击这座共和党政权的堡垒。他们撞上了华盛顿防暴警察的坚固人墙，被催泪瓦斯和警棍驱赶到乔治·华盛顿大学校园里。水门大厦那些焦虑的住户站在阳台上目睹了这场冲突，当示威者被赶走，来自波托马克河上的西风将催泪瓦斯从他们眼前带走的时候，一些人欢呼起来，举杯祝贺。在那些被击倒在地的人群当中，有一位《华盛顿邮报》的新闻记者，将他击倒的警察也许没有看见挂在他脖子上的记者证，而是只盯住了他较长的头发了。他叫卡尔·伯恩斯坦。

此刻，当伍德沃德开始打电话的时候，他注意到了伯恩斯坦——这家报纸的两位弗吉尼亚政治新闻记者之一——也在从事这桩盗窃案的报道。

哦，天哪，可别是他。伍德沃德想起了办公室里的一些传闻，说伯恩斯坦很有抢新闻的本事。

---

① 德语：希特勒时期德国纳粹分子的招呼用语，意思是“欢呼胜利”。

上午，伯恩斯坦复印了现场记者的记录，他告诉本地新闻编辑，自己要再做一些核查。本地新闻编辑耸耸肩表示同意，于是他开始一个接一个地给他在水门大厦能找到的每一个人打电话——服务台接待员、侍者、客房部服务员、餐厅服务员，等等。

伯恩斯坦后退了几步，朝编辑部的另一头看去。他的办公桌和伍德沃德的办公桌相隔大约二十五英尺，中间有一根柱子。似乎伍德沃德也在进行有关这个新闻的工作。这是意料中的事情，伯恩斯坦想。鲍勃·伍德沃德是一个极其敏感的人，很会玩弄权术。伯恩斯坦猜想，这个耶鲁大学的毕业生、海军军官团的退役老兵，尽管有各种好条件，却不一定有丰富的经验来应付调查性的报道。伯恩斯坦知道伍德沃德写不好，办公室有传言说英语不是伍德沃德的母语。

伯恩斯坦是一所学院的退学生。十六岁的时候他开始在《华盛顿星报》当勤务工，十九岁时成了新闻记者，自 1966 年起在《华盛顿邮报》工作。他有时做些系列调查报道，走遍了法院和市政厅，喜欢写有关首都人和邻近地区的长篇文章，很能侃。

伍德沃德知道伯恩斯坦偶尔为《华盛顿邮报》写些有关摇滚乐的文章。这合情合理。但他听说伯恩斯坦有时评论古典音乐，就难咽这口气。伯恩斯坦看上去像是伍德沃德瞧不起的那种反文化的新闻记者。伯恩斯坦则认为，伍德沃德在《华盛顿邮报》的迅速崛起与其说是因为他的能力，不如说是因为上司对他的信任。

他们从来没有在同一条新闻上合作过。此时伍德沃德二十九岁，伯恩斯坦二十八岁。

这条新闻的最初细节是一个为《华盛顿邮报》写了三十五年关于警察方面报道的老记者从水门大厦打电话传出来的，此人叫阿尔弗雷德·E·刘易斯。刘易斯在华盛顿新闻界多少是一个传奇人物——他一半是警察，一半是新闻记者，经常穿一件都市警察穿的蓝色毛衣，下部有扣子扣住，扣子下面是一个铜六角星的皮带搭扣。三十五年中，刘易斯从来没有真正“写过”一条新闻，他通过电话把细节告诉加工改写编辑，多年来，《华盛顿邮报》甚至没有在警察总部放过一台打字机。

细节是这样的：凌晨2点30分，五个身着工作西服、戴着普雷太克斯牌外科橡胶手套的人被逮捕。警察从他们身上截获了一台步话机、四十卷未曝光的胶卷、两架35毫米照相机、撬锁工具、钢笔大小的催泪瓦斯枪，以及显然既能窃听电话又能窃听室内谈话的窃听装置。

“还有钱。其中一个人有814美元，另一个800美元，另一个215美元，另一个234美元，另一个230美元，”刘易斯口授道，“大部分是100元票面，号码连着……他们似乎认识路，至少有一个肯定熟门熟路。他们在宾馆的二层三层有房间。那天晚上这些人还在大楼餐厅的同一张餐桌上吃龙虾，一个人穿着从罗利商店买的西服。”

伍德沃德从刘易斯那儿知道，嫌疑犯将要在当天下午出庭接受预审。他决定前往。

伍德沃德以前去过法院。审问程序是地方法庭司法运作体制的一种固定模式：在法官面前迅速过一下堂，法官为被指控的皮条客、妓女、行凶抢劫的路贼——这一天是这五个人——规定保释金的数额。

一群辩护律师像往常一样聚在走廊周围待命，为那些掏不起律师费的被告充当由政府付费的辩护人。他们通常被称为“第五街律师”——因为法院和他们的街面办公室都在那条街。走廊上有两个律师正在小声抱怨——一个穿一身磨损的雪克斯金斜纹细呢西装，瘦高个；另一个是胖子，他曾为地下监狱分区的案子作辩护而受过处罚。他们本来已被任命为五个窃贼作辩护，后来又得到通知说，那些人已经聘了自己的辩护律师，这可是不寻常的。

伍德沃德走进审判室，一个人引起了他的注意，那是坐在中间一排的一个年轻人，留着时髦长发，穿一身翻领略微宽大的昂贵西服，长长的下巴，眼睛朝周围转来转去，似乎正处在一个不熟悉的环境中。

伍德沃德在他旁边坐下来，问他是不是为那五个人来的。

“也许吧，”那人说，“我不是备案的辩护律师。我是以个人身份来的。”

他说他叫道格拉斯·凯迪，并介绍了身边一个看上去有点贫血的小个子，说他是备案的辩护律师，名叫小约瑟夫·拉佛提。拉佛提像是刚从床上被拉起来的，胡子也没有刮，眯着眼睛看人，好像怕光的样子。这两个人不时地在审讯室进进出出。伍德沃德终于把小个子堵在过道的角落里，搞到了五个嫌疑犯的姓名地址。其中四个来自迈阿密，有三个是美籍古巴人。

道格拉斯·凯迪不想说话。“请不要把这当做个人问题看，”他告诉伍德沃德，“那将是一个错误。我没什么好说的。”

伍德沃德向他打听他的委托人。

“他们是我的委托人。”他说。

可你是律师吗？伍德沃德问。

“我不想和你说话。”

这个叫凯迪的年轻人走回审判室里。伍德沃德跟了进去。

“求你了，我没有什么好说的。”

这五个人能交保释金吗？伍德沃德问。

在好几次有礼貌的问话遭到拒绝之后，凯迪终于回答说，这些人都受人雇用，都有家庭——这些因素在法官规定保释金时会加以考虑。他又走到走廊里。

伍德沃德跟出去：跟我谈谈你自己吧，你是怎么参与到这个案子中来的？

“我没参与这个案子。”

那你为什么在这儿？

“瞧，”凯迪说，“我在一次社交场合遇见过被告之一伯纳德·巴克。”

在哪儿？

“华盛顿特区。那是陆海军俱乐部的一次鸡尾酒会。我们谈得很投机……我要说的就这些。”

你是怎么参与到这个案子中来的？

凯迪原地转过身，走回审判室里。半个小时后，他又走了出去。

伍德沃德继续追问他是怎么参与到这个案子里来的。

这一次凯迪说了。他在凌晨3点多接到了巴克妻子打来的电话。“她说她丈夫告诉她，如果到3点他还没有给她打电话，就可能意味着他遇到了麻烦，她就得给我打电话。”

凯迪说他是巴克在华盛顿认识的惟一的辩护律师。伍德沃德又问了一些问题，但他不再回答，说他已经说得够多了。

下午3点，五个嫌疑犯由一个执法官领着进了审判室，仍然穿着深色的工作西服，只是皮带和领带都被取走了。他们毫无表情地坐成一排，搓着双手，朝法官席那边望着。看上去他们很紧张，一副谦恭而又固执的样子。

当书记员宣布开庭时，政府检察官厄尔·西尔伯特站了起来。此人瘦削，专心致志，表情严肃，戴一副角质架眼镜，喜欢在审判室里以戏剧性的姿态发表辞藻华丽的言论，熟悉他这一点的第五街同行们都称他为“珍珠伯爵”[①]。他主张这五个人不应该以保释金获释。他们报假名字，不同警方合作，带有“2 300美元现金，有前往国外的倾向”。他们因从事带有“不可告人的”目的的“职业盗窃”而遭到逮捕。西尔伯特

① 厄尔·西尔伯特的英文是Earl Silbert，“earl”在英语中有“伯爵”的意思，前面再加上一个“P”，就成了“珍珠”的意思。戏称他为“珍珠伯爵”的人是拿他的名字作文章，影射他喜欢使用华丽的言辞。——译者

拖着长音强调“不可告人的”一词。

法官詹姆斯·A·贝尔逊问那几个人的职业。有一个人大声回答说他们是“反共分子”，其他人点头表示同意。法官已经习惯于听到各种异乎寻常的职业，可这次却显然没有准备。他把其中个子最高的一个叫出来，那人自称小詹姆斯·W·麦考德。麦考德的头顶正在变秃，有个扁平的大鼻子，下巴方方正正，牙齿完好无损，一副和善的样子，似乎和他那轮廓分明的特征不相一致。

法官问他的职业。

“安全顾问。”他回答。

法官问是哪儿的安全顾问。

麦考德轻轻地拖长声调说，他最近从政府部门退休了。伍德沃德移到前排，侧身前倾。

“政府的什么部门？”法官问。

“中央情报局。”麦考德小声说。

法官微微畏缩了一下。

天呐，伍德沃德几乎叫出声来，中央情报局。

伍德沃德坐出租车回办公室报告麦考德的陈述。八位记者参与了拼凑这条署名为阿尔弗雷德·E·刘易斯的新闻。当傍晚6点半的截稿时间接近时，《华盛顿邮报》的执行编辑霍华德·西蒙斯来到新闻编辑室南侧的本地新闻编辑办公室。“这是一条了不起的新闻”，他告诉本地新闻编辑巴利·苏斯曼，把它登在星期日的头版上。

新闻的第一段说：“昨天凌晨2点30分，有五人被逮捕，指控是参与一项精心策划的阴谋，权威人士认为他们窃听了民主党全国委员会办公室，其中一个人说自己是前中央情报局的雇员。”

与此同时，联邦大陪审团宣布要对此案进行调查。但即使这样，西蒙斯仍然认为这一事件还是有太多的未知因素，因而不能把它作为头条新闻。“很可能是由于疯狂的古巴人，”他说。

确实，认为这次闯入事件也许是共和党人所为的想法似乎没有说服力。1972 年 6 月 17 日，民主党大会之前不到一个月，尼克松总统在民意测验中远远领先于所有的民主党候选人，至少超出他们 19% 以上。理查德·尼克松认为，共和党占多数的形势将支配 20 世纪的最后二十五年，就像民主党人控制了前两代人的情况一样。这种状况似乎是很有可能的，民主党处于混乱之中，好时光到了头。被白宫和民主党公认为是尼克松最弱的对手、南达科他州的参议员乔治·麦戈文，居然作为明显受欢迎的人赢得了民主党的总统提名。

《华盛顿邮报》的这条新闻指出：“这五个嫌疑犯为什么要窃听民主党全国委员会的办公室，他们是否为其他个人或组织工作，都没有得到直接的解释。”

伯恩斯坦为星期日的报纸写了有关这些嫌疑犯的另一条新闻。四个人来自迈阿密：伯纳德·L·巴克，弗兰克·A·斯特吉斯，弗吉利奥·R·冈萨雷斯，欧仁尼奥·R·马蒂内斯。他给《迈阿密信使报》的一个记者打了电话，得到了一长串古巴流亡领导人的名单。据《华盛顿邮报》的一位记者到迈阿密的古巴人圈子进行核查的结果，这四个迈阿密的嫌疑犯全都参与了反卡斯特罗的活动，据说都同中央情报局有关系（“我从来不知道他是否为中央情报局工作，”巴克太太告诉伯恩斯坦，“那种事情，男人从来不告诉女人。”）。按照好几个人的说法，他们当中惟一的非古巴裔人是美国雇用兵斯特吉斯，此人一直在招募好斗的古巴人到民主党全国大会去示威。一个古巴人领袖告诉伯恩斯坦，他称之为“前中央情报局人员之流”的斯特吉斯和其他人打算利用雇用的肇事分子，在全国政治会议期间在街上揍反战示威者。

那个星期六晚上大约 8 点钟，伍德沃德离开了办公室。他知道他本该待得更晚，来调查詹姆斯·麦考德。他甚至没有核对一下当地的电话簿，看看华盛顿市内或郊区是否有一个叫詹姆斯·麦考德的名字。

《华盛顿邮报》负责全国新闻的工作人员很少报道有关警察的新闻。在苏斯曼的要求下，伯恩斯坦和伍德沃德两人第二天早晨都回到办公室继续从事这方面的报道。这是 6 月 18 日，一个阳光明媚的星期天。美联社电文上一处令人难堪的更改表明，根据政府存档的竞选运动开支报告，詹姆斯·麦考德是总统连任委员会（CRP）的安全协调员。这意味着，麦考德应该受到进一步的注意。

两位新闻记者站在新闻编辑室的中间，你看着我，我看着你。这究竟意味着什么？伍德沃德问。伯恩斯坦不知道。

在洛杉矶，美国前司法部长、总统竞选活动主管约翰·米切尔发表了一个声明："此人是一家私人安全机构的老板，数月前被我们委员会雇来帮助安装安全系统。按我们的理解，他有一些业务上的客户和利益，我们对此一无所知。我们要强调此人和其他涉案人的所为既不代表我们，也没有得到我们的同意。在我们的竞选运动中，或者说在选举过程中，是不能容忍这种活动的，我们既不会允许，也不会加以宽容。"

在华盛顿，民主党全国主席劳伦斯·F·奥布里安说，闯入事件"提出了我在四分之一世纪的政治活动中所遇到的最丑陋的政治黑幕问题。仅仅由尼克松先生的竞选活动主管约翰·米切尔跑出来声明其清白，是打消不了这些问题的"。

发布米切尔和奥布里安的声明的电讯社在从全国性政治家那里收集正式声明方面是靠得住的。两位记者把注意力转向了盗贼。

他们在电话簿上查到了麦考德的私人安全咨询机构的号码，但没人应答。他们又核查了按街道地址开列电话号码的"互见使用"人名地址录。在麦考德家里或他的企业里，电话都没人接。麦考德公司的地址在马里兰州罗克维尔市亨格福德路 414 号，这是一栋很大的办公楼。罗克维尔市的互见索引簿开列了住户的名字。两位记者把这些名字分了分，开始分头给这些人的家里打电话。一个律师在电话里回忆说，去年夏天有一个为他做兼职工作的女孩认识麦考德，或者，也许是女孩的父亲认识他。这个律师只记得那女孩的姓——可能是威斯特尔，也可能与此接近。他们又去找有着类似姓氏的人的电话，找到了五个。最后，伍德沃德终于联系上一个叫哈兰·A·威斯特雷尔的，此人说认识麦考德。

威斯特雷尔显然还没有读过报纸，因此很奇怪伍德沃德为什么对麦考德感兴趣。伍德沃德说为写一篇报道，他正在收集有关信息。威斯特雷尔似乎很高兴，就提供了一些关于麦考德及其朋友的情况，还给了伍德沃德一些人的电话号码。

渐渐地，麦考德的轮廓开始浮现：得克萨斯北部地区人；虔信宗教，是华盛顿第一浸礼会的积极成员；有一个在空军学院当士官生的儿子和一个智力迟钝的女儿；前联邦调查局特工；后备役军人；中央情报局前任人身安全防卫长官；蒙哥马利专科学校的安全课程教师；一个忠于家庭的人；极其认真；文静，可靠。尽管有约翰·米切尔关于麦考德的声明，所有认识他的人都一致认为，他是专职为总统连任委员会工作的。

有几个人提到了麦考德的正直，他那“坚如磐石的”性格，但也有些别的评价。威斯特雷尔和其他三个人说麦考德是标准的“官员”——不愿意主动采取行动，必恭必敬地听从指挥，执行命令毫不含糊。

伍德沃德用打字机打出了一条新闻的最初三段，认定水门大厦窃贼之一是从总统连任委员会处领取薪水的安全协调员，把它递给了本地新闻组的一个编辑。一分钟后，伍德沃德注意到伯恩斯坦正在编辑身后查看。之后，伯恩斯坦拿着那纸新闻走回他的办公桌，打起字来。伍德沃德完成了第二页，把它递给编辑。伯恩斯坦很快从那里接过手来，回到他的打字机。伍德沃德走过去，看看究竟是怎么回事。

伯恩斯坦正在改写这条新闻。伍德沃德读了改写的稿子。写得好多了。

当天夜里，伍德沃德驱车前往麦考德家，这是一栋很大的二层楼砖房，在郊区的房屋中是一流的，离穿过罗克维尔市的主干公路 70S 大道不远。灯光亮着，但是没人开门。

午夜过后，回到家中的伍德沃德接到一个电话，是《华盛顿邮报》定期负责夜间警察新闻的记者尤金·巴沁斯基打来的。巴沁斯基的活儿被认为是报社里最不好的工作，时间不好——从傍晚 6 点半工作到凌晨 2 点半。但是这个高个子、留着山羊胡子、很文静的男人似乎喜欢他的工作，或者说他似乎喜欢警察。他同许多警察搞得很熟，夜间采访时，他很容易在警察总部的各个小组之间穿梭往来：凶杀组，风化组（被堂皇地称作“品行部门”），交通组，情报组，性行为组，行骗组，偷盗组——这些划分反映了城市生活在警察眼中的分类。

巴沁斯基从一个警察那儿得知，从水门大厦被捕的两个迈阿密人的通讯录里，发现了一个叫霍华德·E·亨特的人和电话号码，旁边还注上了小小的标记“W· House”（白宫）和“W·H·”（白宫的英文缩写）。伍德沃德坐在电话旁的一张硬板椅子上，查对电话号码簿。当他找到马里兰州的波托马克蒙哥马利县富饶的郊外马场区域有关于小霍华德·E·亨特的电话号码后，给对方拨了电话，可没人接。

第二天早晨在办公室，伍德沃德开列了一张头条新闻的单子。麦考德的一个邻居曾经说他见过麦考德穿一身空军军官的制服，还有一个邻居说麦考德是空军预备役的中校。伍德沃德后来给五角大楼打了五六次电话，一个管人事的军官告诉他说，詹姆斯·麦考德是附属于紧急战备状态办公室的以华盛顿为中心的特种预备役部队的中校。那军官给他念了部队花名册，上面只有十五个名字。伍德沃德开始打电话。打到第四个人的时候，一个叫菲利普·琼斯的军人偶然提到，这支部队的任务是开列激进分子名单，帮助制订适合于战争时期新闻媒介和美国邮政的检查制度应急计划。

伍德沃德打电话给一个叫詹姆斯·格林的人，据巴沁斯基说，这人在迈阿密的电话号码可以在欧仁尼奥·马蒂内斯的通讯录上查到。格林先生自称是迈阿密大学负责住房的人员。他说，马蒂内斯两个星期前同他联系，询问大学是否能在 8 月份共和党全国大会期间安排大约三千名年轻共和党人的食宿。伍德沃德打电话给总统连任委员会、共和党全国委员会总部以及几个正在华盛顿和迈阿密准备大会计划的共和党官员。他们全都说从来没听说过马蒂内斯，或者没听说要用大学来为年轻的共和党人提供住宿的计划。

但是那个星期一的首选目标是亨特。那些迈阿密嫌疑犯的所有物开列在巴沁斯基搞到的一份来自警察方面的秘密清单上。有“两张黄线纸，一张写给‘亲爱的朋友霍华德先生’，另一张给‘亲爱的 H·H·先生’”，一个没有寄出的信封，里面有亨特的个人支票，写着 6.36 美元，开给罗克维尔的雷克伍德乡村俱乐部，在一起的还有一张同样金额的账单。

伍德沃德打电话给他的一个消息来源，一位为联邦政府工作的老朋友。这位朋友不喜欢别人打电话到他办公室里，他匆匆地说，这个案子将会“激化”，但是他无法解释，然后就挂断了电话。

快接近下午 3 点了，《华盛顿邮报》的编辑们要在“新闻预算”中列出他们期待第二天的报纸刊登的新闻。被指定写星期二发表的水门大厦新闻的伍德沃德抓起电话，拨了 456－1414——白宫。他要找霍华德·亨特。交换台接线员接到了一个分机上。没有应答。伍德沃德正要挂断电话，接线员插进来说：“他可能在另一个地方，那是柯尔逊先生的办公室。”

“亨特先生现在不在这里，”柯尔逊的秘书告诉伍德沃德，她给了他华盛顿一家公关公司——罗伯特·R·穆伦公司的号码，她说，亨特在那儿担任写手。

伍德沃德走到新闻编辑室东头的全国新闻组那里，问一个叫J·D·亚历山大的全国新闻助理编辑谁是柯尔逊。亚历山大是一个身材矮胖的人，三十五六岁，留着浓密的络腮胡子，他笑了起来。美国总统特别顾问查尔斯·W·柯尔逊是白宫的“职业打手”，他说。

伍德沃德又给白宫打电话，问人事办公室的一个办事员，霍华德·亨特是否受白宫雇用。对方说她要查一下档案。片刻之后，她告诉伍德沃德，霍华德·亨特是柯尔逊的一个顾问。

伍德沃德打电话到穆伦公关公司，要找霍华德·亨特。

“我就是霍华德·亨特，”对方的声音说。

伍德沃德说明了自己的身份。

“是吗？有什么事？”亨特的声音显得不耐烦。

伍德沃德问亨特，为什么在水门大厦被逮捕的两人的通讯录里有他的名字和电话号码。

“天啊！”霍华德·亨特说。然后他很快地加上一句：“由于事情正在裁定中，我没有什么好说的，”砰的一声挂断了电话。

伍德沃德认为他有了一条新闻。但是，任何人的名字和电话号码都可能出现在一本通讯录中。尽管乡村俱乐部的账单似乎是亨特同盗贼之间有联系的额外证明，但又是什么联系呢？一条标题为《白宫顾问同窃听嫌疑犯有关》的新闻可能会是一个严重错误，会产生误导，这对亨特很不公平。

伍德沃德打电话给白宫信息传播事务副主任凯恩·W·克劳逊，此人在今年1月份之前一直是《华盛顿邮报》的记者。他将通讯录和警察清单的事告诉了克劳逊，然后询问亨特在白宫的职责是什么。克劳逊说他要核查一下。

一小时后，克劳逊回电话说，亨特是白宫关于撤销对五角大楼文件不得公开的禁令问题的顾问，最近又担任一项毒品情报计划的顾问。他说，作为顾问，亨特最后一次领薪水是在 3 月 29 日，从那以后他不再为白宫做任何工作。

“我非常彻底地调查了这件事，我相信柯尔逊先生和白宫的任何人都不知道，也没有参与这个不幸事件，”克劳逊说。

这么说真是多此一举。

伍德沃德给穆伦公关公司董事长罗伯特·F·贝内特打电话，向他打听亨特。贝内特是犹他州共和党参议员华莱士·F·贝内特的儿子，他说：“我猜霍华德为中央情报局工作，这不是什么秘密了。”

但这对伍德沃德来说是个秘密。他给中央情报局打电话，一个发言人说，亨特自 1949 年至 1970 年都为这个部门工作。

伍德沃德不知道该怎么办了。他打电话给政府里的朋友，请求指点。那位朋友声音很紧张。以不准公开引用为条件，他告诉伍德沃德，除了通讯录里发现的姓名电话以及那张未寄出的支票等情况外，联邦调查局有许多理由认为亨特是水门事件调查中的主要怀疑对象，不过他又强调，伍德沃德不能在报道中使用这条信息，因为这是私下谈话。但他的朋友向他保证，一条关于某人同通讯录和乡村俱乐部有关的新闻报道不存在公平不公平的问题。当然，他的保证也不能见报。

本地新闻编辑巴利·苏斯曼对上述情况很感兴趣。他翻遍了报社图书馆里关于柯尔逊的剪报，发现在 1971 年 2 月的一条新闻报道中，一个匿名的消息灵通人士把柯尔逊描绘成一个“有创见的智囊人物……掮客，收拾烂摊子的家伙，必要时不择手段”。伍德沃德关于亨特的报道认定他的身份是在白宫为柯尔逊工作的一个顾问。报道使用了上述引文，并指出引文出自一则人物简介，作者是“凯恩·W·克劳逊，眼下是白宫的一名助理，不久前还是《华盛顿邮报》记者”。

这条新闻报道的标题是《白宫顾问同窃听嫌疑犯有关》。

那天早晨在佛罗里达州比斯坎岛上的总统住所，总统新闻秘书罗纳德·L·齐格勒简单回答了记者关于水门大厦闯入事件的问题，他说：“某些人也许会试图夸大这件事。”齐格勒把这个事件说成是“三流盗窃未遂案”，白宫没有必要作出进一步的评论。

第二天，民主党主席奥布里安向总统连任委员会起诉，要求对方赔偿100万美元的民事损失。奥布里安提到了柯尔逊“有可能卷入”闯入事件，他指责说，事实正在“清晰地同白宫联系起来”，还说：“我们之所以了解这次窃听事件，只是因为它败露了。还可能有很多这一类的事情，到底是谁卷入了呢？我相信我们将见证这届政府受到的最终考验，可就在四年前它还曾那么虔诚地表示要投身于一个法律与秩序的新时代呢。”

2

苏斯曼让伯恩斯坦在星期一和星期二休息了两天。星期三一上班，伯恩斯坦就打电话给一个尼克松政府的前官员，打听关于查尔斯·W·柯尔逊的情况。他本以为会得到一些有用的背景资料，谁料那人却说："无论谁是这次闯入事件的负责人，都一定是个对政治不懂装懂的人，我想这就是柯尔逊之所以引起注意的原因……任何了解情况的人都不会到那儿去寻找真正的政治信息，他们会寻找别的……丑闻，流言。"

此人尽管离开了白宫，但仍同以前的同事们保持着广泛接触，因此对白宫的事情了如指掌。而伯恩斯坦和伍德沃德对白宫的内部运作却几乎一无所知。

伯恩斯坦问他，是否认为总统竞选委员会有可能或白宫（更不大可能了）支持水门事件这样的愚蠢行为。伯恩斯坦等着他说不。

"我很了解总统，我知道如果他需要别人做这样的事情，肯定不会做得这么差劲，"这位前官员说。但是，总统让他的竞选助手取得一切可以取得的政治情报和流言，这倒不是难以想象的。他回忆说，一个白宫政治顾问"总是在谈论步话机。你谈论政治，他谈论装备。在白宫，总有人热衷于那些毫无价值的搞情报的玩意儿。其中一些人愚蠢到竟认为会有什么东西在那里"。

这位老兄对白宫的这番描绘，同伯恩斯坦平日在报上读到的那架平稳、运转顺利的机器，那些细心认真、训练有素、全都一模一样的白宫人士（他们总是被千篇一律地叫作“总统班底”）形成了鲜明对照。

伯恩斯坦向那人打听白宫前助理罗伯特·奥德勒的情况，此君现在是总统连任委员会的人事主任。委员会说，麦考德是奥德勒雇用的。

“那是胡说八道，”那位前官员回答，“米切尔不会不管这样一个决定的，他会根据某一个安全问题专家的建议作出决定。”

他说，雇用麦考德肯定会牵涉到至少另一个人——米切尔的助手弗雷德·拉吕，他是这位前司法部长的左膀右臂。伯恩斯坦草草记下名字（把它拼成了拉卢），同时又得知了有关他的更多情况。

“我想，如果有任何窃听装置直到闯入的时候还在运转的话，那么拉吕肯定会知道。”

这位前官员提供了另一方面的情况。默里·卓提纳，总统的老朋友，自从尼克松在国会发起反杰里·沃尔里斯和海伦·迦哈根·道格拉斯运动以来，他一直是不正当竞选手段的专家，主管着某种被称为“选票安全措施”的工作。虽然未经官方确认，这项工作的目的是防止民主党人暗中用舞弊手段赢得选举，总统和他的支持者（以及某些民主党人）一直认为这样的事情在 1960 年发生过。

那天下午晚些时候，伯恩斯坦从报社的政治新闻记者、专栏作家戴维·布罗德那儿得到一个名字，布罗德建议伯恩斯坦同他联系。这是一位共和党全国委员会的官员，布罗德说他是个“非常坦率的家伙”，说他也许会知道些什么，因为他属于为共和党大会安排安全措施的人员之列。总统连任委员会说，麦考德担任过大会安全问题顾问。

“麦考德从来没有为大会做过任何一种安全工作，”那位共和党官员告诉伯恩斯坦，“我想他一直在从事的工作，是保证委员会实现连任选举。总统连任委员会关心的只有理查德·尼克松。他们对共和党的关心微乎其微。即使有了机会，他们也会毁掉这机会的。”

伯恩斯坦问，你对约翰·米切尔和总统连任委员会否认自己与此事有牵连相信吗？

那人笑了。“我和鲍勃·多尔在那些人被逮捕的当天谈过，我们一致认为，这一定是围着委员会或白宫转的那些下贱军官们干的。无论卓提纳还是柯尔逊，都不过是被抛出来的替罪羊。”

伯恩斯坦没有料到，同尼克松政府关系密切的人竟然以如此的轻蔑和挖苦来谈论总统周围的人。他走到房间那一头，把情况告诉苏斯曼。苏斯曼认为这个信息很有意思，然后很不自在地告诉伯恩斯坦，要他放弃关于水门事件的工作，因为弗吉尼亚的地方新闻不可能继续在选举时期把两个政治新闻记者中的一个专门安排在这项工作上。

伯恩斯坦一副无所谓的样子回到他的办公桌，但是情绪很不好。《华盛顿邮报》欠了他将近四个月的假期。直到闯入事件发生时，他都一直在计划利用这个夏天来一次横贯全国的自行车旅行。他决定再做最后一次努力，设法留下来搞水门事件的新闻。他写了五页的备忘录，概括了他所谓的“卓提纳理论”，并把副本送到了苏斯曼、伍德沃德、报社的大都会新闻编辑哈里·M·罗森菲尔德那里。

“当然，这是一种牵强的解释，”备忘录一上来说，“但是……柯尔逊是卓提纳在白宫的继承人。……柯尔逊很可能会在‘选票安全措施’的某些方面同卓提纳有联系。这可能意味着评估卓提纳提供的任何信息。”

第二天，罗森菲尔德让伯恩斯坦继续从事卓提纳理论，看看他还可以了解些什么。[①]

同一天，即6月22日，在下午举行的记者招待会上，尼克松总统第一次公开发表了对闯入事件的看法。“白宫同这次特别事件没有任何牵连。”他说。

---

① 尽管有各种暗示卓提纳同水门窃听有牵连，但是没有任何证据表明其真实性。卓提纳死于1974年年初。

伯恩斯坦和伍德沃德慢慢推敲着“这次特别事件”这一措辞。巧合的事情太多了，不可能如此轻巧地搪塞过去：华盛顿的一个律师说，他可以确定无疑地断定，5 月份为已故联邦调查局局长 J・埃德加・胡佛举行追悼仪式的时候，会场外有人袭击五角大楼文件案被告丹尼尔・埃尔斯伯格，弗兰克・斯特吉斯就是其中之一。一个嫌疑犯的通讯录上有被参议员麦戈文在民主党大会上用做总部的宾馆房间的草图。迈阿密的一个建筑师说，伯纳德・巴克试图搞到大会会议厅及其空调系统的蓝图。亨特在穆伦公司的老板罗伯特・贝内特是大约一百个假竞选委员会的组织者，用来将成百万的美元汇集成总统连任竞选活动的秘密捐款。麦考德被逮捕的时候，带着请求获得参加民主党大会的大学记者证的申请。他最近去过迈阿密海滩。迈阿密来的盗贼嫌疑人中有一些在被捕前三周就到过华盛顿，当时一些著名的民主党律师在水门办公楼里的办公室被盗。

在总统发表声明后的一小时之内，记者们被总统连任委员会的公关主任戴文・L・舒姆威告知，约翰・米切尔命令对民主党总部的闯入事件进行一次内部调查。

7 月 1 日，也就是总统发表声明的九天后，米切尔辞去了尼克松竞选活动主管的职位，他解释说，是太太坚持要他退出的。

伍德沃德问了好几个正在处理这一新闻稿件的《华盛顿邮报》工作人员，是否相信这一辞职同水门事件无关。他们都相信。

然而第二天，大都会新闻编辑哈里・罗森菲尔德皱着眉头告诉伍德沃德：“一个像约翰・米切尔这样的人，是不会为了妻子放弃那些权力的。”

查尔斯・柯尔逊的名字最初引起伯恩斯坦注意后不久，一个记者同行告诉他说，他曾经和一个在白宫工作的年轻女子约会过，他想是在柯尔逊的办公室里。伯恩斯坦打电话找到了她。她说自己是为柯尔逊的助手工作，不是为柯尔逊本人工作。她知道一点霍华德·亨特的事。

“我怀疑他们所有人，尤其是柯尔逊，因为他如此过分地保护总统，拼命为他辩护，”她说，“他总是带着文件来回奔忙，但是守口如瓶。”不过不管怎么说，亨特真的很好，是一个令人愉快的人，很讨人喜欢。他是你周围少有的能让你感觉很自在的人，偶尔他还会带她去吃午饭。虽然他只是受聘当顾问，“却几乎每天都在那里工作。他过一段时间会去趟佛罗里达……还去加利福尼亚”。那是在1971年的夏天和初秋。亨特完全像柯尔逊一样守口如瓶，她说：“但是办公室里有人告诉我，霍华德正在对不同的事情做调查工作，包括五角大楼文件。”她有这样的印象，他并不像白宫说的那样，在从事“撤消”对文件不得公开的禁令的工作，相反，却在试图发现它们是如何被泄露给报纸的。

“大约在同时，”她说，“我看到他桌上有一本关于查帕奎迪克岛的书，于是我就打听这事。他也是在对那个案子，对肯尼迪做调查工作。他们不愿意……他们从来不给我全部的信息。”

是谁告诉她亨特正在调查肯尼迪？

是柯尔逊办公室的另一个秘书。那时候她在亨特桌上看到涉及肯尼迪参议员和查帕奎迪克岛上汽车事故的其他文件和书籍。她记得有一本书是软封面的，“书名很简单，诸如《肯尼迪与查帕奎迪克岛》之类”。她认为，有些资料是从白宫图书馆借出来的。柯尔逊的助手之一——她记不清是哪一个了——也告诉她亨特正在调查肯尼迪。“这已得到上面的证实。”她补充说。

伯恩斯坦给白宫打电话，要找图书管理员。电话被接到一个助理图书管理员简·F·施莱切尔那里。伯恩斯坦说明自己是记者，问她是否记得亨特先生借的那本关于肯尼迪参议员的书是什么书名。

“我想，关于这个，我确实记忆犹新，”这位管理员回答，“我拿了一大堆关于肯尼迪参议员和查帕奎迪克岛问题的资料。”施莱切尔太太加上一句：“我想我有记录。”她请伯恩斯坦等她有工夫核查记录后再打电话过来。

“我想，你指的那本书也许是杰克·奥尔逊写的，叫《查帕奎迪克之桥》。”施莱切尔太太打来电话说。伯恩斯坦问她亨特是什么时候借的书。施莱切尔太太让他不要挂电话。当她几分钟后回到电话机旁时，声音显得很激动。“我没有亨特先生外借的卡片，”她说，“我记得我把这本书给过什么人，但是没有亨特先生外借的卡片。”根本没有关于这本书的卡片，她从来没有拿到过亨特的索书单。她让伯恩斯坦去找新闻办公室。她不知道亨特是谁。

伍德沃德接着给她打电话，打听关于肯尼迪资料的情况。“我没有权利说出去。”她回答。

伍德沃德又拨通了白宫的电话总机，要找一个他曾经在社交场合见过的年轻的总统助理。他们谈了一个小时。在这个官员得到不会使用他名字的保证后，他告诉伍德沃德，亨特被白宫指定从事一项对肯尼迪私生活的调查。他不愿说是谁指令的，但是他的话给人留下清晰的印象：柯尔逊是知情者之一。这个官员记得，亨特从国会图书馆取过一些关于肯尼迪的资料。

伯恩斯坦和伍德沃德坐了一辆出租车到国会图书馆，找到了负责处理白宫索取资料问题的办公室。一个图书管理员站在走廊里有礼貌地告诉他们，白宫的事务是保密的。不过最终，两位记者总算找到了一个更有合作态度的管理员，他们把整个下午花在阅览室里，翻遍了成千上万张纸条——自从 1971 年 6 月亨特受雇白宫以来的每一张索书单。

伍德沃德给凯恩·克劳逊打电话，告诉他伯恩斯坦同白宫图书管理员谈话的情况。后来，克劳逊回电话来说，他同施莱切尔太太谈过了。“她否认同伯恩斯坦谈过话。她说她两次都让你们去找新闻办公室。”他说，亨特从来没有接受过同肯尼迪参议员有关的任务。“他可能一直在做他自己的研究，”克劳逊说，“你知道，他写了 45 本书。”霍华德·亨特写的是间谍小说。

伯恩斯坦为此事给那位前政府官员打电话，对方告诉他：“白宫对肯尼迪绝对多疑。”尼克松总统、白宫幕僚长 H·R·霍尔德曼、柯尔逊都“鬼迷心窍地”想要获取能毁掉肯尼迪候选人身份的情报。

伯恩斯坦和伍德沃德写了一条新闻报道，说亨特受雇白宫期间一直在调查肯尼迪。两个记者认为这条新闻的重要意义在于说明亨特不是一个普通的白宫顾问，而是一名政治特工。

哈里·罗森菲尔德热情很高，把《华盛顿邮报》总编辑本杰明·C·布拉德里拉了过来。布拉德里从他的玻璃隔断办公室里跑出来，坐到靠近伯恩斯坦办公桌的一张椅子上。他双手捧着这篇报道的副本，摇着头。这意味着两位记者将在水门事件的报道上同布拉德里发生冲突。《华尔街日报》曾经把布拉德里描绘成一个国际珠宝窃贼。五十岁的布拉德里曾是肯尼迪总统的密友，对有关肯尼迪家族的新闻非常敏感。

他往后一靠，说道：“你没搞清楚。一个图书管理员和一个秘书说亨特这个家伙看一本书。如此而已。”

伍德沃德告诉他，白宫一个可靠的消息来源说得明明白白，亨特正在从事对肯尼迪的调查。

已经接近截稿时间。其他记者都盯着这儿看。

“来源的级别有多高？”布拉德里问。

伍德沃德对于是否应该将消息来源透露给总编辑不太有把握。你想要知道消息来源吗？伍德沃德犹豫地说。

“你就告诉我他是否在总统助手这一级。”布拉德里说。

伍德沃德不太清楚头衔，他描述了那人的大概身份。布拉德里不以为然。他拿出他的笔，开始编辑这篇报道，把最重要的一段改成只是亨特对肯尼迪和查帕奎迪克事故“表现出特别的兴趣”。他划掉了一段关于白宫对肯尼迪作为候选人身份的态度的文字。

罗森菲尔德问布拉德里这篇报道是否能上头版。

布拉德里说不行。“下次搞点更过硬的消息。”说着他走开了。

霍华德·亨特自从那天同伍德沃德在电话上简短地通话以来还没有露过面。联邦调查局指定了一百五十名特工进行搜查。7月7日，关于亨特与查帕奎迪克问题的新闻在《华盛顿邮报》上见报了，此时亨特突然冒了出来。几天后，伯恩斯坦找到了华盛顿的一位律师，此人认识亨特的辩护律师威廉·O·比特曼。

这位律师说，比特曼在一个褐色信封里接收了25 000美元现金才接受亨特的案子。此人心理不正常，但他在同行中很受尊敬，是有威望的霍根与哈特森事务所的合伙人，也是前司法部的检察官，曾经成功地起诉了前卡车司机工会主席吉米·霍发。

“这情报不错，可我只能告诉你这些。”此人说。还有一件事，他说，总统连任委员会预算中至少有10万美元被特别指定用于“代表大会的安全保障”。“这笔钱是这一问题的关键。”

伯恩斯坦给比特曼打电话，问他有没有在一个信封里收到过25 000美元现金，但对方不愿意回答他是如何被聘用的。

比特曼说，他不能对他介入这桩案子的任何方面进行答复，但是令伯恩斯坦惊讶的是，对收现金一事，他没有明确加以否认。

伍德沃德和伯恩斯坦花了好几个小时，希望再找到一个人，一个哪怕只是听说过褐色信封中钱的人，但一无所获，让他们失望的还不只是这一个问题。

白宫和总统连任委员会的官员正在把记者们引入迷魂阵。有消息来源说水门大厦闯入事件是反卡斯特罗的古巴人干的，试图证明民主党人正接受来自古巴的捐赠。①

关于水门事件的新闻停了下来，甚至也许要消失了。记者们不明白这是怎么回事。伯恩斯坦在政府里的关系——那位前任官员也无法得到任何有用的情报，那人开玩笑说——白宫“转入了地下”。

尽管表示抗议，伯恩斯坦还是被派去采写弗吉尼亚的政治新闻。伍德沃德决定休假。

7月22日，伍德沃德出发去密执安湖的那天，长岛的午后报纸《新闻日报》报道说，一位叫G·戈登·李迪的前白宫助手一直为竞选委员会当律师，因为拒绝回答联邦调查局关于水门事件的问题而于6月被米切尔开除。

四十二岁的李迪于1971年12月11日从白宫过来担任总统连任委员会的法律总顾问，此后又被任命为财政问题法律顾问，负责有关竞选活动的财政和捐款问题的法律咨询。像麦考德一样，他是一名前联邦调查局特工，但是委员会的发言人戴文·舒姆威说，李迪的职责同安全或收集情报无关。

在白宫，凯恩·克劳逊承认，1971年来李迪曾在那里作为尼克松总统国内事务主要助手约翰·D·埃利希曼工作班子的成员，从事过“执法”问题方面的工作。

三天后，结束了弗吉尼亚的采访任务、正在家里休息的伯恩斯坦接

① 加勒比海的冒险故事导致《华盛顿星报》在7月7日报道说：“按照接近调查工作的消息来源的说法，一个反卡斯特罗的右翼古巴人团体为夜闯此地民主党全国总部的活动提供资金……该消息来源说，反卡斯特罗团体为夜闯水门大厦的活动提供资金，这是拼命不断地对民主党人加以监视的各种努力的一个组成部分，就因为他们害怕争取民主党总统提名的候选人是亲卡斯特罗分子。”

《纽约时报》指定该报的拉丁美洲和西班牙问题专家泰德·苏尔克从事这个新闻的报道。几乎有一个星期的时间，他都在报道反卡斯特罗组织，这些组织的成员同来自迈阿密的某些嫌疑犯有关。但是，在6月6日，《纽约时报》发表了一篇署名为瓦尔特·路盖伯的三千字综述。这篇报道排除了一个反卡斯特罗阴谋的可能性，对于有关白宫和尼克松的竞选活动可能涉嫌闯入事件的一些尚未得到答案的问题作了评论。

到了巴利·苏斯曼打来的电话。你能来一下吗?《纽约时报》有一条头版新闻报道，说至少有十五个电话是巴克从迈阿密打到总统连任委员会去的。这些电话中有一半以上是在3月15日和6月16日之间打的，打给了李迪的办公室。

伯恩斯坦在贝尔系统①中有几个内线，但他一直不愿意利用个人电话记录来取得信息，这涉及道德问题，他从未在心中解决这个问题，作为一个新闻记者，如果有人这样来调查他，他必然会感到恼火，不过，难道他就有资格接触个人档案和财务档案吗?

伯恩斯坦来不及细想，就给电话公司的一个内线打了电话，要求搞到一张有关巴克来往电话的清单。下午，内线打电话来，证实《纽约时报》列举的那些电话确实打过。但是他补充说，他无法搞到更详细的清单，因为巴克的电话记录已被迈阿密地方检察官取走了。

你是指联邦调查局还是美国司法部长办公室?

“都不是，迈阿密的电话公司说是地方检察官。”那人说。

为什么一个地方检察官会对电话记录感兴趣呢?在重写《纽约时报》的新闻以前，伯恩斯坦给在迈阿密的美国司法部长打电话，司法部长否认他提出过这样的要求。

伯恩斯坦一个接一个地给迈阿密地区的各位地方检察官打电话。打到第三个的时候，他找到了主管迈阿密大区达德县事务的州检察官理查德·E·戈斯坦因。对方说电话记录是他们索取的，因为他们想要确定那些涉嫌闯入事件的人是否触犯了佛罗里达的法律。不过戈斯坦因并不知道电话记录的内容，但他手下负责调查的马丁·达第斯会知道。戈斯坦因表示，如果《华盛顿邮报》不透露此事同他的办公室有关，那么他会让达第斯跟他们合作。晚上，伯恩斯坦接到了达第斯

① 贝尔系统是美国主要的电话网，由美国电话电报公司所控制。——译者

打来的电话。

达第斯很急，不想在电话上谈。他说他索取了巴克的一些电话记录和银行档案，欢迎伯恩斯坦飞到迈阿密去商谈这些问题。伯恩斯坦问他是否知道一笔 89 000 美元①的款子的由来，检察官西尔伯特说这笔钱在那年春天被存入巴克在迈阿密的银行账户，然后又被取走。

“比 89 000 美元还多一点儿，”达第斯说。

多多少？10 万美元？伯恩斯坦问。

“多一点儿。”

钱是从哪里来的？

“墨西哥城，”达第斯回答，“那儿的一个商人，也是一个律师。”

他不想把这律师的姓名给伯恩斯坦，但是说如果伯恩斯坦到佛罗里达来，他会把这事告诉他的。由于他有几天时间不能分身，最后他们约定在 7 月 31 日星期一那天见面。苏斯曼批准了这次旅行。

伯恩斯坦像他往常习惯的那样，临起飞前才来到机场。他从报摊上抓起一份《华盛顿邮报》和一份《纽约时报》，飞快地朝登机口跑去。飞机离开地面的时候，他读到了《纽约时报》上占三栏篇幅的标题：《盗用资金变现钱：墨西哥城可溯源》。伯恩斯坦一想到戈斯坦因和达第斯就感到极其丑陋。这篇署名瓦尔特·路盖伯的报道带有一个墨西哥城的电讯电头。伯恩斯坦几乎能肯定，路盖伯在迈阿密得到了信息，然后飞到墨西哥去拍电报发稿。该报道引用了“接近于调查工作的消息来源”，却一字不提联邦调查局、联邦政府或司法部。路盖伯在巴克的银

① 这 89 000 美元最初是西尔伯特在 6 月初为水门事件嫌疑犯举行的听证会上提到的。在听证会上，巴克的辩护律师解释说，89 000 美元进出迈阿密银行账户是因为有一笔房地产交易，巴克在这笔交易中代表一伙智利的投资者。巴克的律师说，这些投资者由于害怕政治报复而不便于表明身份。这位律师解释说，这笔交易搞砸了，巴克已经将这 89 000 美元还给了投资者。

行账户上追查那 89 000 美元，查到国际银行开出的四张银行本票①，是开给墨西哥城一位著名律师曼努埃尔·奥加利奥·达盖尔的。

伯恩斯坦从迈阿密机场给苏斯曼打电话。他是不是该去墨西哥城并且让已经休假回来的伍德沃德打电话同达第斯周旋？苏斯曼认为伯恩斯坦在迈阿密至少应该待一天。

半小时以后，伯恩斯坦入住迈阿密最贵的宾馆“迈阿密四大使饭店”。他向服务台值班员询问瓦尔特·路盖伯的房间号码。

“路盖伯先生上周末退房了。”值班员说。

佛罗里达州达德县的州检察官办公室在迈阿密大区达德县司法大楼的六层，正好和县监狱隔着一条种着一排棕榈树的狭窄小巷。伯恩斯坦坐电梯上去，走进一间接待室，要求见达第斯。一名接待员告诉他，达第斯留下话来表示道歉，但是他不得不出去办一个案子。她不知道他什么时候回来。伯恩斯坦开始阅读杂志。

一小时过去了。穿制服的警察，穿衬衣的警探，还有被告和公诉人，川流不息。许多人停下来同那位叫卢比的接待员聊天，询问“老板”——戈斯坦因——参加竞选活动搞得怎么样。十天前，他宣布参加史无前例的第五任地方检察官的竞选。

伯恩斯坦向卢比打听戈斯坦因的情况。戈是民主党人，48 岁，第二次世界大战时的轰炸机驾驶员，州检察官办公室历史上得选票最多的人。“每个人都爱他，”卢比说。

伯恩斯坦翻阅着当地一份午后报纸。标题是这样的：《戈斯坦因揭

---

①《纽约时报》报道，4 月 20 日，89 000 美元以四张开给墨西哥城的奥加里欧的支票的形式，经他本人在当地背书，被存入巴克在迈阿密的账户上。四张汇票的面值分别是 15 000 美元，18 000 美元，24 000 美元，32 000 美元。巴克后来把钱取走。奥加里欧 28 岁的儿子告诉《纽约时报》，他和他父亲都没有见到过那四张国际银行的汇票，支票上的签字也没有一个跟他父亲的签字相似。

露州际卖婴骗局》。哦，天啊，伯恩斯坦小声对自己说。民主党初选定于9月12日，他想象了9月11日的标题：《戈斯坦因揭露水门案》。

又有半个小时过去了。伯恩斯坦问卢比，是否能通过汽车无线电话找到达第斯。

“他现在无法接听，但是他马上会打过来的。”她说。

伯恩斯坦穿过大厅走到县登记员办公室，向办事员要戈斯坦因办公室7月间发出的所有传票的副本。办事员找来了按当月日期排列的折叠式文件夹。伯恩斯坦在其中翻寻，直到发现一张发给当地电话公司的传票，上面要求交出所有记在伯纳德·L·巴克或他的房地产公司巴克事务所账上的长途电话记录。另一张传票是发给共和国家银行的，索取巴克的银行档案。还有一些类似的传票发给其他银行和电话公司，索取属于来自迈阿密的其他三名水门事件嫌疑犯的“全部文件与档案”。每一张传票上都有达第斯的名字。伯恩斯坦记下了档案中所有有达第斯名字的传票。然后他用投币电话给伍德沃德打了个电话。

伍德沃德没有找到奥加里欧，也没有能够在别的地方证实《纽约时报》的新闻。但是，他捡到了一条关于国会山的有趣信息，那些迈阿密人的照相设备是在迈阿密古巴人居住区的一家相机店买的，他们在那儿还冲洗了一卷胶卷。

伯恩斯坦找到一本迈阿密的黄页电话簿，坐下来给照相材料店打电话。又一个小时过去了，还是没有达第斯的影踪。他的秘书在吗？“他和达第斯先生在一起。”那位接待员说。伯恩斯坦正打算把他的行程期限告诉卢比，戈斯坦因出现了。他大步走了进来，后面跟着一帮助手。伯恩斯坦因为读过那份下午的报纸，认出了他。

我可以见一下戈斯坦因先生吗？这一半是恳求，一半是要求。卢比将话传了进去，伯恩斯坦被领到了戈斯坦因办公室的外间。他的秘书说他在开会。半小时以后，门打开了，戈斯坦因请伯恩斯坦进去。这位州检察官身高约六点五英尺，穿一套完美无瑕的薄型花格呢西服。

“告诉我是怎么回事，”戈斯坦因开始说，“我没法什么事都让联邦调查局告诉我。”

伯恩斯坦回答说，他很想花上一下午同戈斯坦因讨论水门事件，但是现在已经快 5 点了，离《华盛顿邮报》头版的最后截稿期限只剩两小时了（实际上应该是三小时，但伯恩斯坦想少冒一点风险）。如果能把当天的新闻报道处理好，那么他们就可以谈。他到迈阿密来是指望在下午早些时候有个约见的，并指望因此可以写出一条新闻。然而，他向戈斯坦因解释说，有关的新闻已经登在早晨的《纽约时报》上了，天知道它的消息来源是从哪里来的。

“我不知道达第斯有什么东西，”戈斯坦因说，“我让他处理整个事情是因为我他妈的太忙了。我知道有几张支票，但是我不能确定那上面的数字。一有达第斯的消息我就让他同你联系。”

伯恩斯坦谢过戈斯坦因。在将要离开办公室的时候，他突然想和对方做笔信息交易。尽管和提供信息的人做交易是件棘手的事情，但不妨一试，于是他把从伍德沃德那儿得到的关于照相机店的消息给了戈斯坦因。

如果有什么事情，给我打个电话怎么样？伯恩斯坦问道。

“当然可以。”戈斯坦因说。

在接待室里又过了四十五分钟。伯恩斯坦用投币电话给伍德沃德打了个电话。你不会相信会有这么个地方，他说。我在这儿等了半天，终于见到了戈斯坦因，他却想问我问题。

挂上电话，伯恩斯坦走进一个过道，眼前有一扇写着“闲人免进”的门，他打开门，发现套间门上有达第斯的名字。一个秘书正在打电话。“是的，达第斯先生，”她正在说，“行。我马上拿进来。”

伯恩斯坦尽量使自己平静下来，他介绍了自己，说他整个下午都在等着见达第斯先生。

“达第斯先生在开会，”她说，“我很抱歉，不过你是不可以到这里来的。如果你回到接待室去，我们会叫你的。”

伯恩斯坦谢过她，回到接待室，可卢比正在锁门。

他匆匆回身，经过“闲人免进”的标志，走过达第斯的办公室，然后转过拐角，走进戈斯坦因的办公室。戈斯坦因正要出去。

瞧，伯恩斯坦发作起来说。如果州检察官办公室有某种理由说明它不能谈论它知道的东西，或者不能让《华盛顿邮报》披露它知道的东西，那么尽管说。可是你们说达第斯整天都不在，而他就在自己的办公室里，也许已经待了好几个小时了……

“我马上让你进去，”戈斯坦因说，“我不知道是怎么回事，很抱歉。”他似乎真的很抱歉。伯恩斯坦从里面的通道回到已经上锁的接待室。片刻过后，达第斯走了进来。他身材矮小，一张红色的脸，鼻子更红，一件旧蓝色运动衣在胳膊肘的地方已经磨破了。

他看了一眼手表。“天啊，我7点钟有个约会，”他说，“我得马上离开这儿。我们能不能明天再谈？天啊！”

伯恩斯坦竭力保持冷静。如果能很快地谈一下支票的问题，那么明天你就可以有更多的时间……

“行啊，行啊，”达第斯火了，“嘿，《纽约时报》那些关于戈斯坦因的废话究竟什么意思？你想要让我的头儿找我麻烦吗？你应该跟我打交道，不是跟他。去我办公室吧。让我们赶快把这件事了结吧。”

伯恩斯坦在达第斯桌子前面坐下来，此时，这位主要调查人员打开了一个带暗码锁的文件柜，抽出一个文件夹，取出一叠订在一起的电话费条。他把它们扔到伯恩斯坦面前。“你可以看看这些，我把银行的那些东西整理出来。”

伯恩斯坦抓紧时间潦草地做起记录。

“嘿，过去和我一起工作的一个家伙是联邦调查局华盛顿区域办公室的，”达第斯说，“你认识他吗？名字叫……”

伯恩斯坦头也不抬，摇摇头表示不认识。

达第斯取出银行单据，像个商人似的盯着单据看了一会儿，然后开始大声念一些账目，说这是巴克银行账上的账目。

“天啊，看来我 10 点以前肯定离不开这里了。”他说。

我说，伯恩斯坦说，你有复印机吗？

达第斯说他不能冒险复印银行单据或支票。“有人会查我的，”他说。

行，你去复印剩下的电话记录，我来抄写支票。

“很好，但是看在上帝的分上，快一点。”达第斯说。

墨西哥的支票完全同《纽约时报》描述的一样——每张支票都是从不同的美国银行取出来的，背面有一个难以辨认的签字，就在用打字机打出来的一行字上面：大曼努埃尔·奥加利奥·D，9902610。

第五张支票引人注目，上面有 25 000 美元。比其他支票略宽一点，日期是 4 月 10 日。伯恩斯坦像抄写其他四张支票一样一笔一划地把它描摹下来。这是一张在佛罗里达的博卡拉顿第一银行信托公司取出来的银行本票，号码为 131138，根据肯尼思·H·达尔伯格的指令支付。达第斯回到房间的时候，伯恩斯坦已经抄完了。这 25 000 美元是在 4 月 20 日和其他四张墨西哥支票一起存进去的，存款总数是 114 000 元。四天以后，巴克取出了 25 000 美元。剩下的 89 000 美元是分开取走的。

“我们正设法搞清楚这个叫达尔伯格的家伙是谁，”达第斯说，“你听说过他吗？”

没有。

达第斯将复印的电话记录递给伯恩斯坦，说：“明天 9 点我们再谈一谈。现在我得走了。”

谢谢，伯恩斯坦说，我真的很感谢你的帮助。

伯恩斯坦从走廊上走过去，拐过拐角，直奔电梯而去。这时是7点钟。他用大厅里的投币电话给伍德沃德打电话，告诉他第五张支票的事，并让他记下了所有的号码和其他细节。然后他回到自己的宾馆设法与肯尼思·H·达尔伯格联系。

博卡拉顿银行没人应答。警卫部门把紧急情况下能找到的一位银行高级职员的姓名和电话号码给了他。可这位银行家从未听说过达尔伯格。支票是一个名叫托马斯的银行高级职员签署的，其姓氏难以辨认。银行有两个叫托马斯的高级职员，但两个人都不记得有这笔业务。伯恩斯坦向第二个人询问银行董事长的姓名和电话号码。

董事长只知道达尔伯格是博卡拉顿一所冬季别墅的房主，还是劳德代尔堡一家银行的行长。那家银行的董事长是詹姆斯·柯林斯。

是的，柯林斯说，达尔伯格是银行的一位行长。当谈起达尔伯格事业上的兴趣时，柯林斯停了一下说："我不知道他的确切头衔，但是他领导了中西部在1968年为尼克松总统进行的竞选活动，这是我的理解。"

伯恩斯坦请他重复了一遍最后一句话。

9点钟的时候伯恩斯坦给伍德沃德打电话。是苏斯曼接的，他说伍德沃德正在同达尔伯格说话。伯恩斯坦大声叫道，你一定告诉他，达尔伯格是尼克松68年中西部竞选活动的头儿。

"我想他知道一点情况，"苏斯曼说，"我马上给你打回去。"

在华盛顿，伍德沃德从博卡拉顿的问讯处得知了有关达尔伯格的信息。但是电话打不通。他也给警察打了电话，被告知达尔伯格的别墅所在地有自己的大门和私人保安门岗。伍德沃德给那里值班的保安打了电话，保安只说达尔伯格冬天时才待在那里。

伍德沃德问《华盛顿邮报》的一个图书管理员，在剪报档案中是否有达尔伯格的资料。没有。苏斯曼要求核查一下图片档案。一会儿工夫之后，一张褪色的报纸图片扔在了伍德沃德的桌上。这是一张参议员胡伯特·H·汉弗莱的照片，他正站在一个乐呵呵的小个子旁边。旁边一段文字说明证实，此人正是肯尼思·H·达尔伯格。

达尔伯格是民主党人吗？照片没有日期。为了碰碰运气，伍德沃德给汉弗莱家乡所在州最大的城市明尼阿波利斯的问讯处打电话，得到了一个叫肯尼斯·H·达尔伯格的人的号码。伍德沃德对是不是他没有把握，但还是拨了电话。当对方接听电话的时候，伍德沃德说自己刚才曾试着给他在佛罗里达的家里打过电话，那是一个冬季别墅吧？

"是的。"达尔伯格说。

关于存在水门事件肇事者之一银行账户里的25 000美元支票……

沉默。

你知道，支票上有你的名字……

沉默。

我们正在写一篇有关的新闻报道，你是否有话要说……

对方终于打断了他的话。"我不知道究竟发生了什么事。我一点也不知道……我把我所有的钱都交给了委员会。"

尼克松连任委员会？

"是的。"

联邦调查局问过你没有，你的支票怎么最终会在巴克的银行账户上？

"我是一个循规蹈矩的人，我做事都是规规矩矩的。"达尔伯格的声音冷冰冰的。然后他似乎放松了片刻，请求伍德沃德原谅。"我刚经历了一场可怕的折磨，"他解释说，"我最好的朋友和邻居弗吉尼亚·派珀已经被绑架两天了。"①

① 派珀夫人，明尼阿波利斯的社会名流，在丈夫付了100万美元的赎金以后，发现被人用手铐铐在荒野里的一棵树上。该赎金被认为是美国历史上最大一笔绑架案赎金。

伍德沃德又问了一遍支票的情况。

达尔伯格承认支票是他的，但拒绝讨论，接着就挂断了电话。几分钟之后，他又把电话打了回来。他说，他犹犹豫豫不回答问题是因为他不敢肯定伍德沃德真的是《华盛顿邮报》的记者。他等在那儿，似乎是在请对方提问。

那 25 000 美元是谁的钱？伍德沃德问。

“是我作为中西部委员会主管财务的主席所募集的捐款。”

伍德沃德默不作声。他怕让对方感到他沉不住气。

“我知道我不该告诉你这种事情。”达尔伯格又说起来。

告诉我吧，伍德沃德想。告诉我吧。

“好吧，我告诉你。在华盛顿的一次竞选委员会的会议上。我不是把支票给了委员会的司库（休·W·斯隆），就是给了莫里斯·史坦斯本人。”

伍德沃德迫不及待地挂断电话。史坦斯是尼克松的集资总管，总统连任委员会主管财务的主席。

此时是晚上 9 点半，离第二版的截稿最后期限正好还有一个小时。伍德沃德开始在打字机上打起字来：

> 一张显然被指定进入尼克松总统竞选委员会金库的 25 000 美元的银行本票于 4 月份被存入伯纳德·L·巴克的银行账户，此人是 6 月 17 日此间民主党全国委员会总部闯入及所谓窃听事件中被捕的五人之一。

稿件的最后一页在最后期限递到了苏斯曼手中。苏斯曼把他的笔和烟斗放到桌上，朝伍德沃德转过身去。“我们从来没有发过这样的新闻，”他说，“真的从来没有。”

3

现在是米切尔最初发表声明，断言总统连任委员会致力于传统的美国选举方法后的六个星期，委员会关于没有卷入水门事件的种种说法正在不攻自破。伍德沃德给接替米切尔担任尼克松竞选班子主管的克拉克·麦克格列高尔打电话，告诉他《华盛顿邮报》所了解的情况。

“我对此一无所知。”麦克格列高尔说。

“这些事情发生在我加入以前，”他继续说，“米切尔和史坦斯大概会知道这些。”看来他对谈论此事很反感，但反感的似乎是米切尔和史坦斯，而不是伍德沃德。

那天晚上早些时候，乔治·麦戈文宣布他的竞选伙伴、密苏里州参议员托马斯·F·伊格尔登退出民主党竞选，后者医疗史中的一个问题成了他竞选的障碍①。理查德·尼克松的连任选举似乎有了空前的保障。

第二天早晨，伍德沃德再次同达尔伯格交谈。

“很显然，我被某种事情缠住身了。究竟是什么事情，我不知道。”达尔伯格说。他现在肯定，他在4月11日把那张25 000美元的支票亲手交给了莫里斯·史坦斯。

史坦斯的秘书告诉伍德沃德，不会马上发表任何看法。她说史坦斯“为令人不知所措的境遇感到痛苦”，这使他不可能对实际上发生的事情作出解释从而重申自己的清白。

在白宫，齐格勒说总统继续充分信任史坦斯，还说要质询那 25 000 美元的事情可以去问总统连任委员会。有克拉克·麦克格列高尔签名的委员会声明说，要作进一步的评述是“不合适的”，因为事情还在调查。

伍德沃德打电话给新的联邦总会计办公室选举事务部主任菲利浦·S·休斯。

联邦总会计办公室跟司法部和联邦调查局不一样，后两者是政府部门的一部分，隶属总统，而它则是国会的调查部门，独立于政府当局行事。休斯说，当天《华盛顿邮报》的新闻“第一次”揭露了“窃听事件同竞选活动财务法规有关……在莫里（史坦斯）的报告中没有显示任何一件类似于达尔伯格的支票那样的事情”。

休斯在艾森豪威尔政府期间曾在预算局工作过，当时史坦斯是该局局长。他补充说：“我们打算进行一次全面审计，看看是哪儿出了毛病。”这次审计将是根据联邦竞选开支法案进行的第一次，此项法案在 4 月 7 日生效，对竞选捐款进行更严密的控制，要求对所有开支全部作出报告。

那天下午，一个联邦总会计办公室的调查人员给伍德沃德打电话了解那张 25 000 美元支票的额外信息，伍德沃德告诉他，他和伯恩斯坦已经写下了他们所知道的一切。

在写关于联邦总会计办公室的审计的后续报道以前，伍德沃德试图给总统连任委员会司库休·斯隆打电话。但是他不再为连任委员会工作了。市内新闻工作人员中的一位记者驱车到斯隆在郊区属于弗吉尼亚州地区的家中：斯隆很年轻，大约三十岁左右，很有礼貌，拒绝讨论水门事件，只说他已同联邦调查局和大陪审团合作。

---

① 六天前，伊格尔登披露，他在 1960 年代经历过对精神疲惫的电击治疗。他是在奈特报业集团的一个记者问及有关事情的时候作这番声明的。

戴文·舒姆威告诉伍德沃德，斯隆已经由于同水门事件无关的“个人原因”辞职。“他得了溃疡，而且他的老婆怀孕了。”

伍德沃德每天给总会计办公室的那个调查人员打电话，以了解审计进展的情况。

“成千上万来路不明的美元现金。”那个调查人员有一天说；“用作行贿基金的现金。”他第二天说；“电脑化财务报告的表面有效性背后有个大漏洞。”他第三天说。在伍德沃德不写报道的那些日子，那个调查人员同他交谈时一天天感到说话更加自由。把这些话同另一个调查人员的话对到一块儿，伍德沃德开始相信，这笔现金“行贿基金”和伯恩斯坦在 7 月初听说的“大会安全保障资金”是同一笔钱。这笔总数至少为 10 万美元的资金，按照那位调查人员的说法，包括了兑现达尔伯格的支票，然后转入巴克银行账户上的那笔钱。

伯恩斯坦总是定期给那位前政府官员打电话，这次对方是这样说的：“有一大笔资金曾是戈登·李迪监管的……是的，这是同一笔资金。现在的计划是要舍李迪来保每一个人。总统连任委员会将要抛出来的故事和实情毫无关系。他们会说他们十分关心大会的安全问题，他们要用一大笔资金来确保他们不受干扰。那就是有意要泄漏出来的话。米切尔说要让这个说法传出去。知道那笔资金的人太多了。”

记者们等待着。几天后，8 月 16 日，克拉克·麦克格列高尔会见了一群经过严格挑选的白宫记者，作出了第一次公开的尝试，想把责任推到李迪身上。麦克格列高尔说，在担任总统连任委员会的财务顾问期间，李迪主动将竞选基金用于“安全保障的目的，即一旦有疯子”在共和党大会上“袭击总统，该采取何种措施”。

那天下午较晚些时候，由于伍德沃德试图在电话上取得一个更充分的解释，麦克格列高尔被激怒了。“我不知道为什么已离任的戈登·李迪需要现金，”麦克格列高尔喊叫起来，“我不可能告诉你……我从来未遇见过李迪……我不知道发生了什么事情。”

伍德沃德问麦克格列高尔，他的意思是不是他和他应该从事的竞选活动没有关系。

“如果你那样写的话，我们的关系就算结束了，”麦克格列高尔说，然后又加上一句，“我不是在威胁你。我只是在告诉你有什么事情会发生。”麦克格列高尔是尼克松政府中少数几个同新闻界保持良好关系的官员之一。

8 月 22 日，即在迈阿密举行共和党大会的第二天，《华盛顿邮报》头版报道了总会计办公室审计的初步发现。该报道主要立足于伍德沃德同调查人员的谈话，它说总会计办公室断定总统连任委员会非法使用了竞选基金中的 50 多万美元——包括用于显然非法的“安全保障资金”中的至少 10 万美元。

接替休·斯隆担任司库的保尔·E·拜里克代表总统连任委员会作出回答：“《华盛顿邮报》的报道断言说……委员会不正确地报告或没有按照法律报告捐款和开支，这是一派胡言。”

然而，总会计办公室的初步发现最触痛神经的地方不在于至少 50 万美元被非法使用，而在于透露了委员会有一笔“安全保障资金”。从白宫工作人员中加入委员会的前电讯社记者戴文·舒姆威一直坚持说不存在这样一笔款项。他 7 月份告诉伯恩斯坦说：“我决不会有意告诉你某件不真实的事情。”现在舒姆威说他后来才知道有这样一笔资金。“恐怕这里有些人不跟我讲真话，”他补充说。

总会计办公室的报告应该在同一天公开发表。就在预定发稿的一个小时前，总会计办公室给新闻媒体发来一条信息，说要推迟发表。

伍德沃德给总会计办公室的调查人员打电话。发生了什么事？

“你不会相信的，”那位调查人员说，“史坦斯给休斯打电话，让他到迈阿密的大会上来取得更多的材料……（他）当然得去。他们只是不想要那份报告今天发表。我不怪他们。”

那天晚上在迈阿密，理查德·尼克松被共和党提名竞选连任美国总统。

也是在同一天，即8月22日，正在审理民主党人100万美元民事诉讼的美国联邦地方法院法官查尔斯·R·利奇撤销了他早先的裁定，宣布此案中所有审判前获取的证据将统统被封存，不对公众公开，直至该案的诉讼程序完成之后。这意味着米切尔、史坦斯和其他人的宣誓证词在选举前不会公开。非同寻常的是，利奇是在没有总统连任委员会的律师提出任何动议的情况下撤销了他自己的决定。他在法官席上说，他这样做是考虑到那些被调查者受宪法保护的权利。

在作出裁决后几个小时，利奇法官给伯恩斯坦打电话。“我只是想要你从根本上理解我所作的决定。”他向伯恩斯坦解释了在刑事审判前发布民事诉讼证据的各种危险。

接着，利奇提出了一个伯恩斯坦从来没有想到过的问题：法官可能受到某个要求对总统连任委员会作出有利裁决的人的贿赂：“我要清楚地表明，我没有在法庭外同任何人讨论过这个案子，政治上的考虑在我这儿不起任何作用。”

伯恩斯坦被搞得目瞪口呆。他从来没有见过利奇法官，电话来得出乎意料。

直到8月1日关于达尔伯格支票问题的报道以前，伯恩斯坦和伍德沃德之间的关系更多的是竞争。双方都担心对方会独吞这项新闻报道中的剩余部分。如果一个人在夜间或周末去追踪调查一条线索，另一个人就会感到不得不去做同样的事情。8月1日的报道是他们俩共同署名；

这天以后伍德沃德问苏斯曼，是否可以在他的后续报道中将伯恩斯坦同他的名字放在一起——尽管当时伯恩斯坦仍然在迈阿密，没有参与这个报道。从那时起，任何关于水门事件的报道都登两个名字。他们的同事把两个名字合成一个，戏称他们为“伍德斯坦”。

渐渐地，伯恩斯坦和伍德沃德之间的相互怀疑和不信任减少了。他们明白了合作的好处，尤其是因为他们的气质如此不同。这项新闻报道涉及面之宽，其特有的风险以及谨慎从事的必要性，都说明至少要由两个记者来合作完成这项报道。通过分工合作，信息共享，他们增加了相互的接触。

他们各自有一份不同的重要电话号码名单，一周至少往这些号码打两次电话（当某个提供信息的人不来接电话或回电话的时候，往往就表明发生了重大事件）。最后，名单上的名字膨胀到好几百，只有不到五十个是重复的。尽管如此，他们还是免不了相互撞车。“你们这些家伙不是一块儿合作的吗？”一位律师有一次问伍德沃德，“我刚刚挂掉卡尔的电话。”另一次，一位白宫的助手说：“我们一直在试图搞清楚，为什么我们当中有些人接到伯恩斯坦的电话，而另一些人则似乎在伍德沃德的名单上。”没有什么理由。记者们想要尽可能避免在工作中相互撞车。一般来说，他们宁愿分头保持他们的联系，因为这样会使秘密的信息提供者感觉更加舒服：更多的时间可以用来发展个人关系。

对于那些坐在新闻编辑室内的人来说，伍德斯坦显然不是新闻机器上始终平稳运转的零件。这两人经常公开干仗。有时候他们为了一个词或一个句子，就要吵上十五分钟。席位差别极其重要；强调的东西必须恰到好处。为了把握好新闻上的适度，他们俩经常以最高的音量争吵，看到一个人气哼哼地从另一个人的桌子旁走开去也是常事。然而，他们迟早（通常是后来）会搞出一篇处心积虑的报道。

他们各自都开发了自己的归档系统。很奇怪的是，正是两个人当中远为杂乱无章的伯恩斯坦，将档案很整齐地归在马尼拉纸做的文件夹里，用标签标上他们遇到的几乎每一个人的名字，还有分类档案。伍德沃德保存档案的方法就不大正规了，但是他们俩都坚持一条不变的规则：什么东西也不扔掉，把他们所有的笔记和早先新闻报道的草稿都留着。很快他们就将四个文件柜装满了。

通常，由写东西较快的伍德沃德出第一稿，然后伯恩斯坦改写。伯恩斯坦往往只有时间改写报道的前半部分，让伍德沃德的后半部分留在后面，就像附注一样。这个程序经常耗费掉大部分的夜晚。

随着水门事件报道中各种线索的增加，这两个记者几乎着了魔。开始，互相间的关系是试探性的，慢慢两人就成了朋友。在时间上两个人都没有多少约束。伍德沃德离了婚，伯恩斯坦已分居。他们经常在新闻编辑室里待到夜里很晚，做校对，读剪报，概括论述他们的下一步步骤，交换意见。有时候，巴利·苏斯曼加入他们中间。苏斯曼最终脱离了他作为市内新闻编辑的正常职责，承担起指导水门事件新闻报道的责任。

苏斯曼三十八岁，风度翩翩，稍微有点超重，卷发，学者风范。他曾经当过弗吉尼亚和田纳西交界处一家小镇报纸的编辑人员，当过纽约大学的快速阅读教师，作过社交新闻栏的编辑，然后是《华盛顿邮报》的郊区新闻编辑——一个流浪的新闻记者，离开了布鲁克林，一路打零工来到华盛顿。

苏斯曼有一种特殊的能力：抓住事实，锁定在记忆中，想用时随时拿出来。他是编辑部内有关水门知识的活词典，甚至在图书馆都无能为力的时候他也能担当资料出处，这方面他比《华盛顿邮报》的任何编辑都强。在最后期限，他会文思泉涌地把那些事实变成一篇报道，拿出一套重要的信息来支撑他所揭示的往往很不起眼的问题。在苏斯曼的心目中一切都有用。水门事件是个谜，他是各种信息的收集者。

事实上，苏斯曼是个理论家。在别的年代，他也许会成为一个犹太法典的学者。他培养了一种苏格拉底式的方法，对两名记者挑剔地提出一个又一个问题：谁和史坦斯一起从商业部转到总统连任委员会？米切尔的秘书怎么样了？为什么任何人都不愿说李迪何时去的白宫，或是谁同他一起在那里工作？米切尔和史坦斯两人都负责预算委员会，对吗？这一点告诉了你什么？然后苏斯曼会吸上一口烟斗，脸上露出满意的笑容。

苏斯曼酷爱历史和民意测验。他的英雄是杰弗逊，但是两位记者总是想象，在他心目中乔治·盖洛普[①]和杰弗逊不相上下。在反战运动高潮的时候，几乎每次城里有大示威，苏斯曼都要派出记者小组去询问示威者的年龄，政治见解，家乡，以前参加过多少次示威。他每次得出的结论几乎和每个街上的记者得出的结论相同——反战运动已变得具有广泛的社会基础，激进成分减少了。自从水门事件以来，苏斯曼一直在研究蒂波特山丑闻。他对水门事件有一种伯恩斯坦和伍德沃德十分理解的见解——这同历史必然性、战后美国伦理、商品化以及理查德·尼克松有关。

苏斯曼和报社的其他编辑在气质上是不拘礼节的。两位记者从来没有被正式指定从事水门事件的报道。他们感觉到，只要有新闻源源不断就没有问题。如果产生不出新闻，那么在《华盛顿邮报》新闻编辑室的竞争气氛中是什么事情都会发生的。在关于达尔伯格支票问题的报道后的几个星期内，由于西蒙斯和布拉德里对水门事件显示出越来越大的兴趣，罗森菲尔德显然变得紧张起来。在《华盛顿邮报》，编辑半开玩笑地问记者（然后是编辑层面上一级一级地问）的千篇一律的问题是："你今天为我做了什么？"昨天是留给历史书的，不是给报纸的。

---

① 乔治·盖洛普（1901—1984），美国统计学家，民意抽样调查创始人。——译者

这就是自从本·布拉德里1967年担任总编以来《华盛顿邮报》的职业道德。布拉德里是带着这样的观念被录用的：《纽约时报》在美国新闻界享有的卓越地位并不是绝对的。

1970年《纽约时报》发表五角大楼文件的时候，这一观念受到了挫折。虽然《华盛顿邮报》是获得越南战争研究资料的第二家新闻组织，但是布拉德里说，《纽约时报》最初报道的"每一个字上都渗透着鲜血"。布拉德里往往只要用厌恶的眼光瞥你一眼，就会表达出他对一个懒惰的记者或编辑的看法。

从迈阿密回来后，伯恩斯坦一心一意地调查伯纳德·巴克银行账户上的墨西哥支票中的那89 000美元。为什么是墨西哥？按照总会计办公室调查人员的说法，莫里斯·史坦斯说过，这笔钱最初来自得克萨斯。但是总会计办公室没有人能明白，竞选捐款中的89 000美元为什么要到墨西哥去兜个圈子。

8月中旬，伯恩斯坦开始给得克萨斯总统连任委员会的所有雇员打电话。委员会在休斯敦的办公室里有一位秘书说，联邦调查局的人已经到那里找该委员会司库艾麦特·摩尔谈过了。

"他们问我钱怎么会转到墨西哥去的，"摩尔说，"他们说有人声称——钱转到墨西哥又转了出来。"

摩尔试图向伯恩斯坦表明，联邦调查局特工对他并不感兴趣，他们感兴趣的是得克萨斯委员会主席罗伯特·H·亚伦。亚伦也是休斯敦海湾资源及化学制品公司的董事长。特工们对亚伦同一个叫曼努埃尔·奥加利奥·达盖尔的墨西哥城律师的关系很感兴趣，此人代表海湾资源公司在墨西哥的利益。

墨西哥的关系。这是什么意思？

摩尔说，联邦调查局的人来找他，伯恩斯坦打来电话，搞得他不知所措。他对为什么要把钱挪到国境那边去一无所知。

伯恩斯坦开始给罗伯特·亚伦的家中及办公室的录音电话里留言。没有回音。最后，在莫里斯·史坦斯把总会计办公室的审计员叫到迈阿密来的那天早上，伯恩斯坦一早6点钟就起床了——在得克萨斯是早上5点钟——并给亚伦在休斯敦的家中打电话。亚伦睡梦惺忪地拒绝讨论这个问题，“因为这要由大陪审团来考虑”。

伯恩斯坦用他那不熟练的中学生西班牙语在电话上加紧寻找奥加利奥，寻找有关这个油滑的墨西哥律师的信息。渐渐地，他的西班牙语成了办公室里善意玩笑的目标。伯恩斯坦无法说出完整的句子，只有用现在时表达的一些学校课本上的不连贯的词组。坐在伯恩斯坦旁边的记者凯恩·林格尔会叫起来，“伯恩斯坦又说西班牙语了”，记者和编辑们就会走过去，点评一番。电话打给银行家，打给奥加利奥的亲戚，他以前的法律伙伴，他的客户，墨西哥的银行督察，警察，法学院。一无所获。办公室里的玩笑总是在说，伯恩斯坦听说了有关水门事件的全部情况，却没有听明白。

所以，尼克松竞选活动同墨西哥方面的种种关联是用英语揭露出来的，也就不足为怪了。

8月24日，伯恩斯坦给在迈阿密的马丁·达第斯打电话。这位负责调查的长官说他将要提供一个很好的信息，是关于墨西哥支票的，一份真正不可思议的材料，但他不想在电话上谈。达第斯向伯恩斯坦保证，他将再次飞到迈阿密去。伯恩斯坦赶上8月25日星期五从华盛顿出发的第一班飞机，再次花了大半天时间同卢比在一起。然后，他怒气冲冲地走开，再次去寻找据说那些窃贼曾买过胶卷的那家照相店。

在公路上，一个广告牌吸引了他的注意力。它画的是一个三十来岁碧眼金发的英俊男子，看上去就像香烟广告中的模特儿。上面写道：“投州检察官尼尔·索奈特一票，达德县。”伯恩斯坦立即对那位负责调查的长官火冒三丈。

几个星期前达第斯给他打电话，请他帮忙。“这是我们正在办的一件案子，但是同水门事件无关，”他告诉伯恩斯坦，“你在五角大楼或军队里一定有一些朋友，如果你能让他们为你查一下档案……”然后他要求从尼尔·索奈特的档案中找到尽可能不好的信息——或是被逮捕过，或是有精神病，或是有同性恋史，等等。

一个五角大楼的上校答应为伯恩斯坦帮忙，在共和党召开全国大会前，伯恩斯坦打电话给达第斯，告诉他情况。幸好达第斯说他不再需要这个信息了。

第二天即 8 月 26 日早晨 6 点前，伯恩斯坦给达第斯打电话。他知道，戈斯坦因的竞选计划在 7 点 30 分开始。第一声铃响时达第斯就拿起电话。“真他妈的见鬼，卡尔，让我们以后再聚，我得走了。没法等几个小时。”

伯恩斯坦提到了尼尔·索奈特那漂亮的广告。

“我想我不应该让你做那件事的。”达第斯不好意思地说。

伯恩斯坦问他关于墨西哥的支票了解到什么。

“这叫做‘洗钱’，”达第斯说起来，“那些人建立起一连串的过手渠道，让人无法查到钱是从哪里来的。黑社会总是在做这样的事。尼克松也做，至少这是那个为罗伯特·亚伦当律师的家伙说的。这家伙说整个事情都是史坦斯搞起来的。这是史坦斯的主意。他说他们在别处也在做这样的事情，史坦斯无论如何都不想让他们追查到钱的来源。”

达第斯说他是从一个曾当过亚伦代理人的律师那儿听到这些消息的。那人叫理查德·海恩斯，他向达第斯概括了墨西哥的洗钱过程：

4 月 7 日是新竞选财务法规开始生效的日子，也是可以合法接受匿名捐款的最后一天。就在这一天前不久，史坦斯在美国西南部进行最后一次募集资金的巡回游。如果民主党人不愿意向一个共和党总统候选人捐款，史坦斯就向他们保证，为他们绝对保密，必要的话，还可以通过墨西哥的一个中间人转移他们的捐款。美国调查人员的传票对这个中间人的银行档案无效。这样的保护措施还允许总统连任委员会接受竞选法明令禁止给政治候选人的公司捐赠；接受同政府管理机构有麻烦的企业管理人员和劳工领袖的捐赠；接受特殊利益集团以及拉斯维加斯大赌场、黑社会帮派一类地下收入来源的捐赠。为了确保匿名，无论这“礼物”是支票、有价证券，还是股票，都会被带过边境，送到墨西哥，存入一个同尼克松竞选没有任何表面关系的墨西哥公民的银行账户，然后换成现金，最后送到华盛顿。为了确保捐款人在困难的时候不被忘记，对这些钱的惟一记录在华盛顿由史坦斯珍藏起来。

远在休斯敦的海恩斯在电话上向伯恩斯坦确认了这样的交易。作为熟悉乱七八糟的得克萨斯政治和社团阴谋的交易老手，海恩斯说话的风格是谈笑风生，夸夸其谈，这为他在从达拉斯到奥斯丁的法庭上赢得了“赛场之马”的绰号。

“他妈的，史坦斯和尼克松一起搞这种交易好多年了，”他说，“没有什么真正的问题。这不跟交什一税[①]是一样的吗？”

海恩斯说，尼克松竞选组织在得克萨斯的头儿罗伯特·亚伦，只是转移到墨西哥的资金的中间渠道。奥加利奥是货币兑换商，他把亚伦给他的支票和票据变成他在国际银行账户上提取的美元现金和现金汇票。

海恩斯估计，史坦斯和他的两个主要的资金募集人募集的 75 万美元，在 4 月 7 日前的最后几个星期内通过墨西哥转给了竞选活动。

“莫里在这儿活像一列火车，”海恩斯说，“他跑得快着呢！他会对那些以前从来没有支持过共和党人的民主党大阔佬们说：‘你们知道，我们在东部有了这个疯子拉克尔斯豪斯[②]，他一见烟囱冒烟就会关掉你

① 历史上欧洲基督教会向居民收的一种宗教捐税。——译者
② 威廉·D·拉克尔斯豪斯，当时的环境保护署署长。

们的工厂。他是一个强调加强控制的死硬分子，这样的人在华盛顿不止一个。当你有这样一个家伙在那里为所欲为时，人们需要一个去处，可以避开种种麻烦。但是别误解，我们不作任何承诺，我们所能做的一切就是使我们自己向别人敞开大门……’”

但是莫里传达的信息是无疑的。海恩斯说：“莫里是一个真正的一流高手，他决不会去威胁那些家伙里面的任何一个人。然后他会跳起他的墨西哥帽子舞，告诉他们不会有什么危险的，民主党人或他们公司的竞争者不会了解到捐款的事情，一切都在墨西哥消失了……如果一个家伙说没有钱，莫里就会让他把股票拿到他的公司里周转，或者变成别的股票。他要提 10%，说让尼克松留在华盛顿并保持接触，完全值得某些大企业家花上收入的 10%。”

那是 8 月 26 日星期六，是总统得到提名后的第三天。在华盛顿，伍德沃德刚接到总会计办公室的报告，它终于可以拿出来登在星期天的报纸上了。报告列举了十一项内容，包括对新法的“明显违反”与“有可能的违反”，供司法部参考，以便在可能的情况下提起诉讼。它还说，史坦斯在他的办公室里保留了一笔秘密的现金行贿基金，总数至少达 35 万美元。这笔基金曾包括来自达尔伯格那 25 000 美元支票和那四张总数达 89 000 美元的墨西哥支票的现金。

根据这份报告，伍德沃德写出了一篇报道的主要部分。伯恩斯坦从迈阿密口授了关于洗钱的描述，以及海恩斯的估计：在边境那头洗的钱不止 89 000 美元，而是 75 万美元。

经过几次长时间谈话之后，伯恩斯坦和伍德沃德决定不提海恩斯描述过的史坦斯的其他募钱手段。两人对那个律师的语言都很慎重。海恩斯关于他所谓的“史坦斯的敲诈勒索性的巡回旅行”说法被归入档案，准备作进一步的调查。总会计办公室的调查人员向伍德沃德证实了墨西哥洗钱交易的内容。

三天后的8月29日，总统在加利福尼亚圣克利门蒂的海边家中举行记者招待会。记者们在一个阳光明媚的早晨等候在巨大的棕榈树和桉树底下。

“关于竞选基金的管理问题，”总统说，“我们这里有一个新的法规，显然双方都发生过而且还正在发生违反这个法规的情况。”

一个记者问，民主党人违反法规是怎么回事？

“我想那将在本周的结算中透露出来。我会让政府人员谈论这个问题，但是我的理解是，双方都有（违反法规的情况）。”总统镇静地说。

总统说，史坦斯是“一个诚实的人，一个非常小心翼翼的人”。总统说，事实上，史坦斯正在调查这个问题，“非常非常彻底地调查，因为他一点也不想有任何引人注目的证据，表明我们不守法”。

总统拒绝了有人提出的任命独立于司法部的特别检察官的建议，他透露说，他的顾问约翰·W·迪安已经进行了一次水门事件的调查：“我可以断言，他的调查表明，白宫工作人员当中，这届政府现在受雇用的人员当中，没有一个人卷入到这个异乎寻常的事件中去。在这类问题中，真正要命的不是这类事情的发生，因为在竞选中过于热情的人们会做错事情。真正要命的，是你企图将它掩盖起来。”①

伍德沃德根据记者招待会的记录写了一篇报道，列举了一些受到调查的人员名单：亨特，李迪，史坦斯，斯隆，米切尔。这些人就像总统如此细心指出的那样，不是这届政府“现在受雇用的”人员。

伯恩斯坦仍然在佛罗里达追踪调查那四个迈阿密人。那天早晨，他同巴克以前的老板、佛罗里达房地产同业公会主席恩利克·瓦莱多谈了话。巴克担心失去他房地产业的许可证，在交保获释之后去见过他的老

---

①《新共和》高度受人尊敬的尼克松观察家约翰·奥斯本在一周后写道：“关于尼克松先生1972年的第一次‘政治记者招待会’，我始终记得的一件事就是他谈到了基金和窃听问题，而我们却没有把他当做一个有问题的候选人来对待。这是一个教训，说明总统职位有迷惑人的力量。”

板。瓦莱多说起了他们的一部分谈话内容："我说，'这（民主党人的）100 万美元的诉讼怎么样了？你不担心吗？'"

"我不担心。他们会付钱给我的辩护律师。"巴克回答。

"他们是谁？"

"我不能告诉你。"

这件事被放进了总统记者招待会的报道中。这是关于有人直接付钱给阴谋策划者的第一次公开暗示。

自从 6 月 17 日以来，总统连任委员会似乎神圣不可侵犯，就像一个超级机密的国家安全官僚机构那样不可探测。造访者在门口就被穿制服的门卫挡住，由新闻工作人员或安全工作人员证明可以进入之后，再把他们领到约见地点，出来时也有人陪送。委员会的竞选官员的电话号码——一张上面有一百多个名字的纸——被看作是一份分类文件。《华盛顿邮报》的一个研究人员从委员会的一个朋友那里搞到了一份，他被告知："你要明白，如果他们发现，我会丢掉饭碗。"

委员会各部门的负责人，一般不为报界和公众所知的第二梯队，都在电话名单上赫然在目，因为在他们的名下都列有私人秘书。由于楼层号就列在委员会人员姓名和电话分机的旁边，这就有可能估算出谁和谁的工作相近。如果把电话分机从名单上抽出，按顺序排列，甚至还可以确定谁为谁工作。

研究名单成为一项专门的工作，有点像研究茶杯里剩下的茶叶渣来占卜命运似的。电话打到那些关键性人物那里时，他们当中没人愿意发表看法。于是伯恩斯坦和伍德沃德凭着对那份名单的推测，开始在晚上造访那些总统连任委员会人员的家。头版的最后期限是晚上 7 点 45 分，他们俩每晚都在那之后不久出发，有时候分头行动，有时候一起乘坐伍德沃德那辆 1970 型卡尔曼 · 基亚休闲跑车。一个人出去的时候，伯恩斯坦就使用单位的公车，或者骑自行车。

伯恩斯坦敲开了第一个人的门，那人求他“趁他们还没有看见你赶紧离开”，他浑身都在发抖。“请离开。我知道你只是在尽量做好你的工作，但是你不明白我们承受的压力。”伯恩斯坦试着让谈话进行下去，但是对方告诉他，“我希望你理解我并不是不懂礼貌，请走吧”，说着就把门关上了。第二个人说，“我是想要帮助你们的”，说着就哭了起来。“天啊，这一切都这么可怕。”她说着，同时朝这位记者指了指门口。

夜间造访大都是旁敲侧击的调查。但是，所有这些造访始终在追寻一条线索：它同戈登·李迪在总统连任委员会的秘书萨莉·哈莫尼有关。哈莫尼太太显然没有把她所知道的一切都告诉联邦调查局和大陪审团。8月末，伯恩斯坦从另一家报纸的记者那儿第一次听说了这件事。在一张电话留言条的背面，他草草写下了这个消息，然后把它放到摊满一大堆文件、书籍，以及一杯杯变了味的咖啡的桌子中间。“……用说谎来保护杰伯·马格鲁德……竞选部门负责人，”他写道。

一位司法部的官员证实水门事件的检察官怀疑哈莫尼太太的证词，但是他又说，他们缺乏指控她作伪证的证据。哈莫尼太太缺乏坦诚似乎是竞选总部人所共知的事情，但是她在哪些问题上说了谎，不是没人知道，就是没人愿意说出来。不过渐渐地，关于窃听事件的成型的东西，还是从他们夜间造访所收集的零碎信息中开始冒出。有几个委员会雇员透露了水门事件之后成批销毁的档案，尽管他们都说他们是间接听说的，不知道细节。

那些可能知道窃听事件细节的关键岗位上的人，尤其是秘书，似乎没有被联邦调查局盘问过。联邦调查局对竞选工作人员的所有盘问，都是在委员会总部而不是在雇员家里进行的。要是在家里进行，那些雇员也许会感到更加自由从而说出些什么。盘问的时候总是有委员会的律师，或者委员会的政治协调员、负责司法部内部安全司的前助理总检察长罗伯特·C·玛迪安在场。一些人说，玛迪安和别的人让他们不要主动将任何信息告诉那些特工，除非被问到无法回避的具体问题——尤其是关于委员会的财务。

直到此时，两名记者一点一滴收集的信息，几乎都来自不想讨论这个问题的人。他们的恐惧比任何别的东西更加令伍德沃德和伯恩斯坦相信，他们押的宝比原来想象的要大得多。当然，他们也被人们对他们造访的反应搞得很不安。

诀窍在于进入被访者的屋子。只有在那里面，才可以同此人谈话，才可以诉诸他的良心，两位记者也才可以让对方把自己当做人来看待。此前，他们总是直接说明自己的身份，但是更有效的方法似乎是不要太直截了当：一个委员会的朋友告诉我们，你为看到的某些事情感到很烦，应该找你谈谈……你绝对直截了当，忠厚老实，不太知道该怎么办；我们明白这个问题——你相信总统，不想做任何不够忠诚老实的事情。

伍德沃德向对方表明，他是一个登记注册的共和党人。伯恩斯坦则可以声明对两党的政治有一种真诚的厌恶。

这些手段有时候能生效。人们想要知道是委员会的谁给了两位记者他们的名字。这很好，因为接下来伍德沃德和伯恩斯坦就可以解释保护秘密提供消息者的必要性，他们向被访者保证，他或她同样也会受到保护。一旦进到房子里他们是从来不用笔记本的。

然后，他们会单刀直入：……联邦调查局同你谈过话？（“我不明白你的话，他们从来没有问过我。”）自从约翰·米切尔离开后，事情有什么好转吗？（“离开？他也许已经退出，但是他一个星期去那儿三次，告诉弗雷德·拉吕和罗伯特·玛迪安该做些什么。”）还有一些小事情：“杰伯（·马格鲁德）真的吓坏了，好像屋顶明天就要塌在他头顶上似的。”……“有人告诉我说，马格鲁德想要写一个报告，把知道的一切都说出来，但是白宫说不行。”……“检察官不断问我是否知道其他窃听，或许在麦戈文的总部。”……“正本，这是他们不断问的一个词。问我是否听说过任何关于（窃听记录）正本送到白宫去的事情?”……“联邦调查局想要知道我是否看见什么人用过粉碎机。”……“我听财务的人说，如果他们看一眼那些记录就算过去了，他们就把它们烧掉。”……“萨莉（·哈莫尼）说戈登（·李迪）绝不会说，她也不会说，她的记忆力很糟糕。”……“从我听说的事情来看，他们在监视每一个人，到处追踪他们，刺探所有的情况。”……“请不要打电话找我——天啊，尤其不要在工作的时候，可是也不要在这里。没有人知道他们会做什么。他们会不顾一切。”

9月初的一个事件使两位记者意识到，这些人的恐惧不是毫无根据的。

他们搞到了一份委员会的最新开支报告，上面开列了所有领取薪水的雇员的姓名。伯恩斯坦发现某人他曾经遇见过，就打电话给她，邀请她吃午饭。他建议了六七个他们可以见面又不会被人看见的地方，可是她却坚持要在一个三明治店，尼克松竞选班子的几十个工作人员都在那儿吃东西。当他们坐下的时候，她解释说：“我被盯梢了。这里很公开，不像我在隐藏什么东西的样子。人们都不愿在电话上讲话，太可怕了。”

伯恩斯坦请她镇静。他认为她过于夸张了。

“但愿我是过于夸张了，”她说，“那些人什么事都知道。他们知道起诉将在一星期内安排好，知道只起诉七个人。有一次，一个人到地区检察官那里，当天夜里她的老板就知道了。我以前总是信赖联邦调查局，可现在我不再信赖它了。”

“我尽了一个好公民的职责。我也会到地区检察官那里去。可我现在是一个宿命论者。真相绝不会大白。你绝不会得到真相。靠记者同诚实的人谈谈话是得不到真相的。他们知道你们夜里出来同人谈话。今天有人从新闻办公室出来，到我们办公室说：‘我希望知道，委员会里谁同卡尔·伯恩斯坦和鲍勃·伍德沃德有过联系。’”

“联邦调查局甚至从来没有问过我在闯入事件的那个周末是否在委员会。我几乎全部时间都在那里。奥德勒没有告诉他们他知道的一切。他不断转移档案。我不知道他是否销毁了它们。他会让每一个人都从房里出去，再关上门，然后他就带着档案离开。”

“我所知道的其他事情都是道听途说，”她说，“我尽了我的职责，我告诉了地区检察官……整个事情都被掩盖得很好，没有人会知道发生了什么事。”

连小县城的警察局都可以比联邦调查局做得更好，她已经厌恶了总统制的政治。她请伯恩斯坦陪她回办公室，以免让人觉得他们在偷偷摸摸。当他们站在17街和宾夕法尼亚大道路口等候过马路的时候，莫里斯·史坦斯坐在豪华轿车里在大道那一边停在了1701号门前。

“在所有这一切发生之前，他是一个老实人，”她说，“现在他也在撒谎。”

当那位秘书进入大楼的时候，伯恩斯坦隔着马路观察史坦斯。

“行，”她说，“我会告诉你的，但这不会有什么帮助。不要给我打电话，不要来看我，不要问我是如何知道的之类的问题。拉吕、波特、马格鲁德，他们都知道窃听的事，或者至少在他们知道的事情上对大陪审团撒了谎。还有米切尔。不过对米切尔主要是猜测。其他三个人我可以保证。”

弗雷德·拉吕，赫伯特·L·波特和杰伯·斯图亚特·马格鲁德全都已经离开白宫，加入了总统连任委员会。

大约5点钟的时候，那女人打电话给伯恩斯坦。她听上去几乎歇斯底里。“我在一个电话亭里。我吃完午饭回去的时候，有人打电话让我到他办公室去，说有人看见我同《华盛顿邮报》的一个记者在说话，他们想要知道一切。这很重要。这就是你必须知道的一切。我告诉过你他们在盯我的梢，请不要再给我打电话，也不要再来看我了。”

那天晚上，伯恩斯坦到了她的寓所。

“快走吧，”她说，伯恩斯坦和伍德沃德离开了，又去敲别家的门。

大约就在同时，克拉克·麦克格列高尔给《华盛顿邮报》的总编本·布拉德里打了电话，投诉两位记者的造访。布拉德里在几个月后才将此事告诉了两位记者，他回忆说，麦克格列高尔要求约见他和《华盛顿邮报》的发行人凯瑟琳·格雷厄姆。约见定在第二天，但是又被麦克格列高尔取消了。“他说你们的行为太过分了，总统连任委员会有五个女人受到你们的骚扰。我说：‘听上去根本不像是我的人。’他给了我那些名字……我说：‘那么，他们是怎么骚扰她们的呢？’麦克格列高尔说：‘他们深夜敲人家的门，还从大厅里给她们打电话。’我说：‘从我多年来听到的他们的所作所为，这算是最斯文的了。’”

9 月 14 日晚上，伯恩斯坦敲响了华盛顿郊区一座小型住宅的前门。自从他和总统连任委员会的那个女人一起吃午饭以来，他就有一种感觉，这座房子的主人就是回到检察官那里去的那个人。他到处打听她。“她知道很多事情，”他被告知。这女人为莫里斯·史坦斯工作。

一个女人打开门，让伯恩斯坦进去。“你找的不是我，是我姐姐，”她说。她姐姐来到房间里。他原本料想是一个五十来岁的女人，也许头发已经花白，这是他想象中的簿记员的模样。可是她要年轻得多。

“哦，天哪，”簿记员说，“你是从《华盛顿邮报》来的。你必须离开，我很抱歉。”

伯恩斯坦开始想办法赖着不走。妹妹正在抽烟，他注意到小饭厅的桌上有一盒香烟，他要一支烟抽。“我自己去拿，”当妹妹挪动身子要去取那盒烟的时候，他说，“不必劳你大驾了。”这使他又向房间里走进了十英尺。他以一副很有把握的样子告诉簿记员，说他很理解她会害怕。委员会有许多像她那样想要说真话的人，但是有些人不想听。他知道某些人回到联邦调查局和检察官那里去，想要说出更多的信息……他犹豫了。

“你们记者随随便便从哪里搞来的信息?”她问，“委员会没有人能想象出这些事情。”

伯恩斯坦问他是否可以坐下来，抽完这支烟。

“可以，但是你马上就得走，我真没什么好说的。”她正在喝咖啡，她妹妹问伯恩斯坦是否也来点。簿记员使了个眼色，但是太晚了。伯恩斯坦开始慢慢啜饮起来。

她很好奇。“如果你知道我会到检察官那里，那么一定有人提供可靠的信息。”然后她一口气说出几个伯恩斯坦试图记在脑子里的名字；如果她把他们作为有可能提供信息的人说出来，那么他们一定是要么有些信息，要么不满委员会现在的办事方式的人。

他开始一个人说起他和伍德沃德所遇到的那些好人，他们想要帮忙，可是却没有可靠的信息，只有他们所得到的第三手、第四手资料。

“你们这些家伙总是不断挖掘，”她说，“真的已经接近要害问题了。”

她怎么知道的?

“计算是我的工作。我有一个计算器和一双巧手。”她说话的样子几乎是嘲弄式的，好像知道她看《裸露的城市》节目看得太多了。她摇摇头，对自己一笑置之。“有时候我哭笑不得。我是一个会计，我不关心政治。我没有做错任何事。但是从某种意义上讲，丹麦国里有些不可告人的事情[①]，而我是其中一部分。”然后她又猜测起提供信息的人来，

① 这是莎士比亚名剧《哈姆雷特》第一幕第四场中的一句台词。——译者

伯恩斯坦竭力把这些名字记在脑子里。她正望着她的咖啡杯。他则尽量不露出紧张的样子，逗着她的狗。她似乎想要谈她所知道的事情。但是同《华盛顿邮报》谈？同敌人谈？伯恩斯坦有这样的感觉：他要么随时从门里走出去，要么待下去，直到她告诉他全部事情为止。

“我只忠于莫里斯·史坦斯、总统的连任选举和真理。”她说。

伯恩斯坦听说史坦斯的妻子病了，住在医院里。便打听史坦斯夫人的情况，然后又询问这位前部长是否最终会成为约翰·米切尔的替罪羊。

“如果你能抓住约翰·米切尔，那就太好了。我恰恰没有真正在法庭上能站得住脚的证据，说明他知情。也许他那些家伙，那些接近他的人，已经被弄到别的地方去了。”

什么家伙？

她的手在颤抖。她看看她妹妹，妹妹态度不明地耸耸肩。伯恩斯坦想也许可以在她那儿找到同盟军。妹妹起身准备再给他弄一杯咖啡。他喝了一大口，把杯子递给她。她把咖啡加满。伯恩斯坦决定碰一下运气。他从胸前的暗兜里取出笔记本和铅笔。簿记员瞪着他。伯恩斯坦告诉她，不要说他们也许还不知道的事情，绝对不会有任何在别处无法得到证实的消息登到报纸上去。

“委员会有许多事情是错的，有许多事情很不好，”簿记员说，“我很早就被大陪审团叫去，但是没有人知道该问什么问题。人们对他们撒了谎。”

萨莉·哈莫尼呢？

“我和她没有讨论过这个……但是萨莉——还有其他人——都撒了谎。”簿记员曾为休·斯隆工作过，在他退出之后，她被提拔为史坦斯工作。我们得到提拔的人中间有一些是他们很担心的。

“斯隆是牺牲品。如果他不站出来做堂堂正正的事情，他老婆就要离开他。他走了，因为他明白了，不想参与。我们在6月17日以前不知道，但是在6月19日，我们进行综合推断，搞清楚了。”

她改变了话题。几天前，《华盛顿邮报》报道说，还有一个人参与了窃听，但是他的身份没有被揭露；他得到检察当局的豁免保证，说出了内情。

簿记员开始大声推测：“博德文？他甚至不是在职人员。”

她又试了另外两个名字。

伯恩斯坦摇摇头（他不知道是谁）。

“一定是那三人中间的一个，”她说，“我敢肯定是博德文。”

伯恩斯坦问她，是否知道谁收到了窃听的谈话记录。

“我不知道谍报工作是如何运作的，”她说，“我只知道谁拿了钱，谁批准了经费分配方案。就我所能见到的事情而言，你已经得到了全部姓名。往上面一点去追查，别纠缠于财务委员会，”她建议，“是那些搞政治的人……没有任何区别。如果想做成任何事情的话，你们应该让法律站在你们那一边。应该对那七个人提出起诉，就是这样的。政治家的力量太强了。”

给多少人付了钱？

“从基金拿钱的有十三或十四个人，但只有六至七人被牵进去。大陪审团甚至没有问是否有法律管辖以外的报酬。”

史坦斯知道谁接受了这样的报酬吗？

“他知道的比我还少。我忠于休和史坦斯先生，”她强调，“因为某种理由，史坦斯先生感觉我们必须承受一段时间的压力。”那天早晨她同斯隆谈了话，他提到《纽约每日新闻》的一条新闻，说它给人的印象好像是斯隆知道窃听阴谋。“我告诉他应该起诉，可是他只说‘我要离开’。我猜，大陪审团也没有问他对路的问题。”

所有这些该问的问题，谁知道它们的答案呢？

“李迪和萨莉·哈莫尼。她比我知道得多。可她从未同我谈论过她所知道的事情。我一再鼓励她做正确的事情。萨莉也得到了晋升。”她现在为罗伯特·奥德勒工作。

奥德勒卷进去了吗？

“当然没有。他是一个被捧上了天的勤杂人员，马格鲁德的跑腿。不过，杰伯肯定是卷进去了。这都是政府人员搞的，这是人所共知的事情。所有卷进去的人都同政治委员会而不是财务委员会有关。”但是，除了马格鲁德以外，她不愿说是谁。马格鲁德是总统连任委员会的第二把手。伯恩斯坦开始猜测，从总会计办公室的名单上挑出他所记得的名字。朗·瓦西本？他忘记了瓦西本是财务方面而不是政治方面的人。

“你在开玩笑吗？朗迟钝极了，在窃听事件后的星期一，他竟然还把财务方面的人召集起来，说我们同事件无关。然后他请戈登对年轻人讲几句。当时戈登·李迪站起来做了一次发言，说麦考德是老鼠屎，不该让他坏了一锅粥。”

伯恩斯坦又向妹妹要了一杯咖啡，并试着说出了另一个名字。

“绝不可能。因为他不喜欢做那些疯狂的事儿，所以白宫把他弄走了。”

谁？

“就在米切尔之下。”簿记员暗示。

伯恩斯坦试了试拉吕和波特的名字。没有回答。他又试了一次。

沉默。

她有什么证据证明米切尔的助手参与了呢？

“我有过证据，但是所有的档案都销毁了。……我不知道谁销毁了它们，但是我相信戈登销毁了一些。”

这是可靠证据吗？

“这些证据不能确定他们策划了窃听；它们不一定表明他们同这事

有关，但是会非常接近。”

她怎么会认为它将他们同窃听联系在一起呢？

“4月7日以前有一个特别账户。那时候，我只知道账上有一些开支，但不知道是哪些开支，可是，6月17日你不必是天才就可以猜到。我见到了数字，也见到了所有的人。当时没有收据。”她说，“李迪就在领钱者之列。戈登就是对总统忠诚的一个例证。他绝不会当软蛋。他将承担全部责任。”

簿记员继续盯着伯恩斯坦的咖啡杯，陷入了思考。“监视我的人太多了，”她说，“他们知道我暗中知情，所以就像老鹰一样监视我。”她相信她的电话被安了窃听装置。

付出去了多少钱？

“很多。”

50万以上？

“你已经在报上见到了。”

终于搞清楚了。这就是保存在史坦斯保险柜里的现金行贿基金。

“我从来不知道这是一笔‘安全基金’，或者别的什么基金，随他们怎么叫，”她说，“直到6月17日之后。我以为这是一笔你不谈论的全方位政治基金——例如请政治人物吃饭之类的，但全都是合法的。”

35万美元用于吃饭？这是怎么支付的？

“不是一笔支付的。我知道是怎么回事，是我把数字加起来的。”曾经有一张纸，账都记在上面，可是它被销毁了，这是惟一的记录。“那是一张划了线的纸，上面的名字写了大约半张纸，差不多有十五个名字，发给每个人的钱数写在名字旁边。我不止一次看过这张纸，数额在不断增大。”她说，每付一次款，她就在纸上做一次修订。斯隆也知道全部情况。他分发现金。

伯恩斯坦又问了一下名字。他被搞糊涂了，因为纸上大约有十五个名字，可她却认为只有六个参与。是哪六个？

“记在总会计办公室的报告上了，我想他们都面对过大陪审团。他们很容易隔离，有几个已经被列在报刊上了，但是不一定同这事有联系。”

资金是如何分配的？

打来的一些电话同如何发钱有些关系。六个人当中实际上只有三个人收了钱。“其他人的卷入包括接听某些电话。”她说。

这六个人是谁？他又问了一遍。

“米切尔的主要助手……最高层次。马格鲁德是其中之一。”

他开始抛出更多的名字。他试着用开头的字母：如果她向他说出他们名字的开头字母，他至少能缩小命中范围。他试了一下 L。

“L、M、P，这就是我打算要告诉你的一切。”簿记员说。

咖啡喝完了。他希望能够再来，他已经逼得够紧了。在门口感谢她的时候他又问，委员会的谁会知道些事情、并愿意谈论它们。她提到了和伯恩斯坦一起吃午饭时被跟踪的那个女人。

在驶往环城路的时候，伯恩斯坦在一个电话亭那儿停下来，给在家中的伍德沃德打电话。由于喝了过多的咖啡，当时又异常欣喜，再加上竭力要在脑子里记清楚的信息，伯恩斯坦的声音听起来过于激动。他也不想在电话上说得太多——妄想狂是有传染性的。他说他马上过来。

伍德沃德在打字，伯恩斯坦一边口授他的笔记，一边把笔记中的空缺补上。结论似乎很清楚。史坦斯保险柜里的钱同窃听事件有关，李迪接受了其中的一些，但是最重要的是，米切尔的助手——包括马格鲁德——也得到了一些钱，并意识到这是间谍行为。

伍德沃德把立体声收音机打开，调到最大音量，然后在这一页的最上面打上：“同某人的谈话，9 月 14 日。”

他把这张纸递给伯恩斯坦，问他信息是从谁那儿来的。伯恩斯坦写上了簿记员的名字。

第二天，也就是9月15日，起诉书很晚才由大陪审团发下来。不出预料，亨特、李迪以及6月17日被逮捕的五个人都受到起诉。这七个人每人被指控犯有的不同罪状都多达八条——全都同阴谋策划、入室盗窃及联邦窃听法规明令禁止的用电子装置窃听他人谈话的行为有关。《华盛顿邮报》在其新闻报道中说，起诉“没有触及所谓的间谍行为的目的及其后台的中心问题”。

司法部长理查德·克莱恩丁斯特说，起诉表明，“一场范围遍及美国各个城市甚至国外的最彻底、最客观、最全面的调查”，已经进入了高潮。

伯恩斯坦、伍德沃德和《华盛顿邮报》的编辑们越来越怀疑联邦政府的调查。为什么89 000美元的墨西哥支票、达尔伯格的25 000美元支票、史坦斯的行贿基金等都没有在起诉中提起？如果政府拥有《华盛顿邮报》搞到的那些信息，起诉的内容怎么会如此有限？

伯恩斯坦给一名偶尔曾帮过忙的司法部官员打电话，询问起诉在多大程度上同簿记员的证词相一致。她所说的一切难道没有得到斯隆的证实吗？无疑，政府至少通过那两个人的证词已经确认，史坦斯保险柜里的那笔基金同窃听有关，而且那笔钱是由约翰·米切尔的助手控制的。

那官员一开始很不自在，躲躲闪闪。然后他小心翼翼地证实，政府知道那些信息——包括斯隆和那个簿记员说的话。

伯恩斯坦愤怒了，为什么《华盛顿邮报》不登一则新闻，指责政府无视证据呢？因为已经有证据表明，史坦斯保险柜里的基金同窃听有关，也有证人知道委员会的哪些上层人物参与其中。

“这不过是糟糕的假设。如果一则新闻说有人可以证实一笔基金用于水门事件，而你以名誉担保，那我才会相信你。”

伯恩斯坦想起簿记员说过，她的证据不能确切证明那笔钱用于水门事件。他改变了一下她的说法：难道没有相当数量的证据表明上层的其他人知道窃听事件，从而表明那笔基金是上层的人是否参与水门事件的关键？

那官员犹豫了。“如果你说的都是实情，那么一切总会真相大白。审判时就可以见分晓了。”

那些回来向联邦调查局和检察官提供新信息的人是怎么回事？

“每一次调查都有这样的事情，”那官员说，并加上一句，“你知道的事情没有一件是我们不知道的。我们已经取得所有的事实。你什么也没有告诉我。”

那么事情就这么完了？

“可以确切地说，调查现在已停止，处于一种休止状态，似乎完全不可能重新进行。”

伯恩斯坦无法作出正确判断。他建议，也许联邦政府应该让迪克·戈斯坦因和他能力高超的调查员马丁·达第斯到华盛顿去帮助解决问题。

“令我反感的是戈斯坦因竟然是一个律师，”那官员说，“是我们知道事实——不是戈斯坦因，也不是你。”

4

伍德沃德在行政主管部门认识一个提供信息的人，此人既能得到总统连任委员会的信息，也可以得到白宫的信息。他的身份别人是不知道的。只有在非常重要的时刻他才可以接触。伍德沃德保证，绝不向任何人说明他的身份或地位，也绝不引用他的话，即使作为匿名消息来源的话都不引用。他们的谈话只是证实从别处得到的信息，并加上一些看法。

按照报纸的术语，这意味着讨论是关于“深层背景”的。伍德沃德有一天向执行编辑霍华德·西蒙斯解释了这种安排。他喜欢叫这位提供信息的人为“我的朋友”，但是西蒙斯给他起了一个“深喉”的外号，这是一部著名的色情电影的名字。这名字就这样叫响了。

起初，伍德沃德和“深喉”通过电话交谈，但是随着局面的紧张，“深喉”的神经也紧张起来。他不想在电话上交谈，但说可以偶尔在某个地方会面。

“深喉”甚至不打算用电话来约定时间地点。他建议伍德沃德用寓所里的窗帘作为信号，由“深喉”每天核查。如果窗帘是拉开的，那么两人就在当天晚上见面。但是伍德沃德喜欢屋子里有阳光，他建议采用另一种信号。

几年前，伍德沃德在街上发现了一块红布做的小旗，它被固定在一根棍上，这是卡车后面对有突出货物作的标志，起警示作用。他把小旗拿回家，一个朋友顺手把它插在阳台上的一个旧花盆里。它就一直待在那儿。

当伍德沃德有迫切的事情要问的时候，他就把插着红旗的花盆搬到阳台的后部。在白天，“深喉”会查看花盆是否被搬动。如果搬动了，他和伍德沃德就于大约凌晨 2 点在一个预先指定的地下停车场见面。伍德沃德会离开他的六楼寓所，走下后楼梯，进入一条小巷。

经过步行或换乘两三次出租车来到停车场，伍德沃德可以确定没有人盯他的梢。在停车场里，两个人可以交谈一个多小时而不被人看见。由于是深夜见面，很难找到出租车，以致于伍德沃德常常要花近两个小时才能走到那儿。有两次约好了见面，但是“深喉”没有出现——结果伍德沃德一个人在地下停车场里待了一个多小时，体验了令人沮丧的恐怖。有一次他感到自己被人盯上了——两个穿着体面的人老跟在他后面，离他有五六个街区的距离，但是他钻进了一个小巷子，就再也没有见到他们。

如果“深喉”提出见面——这是很罕见的——就会有另一种不同的程序。每天早晨，伍德沃德会查看他的《纽约时报》的第 20 页。报纸是早上 7 点以前送到他寓所去的。如果对方要求见面，这一页的页码就会被圈上，同时在这一页靠下一点的角落里，还会画上一个钟的指针，表明约会的时间。伍德沃德不知道“深喉”是怎么拿到他的报纸的。

“深喉”在行政主管部门的地位极其敏感。他从不告诉伍德沃德不确切的事情。正是他在 6 月 19 日那天告诉伍德沃德，霍华德·亨特肯定参与了水门事件。夏天，他告诉伍德沃德，联邦调查局十分想要知道《华盛顿邮报》是从哪儿搞到信息的。他认为伯恩斯坦和伍德沃德可能被盯梢，叮嘱他们在使用电话时一定要当心。上一次见面时他说，白宫对自己在水门事件中所冒的风险，看的比任何一个局外人所能想象的要大得多。连联邦调查局都不明白正在发生什么。但是这个内线在这一点上故意遮掩，含含糊糊地提到了伍德沃德不明白的中央情报局和国家安全。

在起诉书发下来的第二天，伍德沃德打破了双方不进行电话接触的约定。在电话那端，“深喉”似乎显得很紧张，但还是听伍德沃德给他读了一篇报道的草稿。这篇报道说，联邦调查人员收到了来自尼克松竞选工作人员的信息，说总统连任委员会的高级官员参与了为水门事件筹集资金的活动。

“你们太温和了，”“深喉”说，“要强硬起来。”

簿记员关于史坦斯保险柜里的钱的问题说得很正确。它资助水门窃听和“其他收集情报的活动”，他说。约翰·米切尔的高级助手就在那些已经控制了基金的“人中间”。他不愿意说是否知道这位前司法部长事先知道有人想要搞窃听。

他说，窃听记录送到了米切尔的一些助手那儿，由他们支付间谍基金。

在谈话之后，伍德沃德给伯恩斯坦读了他写的字迹潦草的笔记。伯恩斯坦用打字机打了一个新的开头：

> 《华盛顿邮报》获悉，用于水门间谍事件的基金是由尼克松总统竞选活动的前主管约翰·N·米切尔的几个主要助手控制的，它们被存在总统连任委员会的一个特别账户上。

这条新闻还报道：这笔基金包含专门指定用于敏感政治计划的30多万美元；戈登·李迪就属于从这笔基金领钱的那些人之列；同账户有关的档案已被销毁；休·斯隆的辞职是他对水门事件产生怀疑的结果。也许比这条新闻的具体细节更为重要的，是其所具有的更大的意义：对水门事件的起诉并没有揭露其背后的阴谋，总统连任委员会的一些竞选工作人员拥有对许多可疑之处的答案。

当周日版报纸的最后期限6点半快要到的时候，伍德沃德给戴文·舒姆威打电话，想听听总统连任委员会的反应。半小时以后，舒姆威把电话打了回来，他发表了如下声明：

> 在这个委员会里曾经有，而且现在也有现金基金，它们用于各种合法目的，例如报销预付的旅行费用等。但是，现在本委员会雇用的人员当中没有一个人把任何基金用于不合法或不适当的（目的）。

如果严格从字面分析，这个声明没有直截了当地对报道加以否定。

当天下午，乔治·麦戈文举行记者招待会，称水门事件调查是一种“粉饰……这里所涉及的不仅是这个国家的政治生命，而且是我们领导人在美国极其重要的道德标准复兴时期的道德问题”，他说，“这便是我之所以将在全国上下追踪调查这个事件的原因。”

第二天，9月17日，两名记者一起去簿记员的家。这是个星期天的下午，对方不打算同记者说话，尤其是当《华盛顿邮报》的头版新闻披露了只有她和总统连任委员会其他几个人知道的事实的时候。

但是她又不愿意让人看见这两个记者站在门口，求她听一听他们所拥有的一些信息。她让他们进屋。他们要她确切告诉他们，L、M、P究竟是谁。是李迪还是拉吕？是麦考德？米切尔？马格鲁德？波特？付了多少钱？名单上的其他人是怎么回事？

簿记员吓坏了，一时不知该说些什么。

伍德沃德开始时一言不发。伯恩斯坦说出一连串数字，说到70万美元时，他停住了。

“至少是这个数，35万美元是留在基金里的数目。”

冰似乎被凿开了。那么，L 是指李迪，还是拉吕，或某个姓名以 L 开头的人也拿现金？

她不愿意说。

他们说他们知道，李迪是从那笔基金领钱的惟一的 L。

她确认了这一点。

于是他们之间有了一个心照不宣的协议。如果记者以非正式的方式提问——只需她确认，而不是主动提供原始信息，她似乎很乐意对其中的一些说法予以确认或否认。他们告诉她，如果要使人们相信斯隆和史坦斯是无辜的，关键在于《华盛顿邮报》的报道要很精确，而在这方面她能给予帮助。

“财务委员会的士气低落得很可怕，”她说，“我们这些知情人对于受怀疑感到厌烦。大家常开些小小的玩笑，比如‘夫人，你打算用那 25 000 美元做些什么？’”

这就是李迪得到的数目吗？

她摇摇头。

伍德沃德问，5 万以上？

她点点头。

马格鲁德是惟一拿钱的 M，是吗？

又是点点头。但是她表明，关于马格鲁德还有更多可谈的。“我要说的是，我根本不信任他，尤其是在同他有关的问题上，”她说，“他不择手段。最近三个星期，他突然对我显出很有魅力的样子，叫人讨厌。”

那么拉吕呢？记者们说他们知道他也参与了，尽管他不领钱。

“他很狡猾，他掩盖他的踪迹，”她说，“他和米切尔都是这个样子”——她将手指绞在一起。但是她不愿意说拉吕知道些什么。

P 是赫伯特·波特，他们说他们确信这一点。

“他拿了很多钱。都是 100 美元一张的票子。每个人拿的都是 100

美元的票子。”

伯恩斯坦提醒她，她曾经开过一个玩笑——“你知道，我们是共和党人。我们做大买卖。”

她说，波特也拿了5万多元。

簿记员被起诉范围的狭窄搞得很激动。“我很真诚地去大陪审团作证，但显然毫无结果。我的感觉是联邦调查局把证词收下来，然后递到上面去……我现在只想一走了事。休·斯隆的决定最明智，他退出了。史坦斯先生说：‘我求他留下，但是他不愿意。’”

她说人们回避大陪审团的问题：“奥德勒从大陪审团那儿回来以后对我说：‘你不感到你受尽磨难吗？’我说：‘不，如果你告诉了他们全部实情，你就不会感觉如此糟糕。’”她不愿意涉及奥德勒也许隐藏了的事情。

“自从水门事件以来的宣传是，‘我们与此事无关，昂起你的头’。”记者们离开时她这样告诉他们。

回到办公室，伍德沃德到新闻编辑室的另一头给“深喉”打电话。伯恩斯坦真希望他也有这样一个秘密消息来源。他所认识的惟一在某一领域有着广泛秘密消息的来源，是乔治城自行车运动商店老板麦克·施威林。他对于自行车——更重要的是，对于偷自行车的贼——没有不知道的。伯恩斯坦自己在这方面也有一些了解：起诉水门事件的那天夜里，有人从停车场偷走了他的罗利牌十速自行车。这就是他和伍德沃德之间的区别。伍德沃德走到停车场，去找为他提供尼克松手下所干勾当的人。伯恩斯坦走到停车场，却发现一根八磅重的链子锁被利落地切割成两截，他的车不翼而飞。

那个星期天下午的谈话的声调是不祥的。当“深喉”听到是伍德沃德的声音时，停顿了好一阵时间。他直截了当地说，这也许不得不是他们最后一次电话谈话。联邦调查局和白宫都决心要搞清楚《华盛顿邮报》是如何搞到情报的，并且要加以杜绝。形势比伍德沃德所想象的要危险得多。关于米切尔的助手的报道激怒了白宫。

很清楚，打这个电话是一个错误。他的朋友对他很不高兴，甚至很生气。但是更使伍德沃德印象深刻的是，“深喉”似乎十分害怕。其实对方的恐惧心理一直在发展，只是伍德沃德直到现在才意识到罢了。这种恐惧的原因只有一部分是个人性质的，更多的是同形势，同事实，同他所知道的事情的含义有关。伍德沃德一直不知道他会如此警惕，如此严肃。在他们上一次见面的时候，他显得心头很沉重。如果伍德沃德对他的朋友理解正确的话，也就是说，有什么事情出了严重的问题。

伍德沃德把从簿记员那儿听说的有关马格鲁德和波特的情况告诉了他。

“他们俩都深深地卷入了水门事件。”“深喉”的声音听起来很消沉，很沮丧。

伍德沃德请他说得更精确一点。

“水门事件，”他重复了一遍，然后停了一下，加上一句，“全部事情。”

他证实，马格鲁德和波特至少从史坦斯的保险柜里收到了 5 万美元。伍德沃德可以十分肯定，这些钱没有用于合法的目的——这是事实，不是没有证据的说法。这就是他要说的一切。之后，伍德沃德和伯恩斯坦就要靠自己了。

他的情绪又好了一点：“只是说，我很愿意在时机成熟时让你看到鲜花盛开的美景。”但是在他说话的方式中带有一种厌恶。

伯恩斯坦开始拼命打字。伍德沃德看了一眼第一段话：

据同水门事件调查工作有关的消息灵通人士透露，尼克松总统的两名最高层竞选官员从为民主党总部窃听活动提供资金的一笔秘密基金中领取了5万多美元。

伍德沃德打通了总统连任委员会新闻副主任鲍威尔·莫尔的电话，大体上明确告诉他《华盛顿邮报》打算在星期一的报纸上报道的事情。莫尔是一个诙谐的三十四岁的佐治亚人，在从事竞选工作以前在白宫的传媒办公室工作。

“很感谢，”莫尔说，“那正是我在一份星期天报纸上所需要的东西。”他确信这报道是不真实的——记者们从什么地方搞到了糟糕的消息，他不知道是哪里？但是他希望他们停止这场圣战，在把这些东西登到报纸上之前更好地核查一下。

伍德沃德有了办法。他告诉莫尔，记者们确信他们的事实。他们在各处的消息来源那里证实了有关信息。但是总是可能有某种他们也许没有发觉的解释。如果莫尔让马格鲁德给他打电话，实实在在地讨论这个问题，那么伍德沃德会同意把他的报道压到马格鲁德有了他的说法以后再发稿。如果马格鲁德能令记者们信服，这报道在某种意义上有问题，或者建立在某种误解的基础之上，那么他们就会继续把它压下来，直到一切都核对清楚。

莫尔同意了。记者们感到这是一个突破；一个渗透到委员会蓝色迷雾一般有歧义的匿名陈述中去的机会。大约半小时以后马格鲁德打来电话说，如果说他从任何秘密基金领取任何钱的话，那么这是“绝对不真实的”。“我只领取我的薪水和费用账，”他告诉伍德沃德。

那么他怎么说明下列事实呢？联邦政府的调查断定他至少从史坦斯保险柜的基金里领了5万美元。

“我被问及这个问题，但是它被排除了……所有各方一致认为这是不正确的。”联邦调查问他的问题很广泛。“是关于背景，”经过考虑之后，他又加了一句。

伍德沃德告诉他，他应该知道得很清楚，不会在说了这个**之后**再试图给背景加上什么东西。马格鲁德在成为竞选副主管以前曾当过白宫传媒办公室的二号人物。

“但是你得帮助我，”马格鲁德恳求说，“如果我被人引用，我就会有麻烦。”

伍德沃德告诉他，他会把**这个**声明也登在报纸上。然后，应马格鲁德的要求，他们以背景为依据。伍德沃德告诉他，《华盛顿邮报》打算将报道进行下去，除非马格鲁德可以提出一个令人信服的理由来阻止它。马格鲁德没有争辩。但是他请求伍德沃德写成是“政府调查人员”而不是联邦调查局，通知了马格鲁德关于对他的指控。“你得在某些问题上帮助我。”

这是一个小问题。马格鲁德显然认为，一个指控来自联邦调查局比来自“政府调查人员”听起来性质更严重。这个要求似乎并不是不合情理的，伍德沃德同意了。马格鲁德的声调比他的话更给伍德沃德留下了深刻印象。他在总统连任委员会是第二号人物，他在白宫的工作曾经是同新闻界打交道，但是他同伍德沃德谈话时的声音却在颤抖。

这个报道的一部分是关于休·斯隆的。“深喉”说过，斯隆预先不知道窃听的事情，也不知道钱该怎么花，他在窃听事件之后不久就不再担任总统连任委员会的司库，因为他“不想参与他当时了解到的正在进行的事情”。报道匿名引用了那位簿记员的话。“他不想与此有任何关系。如果他不站出来做堂堂正正的事情，他老婆就要离开他。”

写这篇报道有一个问题。“深喉”说得很清楚，银行提款为水门窃听事件提供资金。但是簿记员——她也怀疑——无法证实。两位记者与苏斯曼和罗森菲尔德商议，他们决定谨慎行事，说钱被用于为广泛开展的“收集针对民主党人的情报的活动”提供资金。渐渐地，一条不成文的法则形成了：除非有两个消息来源证实一项涉及可能被认为有罪的活动的指控，具体的指控一律不在报上使用。

第二天早晨，《纽约时报》没有提及秘密基金的报道。在白宫，齐格勒没有被问及这些报道。广播网没有广播任何这样的报道，大部分报纸也没有刊登。在国会山，共和党参议院领袖，宾夕法尼亚的休·司格特在一个非正式的早晨记者招待会上说，水门事件的案子同普通选民无关，而只是对“参议院麦戈文及媒介来说有兴趣”。“没有人关心你在写什么，”他说。在新闻编辑室里，伯恩斯坦和伍德沃德等待着《华盛顿之星新闻》。惟一的一条水门事件新闻是关于一个乔治·华盛顿大学的法学教授的，他在联邦法院提出一项动议，试图在此案中任命一个专门的检察官。

那天下午很晚的时候，伯恩斯坦前往华盛顿特区在弗吉尼亚境内的郊区，访问总统连任委员会前司库休·斯隆。通常只需要半个小时的路程，在雨中竟然花了一个小时十五分钟。斯隆住在一个新建住宅区，伯恩斯坦好不容易才找到。

这个新建住宅区包括分布在水泥地和草地相间的步行小巷沿路的一些仿都铎式房屋。这地方无疑是为有小孩子的家庭设计的：交通和停车区域是绝对隔离开的，几乎每座房子都有一辆三轮脚踏车或某种形式的木马横在草地上。伯恩斯坦边走边找，等他站在斯隆的门口时已被淋成了落汤鸡。

斯隆太太前来开门。她非常漂亮，挺着怀孕的大肚子。伯恩斯坦介绍了自己，说明要找斯隆。对方回答说斯隆去了城里，大约在 7 点半以后才会回家。她很友好，询问在什么地方可以打电话找到伯恩斯坦。伯恩斯坦正在想办法至少同她谈上一小会儿。他知道，她曾在白宫当过社交秘书，她对她丈夫决定离开尼克松的竞选活动有重要影响。

他猜她大约有三十岁。她的姣好容貌中带有一种温柔，似乎同她当妈妈的愿望很相称。望着她那双褐色的大眼睛，伯恩斯坦想，这些日子对他们夫妇来说一定很可怕——总统班底的一名前助手，没有工作，怀疑的阴云笼罩着他，而他的妻子正要生他们的第一个孩子。就在这个他们应该是最幸福的时刻，他的名字却以一种往往同歹徒有关的方式天天出现在报纸上……她把她的时间花在等待他从大陪审团那里回来……联邦调查局的特工正在同他们的朋友和邻居谈话……记者随时会来敲门……

伯恩斯坦的这些想法正是她的想法，他们都试图摆脱人群的纠缠。

他感觉到她的不安。她说，她理解他只是在努力做好他的工作，像她丈夫一样。“这是一个诚实的家庭。”这是一种宣言，坚定，自豪。

当他问到，她读过《华盛顿邮报》的报道吗？斯隆太太点点头。伯恩斯坦告诉她，《华盛顿邮报》的工作人员没有先入为主的观念。他补充说，有些人不关心真相，更不关心她丈夫的遭遇。

“我知道，”她回答说。她的口气很悲哀。她丈夫是让他所信任的人搞下来的，他们俩都以为，这些人有着和他们自己一样的原则和价值观。但是许多人的价值观都很虚伪。她说话时闪现出一种愤怒，但更多的是悲哀。

伯恩斯坦想要改变一下这种泛泛而谈的谈话。他们已经达观地建立起共同的立足点，而且似乎都很喜欢对方。他当然很喜欢她。

当她丈夫明白他被要求给出去的钱是做什么用途的时候，他的反应是什么？伯恩斯坦设法慢慢越过界限，但是她立即发现了这一点。

那是他得同她丈夫谈论的事情。让她来说不合适。她再次要他的电话号码，伯恩斯坦从笔记本上撕下一页纸，把电话号码写在上面。他撒谎说，那天晚上他在麦克莱恩还有一个约会。如果约会结束得早，他再回来同她丈夫谈话行不行？

她欢迎伯恩斯坦回来，但是她不知道她丈夫是否会同他谈话。

也许你可以说服他？伯恩斯坦微笑着，试图建立一种温和的合作。

她笑了。“试试看吧，”她说。

在麦克莱恩有一家很漂亮的自行车商店，伯恩斯坦开车到那儿去消磨几个小时，心不在焉地为他心爱的罗利车寻找一辆替代品。他的心思集中在杰伯·马格鲁德身上。那天他搞到了一条令人深感不安的信息：马格鲁德是一个自行车迷。伯恩斯坦简直不能接受这样的信息：一个自行车迷竟会是在水门大厦安装窃听器的人。马格鲁德确实是一个真正的自行车迷，他甚至每天都骑着他的十速车到白宫去。没有人会偷杰伯·马格鲁德的自行车，至少在那儿不会。伯恩斯坦知道那一点，因为7月14日他骑自行车到白宫去过——不是那辆罗利，而是他让人在伦敦装配的一辆霍尔兹华斯——当他从大门经过的时候，他知道没有人会靠近大门。

所以，当伯恩斯坦把他的自行车靠在入口处的警卫室的墙上时，都没有费心去锁一下。他去那儿听副总统阿格纽谈论减少繁琐手续，救助阿格尼斯飓风造成的大洪水受害者。在走廊上，他撞上了凯恩·克劳逊。

“你们这些《华盛顿邮报》的家伙们，总是在对水门事件捕风捉影。”克劳逊说。

几小时后，休·斯隆前来开门，看上去他好像刚从《管理实习新闻》的报页中走出来似的。三十来岁，瘦高个，头发的长度修剪得恰到好处，蓝色的运动上衣，颜色柔和的衬衣，棱纹平布领带，相当英俊，也许太瘦了一点。

“我妻子告诉我，你也许会来。”他说着，把雨中的伯恩斯坦让进了门厅。他让门开着。“你知道，我没有同报界谈过话。”他的话中带着歉意。这是一个好兆头。伯恩斯坦一面注意着敞开的门，一面在想无论如何也要得到一点收获。他说，那天早晨的报道改变了形势，人们现在知道你在水门事件中是无辜的。但是你知道谁有罪，至少知道有助于找到有罪者的内情。既然一部分新闻已经登了出来，你应该让剩下的部分也登出来，以便洗刷自己的名声，让人们知道真相。也许给与李迪和约翰·米切尔的助手的钱有一种合理的解释。如果有的话，那么整个新闻就这样了，不去管它了。可也许事情比那天新闻所暗示的还要糟糕得多。如果事情更糟糕的话……

“确实更糟糕，”斯隆打断他的话，“这就是我之所以离开的原因，因为我怀疑有最糟糕的事情。”看上去他受了伤害，但似乎没有要报复的样子。

那么，为什么不说出你知道的事情呢？现在。公开地。不让别人受到伤害。伯恩斯坦争辩说，从长远来看，这样会帮助尼克松，因为再这样捂下去的话，总统将受到严重伤害。

斯隆点点头。他说他愿意说。他真的愿意。但是他的律师劝他不要这样做：他公开说的任何东西都会成为对他不利的证据。

伯恩斯坦好不容易才克制住自己，没有劝他找一个新的律师。如果他自己是无辜的，并且处于斯隆的地位，那他是会这样做的——找一个新律师，控告总统连任委员会。

斯隆也向检察官保证过，在水门事件审判之前他不会作任何公开声明。他说，他受到双重的束缚，必须保持沉默。

斯隆对检察官站在他一边有多大把握呢？

他说，他认为他们站在他一边，但是他不再相信任何人。

因为只有七个人被起诉？

“因为这整个局面。”

伯恩斯坦记得那位簿记员说过，在联邦调查局同总统连任委员会雇员进行的所有谈话期间，委员会的律师们都在场。

斯隆说这是真的。

律师们告诉你该说什么，或者叫你不要涉及某些领域了吗？

“他们从来没有让我们‘不要说’，”斯隆说，“但是他们传达的信息是很清楚的，这就是‘保持一致’，或‘同舟共济’。”

这意味着撒谎吗？

斯隆说，你可以得出自己的结论，但这不是一个不合理的假设。

是谁这样说的？律师们？玛迪安？拉吕？

呃，玛迪安和拉吕是由约翰·米切尔挑选出来炮制委员会对水门事件的反应的。斯隆说，因此他们当然会了解情况；他们“炮制了这种反应”。

这是守口如瓶的另一种说法吗？

斯隆说，这绝对不意味着炮制一个计划，让你去说出真相来。

米切尔事先知道窃听的事吗？拉吕知道吗？玛迪安呢？

斯隆说，米切尔事先知道窃听和其他许多事情，但是除了钱、二手信息以及他所了解的参与者和委员会的工作程序等情况外，他没有绝对的证据证明这一点。“米切尔一定知道基金的事。你不会把那种钱给出去而不让竞选活动的头儿知道它是干什么用的，尤其是在他的手下拿的是现金的时候。”

斯隆解释说，拉吕是米切尔的助手。他或许也参与了一切。但对玛迪安他不敢肯定，因为玛迪安是 5 月 1 日从司法部到委员会来的，是在钱发出去以后。但是毫无疑问，在 6 月 17 日以后，身为总统连任委员会政治协调员的玛迪安已经知道了应该知道的一切。然后他和拉吕经同米切尔商议之后就开始操纵起这套把戏。

包括销毁档案？

那是其中一部分。

那位簿记员似乎暗示，史坦斯保险柜里的秘密账户的档案是在 4 月 7 日新竞选法生效以后立即被销毁的。但是斯隆说它们是在水门大厦闯入者被捕后同其他许多财务档案一起立即被销毁的，包括六七本账本，每本大约半英尺厚，上面开列了新的揭露黑幕法案生效以前收到的所有竞选捐款。在窃听事件以后有过一次大扫除。

他们仍然站在门厅里。斯隆不时看一眼敞开的门，伯恩斯坦则克制自己不去留意。斯隆很不自在。他再三重复说，由于没有时间准备，他本不想说那么多，可他现在同伯恩斯坦说的已经超过了他原有的想法。

斯隆的深思熟虑给伯恩斯坦留下了深刻印象。斯隆似乎非常想确认这一点，即总统一点也不知道 6 月 17 日以前发生的事情；但是他也相信，尼克松在窃听事件以前被他的手下蒙在鼓里，而此后又被他们置于越来越危险的境地。斯隆认为，检察官都是老实人，他们决心要搞清真相，但是他们有着无法克服的障碍。他说不清联邦调查局是由于工作草率还是迫于压力，才对调查程序加以阻碍。他相信新闻界正在尽自己的职责，但是由于委员会方面的不坦率态度，以致新闻界对有些人作出了不公正的结论。斯隆本人就是一个最好的例子。他不是抱怨，而是幻灭。他现在想要的就是摆脱他的法律义务——在审判和民事诉讼中作证——并永远离开华盛顿。他正在企业中找工作，希望得到一个管理人员的职位，但是很困难。他的名字经常出现在报纸上。即使有人请他回去，他也不会再为白宫工作。他希望做伯恩斯坦的工作，希望能从事写作。也许他会因此表达出心头一直在想的事情。不一定是关于水门事件的冷酷事实——那不是真正重要的东西，真正重要的是，抱着理想的年轻男女们来到华盛顿，在目睹了那些事情是如何进行的之后，眼看着自己的理想分崩离析。

他和他的妻子在来到华盛顿以前都对他们相信过的东西确信不疑。他们在华盛顿的许多朋友也同样如此，但是他们现在认为，你仍然可以相信那些，但要使自己适应环境。这样，你仍然在为你相信的东西工作，不是吗？斯隆说，失去洞察力是很容易的。他已经看到这类事情的发生。他和他的妻子要在他们失去洞察力以前离开华盛顿。

伯恩斯坦认为，如果斯隆不相信白宫参与了窃听和对真相的掩盖，他就不会说这些事情。

“关于白宫的事情，我不知道任何确切的东西，”斯隆说，“但是从委员会的人员构成来看，我对任何事情都不感到惊讶。”

斯隆说，总之，要听话听声，锣鼓听音：自从窃听事件以来，白宫和总统本人说起话来都给人以这样的印象：总统连任委员会是由理查德·尼克松的支持者建立起来的一家私人公司，这些支持者一心一意要推他连任，让他的竞选活动同一家咨询公司结交。总统连任委员会就是白宫，它的工作人员只向白宫负责。

伯恩斯坦问，仍在为白宫工作的人是否都在史坦斯保险柜里提款人的名单上？斯隆不愿意说。但是李迪和波特肯定会在名单上，他们提款的数目没有人能与之相比。

伯恩斯坦想，那位簿记员何以表明李迪和波特分别得到大大超过 5 万美元的钱：5 万美元只是她把猜谜游戏停下来的地方。

斯隆证实了他的怀疑。总数更接近于 30 万美元。那笔基金存在了十八个月，等于是给尼克松竞选活动的现金捐款。任何进入委员会总部的现金干脆就被塞进了史坦斯的保险柜。在任何特定的时刻，保险柜里都有大约 70 万美元。

斯隆补充说，在 6 月 17 日以前，没有人告诉过他那笔基金的具体用途。

那么“大会安全措施”或“安全基金”这个词是怎么回事？

斯隆听说这两个词是在水门闯入事件以后。此后新闻报道开始传播总统连任委员会的消息，说李迪、波特、马格鲁德所提款项被用于大会安全措施，李迪挪用了他那一份，用来支付窃听的费用。但是斯隆认为这没有意义。他说，合法的安全措施费用都仔细预算过，是用支票支付的，而且在由总会计办公室归档的报告中都有说明。如果这是那些费用的用途，那么在使用时斯隆是会被告知的。他毕竟是司库啊。

伯恩斯坦问了这个明显的问题。但是斯隆不愿意说是谁命令他做这笔秘密付款的。他需要更多的时间来考虑伯恩斯坦让他公开说出来以便记录在案的建议。伯恩斯坦说，《华盛顿邮报》会让他确立基本原则的；进行一次录音采访怎么样？如果斯隆要求他的律师在场，那很好，斯隆可以检查录音，删去律师说会给他造成法律问题的任何东西，只要他删去以后不歪曲事实就行。

伯恩斯坦想和伍德沃德一起再来一次。如果他们可以让斯隆放松放松，信任他们，那么就会有很好的机会让他没有戒心地进行谈话。斯隆现在说的许多东西还是模棱两可，含糊不清的，但是这暗示有一个更大的阴谋，他现在还不愿意谈论。

斯隆请伯恩斯坦第二天给他打电话——关于采访的事他会给他一个答复。如果这事不可能，也许他们三人会在某个另外的基础上走到一起去。

他们又轻松地谈了几分钟，谈论婴儿，谈论竞选，谈论报业。斯隆很想知道是否报纸都有点歇斯底里，要求别人是一个标准，对自己是另一个标准；他怀疑记者是否知道只要用一句话就会加给别人的痛苦。他说，他自己倒没什么，但是对他妻子，他父母，那是非常残酷的。

一路开车回办公室的时候，伯恩斯坦不断考虑斯隆最后几分钟所说的话①。伍德沃德和他谈论了这样一种可能性：会不会马格鲁德和波特只是替罪羊，会不会委员会或白宫的某个人想要那天的报道成为那个样子，这样他们就可以攻击《华盛顿邮报》了？会不会马格鲁德和波特被告发是舍卒保车？

---

① 在《华盛顿邮报》的报道中，斯隆从来没有被说成是一个秘密消息来源；他得到过保证，决不提他的名字。在这本书中，他第一次同意让我们使用他的名字。

伯恩斯坦给一个指定办水门事件案子的联邦调查局特工打电话。他和此人只有一面之交。那特工显得很不高兴，说周末关于秘密基金、关于赫伯特·波特和杰伯·马格鲁德的报道在局里引起了麻烦。联邦调查局代理局长L·帕特里克·格雷亲自给华盛顿现场办公室的头儿打电话，命令他确保不让《华盛顿邮报》从那里的特工们那儿得到消息。

“我不知道你们那些家伙是怎么做的，但是你们接触了302档案，”特工说，“有些人认为你们是从我们这里搞到的。”联邦调查局的302档案是在特工们同证人谈话之后立即归档的谈话记录。

“现在你通过总机打电话进来，把你的名字告诉接线员，要求找我。谢谢。”他说。

伯恩斯坦暗示这位特工，让他大声宣告他不能同任何记者谈话，然后给他打过来。他照办了。

伯恩斯坦给他念了他的笔记：罗伯特·奥德勒在水门大厦闯入者被捕的那个周末拿走了文件，也许销毁了其中的一些。有人，不一定是奥德勒，销毁了描述被窃听的民主党官员谈话的备忘录。罗伯特·玛迪安和弗雷德·拉吕从6月19日开始指导对窃听事件的应对，知道某些档案被销毁：这是应对的一部分。拉吕和玛迪安告诉总统连任委员会的雇员们在被调查人员问到时要避开某些领域——尤其当他们讲述那些也许已被销毁的档案时。米切尔挑选了玛迪安和拉吕来负责总统连任委员会的应对。

那特工很愤怒。他说，这个消息的来源只可能是一个地方，就是302档案。伯恩斯坦拥有这些档案或其副本是违法的，如果《华盛顿邮报》发表一篇如此清楚地以302档案为基础的报道，那么这特工就要设法让伯恩斯坦和伍德沃德受到传审，并命令他们交出所有属于政府的文件。

这是一种奇怪的证实方式，但毕竟是一种证实。

那些说法的真实性程度如何?

那特工不愿意说。

伯恩斯坦知道，这就是因为302档案的麻烦。这是些原始报告，没有经过评估，没有证据证实其有依据。任何人都他妈的可以说任何事情给联邦调查局听，这些话就直接进入了302档案——事实，第四手的消息，个人的怀疑，怨言。把302档案当做一篇报道的惟一基础是不可想象的。

该特工关于奥德勒、玛迪安、拉吕，关于一般档案的销毁的间接证实只意味着联邦调查局和记者们得到的都是同样的原始消息。这是不够的。

伯恩斯坦给斯隆打电话，但是他太忙了，无法见他们，甚至在电话上谈话。伯恩斯坦可以在那天晚些时候再给他打电话。

伍德沃德进行当天的电话核对，这往往需要好几个小时，就在他这样做的时候，伯恩斯坦开始起草一篇报道。伯恩斯坦相信，可以把他们知道的情况汇总起来，证明有人有组织地企图隐瞒水门事件的真相。伍德沃德持怀疑态度。

他并不是惟一的人。几天前罗森菲尔德叫伍德沃德到他办公室里去，告诉他伯恩斯坦的思想经常比事实先走一步。罗森菲尔德说，伯恩斯坦的设想经常是正确的，他不想打击他的积极性，"但是你必须确保这些东西在没有得到充分依据之前绝不登到报纸上，"罗森菲尔德恳求说。

伯恩斯坦的草稿报道说，约翰·米切尔在总统连任委员会的主要同事玛迪安和拉吕指导了一次"大扫除"，销毁了档案，工作人员也被告知在对水门事件中有人被逮捕的事作出应对时要"精诚团结"。"大扫除"是紧接在米切尔亲自遴选拉吕和玛迪安负责指导委员会的应对之后进行的。

草稿描述了水门闯入事件之后的那些日子里在总统连任委员会发生的一些事情。对文件的成批销毁——窃听备忘录，秘密基金的单页记账（包括波特、马格鲁德、李迪三人的提款）以及开列竞选捐款者和他们在 4 月 7 日以前的给钱数目的账本，这些账本有七本之多——已经完成。玛迪安和拉吕在 6 月 19 日开始搜寻有牵连的证据，到联邦调查局开始检查总统连任委员会的档案时，相关的档案资料已不复存在。罗伯特·奥德勒用水门闯入事件之后的那个周末来编制委员会档案的清单，取走档案资料。在档案销毁以后，他被总统连任委员会指定向联邦调查局提供它所需要的文件。

还有，玛迪安、拉吕和委员会的律师劝某些个人在被联邦调查局、检察官和大陪审团问到的时候“避开某些领域”。斯隆的话被匿名引用：从来没有人让竞选工作人员“‘不要说’，……但是他们传达的信息是很清楚的。这始终就是‘保持一致’，或‘同舟共济’。”还有，其他的雇员说，他们的上司暗示了对会被调查人员问到的问题的具体回答。同联邦调查局的谈话是在有委员会的律师或玛迪安在场的情况下进行的。有几个知道关键性信息的雇员在紧接着水门大厦闯入者被捕事件以后的几个星期内突然得到晋升。委员会的雇员没有得到明确许可是不得与报界谈话的，连说出他们在工作中的头衔都不行。一名雇员说，她被盯梢盯到约好和一位记者一起吃午饭的地方，事后被盘问有关他们谈话的情况。

伯恩斯坦写完以后，打电话找到斯隆，把草稿念给他听。斯隆事实上证实了全部报道内容。

伯恩斯坦补充了一些细节，包括谈到李迪在闯入事件以后的星期一对他的同事们所做的散布恶劣影响的讲话。

伍德沃德和伯恩斯坦把草稿拿到罗森菲尔德那里去。四十四岁的罗森菲尔德曾是《纽约先驱论坛报》和《华盛顿邮报》的国外新闻编辑。

尽管他有时候粗暴无礼，但在发现记者们所写报道的破绽方面却绝对是一把好手。自从水门事件以来，罗森菲尔德一直想尽办法推销两位记者的报道，他说服布拉德里和其他高级编辑相信，两位记者的报道已经触及了要害。自从1970年从他的国外新闻办公桌那里搬走成为大都市新闻编辑以来，罗森菲尔德的使命就是提高地方新闻工作人员在《华盛顿邮报》的二等公民地位。他抓住水门事件新闻的潜力，拼命把它留在大都市新闻工作人员的手上，终于赢得了胜利——抵制了全国新闻编辑们试图接手的努力。

罗森菲尔德在管理《华盛顿邮报》属下最大一个部门——大都市新闻工作室时，就像是一个足球教练。他激励他的球员，他解释，吼叫，哄骗，踱步，他运用面部表情以达到最快的效果——愤怒，满意，担心。

他出生在纳粹统治前的柏林，十岁时来到纽约市。他努力忘记德语，不带任何口音地说英语，终于获得了成功。罗森菲尔德从锡拉丘兹大学毕业后去《先驱论坛报》工作，一直当编辑，从未当过记者。他倾向于担心大都市新闻工作室有太多的记者都不胜任自己的岗位，他认为最好的记者也只有依靠编辑的技巧才能从自我毁灭中被解救出来。他对记者的天然不信任，在水门事件的报道上表现得尤其尖锐，因为在这个问题上冒的风险非常大，他处于一种很不自在的地位，他不得不放弃对记者的一贯不信任而器重伯恩斯坦和伍德沃德。意识到报道有很多经他之手，他便竭力行使他所能行使的控制：在记者们写作时在他们的打字机周围转来转去，在他们同消息来源打电话时提示问题，在他们挂断电话或会面回来时要他们做简要汇报。眼下，在吞下了几片抗胃酸药片之后，罗森菲尔德对伯恩斯坦和伍德沃德严加拷问，试图搞清这篇最新报道的可靠程度。因为有伯恩斯坦同那名联邦调查局特工的谈话，他感到放心了。

然而这是一篇危险的报道。《华盛顿邮报》事实上正在作出自己的指控——不仅指控竞选委员会的官员，而且也同联邦调查局和大陪审团的调查有关。这些指控从某种程度上讲，比四天前起诉书中宣布的还要严重。

盘问结束了，罗森菲尔德批准了这篇报道。伯恩斯坦给总统连任委员会打电话，礼节性地听取它的意见。在第二段和第三段之间标着"插入否认"的标记——就在将玛迪安和拉吕描绘成大扫除监工头的那段文字后面。

委员会的新闻办公室在一个半小时之内都没有作出反应。记者们确信至少会有某种断言，认为弗雷德·拉吕和罗伯特·玛迪安在他们使总统连任的努力中曾是正直的楷模。

伯恩斯坦度过了充斥着以下这些运动和人物的岁月：新左派，反战运动，示威，暴乱，性变态，佩花嬉皮士，瘾君子，狂人，新老恶棍。而在这段时间里，玛迪安是司法部国内安全局的头儿，所以伯恩斯坦对此人十分畏惧。

这是负责政府窃听的部门。玛迪安监督了许多起政府著名阴谋审判或"政治"审判中的不成功的起诉，在这些审判中，被告和律师同样都被置于电子监视或其他监视手段的控制之下。

终于，戴文·舒姆威打电话告诉了总统连任委员会对这篇报道的反应。"《华盛顿邮报》的消息来源是一个错误。"他说。

伯恩斯坦等待着。可这就是全部声明。

因为这篇报道的推断和起诉书里包含的信息相反，所以伯恩斯坦和伍德沃德期待它会得到相当大的注意。但是，全国主要的新闻台要么对它置若罔闻，要么将注意力集中在玛迪安所做的否认上。

《洛杉矶时报》引用了玛迪安关于《华盛顿邮报》的新闻报道的描述，说它是"我一生中听过的最大的一堆臭屎"。《华盛顿之星新闻》刊登了另一篇水门事件报道的末尾三段，引用玛迪安的话，把《华盛顿邮报》的报道说成“谎言”，否认他或其他竞选官员进行过“大扫除”来销毁文件。

克拉克·麦克格列高尔告诉新罕布什尔的一名听众，“新闻界不如此详细地讨论这个（水门事件），以免使任何审判产生偏见，这是很重要的”。

在公共电视《三十分钟在一起》的节目中，理查德·克莱恩丁斯特被《大西洋报》的华盛顿记者问及《华盛顿邮报》的报道。司法部长不知道是否有档案被销毁过；他不知道为什么总统连任委员会的任何人都会想要撕毁文件。他说，如果玛迪安和拉吕销毁了档案，那么正义受到阻碍的事确实已经发生了。

5

伯恩斯坦和伍德沃德认为，征兆正在准确无误地指向美国前司法部长约翰·米切尔。自从6月18日他宣称总统连任委员会是无辜的以来，米切尔一直就是记者们连续询问的主题，他们现在知道，委员会占压倒多数的看法是米切尔参与了事件。

在米切尔辞去尼克松总统竞选主管的职务以后，他继续做着指导总统连任委员会的工作。这个委员会的一名官员告诉记者说，米切尔帮助起草了许多似是而非的否定同水门事件有关的言论，放在对他们的报道作出的反应中。米切尔受到过大陪审团的盘问。

再说他的妻子。自从玛莎·米切尔在6月12日打电话给合众国际社的海伦·托马斯说她“厌恶这整个行动”，并威胁要离开她丈夫以来，这个女人的大吵大闹一直构成了水门事件异乎寻常的侧面。在那次电话的三天之后，她又打电话宣称她是一个政治犯：“我不想容忍正在进行的那些肮脏勾当。如果你能见我，你就会相信，我遍体鳞伤。”

米切尔夫妇已搬回纽约，住在中央公园南的埃赛克斯住宅。伍德沃德在9月21日乘最后一次夜间航班去纽约，希望第二天早晨趁她丈夫去法律事务所之际，把她堵在家里。米切尔和理查德·尼克松都是那家事务所的合作伙伴。

早晨9点钟，伍德沃德向服务员打听J·N·米切尔的房间号码，但没有人以那个名字登记。

他走到街上的电话亭，给埃赛克斯住宅打电话。“请立即给我接米切尔夫妇住的房间，快。”他说。

“710 房间”，总机接线员说，把线接到了分机上。一个男人接的电话，他问对方是谁，伍德沃德说明自己是《华盛顿邮报》的记者。那人说米切尔太太无法接电话，就挂断了电话。

几分钟后，伍德沃德乘电梯来到第 7 层，走到 710 房间，门上的铜牌标明，这是马里奥家的套房。他走到走廊尽头，敲了敲另一扇门。没人答应——这正是伍德沃德所希望的：如果必要，他可以整天站在门前，就像在等人开门。

1971 年，他曾同米切尔太太谈过一次话，当时他写了一篇关于一家大型发电厂的大烟囱正在污染水门大厦附近空气的报道，报道发表以后，她给他打来了电话。在此之前，伍德沃德曾核查过城市档案，发现投诉中有一份来自水门大厦的居住者玛莎·米切尔，写报道之前，他试着给她打过电话，问她是否知道那令人不快的烟囱同为白宫和司法部供电的那架巨大机器有关。但是他没打通电话。米切尔太太是在报道发表的那天早晨给他打电话的，伍德沃德发现她很爽快。

宝贝，她说，她才不在乎她的约翰和总统先生是否得在烛光下工作呢，早在阿肯萨斯的派因布拉夫她就充分懂得了人类不应该直接接触任何废弃物。

那几乎是在一年以前。她被看作是在华盛顿能说点真话的人，尽管也许有点一本正经。现在，伍德沃德想，玛莎·米切尔正在成为水门戏剧中的希腊歌队——她的话听起来就像是对所有那些想听的人提出的警告。

伍德沃德在走廊里等了大约二十分钟，这时候米切尔夫妇的安全警卫，一个大个子黑人，离开套间乘电梯下楼。伍德沃德随即下楼到大厅里的电话亭给 710 房间打电话。玛莎·米切尔接的电话。听上去她很高兴有机会聊天。他们谈论华盛顿，政治，临近的大选，曼哈顿……接线员插进来说，要是想继续说话的话，还需要再花 5 分钱。

“我不想让卡蒂·格雷厄姆[①]再把另一个镍币花在我身上。”米切尔太太说。

伍德沃德又投了一个 25 美分的硬币到付费电话机里。但是她听起来声音有点焦虑，她说她得走了。伍德沃德乘电梯回到第 7 层。

几分钟后，几个宾馆女服务员敲了 710 的门。玛莎·米切尔打开门，让她们进去，伍德沃德赶紧跑到 710 跟前，门刚好关上，他敲了敲门。也许是以为又一个女服务员来了，米切尔太太再次打开门。她穿着一件印花衬衣，蓝色的宽松裤，白色的便鞋。

“真不好意思，”她说，“我脸上油腻腻的就让你逮住了。”

在十五分钟的谈话中，房间里的吸尘器始终在嗡嗡作响，米切尔太太说起计划写一本她在华盛顿经历的书，还说她更高兴“使她的家成为一个非政治的实体”。水门事件的话题显然使她神经质。每次伍德沃德提出一个有关它的问题，她都说：“我不知道”，“你告诉我吧”，或“那会出现在我正写着的这本书里”。然后她开始坐立不安。她不想详细说明她早先给记者们打电话的情景，她对于“肮脏的政治”或“这种警匪游戏”所作的那些声明。

但是她愿意谈论临近的大选。她预言尼克松总统会“以美国历史上空前的优势”赢得大选，“得到百分之九十九点九的选票”。

“我认为不应该有大选。如果你说总统应该有七年任期，行啊，然后让他下台。现在他们才当了两年总统就开始奔忙。我不管你在谈论哪个党。”

伍德沃德为《华盛顿邮报》的“格调”版写了一篇简短的报道。但

---

① 即前文提到过的《华盛顿邮报》的发行人凯瑟琳·格雷厄姆。——译者

是这次采访既浪费时间又浪费精力。

斯隆的女儿米里莎·麦迪逊·斯隆于9月25日出生在华盛顿的乔治城医院里。第二天，伯恩斯坦与休·斯隆通了电话。听起来对方很轻松，他的心思远离了水门事件和总统连任委员会的麻烦事。几天来，伯恩斯坦一直在试图再次见到斯隆。但是，在他女儿出生以后的那个早晨，甚至仅仅提一下水门事件都会是错的。他们聊了几分钟有关婴儿的话题。

伯恩斯坦建议，也许斯隆什么时候可以和记者们一起坐下来聊几分钟。斯隆说他会尽量想办法，他建议伯恩斯坦几天以后再打电话来。

那天下午，伯恩斯坦同自己斗争了好一阵子，然后给一个鲜花商人打电话，订花送到乔治城医院。他担心他的姿态会被误解。无可否认，他的动机出自自我利益。但是也有这样的事实：他对斯隆夫妇，尤其对斯隆太太有好感。他希望鲜花不会在莫里斯·史坦斯或一个来自白宫的朋友在那里的时候送到。

两天以后，伯恩斯坦给斯隆打电话。斯隆也许在第二天早晨会有些时间，但是他并不真正认为他会很有帮助……呃，如果记者们有某个他可以证实的消息，或者他可以让他们放弃这个消息，那当然没问题。他不会不守信用。他们能在第二天一早跟他确认一下吗？

伯恩斯坦8点以前给他打电话。

斯隆说他得在岳父岳母到来之前打扫房子，但是如果记者们能很快到麦克莱恩去，那么他们可以在那里待上几分钟。

斯隆穿着运动衫，除了手里拿着扫帚以外，看上去仍然像他曾经当过的普林斯顿本科生。他和伍德沃德握手，伍德沃德立即自告奋勇，要帮他打扫房子。斯隆谢绝了对方的好意，问他们要不要咖啡。一张装了镜框的圣诞卡挂在厨房桌子的附近，上面有总统和夫人在白宫家中的照片。还有总统和夫人潦草书写的几行字。

起居室里还有更多的纪念品：另一张圣诞卡，印有总统印章的白宫火柴纸夹（伯恩斯坦点了一支烟，装了一个纸夹在口袋里），1968 年竞选活动的纪念品。

斯隆坐在一把高背软椅里，一面谈话，一面用勺子轻轻敲咖啡杯，偶尔从杯子里呷上一口，他的脸歪着，很是羞怯。

他们正在讨论莫里斯·史坦斯的办公室——谁在那里工作，职权范围是什么。斯隆是忠于史坦斯的。他说，认为史坦斯会有意卷入政治间谍行为的人真的不了解这位部长。史坦斯很痛苦。他以自己在新闻界受诽谤作代价保护政治人物。他从来不知道李迪、波特、马格鲁德提取的钱用在哪儿。

这意味着史坦斯事先知道这些开销吗?

斯隆犹豫了。他竭力为史坦斯辩护，反倒使他越陷越深。

伯恩斯坦设法扮演唱反调的角色，他用暗示的口吻说，如果史坦斯不想知道从自己的保险柜里支出了多少钱，那么他就是玩忽职守。斯隆表示同意。然后他说，在李迪、波特、马格鲁德有权从那笔基金里提款以前，正是史坦斯先作出了批准，但他的批准又是经过竞选活动的政治主管们同意的。

这些政治主管是谁?

斯隆听了这个问题很不自在。他说，知道史坦斯没有按他自己的意志办事已经足够了。

伍德沃德抓住这个缺口不放。他追问：也就是说，竞选活动的政治主管部门有一帮人对从基金中取钱有最终的决定权?

斯隆说，是的，但是他不想进一步深入进去。

伯恩斯坦正在考虑那些名字，搞到他们，就万事大吉了。

斯隆的兴趣所在，是谈论那篇关于玛迪安和拉吕进行总统连任委员会“大扫除”的报道，他对记者们如何搞到上述消息很好奇。这和他自己的推断是一致的，但是他感到很吃惊的是，竟会有处在能知道第一手情况的地位的人，把话说得如此明确。

伯恩斯坦的肠胃因恐慌开始了一阵缓慢痉挛。他历来的印象是，斯隆是在了解第一手情况的基础上，而不是靠推断证实了几乎全部的报道。其他消息来源确实证实了报道的真实，但是有许多消息主要出自斯隆之口，然而现在他似乎正在放弃原来的立场。在重新推敲了一遍报道之后，伯恩斯坦和伍德沃德的心才稍稍放下了一点。斯隆以前说过的事情很少是推断，他不敢肯定说他也许会把报道中的所有细节都说成是一次“大扫除”的证据，但那是一个供记者判断的问题。他对奥德勒了解不多，但是那没有多大关系，因为那条消息来自别的地方。斯隆最后说，报道中的东西和他所理解的真相没有什么出入。

讨论继续围绕着秘密基金的边缘进行。有没有这样一种可能，即那笔钱被授权用于合法活动呢？比如用于日常的情报收集，诸如记录反对派的言论、剪辑报纸等无害的活动呢？对于涉及那笔基金的每一个问题，斯隆总是回答说，环境迫使他“假设最坏的情况”，然后还问记者们是怎么想的。他以前在白宫待过，在总统连任委员会待过，参与过竞选活动，但是也许他们知道的事情会使他改变思考的方向。

他们不知道。他们的思考方向是委员会的政治方面，尤其是约翰·N·米切尔。伯恩斯坦提醒斯隆，说他曾经说过，米切尔几乎肯定知道从那笔秘密基金提取现金的事。米切尔是斯隆几分钟前所说的“被授权”批准支付那些钱的人员之一吗？

“当然是。”斯隆说。有五个人有资格授权支付那笔钱，米切尔是其中之一，史坦斯是另一个。

米切尔知道支付的款项到了马格鲁德、波特、李迪的手中吗？斯隆点点头。但是没有证据证明米切尔了解窃听的事情。有一种较小的可能性，那就是那三个人自作主张，把钱花在未授权的计划上，但是斯隆怀疑这种可能性。

事情是怎么进行的呢？米切尔怎么行使他对基金的权威呢？使用付款凭证吗？

斯隆说，这是一种日常程序，在一场预算达 5 000 多万美元的竞选活动中，这笔钱几乎微不足道。当第一次有人向斯隆要钱的时候，他想都没想就拿起电话，给在司法部的米切尔打电话。只花了几秒钟的时间，米切尔告诉他把钱给出去。从 1971 年开始，他打过一些类似的电话。

两位记者竭力避免互相对视。约翰·米切尔是当时的美国司法部长，却授权将竞选基金的开支用于针对政治对立面的明显非法的活动。他们想确认，有没有听错斯隆的话。

他们没有听错。不仅米切尔是有权控制那笔基金的五人之一，而且他还经常使用这个权力。真的，一开始他还是可以授权的惟一的人。后来这种权威也给了别人。斯隆说，马格鲁德就是其中之一。

那位簿记员关于那笔基金的说法开始有意义了。她说过，大约六个人参与其中，但是她知道的只有三个人——波特、李迪、马格鲁德，这三个人拿了钱。她说，别的人只是接到电话。这就都汇总到一块儿了。其他的名字就是那些可以授权付款的人。他们在钱付出去以前先接到斯隆的电话。马格鲁德一开始先得到米切尔的授权才从基金拿到钱，最终，他自己也得到了批准给别人付款的权力。

根据斯隆的说法，可以授权付款的人是米切尔、史坦斯、马格鲁德——现在还剩下另外两个。他们也在总统连任委员会的政治部门吗？

斯隆说，两人都不为总统连任委员会工作，但是他不会再往下说了。

即使不考虑名字的问题，两名记者也仍然不完全明白这笔基金的目的。还有谁会从史坦斯的保险柜里领取现金呢？他们知道窃听的事情吗？

斯隆没有理由相信另两个领钱人参与，或相信他们领的钱为不合法或不适当的事情提供了资金。只有波特、李迪、马格鲁德领了大笔的钱。没有给别人相应的付款。

如果说那笔钱的剩余部分被合法使用，那么斯隆怎么能够肯定那三人领的钱被派了非法或不适当的用场呢？

斯隆又说他假设了最糟糕的情况。但这不仅仅是猜测。他听到了许多，看到了许多。

以前没有遇见过斯隆的伍德沃德，对他的小心翼翼印象深刻。斯隆作为一个消息来源，可靠性似乎是无可挑剔的。他彻底献身于理查德·尼克松的连任选举，并且相信总统对他的竞选工作人员的鲁莽行为一无所知。

他似乎明白这些事情是如何发生的：过分热心，不必要的过度行为，排除任何偶然因素努力使总统必然连任的愿望——他在白宫已经见过这一切。在总统手下干活，呼吸的都是稀薄空气。斯隆认为，白宫或许参与了窃听事件。

另两个有权批准从那笔基金付款的人，是白宫的人吗？

斯隆说，只有一个是。另一个既不是竞选运动的官员，也不是政府的官员，而且也不是华盛顿人。

记者们暗示，白宫似乎只有三个人有权控制这笔基金：H·R·霍尔德曼，查尔斯·柯尔逊，约翰·埃利希曼。他们的钱是由柯尔逊支付的。

斯隆摇摇头。他说，那不是柯尔逊行事的方式。他太狡猾，太谨慎，不会那样使自己处于危险的境地。如果是柯尔逊，他会通过别人来做，可那样的情况没有发生过。

记者们提到埃利希曼的惟一理由，缘于他在白宫的高层地位。如果在钱可以被支付以前必须向史坦斯和米切尔请示的话，那么在白宫有着相似才干的某个人必然也参与了。就记者所知，埃利希曼在竞选中没有重要地位。霍尔德曼因为是总统连任委员会的监督人，又因为他的名气，似乎是更合乎逻辑的选择。

两名记者对霍尔德曼的了解，似乎只限于他对白宫工作人员的专横控制等方面的名气。斯隆向他们证实，他是总统在竞选中的耳目。通过其政治助手戈登·斯查骞，霍尔德曼总是了解总统连任委员会的每一项重要决定。马格鲁德在委员会里是霍尔德曼的人，他被安插在那儿，确保约翰·米切尔在白宫的直接影响下领导这个委员会。

斯隆仍然不愿意说是还是不是。但是同他说到柯尔逊时不一样，他没有说任何事情把记者们的视线从霍尔德曼身上引开。他们几乎相信这就是霍尔德曼了。

还剩下一个人——既不为白宫，也不为总统连任委员会工作的人。

穆雷·蒂纳？

斯隆说不。

伯恩斯坦抛出一个伍德沃德以前从来没有听说过的名字：赫伯特·卡尔姆巴赫，尼克松总统的私人律师。这是一种猜测。斯隆看上去很惊讶。

伯恩斯坦想起在前不久读到《纽约时报》上有一篇文章，把卡尔姆巴赫称为“尼克松在西海岸的私人律师”，还说那些同政府有业务而有可能成为他客户的人，若少于1万美元免开尊口。文章讲到，他的法律事务像雨后春笋一样，他在尼克松连任全国集资组中的地位仅次于莫里斯·史坦斯。他是正在筹划尼克松图书馆的尼克松基金会的干事。那篇报道说，他还经常为总统和白宫做策划。

斯隆说，他不想陷入一种猜谜游戏。记者们搞不清楚这究竟是因为关于卡尔姆巴赫的猜测很正确，还是很可笑。不过这没关系，霍尔德曼是重要的名字——如果霍尔德曼真是那最后一个人的话。

记者们已经自己动手喝了三杯咖啡了，现在正在回到厨房里去加满他们的杯子。斯隆一边看他的表，一边提醒他们，他得打扫房子了。他们已经在那里待了两个多小时。待得过久而令人生厌是没有意义的。他们又试了一下霍尔德曼。

如果不是霍尔德曼，那么为什么不直说呢？

“我只是不想纠缠进去。”斯隆说。他没有做任何事情来动摇记者们的信念，将他们引入歧途。

又进行了几分钟关于竞选的一般性谈话之后，三个人朝门口走去。

“也许有一天你会成为总统。”伍德沃德告诉斯隆。

伯恩斯坦听到这句话很吃惊，因为它好像不是轻松地讲出来的。伍德沃德本打算用它来吹捧一下对方，其中也表达了尊敬的意思。当然——这是一种希望，希望斯隆能摆脱困境。

当两名记者回到办公室时，已是午后了。伍德沃德很快给进行联邦调查工作的消息来源打了个电话。在那段日子里，记者们定期向司法部和联邦调查局的五六个人核对他们得到的消息，那些人有时愿意证实这些消息，但他们很少提供进一步的情况，即使提供，往往也不如让他们证实的消息那么深入。

这次伍德沃德很幸运。这个消息来源告诉他，斯隆已经把基金的全部事情同调查人员讲了，簿记员也是这样。米切尔，史坦斯，马格鲁德，都是对的。但他不愿说出另两个人的名字。有一点可以肯定，钱是用于从事针对民主党人的间谍活动的，至于是否用在水门事件上还不清楚。关于那笔基金运转的细节，他说，正像斯隆和那位簿记员所描述的那样。

有没有霍尔德曼？

这位消息来源不愿意说。

几分钟之后，在布拉德里的办公室里，他们同布拉德里、西蒙斯、罗森菲尔德、苏斯曼一起开会。这是一间铺了地毯的舒适房间，一扇大玻璃窗可以看到新闻编辑室。房间里有一个椭圆形的青龙木做的桌子，一只黑皮沙发。在他们讨论的过程中，布拉德里时不时从桌子底下捡起一只小型海绵橡皮篮球，把它抛向一个用吸盘固定在玻璃窗上的小篮筐。这姿势既表明这位总编辑注意力集中的时间不长，又表明一种故意的不拘礼节。在布拉德里身上，有一种贵族与平民的诱人结合：波士顿的上层人物，哈佛，二战海军，美国驻巴黎大使馆的新闻专员，负责采访警方消息的记者，新闻杂志的政治新闻记者，《新闻周刊》华盛顿分社社长。

与布拉德利的冲锋陷阵和不受约束形成鲜明对照的是西蒙斯的拘谨，他喜欢讲述他如何观察布拉德里在一次正式的宴会上，把香烟碾碎到一只小杯子里去。布拉德里是少数几个做了这样的事情还让女主人说他多么迷人的人。

布拉德里几乎不注意自己的形象，甚至还由着自己的性子。他很喜欢炫耀自己善于在街上应付的本领，更乐于打发记者出去同一些真正的警察谈话，而不是去找坐在办公桌后面的警官。遇到正在访问的《世界报》和《快报》的显要人物，他会站起来，用正式的毫无瑕疵的法语问候，并在人家的脸蛋上亲上一口。

当伍德沃德叙述他们拥有了哪些新的细节时，布拉德里认真地倾听着。他的思想集中在米切尔以及斯隆描述米切尔同基金有牵连时所涉及的背景上。

伯恩斯坦和伍德沃德认为他们差不多就要发现控制秘密基金的所有五个人的名字了，关于个别交易，也许同样会发现更多的东西。他们计划写一篇权威性的东西——是谁控制了钱，这钱同水门事件有怎样的关系。

在他们开始向布拉德里解释他们的计划时，注意到他正漫不经心地在他桌上的一张纸上乱涂乱写——这是他变得有点不耐烦的标志。他一摆手，打断了他们的话，然后直截了当地说起来。

“听着，伙计们，你们对米切尔很有把握吗?”他停了一下，又追问道，“绝对有把握?”在两个记者点头的时候，他使劲盯着他们，“你们现在可以写了吗?”

他们犹豫了，然后说可以。记者们明白布拉德里的哲学：一份日报不能等待关于事件的权威性说明。

布拉德里站起来。“那么好吧，让我们干起来。”

他大声提醒记者们，你们已经明白这样一篇报道的结论吧？约翰·米切尔不是一个可以小瞧的人物，现在你们正在玩真正的硬式棒球。布拉德里不是在盘问他们。他是在宣誓。

他们点点头，意识到他们将要采取一个空前巨大的步骤。

“好新闻，好新闻。”西蒙斯说，重复着办公室的口头禅，大家都笑了起来。

“去吧。”布拉德里挥挥手，把每一个人轰出了他的办公室。

写报道所用的时间短得惊人。这篇报道从伯恩斯坦的打字机转移到伍德沃德的打字机，然后又转到罗森菲尔德和苏斯曼，最终到了布拉德里和西蒙斯那儿。只做了一些小的改动。到下午6点钟，它已经在排字车间里了。

约翰·N·米切尔在担任美国司法部长期间，亲自控制了一笔共和党人的秘密基金。

按照参与水门事件调查的消息来源的说法，基金是用来收集关于民主党人的情报的。

从1971年开始，几乎就在米切尔离开司法部，在3月1日成为尼克松竞选活动主管的前一年，米切尔亲自批准从这笔基金提款。好几个可靠的消息来源这样告诉《华盛顿邮报》。

这些消息来源说，除米切尔以外，后来还有四个人有权从那笔秘密基金里提钱付款。

其中两个人被认定是前商业部长、现任总统竞选委员会的财务主席莫里斯·H·史坦斯和米切尔接管前的尼克松竞选活动总管、现任总统竞选活动副主席杰伯·斯图亚特·马格鲁德。按照消息来源的说法，另两人是现在参与竞选的一名白宫高级官员和一名华盛顿之外的竞选助理。

报道的其他部分涉及基金如何运作：斯隆给米切尔打电话，李迪、波特、马格鲁德的提款，以及总会计办公室的结论：连这笔基金的存在都显然是非法的，因为这些开支都没有报告。这篇报道说，大陪审团对水门事件的调查“没有确定这笔用于收集情报的基金直接为非法窃听提供资金”。“按照《华盛顿邮报》消息来源的说法，这笔秘密基金的主要目的是为针对民主党人的广泛的情报收集活动提供资金。”

伯恩斯坦给总统连任委员会打电话，走一下让对方否认的形式，接电话的是鲍威尔·莫尔。半小时后，莫尔打电话回来，作出了委员会的反应。“我想你们的消息来源很糟糕，他们提供的是错误的情报。除此之外我们不打算发表任何看法。”他说。他不屑于讨论细节。

伯恩斯坦那天夜里留在报社，追踪霍尔德曼表面上的各种关系，并阅读有关赫伯特·卡尔姆巴赫的剪报。大约在晚上11点钟，他接到莫尔打来的另一个电话，他已经同约翰·米切尔谈过了，现在发表一个新的声明：

《华盛顿邮报》报道中的指控绝对没有任何真实性可言。米切尔先生和史坦斯先生一点都不知道从《邮报》所描述的所谓基金中提款的事，他们俩也没有在担任政府官员期间控制过委员会的任何经费。

伯恩斯坦研究了这个声明，在含糊不清的地方下面划了线。《华盛顿邮报》报道中的指控。什么指控？从《邮报》所描述的所谓基金中提款的事。没有否认基金的存在，或否认钱被提取，只否认了它被描述的方式。他们俩也没有控制过委员会的任何经费。从技术上讲是正确的。斯隆控制了经费，米切尔和史坦斯只是批准使用经费。

伯恩斯坦告诉莫尔，这不失为一种最聪明的否认。他还试图要和他一起过一遍稿子。莫尔不愿意。

伯恩斯坦告诉莫尔，这份新的声明将和莫尔对详尽推敲的拒绝一起被正式记录下来。他补充说，如果尼克松委员会不愿作出答复，那么也许米切尔会，他告诉莫尔他会设法打通司法部长的电话。

他写了一页关于新的声明的插页，然后拨了纽约埃赛克斯住宅的号码。他要 710 房间。米切尔接的电话，伯恩斯坦听出了声音，开始潦草地记笔记。他要把一切都记在纸上，包括他自己提的问题。在通话结束以后又过了一会儿，伯恩斯坦开始用打字机把它打出来。处在激动状态中的他，很难把打字机的键按对。

米切尔："是我。"

伯恩斯坦（在说明自己身份以后）："先生，我很抱歉在现在这个时候打扰您，但是我们将在明天的报纸上登一篇报道，实际上是说您在担任司法部长期间控制过委员会的秘密基金。"

米切尔："天天天啊。你说的那个？它说了什么？"

伯恩斯坦："我给你念开头。"（他读到第三段。每念几个词，米切尔就发出“天天天啊”的声音。）

米切尔：“全是臭屎巴巴，你要把它登在报纸上？它已经全被否定了。如果这发表出来，卡蒂·格雷厄姆的奶子就他妈的有她好受的了。天啊！这是我听到过的最令人恶心的事了。”

伯恩斯坦：“先生，我想问您几个问题，是关于——”

米切尔：“什么时候了？”

伯恩斯坦：“11点半。很抱歉这么晚给你打电话。”

米切尔：“11点半。什么时候的11点半？”

伯恩斯坦：“夜里的11点半。”

米切尔：“哦。”

伯恩斯坦：“委员会关于这篇报道发表了一个声明，但是我想问你几个问题，是关于这篇报道所含事实的一些细节。”

米切尔：“委员会让你们尽管去发表这篇报道吗？你们这些家伙搞出了了不起的事情，呃？等你们一付完埃德·威廉姆斯[①]和其余那些家伙的钱以后，我们就搞一篇关于你们所有人的报道。”

伯恩斯坦：“先生，关于那报道——”

米切尔：“早上给我的法律办公室打电话。”

他挂断了电话。

对于伯恩斯坦来说，惟一恒定的东西是一种激愤的感觉，他是从米切尔第一声“天天天啊”——某种原始的尖叫——开始的。随着“天天天啊”的喊声的重复，伯恩斯坦洞察到米切尔所受伤害的无以复加的深度。有一瞬间，他曾担心米切尔会死在电话旁，米切尔第一次成了有血有肉的人，而不是尼克松的竞选主管，卡尔斯威尔的拥有者，法律与秩序的高级司法长官，受水门事件拖累的人。伯恩斯坦的皮肤有刺痛感。

---

① 埃德华·本涅特·威廉姆斯，《华盛顿邮报》的主要律师。

米切尔逃脱了大陪审团的起诉，这会保守他的秘密，但是记者们已经响亮地把话说了出来。虽然使用的是记者行业的中性语言，但是他们却把约翰·米切尔叫做无赖。伯恩斯坦并不欣赏这一时刻。米切尔的声调如此充满仇恨和厌恶，以致伯恩斯坦感觉受了威胁。伯恩斯坦对他的语言、他的丑陋感到震惊。*委员会让你们尽管去发表这篇报道吗？我们就搞一篇关于你们所有人的报道*。米切尔说的是“我们”。一旦选举结束，他们就可以做他妈的愿意做的几乎任何事情，逃之夭夭了。

伯恩斯坦决心要让米切尔的话见报。

打完最后一个字的时候，伯恩斯坦向大都市新闻夜班编辑比尔·布雷迪做了简要说明，建议插入两个段落。布雷迪在《华盛顿时代先驱报》于1954年被《华盛顿邮报》收购的时候，曾是重写加工编辑，他现在也许是《华盛顿邮报》新闻编辑室里最不易激动的人了。但是他从来没有听说过这样的事情，他问伯恩斯坦，是否确信他一直是在同约翰·米切尔说话。在得到保证以后，布雷迪摇摇头。正如伯恩斯坦料想的那样，布雷迪不打算就如何处理米切尔的评论作出一个决定。

伯恩斯坦打电话给布拉德里，他正在家里睡觉。

这位总编辑大吃一惊。“你知道约翰·米切尔刚才说什么吗？”他问妻子。

米切尔喝醉了？

伯恩斯坦说他搞不清楚。

伯恩斯坦正确说明了自己的身份，这不会有问题的吧？

没有问题。

米切尔明白他是在同一名记者说话吗？

肯定明白。

伯恩斯坦有详细的记录吗？

有。

布拉德里一边第三次让伯恩斯坦给他念他建议插入的段落，一边考虑是否给格雷厄姆夫人打电话。他决定这个电话没有必要打。

“除了把‘奶子’二字删去，别的什么都不要动，”布拉德里指示，“告诉办公室的人，我说没问题。”他拒绝了伯恩斯坦想原封不动地保留引文的温和请求。人们会得到信息的，布拉德里说。

大约五分钟后，电话铃响了。鲍威尔·莫尔想要知道委员会的第二个声明是否见报。

伯恩斯坦说要见的，还要加上米切尔关于此事的评论。

莫尔听上去很担忧。司法部长说了什么？

伯恩斯坦给他念了插进去的段落，告诉他现在已经排成铅字了。

“哦。”莫尔说。

伯恩斯坦回家去，他的脑袋里充满烦人的幻象。他刚到家几分钟，电话铃就响了。是莫尔。伯恩斯坦开始潦草地记录。

莫尔：“卡尔，你肯定你不是赶上一个米切尔先生很糟糕的时刻与他通的话吗？”

伯恩斯坦：“我不知道。”

莫尔：“你赶上了一个他毫无戒备的时刻。他曾是内阁成员，他不想以那种面目见报。”

伯恩斯坦：“我只报道他说过的东西。”

莫尔：“如果他的镇静没有得到保证，那么让他为他说过的话负责是否有欠公平呢？我很想知道，这是否对他完全公平。他上床很早，你是知道的。他是否听上去很困倦？”

伯恩斯坦：“我说不清楚。但是我知道你们这些家伙让我为我写和我说的东西负责。所以我认为对米切尔先生不必期望过高。他以前同新闻界打过交道。”

莫尔：“卡尔，我不想看到一个普通人因为半夜被叫醒，处于不完全警惕的情况下说的话被登在报纸上。”

伯恩斯坦：“你什么时候同他谈的话？”

莫尔：“一会儿工夫以前，也许在 9 点左右——卡尔，不让它见报已经太晚了吗？”

伯恩斯坦：“我想，稿子现在就在那里。要撤掉它的惟一办法是同我的编辑谈。由他们判断它是不是该用，当然也得得到我的同意。”

莫尔：“要把它撤掉，我该跟谁谈？比尔·布雷迪在吗？”

伯恩斯坦：“不。我想，要撤掉什么东西，你得找布拉德里谈。”

莫尔：“我当然不想作出一个独立的决定来同本·布拉德里谈。等我给你再打回来。”

五分钟后，莫尔又打来电话，问他怎么可以找到那位编辑。伯恩斯坦说他应该在五分钟以后打电话给《华盛顿邮报》的总机，然后他给布拉德里本人打电话，让他等莫尔的电话。

莫尔总是一副南方绅士的样子，几分钟后他又给伯恩斯坦打电话，告诉他说，布拉德里拒绝撤掉插入的内容。

布拉德里后来回忆起来时，模仿莫尔慢声慢气的调子说，莫尔问“我是否肯定我们在凌晨把司法部长叫醒，在他脑子糊里糊涂的时候同他谈话是一件明智的事情。我记得自己说：‘归根结底是这样一个问题，莫尔先生：他说过还是没说过，另外，《华盛顿邮报》的记者是否说明自己的身份是记者，如果他说了，那么我所要求的条件就全都具备了。’”

第二天早晨在《华盛顿邮报》，格雷厄姆夫人问伯恩斯坦，是否还有更多的信息给她。

10 月 4 日夜里，伍德沃德大约 11 点钟到家。他刚进门，电话铃就响了。“小才子——”是比尔·布雷迪。这位夜班编辑把所有的年轻记者都叫做“小才子”（伍德沃德在《华盛顿邮报》工作后的第二个晚上布雷迪就叫他“小才子”，伍德沃德开始还得意了好几个小时，直到他听说布雷迪用同样的称呼叫办公室里一个出了名的无能之辈）。

“小才子，”布雷迪说，“《洛杉矶时报》正要刊登对一个叫博德文的家伙的长篇采访。”

伍德沃德哼了一声，说他马上就到。

有一段时间，阿尔弗雷德·C·博德文似乎是水门事件的关键人物之一。记者们在一些日常的核查中了解到了他。伯恩斯坦被告知，一个前联邦调查局特工参与了水门事件，他告诉调查人员，民主党总部在水门闯入者被捕前大约三个星期的时间里一直处于电子监视之下；被窃听的谈话记录经抄录后直接送到总统连任委员会。那人还说，他接到过麦考德的命令，曾打入反战越南老兵内部。9月11日，伯恩斯坦和伍德沃德写了一篇报道，谈到了有这样一个前联邦调查局特工的参与。

一星期后，在那位簿记员的帮助下，他们搞清他的身份是博德文，一名三十五岁的法学院毕业生，在成为总统连任委员会的雇员以前，曾为一家货车运输公司当过保安头目。他就任新职后的薪水都是以100元票面的美元给付的。博德文是政府的主要证人——吐露全部内情的内部人士。他似乎有难以想象的秘密要说，记者们排着队来听他说。伍德沃德加入了这个行列，并且不断打电话给博德文的律师约翰·卡西丹托，一位来自康涅狄格州的纽黑文的民主党州议员。

“我们接到成百上千要求采访的请求，成百上千，”卡西丹托告诉伍德沃德，“每个人都要同阿尔谈话。有两个《洛杉矶时报》的记者就宿营在外面。阿尔正变得不得安宁。他被跟踪……这些记者，真是丑陋的混蛋。感谢上帝，他们别再纠缠我们了。”

听了这话，伍德沃德说，他和伯恩斯坦不会加入这个行列。

“太好了，”卡西丹托亲切地说，“如果阿尔有什么事要说，我们会让你知道的。第一个接电话的就是你们。”

几天以后，卡西丹托给伍德沃德回了电话。“嘿，阿尔需要一些钱……每个人都要给他钱买他的内情。万一你们也想要加入投标的话，这就算是告诉你们了。”有谣言说，有一家重要杂志出价5 000美元买博德文的第一人称叙述。

伍德沃德解释说，《华盛顿邮报》从来不花钱买新闻。

“行，行，我很遗憾你不关心这内情，”卡西丹托说，“有别人给我们出价。”

伍德沃德开始说，《华盛顿邮报》很关心这内情，但是卡西丹托挂断了电话。

伍德沃德和伯恩斯坦告诉编辑们博德文的情报需要出价的事。“我出价……”布拉德里说，竖起他右手的中指。

两周后，《洛杉矶时报》一分钱没花就搞到了情报，这使伍德沃德于10月4日那天晚上回到他的办公桌。博德文讲给《洛杉矶时报》记者杰克·纳尔逊听的关于窃听活动的经过，是一个水门事件参与者的生动描绘。

博德文从水门大厦街对面的霍华德·约翰逊汽车旅馆监听民主党人们的电话谈话。麦考德告诉他，他将会在迈阿密的民主党大会上做同样的事情。被雇用的时候，他就拿到了一把属于弗雷德·拉吕的枪。他说起一次未遂的尝试，想要闯入麦戈文的总部进行窃听，戈登·李迪建议开枪射灭一盏街灯以便于进入。博德文描述了对玛莎·米切尔的短时间的警卫工作。他叙述了霍华德·亨特6月17日凌晨2点30分如何冲进霍华德·约翰逊汽车旅馆，看着警察把他的五名雇用者从水门大厦带走时的情景，亨特当时流露出无限惊恐。

伯恩斯坦和伍德沃德输了一步棋。这情报是一个重大突破，不仅因为它含有大量新情况，而且它使水门事件以及它背后的不惜一切代价取胜的心态变得真实了。

“我希望是我们得到了那些消息，”布拉德里第二天说。他并不严厉，但皱着眉头，紧抱双臂，像一个奔跑着的橄榄球前卫那样将双臂向左右两边迅速摆动。[①] 在同杰克·纳尔逊的五小时谈话中，博德文没有提供也许会看见窃听记录的任何个人的名字。但是在《洛杉矶时报》采访前两周，伯恩斯坦就被一位民主党调查人员告知，博德文说出了他认为收到过记录的两个人的名字：罗伯特·奥德勒，杰伯·马格鲁德在白宫和总统连任委员会的十分神经质的助手；威廉·E·蒂蒙斯，负责国会关系和白宫在共和党全国大会事务方面同总统连任委员会的主要联系的总统助理。博德文看见麦考德在记录上写了收件人的姓名地址。

据称博德文说过还有第三个收到记录的人，这个人的名字听起来有点像姓。联邦调查人员给博德文看了一份总统连任委员会的官员名单，博德文挑出了J·格兰·赛达姆的名字——此人和戈登·李迪合用一间办公室。但是，伯恩斯坦被告知，博德文对赛达姆并不十分肯定。

伯恩斯坦向伍德沃德建议一起写一篇报道，说博德文说出了奥德勒和蒂蒙斯的名字，并描绘他如何挑出了赛达姆的名字。伯恩斯坦给司法部的一个消息来源打电话，此人证实了各个细节。伍德沃德同意进行下去。

这报道将会是在《洛杉矶时报》消息基础上的重大进步。它于10月6日登出。并没有来自总统连任委员会或白宫的指责。

但是报道不正确，匆忙将它刊登出来的决定是一个错误。几星期之后，伍德沃德和伯恩斯坦才知道，最初的联邦调查局报告并没有说明博德文所看到的记录究竟是窃听谈话记录还是日常的安全记录。最终，记

① “自尊心在这种事情中是敏感的，”布拉德里几个月以后说，“你安抚它，不让它泄气……我不可能跑出去给某人记笔记。我离得远，有时候这使我十分沮丧……让人抢了先，我高兴不起来，但是我确实要让大家知道，我感到很没面子，我讨厌这样，真的讨厌这样。不要忘记我讨厌这样。”

者们相信这是日常记录，同窃听毫无关系。

三个人受到冤枉。他们在《华盛顿邮报》这份他们的家人、邻居、朋友的家乡报纸的头版上遭到指责。奥德勒向检察官投诉。“他差点哭了，”一位检察官后来说。水门之耻伴随着他，尽管不仅仅是因为这个报道。他在找工作时遇到了很大的麻烦。1973 年，他受雇于农业部，担任顾问，但是当他的名字继续出现在调查中的时候，很快就被解雇了。

蒂蒙斯对《华盛顿邮报》的指控很感沮丧，他的妻子要他退出白宫的工作。只是在同总统进行了长时间谈话之后，他才决定留下来。

6

9月28日夜间，伯恩斯坦一直在倾听文字编辑温和的抱怨，说自己在深夜还不得不修改他的报道。所以当电话铃响起的时候，伯恩斯坦正求之不得。

对方说自己是一名政府律师，同水门事件的调查无关。他说有一些信息，也许同伯恩斯坦和伍德沃德一直在写的事情有关，也许无关。

这样的电话正越来越频繁，尽管记者们得到的大多数“忠告”，是要求《华盛顿邮报》对约翰·肯尼迪、玛丽·卓·柯佩切尼、马丁·路德·金等人的死进行分析。

至于同水门事件有关的忠告，他们核查了几十个，结果不是无足轻重，就是毫无依据。[①]现在这个打电话的律师说他有一个朋友，“有人同他联系……要他以一种非常不同寻常的方法为尼克松的竞选活动工作”。

伯恩斯坦将一张纸放进打字机，把它记录下来。

对方说，这位朋友名叫阿列克斯·谢普里，是田纳西州的助理司法部长，住在纳什维尔。1971年夏天，有一个军队里的老哥们儿让他加入尼克松的竞选活动。

“实质上，他的建议是应该有一伙儿人，他们的工作是要在初选期间扰乱民主党的竞选。这家伙告诉谢普里说，钱没有问题，要多少有多少。”

对方不知道找谢普里联系的那个人的名字。“那家伙是个律师。他的主意是要到处去跑，有些人跑城里，等待时机。例如，某个家伙会等着看是否民主党候选人正在租大厅准备举行集会。然后他打电话给大厅的老板，说集会时间改变了，从而搞乱后勤。”

谢普里是在“一次野餐会上酒后聊天时”向他透露这个情况的，他记不起更多的细节了。在有人找谢普里的时候，他仍然在军队里，驻扎在华盛顿。听他说话的那些人都为田纳西州的前参议员阿尔伯特·戈尔工作。“他们劝他先对这家伙答应下来，同时设法搞清楚正在进行的事情。”

他很不情愿地把自己的名字和电话号码给了伯恩斯坦，条件是绝不能透露他是消息来源。伯恩斯坦谢了他，请他保持联系。

伯恩斯坦从纳什维尔问讯处搞到了谢普里的电话号码，但是没人接。

第二天，伯恩斯坦给霍华德·西蒙斯看他的笔记，并说他相信这个情况很重要，尽管其他人认为它非常粗略。就事件本身而言，水门窃听似乎意义不大，尤其是因为它发生在尼克松竞选活动势头最强劲的时候。但是，伯恩斯坦说，如果水门事件是某件涉及面很广的事情的一部分，就有某种意义了。而且对这个涉及面很宽的阴谋的证据是有的，尽管消息完全不同。在他们知道的事情中，有窃听麦戈文总部的企图；有亨特对泰迪·肯尼迪的调查；有麦考德对杰克·安德森的调查；有博德

① 令他们很沮丧的是没有第一流的信息通过邮件或电话忠告从陌生人那里传到他们这里。杰克·安德森的匿名官僚信息网是传奇式的，正在继续的重大新闻——尤其是丑闻——造就了告发政府的人，他们主动把消息“泄漏”给报界。水门事件似乎是例外。没有哪个不满的联邦调查局特工或总统连任委员会雇员跑到伯恩斯坦或伍德沃德那里提供消息。他们有过最接近的机会同那些传奇式的消息来源接触是在起诉书公布后大约一周的时候。这位打电话来的人说，她为司法部工作，曾见过一些档案，上面表明杰伯·马格鲁德和赫伯特·波特和其他人一起对大陪审团说了谎。负责调查的人知道他们说谎。她说，在整个调查中都有非同寻常的政治压力——尤其是来自白宫的压力。但是记者们无法让她留在电话上。她太恐慌了，他们从此再没有听到过她的消息。

文所做的努力；有亨特对有人将消息泄漏给新闻媒体的调查；有麦考德在马斯基竞选总部旁边租办公室的事。也许白宫参与这种收集政治情报勾当的规模，比大多数人想象的要大得多，在时间上要长得多。水门窃听很可能早在总统连任几成定局之前就规划好了，也许有人拉了屎忘记抽马桶。

西蒙斯很感兴趣，催伯恩斯坦赶快和谢普里联系。这位执行编辑和伯恩斯坦一样，喜欢根据粗略的信息来推测，但对最终见报的东西非常谨慎小心。他不止一次地让伯恩斯坦和伍德沃德推迟一篇报道，如果他们有疑问，在必要情况下，即使到最后一分钟也要把东西撤下来。“我不管它是一个词，一个短语，一句句子，一个段落，一整篇报道，或者一整个系列报道，”他说，“有疑问，就撤。”

作为一个获奖的科学新闻方面的记者，西蒙斯一年前当上了《华盛顿邮报》的第二号编辑。他是一个热心而敏感的人，有一个大鼻子，瘦削的脸，一双深陷的眼睛，看上去就像腰带上别着一把计算尺的哈佛大学助教。但是他应付内心脆弱的人很有一套，而且也是布拉德里的完美搭档。布拉德里更像伍德沃德：首先要求的是过硬的事实，对推论的东西很不耐烦。

伯恩斯坦试图煽起伍德沃德对谢普里的兴趣，但伍德沃德对此持怀疑态度。

那天夜里，伯恩斯坦给在家中的谢普里打通了电话。对方听上去既高兴，又惊讶：一个记者竟会对这件事如此感兴趣。

“要跟我做的交易不过是老一套，”谢普里说，“我们对外会说，我们为民主党的某某人工作，而实际上我们是为尼克松工作。比方说，我的工作是去参加一次肯尼迪选民的集会。我会对肯尼迪的选民之一说：‘我也是你们的人。我们要你去马斯基的办公室找一份工作。一旦你发现什么问题，就告诉我们，我们把它搞回到肯尼迪那儿。’”

伯恩斯坦曾在什么地方听说过，中央情报局在海外就干过这类事情。他听说这叫“思想操纵”，但是中央情报局称它为“黑色行动”。

谢普里继续说：“经费加薪水，钱要多少有多少。我得到的许诺简直是天文数字。”谢普里开始不想说出那人的名字，但后来他决定，把整个内情和盘托出。

“我一直在想跟什么人谈谈。大约六个月前吧，我给自己搞了一个备忘录，它在我的办公室里——我有日期。我把记得住的东西告诉你。”

但是，在同报界谈话以前，他首先要征得他上司的同意。他认为他的上司会同意的。田纳西州的司法部长是一个民主党人，谢普里也是。也许在谢普里看来，那就是这场交易最奇怪的方面。

“这家伙来找我。我说：‘我从小就将富兰克林·罗斯福的画像挂在墙上。我是这样的人，为什么偏要找我呢？这可能出于完全自私的原因——我们可以为你做许多事情。’我更喜欢民主党人，所以我没有听他的。”

除了那人的话以外，谢普里没有证据可以证明这个建议是代表理查德·尼克松的连任竞选活动提出的。他是在军队里认识那人的。“我的印象是他的间谍本事并不高强。但是他说他为尼克松工作。”

伯恩斯坦想知道这位招兵买马者的姓名，只是不想逼得太紧。

第二天晚上，他给谢普里打电话。田纳西州的民主党司法部长告诉谢普里，只要他认为正确的事，尽管去做。谢普里已经整理了他的笔记。找他联系的那个人名叫唐纳德·赛格雷蒂。

“他第一次打来电话大约是 1971 年 6 月 26 日。他告诉我要来华盛顿。6 月 26 日，他来参加了我家的一个宴会，不过那天什么也没说。6 月 27 日，我同他见面一起吃早饭。那是他第一次提出这件交易。他问我有没有兴趣，因为我就要离开军队了。我们俩不久都要离开。我们都是军法署的上尉，我们都没有安排好工作。他告诉我，他到华盛顿来参加一次财政部的面试。”

伯恩斯坦记下一个字条：“财政部——李迪。”戈登·李迪在加入白宫班子以前曾在财政部工作，那恰恰是在谢普里谈论的那段时间里。但是谢普里说，在水门事件发生以前，他从来没有听说过李迪。

谢普里说，他于1971年6月27日开车送赛格雷蒂去杜勒斯机场。“在路上他说：‘你想不想干点政治间谍的工作？’我说：‘你指什么？’他说：‘比如，我们到一个肯尼迪选民的集会上去，找到一个热诚的肯尼迪竞选工作人员。然后你说你也是肯尼迪的人，但你是在幕后工作，希望他们帮助你。你派他们去为马斯基工作，装装信封啦什么的，然后让他们把情报告诉你。他们一定会以为他们是在帮助肯尼迪反对马斯基。但是实际上，你把情报用于别的事情上。’这事非常蹊跷。在去机场的路上大约走了四分之三的光景，我说：‘那么，我们为谁工作？’他说为尼克松。我着实大吃了一惊，因为他谈论的所有行动要发生在民主党的初选中。”

“主要目的是，使民主党人在拖延的竞选消耗以后没有能力再凝聚到一起，他说：‘我们所要做的就是引起足够的混乱，让他们凝聚不起来。’我说：‘嘿，听起来很有意思，让我想想吧。’”

第二个星期，赛格雷蒂从加利福尼亚的奥德堡给谢普里打电话，把上次的建议又说了一遍。

“在7月1日，星期四，”谢普里继续说，“我去见了为阿尔伯特·戈尔参议员工作的一个朋友，问他我该怎么做。我告诉他我没有兴趣，但是很想知道，如果我玩下去的话，是否会对民主党人有帮助。或者我是否应该立即放弃。他说：‘不要惹麻烦，但是先不要拒绝，看看你能发现些什么。’”

“7月19日，赛格雷蒂打电话要求我提出五个我能拉进来的人名。我不记得是否告诉过他什么名字。星期日早晨，7月25日，他从芝加哥给我打电话……说他向那里的另一名陆军上尉提出了相似的建议，他叫罗杰·李·尼克斯特，驻扎在芝加哥的一个陆军驻地，我想是第五军司令部。他说他要飞到华盛顿来同我谈话……那次谈话的要旨是：‘你跟不跟我干？’”

“我问他要我干什么。他说，‘招兵买马——要富于想象。’”

“他强调干这项工作人们可以相当自由地旅行。他需要律师是因为他不想做任何非法的事，再说这也不是严格意义上的暴力行动。他向我们鼓吹，这项工作会有怎样的乐趣……”

他说，当一次集会定于晚上 7 点在当地的剧院举行时，“你就打电话给剧院，说你是候选人的外勤主管，你得到消息说，一些流氓、嬉皮士之类的人要来捣乱。你请剧院将集会推迟到 9 点，同时一定要在候选人出现的时候把大门锁上”。

谢普里最后一次接到赛格雷蒂的电话是在 1971 年 10 月 23 日：“他从加利福尼亚打来电话，要我调查马斯基在田纳西州的活动……他总是让我干这些事，我总对他说，‘行’，但是我什么也不干。”

伯恩斯坦问谢普里，知道怎么同赛格雷蒂联系吗？他住在哪儿？

“大约两周前，我想找到他在洛杉矶的电话号码，但是没有他的记录。他告诉我他要去一家法律事务所工作，他说这是一种掩护，他只从事政治。”

谢普里的笔记念完了。伯恩斯坦请他更详细地回忆一下同赛格雷蒂的谈话。

“有一次赛格雷蒂说，要是有一张假身份证去旅行就好了，谁也抓不到我们。他说他会给自己起个假名叫比尔·穆尼。他又对我建议：‘你为什么不想一个好名字，搞张身份证？’我说：‘我不擅长干这个。’他还说我们在尼克松连任以后会得到照顾，我会在政府中得到一个好工作。我说：‘如果没人知道我们在干什么，我们又怎么会得到照顾呢?’赛格雷蒂说:‘尼克松知道。这是一种典型的交易。你不说，我不知。’”

伯恩斯坦又问谢普里，对赛格雷蒂为尼克松竞选活动工作一事，你究竟有多大把握?

“我不知道他是否曾为尼克松工作，”他说，“我没有任何证据。从我知道的情况来看，他也可能是在为肯尼迪、马斯基或山姆·尧蒂工作呢。”但是赛格雷蒂告诉谢普里，如果他能一直干下去，就会永久保住政府中的工作。

伯恩斯坦问谢普里，是否知道赛格雷蒂还联系过什么人。

知道，旧金山的律师彼得·迪克逊。

“我说出名字的所有这些人都一起在越南待过，都是68年、69年在军法署的陆军上尉。我想，尼克斯特在为衣阿华州丹尼森的一家法律事务所工作。格里菲斯仍在亚特兰大。”

你还能记住什么别的细节吗?

“嗯，赛格雷蒂说，同他联系的都是洛杉矶人。他们可能是法学院的人，家族的老朋友吧。我不知道。他从来不告诉我任何名字。他说那就是他们的工作方式。我也不应该告诉他为我工作的人的名字……他说他要覆盖全国。老实说，我不相信他能做到，因为他不是那种人，他不具备那种个性。他是一个脸上总带着那种自以为是的微笑的小家伙——很天真。”

伯恩斯坦要求对赛格雷蒂做一番外形上的描述。

“小个子，娃娃脸，不到5英尺高，也许重150磅。”

对于赛格雷蒂的政治情况，谢普里知道得不多。“我总是设想他相当自由。我们从未就政治问题进行过讨论。”

“给我印象深刻的一件事是他似乎不缺钱。他总是在全国飞来飞去。他说钱不是问题，雇我们工作的人要什么样的结果，就会花什么样的钱。”

谢普里逼他说一说提供资金的问题，但是赛格雷蒂说：“‘别问我任何名字，我不会告诉你的。’我有这样的感觉，他是一个肯花大钱的人，但不是政府的人。”

伯恩斯坦让谢普里不要再同任何别人讲这件事，然后打电话给伍德沃德。伯恩斯坦说，他们已经上了路了。虽然还需要几天时间，但是报道内容已经看得见了。这次，伍德沃德的兴趣被勾起来了。

肯尼思·格里菲斯、罗杰·李·尼克斯特、彼得·迪克逊都有公开的电话号码。

尼克斯特不想谈论这个问题。“我只同唐纳德谈论过一次。他是一个朋友，我根本就不想谈，出于对他的考虑……我没有做任何事情……是的，他建议为尼克松竞选活动做些秘密工作，但是我不打算谈论这个问题。”

电话打到格里菲斯在亚特兰大的家中，没有人接。现在只剩下旧金山的迪克逊了。他的秘书说他去野营旅行了，预期当天下午到达内华达的雷诺，住在朋友保尔·白布尔家中。

那位参议员的儿子？伯恩斯坦问。

是的。

太好了。内华达的阿兰·白布尔参议员和伯恩斯坦家作邻居已经十几年了。保尔比伯恩斯坦年长几岁，他们一起在街上踢过足球。他还记得保尔是什么时候得到他的 58 型黑斑羚雪佛兰的。这是一辆乌黑的轿车，车身很低，有双重排气装置。伯恩斯坦当时很是嫉妒。

他给在雷诺的白布尔打电话，告诉他自己正在做什么。他确信保尔会给与帮助。

白布尔大吃一惊。赛格雷蒂？他无法想象。白布尔也同赛格雷蒂一起在军队服役，唐纳德不是参与这种乱七八糟的事情的那一类人。他会让迪克逊回电话，同时把在赛格雷蒂部队里一起服役的其他军官的名字告诉伯恩斯坦。

迪克逊从白布尔家里打回电话来："唐纳德打来电话问我，是否有兴趣为总统的连任做些工作。我说：'哎呀，唐纳德，我对政治问题不感兴趣，总之我不是共和党人。'他没再进一步提这事。"

已有两个人承认这件事了。伯恩斯坦又通过电话找到了格里菲斯。他不想多谈他同赛格雷蒂的交往。他说，他们在一起吃过午饭，谈论过竞选。赛格雷蒂试图招募他为总统做事，当时对方用了"秘密"或"地下"一词——他记不清是哪一个了。"我说，虽然我愿意多为总统做点事，但是我没有时间，最多只能送他一笔捐款。"

在打上面几个电话的间歇，伯恩斯坦一直在查找唐纳德·赛格雷蒂的号码。洛杉矶的资料中没有记载。也没有以赛格雷蒂名义开的法律事务所。但是有好几个赛格雷蒂。在打了几次电话以后，伯恩斯坦在库尔弗城找到了A·H·赛格雷蒂。她说她是唐纳德的母亲。

伯恩斯坦篡改了一点点规矩。《华盛顿邮报》有一条坚定不移的方针，就是它的记者绝不可以虚报自己的身份。他没有告诉赛格雷蒂夫人他为《华盛顿邮报》工作。他将他的名字和电话号码留下，他给的两个号码，一个是他自己寓所的，另一个是伍德沃德的寓所的。但是他忘记告诉伍德沃德他留过这个电话了。

那天下午电话铃响的时候，伍德沃德正在寓所里玩拼字游戏。

"卡尔·伯恩斯坦在吗？"

伍德沃德说伯恩斯坦不在，问是谁打来的电话。

"唐纳德·赛格雷蒂。"

伍德沃德愣住了。为什么赛格雷蒂往他这里给伯恩斯坦打电话呢？伯恩斯坦只提到过他同谢普里谈话的概要，伍德沃德不太了解细节，所以就没有多往心里去。

隔了很长时间以后，伍德沃德才说："哦。"

"卡尔·伯恩斯坦是谁？"赛格雷蒂说。

伍德沃德感觉自己陷入了困境，但他还是选择说实话。他们两人都是《华盛顿邮报》的记者，他说，接着——没等赛格雷蒂插进一句话来——他又继续说，他们想要就一些相当严重的指控问他几个问题，这些指控涉及他为尼克松竞选活动所做的秘密工作。

"《华盛顿邮报》？"赛格雷蒂问。他说他不知道伍德沃德在说些什么。此外，他说他太忙了，没有时间谈，随后就挂上了电话。

伍德沃德给办公室里的伯恩斯坦打电话，问究竟是怎么回事。伯恩斯坦只能对自己狂怒不已。他们丧失了机会。

伯恩斯坦和伍德沃德开始考虑下一步该干什么。他们两人中的一个，或者第三名记者，应该立即对赛格雷蒂紧追不放。他们打电话到苏斯曼家中。苏斯曼建议用《华盛顿邮报》的西海岸记者，或者一名由全国新闻室推荐的"特约通讯员"——指受雇于报纸从事专门采访，按稿取酬的记者。最后，他们挑选了前《新闻周刊》的特约通讯员、二十九岁的罗伯特·梅尔斯，由他追踪赛格雷蒂。梅尔斯的形象更像一个教授，而不是一个记者——抽着烟斗，留着一小把山羊胡子，戴一副无框眼镜。当伯恩斯坦打电话到他家里的时候，他正泡在澡盆里。他一直密切注意《华盛顿邮报》关于水门事件的报道，伯恩斯坦把至今为止有关赛格雷蒂的情况都告诉了他。

那天下午，伯恩斯坦还打了两个电话。一个打到乔治城旅馆，他让旅馆查一下在1971年6月21日那一周，有没有唐纳德·赛格雷蒂或比尔·穆尼的记录。另一个电话打到了戈登·李迪的家中。

给李迪打电话之前，伯恩斯坦走进新闻编辑室附近一间没人用的办公室，他准备再次打破规矩。他不想让布拉德里或任何人经过他桌旁时听见他在干什么。此外，那部电话的安全措施也是没有问题的。

他关上门，把他的节目排演了一下："戈登……我是唐纳德·赛格雷蒂。我想我们有大麻烦了……"他想要得到的一切不过是某种认可，诸如："是什么问题，唐纳德?"

很不幸，伯恩斯坦没有设计一个剧本来应付这样的可能性：如果是李迪夫人接的电话并问对方是谁，这时该怎么办？如果李迪夫人听说过唐纳德·赛格雷蒂，那她可能会不露声色。而如果她的丈夫真的认识赛格雷蒂，那么他也许就会往加利福尼亚给赛格雷蒂打电话，接着就会发现先前打电话来的人是个骗子——也许是《华盛顿邮报》的，因为他们的记者当天早些时候也跟赛格雷蒂接触过。伯恩斯坦匆匆挂上了电话。

所有的电话都打不通。星期一下午，一个来自乔治城旅馆的电话证实，唐纳德·H·赛格雷蒂确实在1971年6月25日登记过，于27日结账离店。没有他打电话的记录。

还是在6月份，伯恩斯坦在对水门大厦内被捕五人的活动进行追根溯源时，曾与一个关系联系过。当时他曾给这个信用卡公司的雇员打电话，问是否可以搞到经过挑选的信用卡记录，对方答应了，但必须保证不说出他的名字。现在伯恩斯坦又重新跟他联系。

信用卡通常会留下持卡人在宾馆餐厅的费用支出与购买飞机票的记录，有日期、时间、地点、费用、交易等方面的内容。联邦调查局在办案时常常会先去找这些记录，用传票把它们搞到手。

赛格雷蒂这个姓在意大利语中的意思是"秘密"。他的信用卡显示，1971年下半年他在全国穿梭往来十多次，通常在一个城市里只待一两个晚上。他逗留的地方包括迈阿密、休斯敦、新罕布什尔的曼彻斯特、诺克斯维尔、洛杉矶、芝加哥、波特兰、旧金山、纽约、弗雷斯诺、特斯康、阿尔伯克基，以及华盛顿。许多城市都属于1972年总统竞选中起了关键性政治作用的州，大多是些头等重要的州。在新罕布什尔、佛罗里达、伊利诺斯，尤其是加利福尼亚，赛格雷蒂一个城市一个城市地走，在民主党人初选会遭到最严厉打击的地方留下他的足迹。旅行记录证实了谢普里的说法。

伯恩斯坦把关于赛格雷蒂的最新消息传递给正在监视赛格雷蒂寓所并同他的邻居谈话的梅尔斯。赛格雷蒂的寓所靠着海，如果你相信广告的话，那么它代表着时髦单身汉生活的极顶：航海，桑拿，网球混合双打，游泳池，聚会，烛光，长柄眼镜，凯撒什锦沙拉，晒黑的皮肤，以及在檀香木家具的豪华背景中进行的男女混合乱交。

梅尔斯爬到赛格雷蒂的阳台上往里看。柜台上有一些脏盘子。这寓所看上去很舒适——厚厚的白色地毯铺满整个地板，一个带装饰木材的喷气火炉，一套立体声音响设备。书、杂志、唱片堆满了一桌子。在似乎通向卧室的走廊里有一辆 10 速自行车。

赛格雷蒂的两个邻居说，他星期天下午开着他那辆白色梅赛德斯跑车匆匆离去，并说他大概好几天都不会回来。他们不了解他的工作，只知道他是一个律师，经常出外旅行。对于政治，他平时谈得不多。

梅尔斯在赛格雷蒂的车库里花了很多时间来研究他那辆 280SL 型轿车，看看空停车位上有没有油滴，生怕赛格雷蒂曾回来过一趟，但地上是干的。赛格雷蒂邮箱里的邮件已经堆满了。

星期四早晨，梅尔斯插在赛格雷蒂门缝里的一根火柴掉到了地上。但是梅尔斯敲门的时候没有人应答，赛格雷蒂的车也不在车库里。梅尔斯等着。下午赛格雷蒂回来了，他开了门。梅尔斯介绍自己是《华盛顿邮报》的记者。他说，《华盛顿邮报》得到消息说赛格雷蒂为泰迪·肯尼迪或者可能是胡伯特·汉弗雷做了某种工作。他们能谈一谈吗？

赛格雷蒂站在门口一言不发。他看上去比三十一岁要年轻，更像只有二十一二岁或二十四五岁。尽管他没有笑，但是有一张友好的脸。

梅尔斯问他是否同肯尼迪或汉弗雷有什么联系。

没有。

梅尔斯想要进到屋里去。他说，《华盛顿邮报》关于他在民主党初选中的工作有许多消息。赛格雷蒂让他进到屋里。

你认识阿列克斯·谢普里吗？

“为什么？”

因为《华盛顿邮报》得到一个消息，说你试图招募谢普里进行秘密政治活动。

“我不相信。”赛格雷蒂说。

你没有在1971年6月27日坐车去杜勒斯机场的时候试图招募谢普里做同汉弗雷或马斯基的初选有关的工作吗？

“不记得了。”

你认识阿列克斯·谢普里吗？

“无可奉告。”

你没有从芝加哥给谢普里打电话，告诉他要同他谈一项工作吗？

“我不记得了。”

你不认识谢普里，对吗？

“无可奉告。”

10月23日，你是否从加利福尼亚给谢普里打电话，要求他核查一下马斯基在田纳西的活动？

赛格雷蒂的外表很温和，甚至和蔼可亲。“这很可笑，”他告诉梅尔斯。“我不知道任何这类事情。这一切听起来就像是007的故事。”

梅尔斯问他迪克逊、尼克斯特的情况，以及财政部是否承担他的任何费用；还问他的法律业务，问他的旅行，然后再次问到谢普里。

赛格雷蒂仍然无动于衷，脸上挂着一丝淡淡的微笑。

比尔·穆尼这个名字怎么回事？假身份证是怎么回事？这是不是能帮助你想起了什么？

“可笑透顶。”

赛格雷蒂朝门口走去。梅尔斯取出一架35毫米的照相机，说他离开前要照张相，接着就喀嚓照了起来。赛格雷蒂在门厅里大喊："不许拍照！"梅尔斯把镜头对准了他的脑袋。赛格雷蒂试图抓住相机，但是没成功，他抓住梅尔斯的胳膊，把他朝开着的门那里推过去，照相机仍然在喀嚓喀嚓地响。

梅尔斯冲到一个付费电话那里。此刻，伯恩斯坦正在市内新闻编辑的办公室里同苏斯曼谈话。事情有了突破性进展。那天早晨在同一名司法部官员进行日常的电话核对时，伯恩斯坦问这位官员是否听说过赛格雷蒂。

"我无法回答你的问题，因为这是调查的一部分。"这位司法部官员回答。

伯恩斯坦大吃一惊。他和伍德沃德还以为只有他们在追踪赛格雷蒂呢。

无法回答是因为他是水门调查的一部分，对吗？

对，但是那官员不愿再谈关于赛格雷蒂的问题。伯恩斯坦在他的核对表上往下走，一项项注销掉，在边上写上"不"或"没有"。

赫伯特·W·卡尔姆巴赫呢？

"这也是调查的一部分，所以我不能谈。"那位官员说。

斯隆拒绝说卡尔姆巴赫是否从史坦斯的保险柜里拿过钱。但是，由于这笔基金是打算用于"收集情报"的，赛格雷蒂也许就是以这样的方式获取资金的。谢普里有这样的印象：赛格雷蒂是从一个不属于政府的"大手大脚花钱的人"那里得到钱的。这正好适用于尼克松总统的私人律师卡尔姆巴赫。

赛格雷蒂和卡尔姆巴赫之间有联系吗？

那位官员什么也不愿再说了。

苏斯曼和伯恩斯坦正在谈论这一切的时候，一个勤杂人员冲进市内新闻编辑办公室，说梅尔斯正等着听电话。

“天啊，我在照相的时候差点挨揍。[①]”他上气不接下气地告诉伯恩斯坦，待他喘过气来，便更加准确地把经过讲了出来。

伯恩斯坦告诉梅尔斯，联邦调查局的人知道赛格雷蒂。苏斯曼接过话筒同梅尔斯说话。三人一致同意，他应该回去同可能认识赛格雷蒂的人接触，了解他的熟人是否有联邦调查局的人同他们接触过，问了什么样的问题，以及他们可能了解到的关于他的一切，赛格雷蒂曾经就学的南加州大学和伯克利的波尔特·霍尔法学院，似乎是最好的去处。第二天，梅尔斯打电话来说，作为南加州大学的本科生，赛格雷蒂曾同后来成为尼克松白宫政府一部分的几个人过从甚密，有总统新闻秘书罗纳德·齐格勒，负责总统约见事务的秘书德威特·查品，前白宫助选人员、也从那笔基金领钱的总统连任委员会调度长赫伯特·波特，担任过齐格勒新闻助手的蒂姆·埃尔伯恩，亨利·基辛格的国家安全委员会工作人员麦克·谷因，霍尔德曼的政治助理、白宫同总统连任委员会的联络员戈登·斯查骞。

伯恩斯坦和伍德沃德向《华盛顿邮报》的其他记者打招呼，寻找同白宫工作人员有非同一般关系的人。考虑到尼克松政府和《华盛顿邮报》之间的关系，他们的期望并不高。当年记者们同肯尼迪总统班底的人在触身式橄榄球比赛中，在乔治城和克利夫兰公园的烛光后院里摩肩接踵的那个令人兴奋的互有好感的时代，已经一去不复返了。

但是，卡尔琳·巴克说她的一个朋友曾和白宫那些男孩儿一起上南加州大学，并和他们保持着密切联系。卡尔琳是前合众国际社记者，和伍德沃德在同一天加入市内新闻工作人员的行列。很快，她给了伯恩斯坦一份“关于南加州大学一伙人的说明”的备忘录。

---

① 照片一张也没有照出来。相机里的胶卷装得不对头。

她的朋友自大学以来就认识赛格雷蒂、查品、蒂姆·埃尔伯恩。他称他们为白宫的“南加州大学黑社会”，并说赛格雷蒂和埃尔伯恩被他们的同学德威特·查品和齐格勒叫来帮忙搞尼克松的选举事务。

所有人都属于一个叫做“代议制政体特洛伊人”的校园政党。这些“特洛伊人”把他们搞的那种竞选活动称为“操耗子”①。他们往选票箱里投入大量假选票，把密探安插到对方阵营里，伪造的竞选印刷品比比皆是。齐格勒和查品参加了理查德·尼克松 1962 年竞选加利福尼亚州州长的活动——由鲍勃·霍尔德曼担任主管。毕业以后，齐格勒、查品、埃尔伯恩加入了洛杉矶的 J·瓦尔特·汤姆逊广告公司，霍尔德曼担任副总裁。赛格雷蒂曾被召集到华盛顿，受训做总统选举工作。

伯恩斯坦给原先告诉他说赛格雷蒂是水门调查的一部分的那位司法部官员打电话。这是 10 月 7 日。星期六。

“不，我无法谈论他，”那位官员又一次说，“那是对的，尽管他不是直接同水门事件相联系……显然，我是通过调查碰上他的……是的，政治捣乱活动是同赛格雷蒂有关。我还听说一个与此有关的词‘操耗子’。有一些非常有爆炸性的消息，尤其是如果在 11 月 7 日以前公之于世。”11 月 7 日是大选的日子。

那爆炸性的消息可能包括德威特·查品吗？是他雇的赛格雷蒂？还是齐格勒雇的？或者……

“我不会说有关齐格勒或查品的任何事情的。”

伯恩斯坦猜是查品。那官员说他当然不会劝阻《华盛顿邮报》可能正在进行的任何事情。

根据他们俩谈话演化出来的那种不成文的准则，伯恩斯坦把这话解释为一种证实，说明在赛格雷蒂和查品之间有联系。

---

① 原文为 ratfucking，大学生用语，有闲逛、标新立异等意思，但用在这里都不合适，为了突出这些人的黑社会性质，直译这个词似更为妥当。——译者

赛格雷蒂同加佬书信[①]有关吗？

那官员说他也无法谈论那封信；它也是调查的一部分。

伯恩斯坦在桌上的废纸堆里翻着，找出一个标明“电话”的文件夹。6 月份的时候，他开始在打字纸上记下同水门事件有关的人的电话号码。现在他浏览着这些纸，寻找也许了解唐纳德·赛格雷蒂、操耗子、德威特·查品、南加州大学黑社会和加佬书信等的人。

伯恩斯坦一直在读关于初选的剪报，寻找那些恶意的丑陋把戏的例证。

最后，他打了一个电话。

“操耗子？”这个词触动了一名司法部律师的神经。“关于这个问题，你可以直接去找最上面。知道这事的时候我感到震惊。我无法相信。这些人还是公务员呐？天啊。真叫人恶心。你说的是些从全国最好的学校

① 所谓的加佬书信是马斯基竞选活动终结的开始，就这位参议员的一些竞选助手而言，可以这样说。2 月 24 日，在马斯基预定要在新罕布什尔的曼彻斯特进行竞选的前两天，威廉·洛布的右翼报纸《曼彻斯特联盟领袖报》在头版发表了一篇反马斯基的社论。这篇题为《参议员马斯基侮辱法裔美国人》的社论指责马斯基的伪君子面目，说他一方面支持黑人，一方面却容忍“加佬”一词——一个贬义词，用来称呼祖籍为法裔加拿大人的美国人，而这些人中有成千上万是新罕布什尔的选民。

所谓的“证据”是一封不怎么会书写的人写的书信，此信表面上是从佛罗里达的迪尔菲尔德海滩寄给洛布的，在社论发表的同一天刊登在《联盟领袖报》上。签名人声称马斯基的一名竞选助手在一次劳德代尔堡的会议上说：“我们没有黑人，但是我们有加佬。”据报道说，参议员会意地大笑说：“到新英格兰来看看吧。”马斯基的竞选班子争辩说这封信是假的，进行了一次调查，却没有找到信的作者。

2 月 25 日，洛布重印了两个月前《新闻周刊》上关于参议员妻子的那则消息。这条题为《大老爸的简》的消息报道说她偷偷抽烟，喝酒，在新闻界使用污言秽语。

第二天早晨，马斯基近乎狂暴地站在一辆平板车的后部，丢弃了他准备好的文本，攻击洛布是“胆小的懦夫”。然后，在为妻子辩护的同时，他声泪俱下。他的支持者、反对者、新闻界一致认为，这一事件对他的竞选产生了灾难性的影响。它粉碎了马斯基对选民富有魅力的那种镇静、冷漠、理性的形象，把新罕布什尔选民最后一分钟的注意力集中到对那些法裔加拿大人的所谓侮辱上去，这些人在民主党初选选民中只是极少数。

来的家伙。是运作政府的人!”

伯恩斯坦很想知道“直接去找最上面”是什么意思。但是他还没来得及问。那律师就发起火来。

“如果司法部可以找到一条法律来针对它，那么一个由门外汉组成的陪审团都会在那个问题上判他们有罪。这是绝对卑鄙的。赛格雷蒂?他难以形容。这对你写一篇有关这种行为的文章会很有用处。我是那么震惊，我理解不了。这完全是不道德的。所有这些人，令人难以置信。瞧亨特，我认为他不会参与操耗子，但是他什么事都干得出来，而且他可以自由进出白宫。

“新闻界还没有揭露那些东西。你打交道的那些人做起事来好像这是道奇城，而不是美国的首都。亨特把枪带进白宫里!”①

伯恩斯坦很受感动，他没料到此人会如此如此怒火冲天。

那么查品和赛格雷蒂的关系呢?

“再多了解一下，看看你的事实是否可靠。”那位律师建议。

秘密基金呢——是它给操耗子提供资金吗?

“那是一个有收益的领域。”他平静了一会儿，然后又愤怒起来。“要不然，为什么他们把那笔钱到处乱花?这是一个丑闻，在审判时全都要揭露出来……”

加佬书信呢?

“马斯基书信是其中一部分。”

卡尔姆巴赫呢?

“我不讨论名字。事情太多，我已经见怪不怪了。在审判时它们都会公之于众，那时就会水落石出，人民会知道真相。检察官掌握真相，他们需要一个把它公开的机会，让做这种事情的人站在法庭面前。”

---

① 有新闻报道说，联邦调查局在霍华德·亨特的白宫办公室里找到了一把枪。

约翰·米切尔呢？

"米切尔？他们不会叫他的。但是事情明摆在那儿。他无法说他不知道，因为这是战略——一路到最上面的基本战略。甚至比他还高。"

律师明白，他讲得太多了。比米切尔还高？德威特·查品是一个官员，一个助选人员，一个体面的听差，理查德·尼克松和H·R·霍尔德曼的仆人。高于约翰·米切尔的最多有三个人：约翰·埃利希曼（也许），霍尔德曼和理查德·尼克松。

一路到最上面的基本战略。这种说法使伯恩斯坦不知所措。他第一次考虑到这样的可能性：美国总统是头号操耗子人物。

"在我是候选人的时候，是我指挥竞选。"理查德·尼克松在他的助手把1970年的中期选举的管理搞得一团糟以后曾这样说。伯恩斯坦坐在他的办公桌旁，想起了这句话，真希望伍德沃德也在这儿，但是伍德沃德去纽约过周末了。在一起工作了几乎四个月之后，伍德沃德和伯恩斯坦之间发展了一种精神上的亲和力。报社里的人偶尔会跟他们开玩笑，说他们一心要搞总统。如果他们真的不得不面对这样一种局面——不是搞总统，而是得到富有说服力的证据，证明他参与其中，那怎么办？

伯恩斯坦竭力像伍德沃德那样去思考。他得到了什么呢？有三个律师都说赛格雷蒂找过他们。除了那个司法部律师的愤怒反应之外，什么证据也没有，只有旅行记录——还是间接证据。没有证据证明他有违法行为。

他们拥有的东西都没有长远价值，但是有一些零星消息足可以用来试着写些东西。

伯恩斯坦试着写了一个导语：

> 有三名律师告诉《华盛顿邮报》，有一个因涉嫌水门窃听事件而受联邦调查局调查的人，曾要求他们代表尼克松总统连任竞选而从事政治间谍活动和破坏活动。

“间谍活动”和“破坏活动”两个词是不能轻易使用的。它们是战争术语。伯恩斯坦和伍德沃德最初选择这两个词时，曾谈论过以下事实：白宫和总统连任委员会把总统的连任竞选视为一场圣战。

伯恩斯坦一直写到夜里很晚。星期天一早他就到了办公室，打电话到苏斯曼家里，说草稿将在中午时分搞出来，让苏斯曼审读。苏斯曼大约2点到达，读了草稿之后，在电话上读给在纽约的伍德沃德听。

苏斯曼和伯恩斯坦都想登这条新闻，但伍德沃德认为，关于破坏活动的细节掌握得不够，这些活动的范围和目的也不清楚。总之，在得到更可靠的消息以前，不该刊登这篇东西。

伍德沃德胜利了。他马上赶下一班飞机回华盛顿，同“深喉”见面。

他乘最后一班东海岸短途航班离开纽约。在国家机场的一个电话亭，他给“深喉”家里打了电话。

按照他们最近商定的一种联系方式，伍德沃德在电话里只要求在停车场见面，不说自己是谁。伍德沃德把手提箱放到一个寄存柜里，买了一个汉堡包，然后坐出租车到城里的一个旅馆，等了十分钟，坐上另一辆出租车，接着又步行了最后一段距离，在凌晨1点30分到达停车场。

“深喉”抽着烟正等在那儿。看到伍德沃德他很高兴。伍德沃德告诉他，他和伯恩斯坦需要帮助，眼下真的需要帮助。他和“深喉”的友谊是真心的，不是刻意培养出来的。早在水门事件之前，他们就在一起度过了许多个夜晚，谈论华盛顿，谈论政府和权力。

在这样的夜晚，“深喉”谈论着政治如何渗透到政府的每一个角落——尼克松的白宫对政府各部门的强制性接管。白宫的下级助理正在官僚机构的最高层次上发布命令。他有一次称之为“弹簧小折刀精神”——意思是说总统班底不择手段，孤注一掷，置政府与民族利益于不顾。“深喉”从不夸大他知道的情况，也不炫耀他的重要性。他说的总是比他知道的要少得多。他不偏不倚，似乎一心一意要在能获得的真相中取得最佳版本。

在停车场的黑影中，伍德沃德看得出他瘦了，在他抽烟的时候，看得出他的眼睛充血。

那天夜里，“深喉”似乎比往常更健谈。“有一个方法可以解开水门之结，”他说，“我不能也不会告诉你任何新的名字，但是一切都指向一个方向：所谓的‘进攻性安全措施’……记住，你没有进行那1 500次（联邦调查局的）谈话①，手头上除了闯入事件以外一无所有。但是请保持心态平衡，派人出去核查一切，因为（总统连任委员会的）许多情报收集工作都是无处不在的。那些收集情报的人不是些十分出色的家伙，他们把事情搞砸了，”“深喉”说，“那是他们的关键说法，给你留下是下面的人把事情搞砸了的感觉……许多情报收集工作是针对他们自己的竞选捐款者的，有些是核查民主党捐款者的——调查这些人，如果发现什么，就近乎要讹诈他们……这是一种很拙劣的手法。”

“深喉”可以得到来自白宫、司法部、联邦调查局、总统连任委员会的消息。他知道的事情汇总了从许多来源流出流进的过硬消息。在督促之下，他勉强同意说伍德沃德和伯恩斯坦的看法是正确的，上层人物参与了水门闯入事件，也参与了其他非法活动。

米切尔呢？

“米切尔参与了。”

---

① 白宫和司法部列举了联邦调查局所进行的谈话次数作为水门事件调查的彻底性的明证。

到什么程度？

“只有总统和米切尔知道。”他说。

“6 月 17 日以后大约有十天时间，米切尔进行了他自己的所谓调查。他快要疯了。他发现了各种令他自己都大吃一惊的新鲜事。最具有讽刺意味的是，霍华德·亨特刚刚还在为米切尔收集情报，突然之间，他被开除了，让他收拾办公桌，永远离开本市。而对他这么做的正是约翰·埃利希曼。”

伍德沃德同样感到震惊与怀疑。埃利希曼是白宫的国内事务助理，负责立法、思想、国内危机等。政治是霍尔德曼和米切尔的地盘。伍德沃德指出“只有总统和米切尔知道”一语的重要性。但是“深喉”不想细说。

伍德沃德问水门窃听事件和间谍行为究竟是孤立的，还是和“深喉”提到的其他活动有关，是一项阴谋活动的组成部分。

“查一下每一条线索，”“深喉”建议，“在地图上到处都有，那很重要。你可以从现在起写报道，一直写到圣诞节乃至节后很长的时间……没有一个游戏（他用来称呼秘密活动的词）是独立行动。这很重要。每一个游戏都有牵连。”

但是他不愿意专门谈论赛格雷蒂的活动。伍德沃德不明白为什么。

“你就记住我现在说的事情。一切都是其中的一部分——没有一件事情是独立的。我知道我在说些什么。”

操耗子呢？

他听说过这个词，它的意思是欺骗行为，尼克松的手下用它是指对民主党人的渗透。

“深喉”在滔滔不绝的谈话中又回到了米切尔身上：“那家伙在水门事件以后的那十天中一定了解到一些事情。他很懊恼，每一个人都说，因为他的手下的所作所为，以及白宫发生的事情，他被毁了。”

"米切尔说：'如果这一切全都揭露出来，就会毁掉这一届政府。'米切尔明白他个人已经毁了，必须解脱出来。"

伍德沃德打听白宫的情况。

"有四个基本人员组合是专门搞秘密活动的。""深喉"说。处理总统连任委员会的宣传活动的 11 月组；从事情报收集工作和策划破坏共和党、民主党大会的大会组；对两党初选工作从事同样活动的初选组，以及霍华德·亨特组，这是"真正的重头戏组"。

"霍华德·亨特组隶属于查尔斯·柯尔逊，柯尔逊并不特别了解窃听的情况。没有证据，但是柯尔逊每天都得到关于各项活动的最新情报和消息。"他摇摇头。"满城都是新闻——你要核查每一条，每一条都是很好的新闻。"

那么玛莎·米切尔怎么样？

"显然她一无所知，但是这并不意味着她不发表看法。"他没有笑。

"深喉"说地图上到处都有"游戏"在进行。伍德沃德让他说得具体些。

"我了解伊利诺斯、纽约、新罕布什尔、马萨诸塞、加利福尼亚、得克萨斯、佛罗里达、哥伦比亚特区等地的情报收集工作和游戏。"总统的人马竭力破坏民主党人的竞选和尼克松自己党内其他挑战者的竞选——加利福尼亚州众议员保尔·麦克洛茨基和俄亥俄州众议员约翰·阿什布鲁克。

伍德沃德打听霍华德·亨特和白宫的防止泄密工作。

"那个行动不仅是要检查泄密给报纸的事情，而且经常是要为报纸制造新闻。这是一个柯尔逊——亨特行动。接受新闻的人包括你们的所有那些家伙——杰克·安德森，伊文思，诺瓦克，《华盛顿邮报》《纽约时报》《芝加哥论坛报》。伊格尔顿酒后驾驶记录的事情，或者他的健康记录的事情，我明白，在某种程度上把白宫和亨特牵涉在内。完全的控制——这就是他们的目标，每个人都在这一次或那一次完全听命于他们。连报界也不例外。”

“深喉”证实了记者们的其他消息来源暗示的事情。联邦调查局和大陪审团的调查局限于水门事件——无视其他的间谍活动和破坏活动。“场外的游戏没有一场受到过检查，”他说，“如果不是局限于水门本身，他们且调查不完呢，请相信我吧。还有在大陪审团面前的不确证的证词，让每个人都发疯，某种伪证。”

萨莉·哈莫尼吗？

萨莉和其他人。

“深喉”这时候发出了明确的警告。“他们要瞄准《华盛顿邮报》。他们要上法庭告你们的消息来源。”

这时是凌晨3点。关于白宫，关于白宫的方式，关于战争气氛，又进行了更多的一般性讨论。伍德沃德和“深喉”在停车场的地上坐下来，两人都不想结束谈话。他们的脑袋和背都靠在停车场的墙上，体力上的精疲力竭使他们谈话时毫无顾忌。伍德沃德说他和伯恩斯坦已到了举步维艰的地步，他们得到的消息都很含糊。水门事件不会揭露出白宫干的事情——没有更多的具体消息，这是不可能的。

“深喉”又让伍德沃德把注意力集中到其他游戏上——不只是在民主党总部的闯入事件上。

但是我们需要帮助，伍德沃德说。我们可以肯定地说，这些游戏是白宫发起的吗？

“当然，当然，你还没有明白我的意思？”“深喉”被激怒了。他站起来。

什么游戏？伍德沃德问。你不可以发表新闻，仅仅立足于含糊地提到上层，立足于也许会，也许不会由霍华德·亨特泄漏给报界的消息；立足于信息说伊格尔顿的档案“在某种程度上同亨特和白宫相联系”。

“我再没有什么可以说的了。”“深喉”回答，准备离去。

伍德沃德说他和伯恩斯坦需要更多的信息——某种超越一般性的东西，加佬书信怎么了？

“深喉”停下脚步，转过身。“这是白宫的一项阴谋活动——是在白宫和总统办公楼里秘密炮制出来的。这够了吧？”

这不够。他们需要知道情报收集工作的范围，游戏的范围。其中大多数已经都实行了吗？还是仅仅是计划？伍德沃德抓住“深喉”的胳膊。迫使他说出他知道的一切的时机来临了。伍德沃德发现自己很愤怒。他告诉“深喉”，他们俩都在玩小儿科的把戏——“深喉”是在对自己说，他从来没有给过伍德沃德主要的信息，伍德沃德则像一只餐桌下的耗子，咀嚼着零星的美味，却不敢跑到桌上开怀大吃。

“深喉”也很愤怒，但是不是针对伍德沃德的。

“行。”他轻声说，“这是非常严重的。你可以很有把握地说，有五十个人在为白宫和总统连任委员会工作，在玩游戏，在搞间谍和破坏活动，在收集情报。其中有一些是难以置信的，用一切可以想象的方法打击对立面。你已经知道了其中的一些。”

伍德沃德一条一条地说出他和伯恩斯坦听说的用来对付政治对立面的各种手段：窃听，盯梢，向报界泄漏假情报，伪造假信件，取消竞选集会，调查竞选工作者的私生活，安插密探，盗窃文件，在政治示威中安插奸细等，“深喉”一一点头表示确认。

“这在档案中都有，”“深喉”说，“司法部和联邦调查局知道这些，尽管没有继续下去。”

伍德沃德大吃一惊。五十个人受白宫和拥护总统委员会指挥来摧毁对立派，没有遭到抵制吗？

“深喉”点点头。

白宫一心要颠覆——这是不是一个合适的词呢？——整个选举过

程？实际上已经着手这样干了？

又点点头。“深喉”的样子很谨小慎微。

雇了五十个特工人员来做此事？

“你可以有把握地说五十个以上，”“深喉”说。然后他转过身，走了。这时差不多已经是早晨6点了。

7

四小时后，伍德沃德来到办公室，用打字机打出他同“深喉”会面的纪要。在伯恩斯坦半小时以后到来时，他的打字机里多了一份副本。伍德沃德、伯恩斯坦、苏斯曼、罗森菲尔德简短地碰了个面。现在已经有三条新闻了：由伯恩斯坦和伍德沃德写一篇头版新闻报道，概括一下由至少五十名特工人员从事的“操耗子”与间谍破坏活动的总纲；伯恩斯坦关于赛格雷蒂的报道；伍德沃德关于白宫参与加佬书信事件的描述。

在伍德沃德埋头于有关加佬书信的新闻时，伯恩斯坦正艰难地起草关于白宫操纵的间谍破坏活动的新闻梗概。这条新闻里包含了太多的概括，有血有肉的细节全在另外两条新闻中。

伯恩斯坦有个习惯，每当写作遇到困难，他常常会走到新闻编辑室另一头的饮水机处。此时，在他站在那儿看告示牌的时候，负责国务院新闻的国内新闻记者玛丽琳·贝尔格走到他跟前。她问他和伍德沃德是否了解加佬书信。

当然，他说，他们正在写这条新闻，准备明天刊登。

他喝了一口水，这才意识到此话问得蹊跷。那天早晨6点伍德沃德才了解到加佬书信的情况，他们在办公室里很小心地回避正在进行的事情。知道书信的人只有苏斯曼、罗森菲尔德、西蒙斯、布拉德里，以及《华盛顿邮报》的高级政治记者戴维·布罗德。

玛丽琳怎么会知道呢？

“戴维（·布罗德）没有告诉你们？”她问。

告诉什么？

“说是凯恩·克劳逊写的加佬书信，”玛丽琳说。

伯恩斯坦的回答很响亮，足以使新闻编辑室里所有的脑袋都朝这个角落转过来。

贝尔格解释说，在她同《华盛顿邮报》前同事克劳逊喝酒的时候，对方告诉她，是他写了加佬书信。他这样说了好几次。

巧合似乎太多了。伯恩斯坦怀疑是有意的安排。同一天早晨，他们刚刚了解到白宫要为加佬书信负责，玛丽琳就跑到新闻编辑室来说是凯恩·克劳逊干的，这不是太奇怪了吗？

但是，贝尔格说，两个多星期前克劳逊就告诉她了——那还是在伯恩斯坦最初听说赛格雷蒂这个人之前。此外，伯恩斯坦认为，克劳逊对玩这种把戏不以为然。

伯恩斯坦拽了一下贝尔格的手臂，请她对伍德沃德重复一遍刚才说过的话。伍德沃德有点怀疑，怎么克劳逊刚离开《华盛顿邮报》加入总统的工作人员中，就会为白宫参与肮脏勾当。加佬书信刊登出来的时候，克劳逊进入政府还不到三个星期。伍德沃德在提出这一疑点之后，想起了一件事：白宫的一个朋友曾告诉过他一种仪式，在这个仪式中，总统班底的新成员受命通过伤害白宫的一个敌人来证明他们的勇气。也许加佬书信是克劳逊的投名状，为他从南加州大学黑社会的新弟兄们那里赢得兄弟会的标志？

布拉德里、西蒙斯、罗森菲尔德和苏斯曼围着伍德沃德的打字机展开了讨论。所有保守秘密的借口全都不要了，整个新闻编辑室都知道：是克劳逊写了加佬书信，有一揽子的新闻要出笼，它们将像火箭一样震撼白宫。大家决定，贝尔格那天下午应该和克劳逊一起用餐，看看他是否会重复些什么。

接下来的时间里，贝尔格搞了一个备忘录，描述她同克劳逊的谈话。

玛·贝尔格备忘录（仅供内部传阅）。1972年9月25日，大约晚上8点30分，凯恩·克劳逊打电话到我寓所，邀我出去喝酒。我说我已经吃过饭了，非常累，但是如果他想要到家里来喝酒，那倒是可以的。我邀请他是因为前几个星期他已经打电话来请过我两次，每次我都说“不行”。凯恩到达后，我们坐下来聊天。在讨论过程中（大约是在最初的十分钟左右），我们谈论起当记者和当政府官员的问题。他说做记者的只知道事情的皮毛。我问他，在他离开白宫时，是否会成为一个更好的记者。他说尽管他以前掩护过白宫，但是现在可以真正地掩护它。他也许说了什么他知道所有的尸体都埋在哪里之类的话，但是我并不完全肯定。

正是在那时候他说：“我写了那封……信。”我认为他说的是加佬书信，但是不管怎么说，他明确地宣布他写了那封（马斯基）书信。我大吃一惊，感到很不舒服。我问他为什么。他说因为马斯基将是代表最强大的对立面的候选人，他们要他出局。当我说马斯基一定作出了超出他们意料的反应时，他表明“是的”。

然后我问他，在他当记者的时候是否作过不诚实的事情。他说“没有”，他是一个正直诚实的记者。我问他那为什么现在竟会作出写那封信这样的事情，这时他说，这是政治。在那天晚上的谈话过程中，他还竭力吹捧尼克松，说他如何伟大，多么热情，多么爱开玩笑，以及总统如何一直警告他和约翰·斯卡利（现任驻联合国大使），要规规矩矩做事……这是那天晚上谈话中涉及加佬书信及相关事务的那个部分。自然我们也谈论了一些其他事情。

三十七岁的贝尔格，曾当过《新闻日报》记者的女人，是一个外交专家。她知道她将成为新闻的一部分——这是一种通常让记者苦恼的局面——但是对于她在水门事件高潮中的突然出现，她自己的反应十分泰然自若。

克劳逊接受了她的邀请，同她一起去吃1点钟的午餐。贝尔格大约3点钟回到办公室，写了另一份备忘录。

在“无忧无虑”吃午餐（他请客）。我告诉凯恩，伍德沃德和伯恩斯坦正在搞一条大新闻，加佬书信是其中一部分，他们已经追到了白宫那里，我还告诉他，我对他们说：“那不新鲜，凯恩说是他干的。”他的样子非常严肃，整个午餐期间他都是这样。卢凯施博士（尼克松总统的医生）几天前刚告诉他，说他有高血压，得当心饮食。他的举止就好像他已决心要彻底戒酒，减肥。他只要了一份恺撒色拉，可连这都没有吃完。

他还提到，当他不得不“收拾”其他官员，尤其是内阁官员的时候，他付出了许多。我问他是否真的收拾过内阁官员，他说是的。关于加佬书信，他说他希望我没有说给那两个家伙听。我说我不知道那是什么新东西。他说伍德沃德和伯恩斯坦“不可能追到白宫那里”，或“那是不可能追到白宫那里的”。接着又对我说，他会“凭着他母亲坟上的一大堆《圣经》起誓来加以否认的”。他又问他们知道些什么。我告诉他，我知道得并不十分确切，但是在书信的问题上，他们已经追踪到一个从新英格兰来的家伙，这人为了马斯基的那事儿到佛罗里达去过，等等。我说得很含糊。他说他会加以否认。

后来他问我是否想要记下他想说的东西，或者是否想让他们（伍德沃德和伯恩斯坦）打电话。他说最好让他们打电话。

布拉德里、伯恩斯坦和伍德沃德以及其他编辑一起研究了贝尔格的备忘录。他们注意到克劳逊没有否认他写了那封信。伍德沃德随即给克劳逊打电话。可克劳逊却非常肯定地说，他没有承认写过那封信，整个事情只是一场误会。

伍德沃德说，编辑们都相信贝尔格，《华盛顿邮报》打算使用她记录的东西。

克劳逊说："那是你们的特权。我只是希望你们把我的否认包含在内。玛丽琳误解了。她是一个专业人员，不会故意做任何不专业的事情。我们只是随便聊聊选举的事。并不是在进行采访和被采访的谈话。"

伍德沃德问这随便聊聊究竟是在哪里发生的。克劳逊说他记不起来了。

伍德沃德问克劳逊，是否知道贝尔格曾得到过错误的消息或误引过别人的话。克劳逊发火了："你不要问这样的狗屁问题了。说什么屁话。那明明出自堪萨斯的威奇塔。她写的是外国的事情，我没有读过那么多外国的新闻。我不知道怎么来回答。"

克劳逊坚持说，他第一次听说加佬书信是在马斯基 2 月 26 日露面以后"我看电视的时候"。除此以外，"我对它一无所知，"他坚持。

就在同克劳逊谈话以后不久，贝尔格冲到伍德沃德的办公桌这边来。"凯恩·克劳逊打来电话。我该怎么办?"

伍德沃德认为，也许克劳逊想对贝尔格作某种个人的辩解。《华盛顿邮报》没有人怀疑克劳逊告诉贝尔格是他写了那封信，但是他们都倾向于相信他是在吹嘘，是在把事情简单化。很可能他只是参与了这件事情，但却自称是自己干的。两种可能性似乎都说得通。克劳逊在《华盛顿邮报》做记者的时候有一个习惯，就是删去偶尔和他一起合作写新闻报道的地方新闻记者的署名。

当贝尔格让克劳逊在电话上"等着"的时候，有一个秘书在分机那里等着记录。

克劳逊尽管关心加佬书信，但似乎更关心他和贝尔格在什么样的环境下讨论书信。“我只是想起来随便问问——他们所说的那次谈话发生时，我们是在什么地方？”克劳逊问贝尔格。

“他们所说的谈话？你是要否认……”

“瞧，我说过这是一场误会吧。我说过你是一个很好的记者，我们也许有误解。”

贝尔格提醒他喝酒的事。

“我们不可能是在一个餐馆里喝的吧？”克劳逊问。

不，贝尔格说，是在她的寓所。

“你是认真的吗？不，天啊！你要告诉他们那个？”

“我已经告诉他们了。”

“你告诉他们了？”

“嘿，你确实是来喝酒的嘛。”

“好吧，看在基督的分上。”

“来喝酒有什么问题吗？”

“你在开玩笑吧？”

“没有。”她说。

“你和我在你的寓所里。”

“嗯……”

“你已经告诉他们那个了？”克劳逊说，“耶稣基督。好啊，你是要我的命了。要是登在报上，说我到你家里喝酒……你知道那是什么效果吗？”

“我看不出有什么问题。”

“你看不出？”

“看不出。我问心无愧。”

“耶稣基督。你告诉谁了?”

“告诉了那两个家伙。”

“令人难以置信。难以置信,”他重复着。

“我不明白这有什么不好。”

“玛丽琳,我有妻子,家庭。”

“嘿,有许多人到我家来喝过酒的呀。”

“哦,天啊。这是最糟糕的打击了。”

“那有什么不好的。”

“嘿,当然有。”

“我觉得没什么不好,”贝尔格坚持说。

“令人难以置信。简直难以置信。”

“令人难以置信的是,当谈论一件实质性的事情时,你却为它不安。”贝尔格对他说。

很长时间的沉默。“行。很好。”

“我没有什么好为难的。”贝尔格说。

“这是最令人为难的事情。”他挂断了电话。

几分钟后,克劳逊打电话给布拉德里,请求《华盛顿邮报》不要说谈话时他在玛丽琳·贝尔格的寓所里。

布拉德里对在哪儿谈话不感兴趣,他甚至不打算在报上对谈话的来龙去脉有任何暗示。

克劳逊对布拉德里再次否认他曾自称是那封信的作者,或同这封信有任何关系。

大约下午 6 点钟的时候,编辑们以及伯恩斯坦、伍德沃德同布拉德里一起就有关新闻报道开了最后一次会议。

“你们又有了什么信息,准备怎么说?”布拉德里问。

记者们放弃了先前写三篇报道的计划。现在,伍德沃德还在写那篇关于加佬书信的报道，包括克劳逊声称的角色，伯恩斯坦继续完成关于赛格雷蒂间谍破坏活动的报道。写了一半的报道副本送到了布拉德里那里。

布拉德里把椅子挪到他的椭圆形桌子旁，把手举到空中，让大家安静，然后埋头读起报道来。西蒙斯在读另一份副本。罗森菲尔德很是紧张不安，来回转动着他的橘黄色转椅。苏斯曼跷着二郎腿，安静地坐着。

“伙计们”——布拉德里打破了寂静——“你们在这里搞的是一条新闻，应该把它们好好衔接到一起。”

他把椅子转了180度，打开一个抽屉，抽出一张双层厚的纸。

“不要管最初的几段，”布拉德里开始处理一个涉及克劳逊和书信的部分。他在打字机上打出了长长的两段，然后隔着桌子扔给了伍德沃德。同时，来到他自己的办公桌那里写道：

> 联邦调查局特工确认，水门窃听事件源于一场大规模的政治间谍破坏活动，这场活动是为了尼克松总统的连任选举而进行的，是由白宫和总统连任委员会的官员指挥的。
>
> 根据联邦调查局和司法部档案中的信息，这些活动针对自从1971年以来所有主要的民主党总统候选人，代表了尼克松努力争取连任的基本战略。

伯恩斯坦把草稿给周围人传阅，先给了伍德沃德，然后给了聚在他办公桌周围的编辑们。大家一致同意。一个词都没有改，这在遇到这类敏感新闻时是很少见的，尤其是在有一些编辑参与的情况下。

伍德沃德加上了第三段：

联邦特工在调查期间确认，尼克松竞选活动捐款中有几十万美元被用来支付目标在于败坏个别民主党总统候选人名声以使他们的竞选声誉扫地的大量秘密活动。

根据主要是苏斯曼所作的建议，第四段是这样写的：

竞选期间从事“情报工作”是正常的，据说两个政党都在做。但是联邦调查人员说，他们发现尼克松的人马所做的事情，在规模和力度上都是空前的。

尽管缺乏具体例子，关键的第五、第六段说，间谍破坏活动包括：

跟踪民主党候选人的家人；收集他们的个人生活档案；伪造信件，用印有候选人抬头的信笺书写并分发；将捏造的假新闻透露给新闻界；搞乱竞选日程；夺取秘密竞选档案，调查几十名民主党竞选工作人员的生活。

此外，调查人员说，活动包括在预期在共和党或民主党大会上示威的组织的一般成员中安插奸细；在要求捐款以前，调查那些有潜在可能为尼克松竞选活动捐款的人。

伍德沃德给总统连任委员会主要发言人舒姆威打电话，将最初的六段念给他听，并概述了赛格雷蒂的事情以及涉及克劳逊和那封书信的种种说法。

“你给我再念一遍。”舒姆威说，显然他很吃惊。

伍德沃德重复了一遍。

“这个问题我待会儿再跟你谈，”舒姆威说，“现在我得把事情搞清楚。你是要明天见报吗？……这让我太吃惊了。”

一小时以后舒姆威打电话回来说：“那么，你准备好了吗？我们搞了一个声明：‘《华盛顿邮报》的报道不仅是虚构，也是一堆荒唐事物的大杂烩。’”

伍德沃德等着下面的话。

“就这么多。”舒姆威说。

伍德沃德追问具体的问题。

“没用的，罗伯特，”舒姆威说，“这就是我们想要说的一切。整个事情都在当局的掌握之中。”

对于伍德沃德和伯恩斯坦来说，这最新的不否认似乎证实了他们的描述。

两个主要段落以横扫一切的气势陈述了白宫在其基本的连任选举战略指挥下所进行的大规模政治间谍破坏活动，但却是解释性的——而且很冒风险。没有一个消息来源明确告诉记者说，有关内容代表了联邦调查的明确结论。但是他们知道，在联邦调查局和司法部的档案中有可以支持他们结论的信息。这篇报道立足于各种各样的证据，来自无数消息来源的种种说法、推论，记者们对总统班底的“弹簧小折刀心态”的熟谙，以及记者们几个月来一直在积累的一条条截然不同的信息。白宫那些人也许会反驳这篇头版报道中的解释——用“政治情报收集工作”和“恶作剧”这样的字眼来代替“政治间谍破坏工作”——但是使用那些挑衅性的语言是有事实依据的。尽管在第五、第六段里列举的某些手段缺乏具体的例证，但是加佬书信和赛格雷蒂的活动却是铁证如山。但愿这篇报道能促使不足的例证得以充实。

舒姆威的声明放在第七段，白宫拒绝评论这篇报道的表示也在其中。后面的十段都是论及加佬书信的。其中提到凯恩·克劳逊在9月25日告诉玛丽琳·贝尔格，是他写了这封信，并且记录下了他的否认。

对赛格雷蒂的调查结果直到第十八段才提到，从这段开始，报道转到了报纸的里页。

“至少有五十名尼克松手下的秘密特工奔走于全国各地，试图扰乱、刺探民主党的竞选活动”，关于他们的参与情况，直到第十九段才提到。这篇共六十五个段落的报道的剩余部分叙述了赛格雷蒂的旅行，工作手法，他同梅尔斯的谈话，以及他的生平。

占了上半个版面的两行通栏大标题是:《联邦调查局发现尼克松手下对民主党人进行破坏活动》。

大约晚上7点钟，这篇报道通过《华盛顿邮报》与《洛杉矶时报》电讯社的电报发往全国各地。

在离《华盛顿邮报》报社不到五个街区的《纽约时报》华盛顿分社的新闻编辑室里，一个夜班编辑开始匆匆忙忙地给在纽约的高级编辑和在华盛顿的职员打电话。在两个小时之内，《纽约时报》已经同希普里、迪克逊、尼克斯特进行了联络，他们各自证实了赛格雷蒂采用的手法。《纽约时报》10月10日的晚间本地版在头版下部刊登了一篇报道，以希普里的描述打头，然后总结了《华盛顿邮报》关于由白宫和总统连任委员会指挥的全国性间谍破坏活动的说法。

那天中午在白宫，让·齐格勒面对一个越来越持怀疑态度的记者团。记者们下定决心，要对政府拒绝回答水门事件的作法提出挑战。短短三十分钟的情况介绍中，这位显然很不自在的总统新闻秘书拒绝就《华盛顿邮报》的报道作出回答竟达二十九次。他的回答是，总统连任委员会和克劳逊已经“适当地”作出了回答，白宫没有什么进一步的东西好说。

就在齐格勒在白宫西厢搪塞带敌意的问题时，布拉德里来到《华盛顿邮报》新闻编辑室里伍德沃德的桌子旁，坐到一把椅子上。“嘿，你、我、卡尔今天下午必须在一起吃午饭，讨论一下。”他说。

但是，伯恩斯坦不在城里，他去参加一位朋友妻子的葬礼了。

“那么就你一个人了，”布拉德里说，“我们得谈一谈。”

他们横穿过15街，走进梅迪逊饭店的梦佩利耶之屋，这是一家豪华的法国餐馆。布拉德里要了一个角落里的餐桌，开始了谈话。“你最好告诉我最新的情况，因为……”他转身以完美的法语订午餐，然后转回身来对着伍德沃德，“……鸡现在已经放在案板上了，我只要再多知道一点点有关的情况。”

布拉德里大概知道谁是这些记者的消息来源。“但是以苏斯曼和罗森菲尔德的观点来看，这都是二手情报，”他说，“我现在想要第一手材料——这些报道是如何拼凑到一块的，它们来源于何处。”布拉德里从背景和本能上来说都是记者；他理解记者是不愿意同任何人，包括编辑，谈论消息来源的。

“告诉我你感觉可以告诉我的事情，”他说，“只告诉我他们的地位，并且再跟我说一遍，你很有把握，卡尔很有把握，而且这些人不是怀着不可告人的目的，才让他们提供的东西出现在《华盛顿邮报》的头版上的。”

布拉德里坐在椅子里烦躁不安。他听伍德沃德介绍那些报道是如何被采访的，两位记者是如何同消息来源打交道的，以及他们是在怎样的情况下见面和交流的。伍德沃德让自己的介绍适可而止：既满足布拉德里作为记者的本能和作为编辑的责任，又不透露向伯恩斯坦和伍德沃德提供消息人的姓名。

一个多小时以后，布拉德里说：“好吧，行了，我满意了。那么你们这两个家伙有什么东西可以在明天见报呢？”布拉德里喜欢不断施加压力。

伍德沃德告诉他，他们正在搞两个主要方面的报道：一个是白宫和赛格雷蒂的关系，另一个是破坏马斯基竞选活动的一系列卑鄙手段。但是两篇报道都不可能在第二天完成。

下午3点，编辑们鱼贯进入布拉德里的办公室，就每天的新闻报道举行例会。他们考虑有两篇东西可以作为头版的后续报道：让·齐格勒所表达的白宫的反应（或者白宫的无动于衷）；马斯基提出的要让尼克松总统对报上说得如此严重的有关白宫工作人员的不法行为的新闻报道作出答复的要求。马斯基坚持认为，对于此案的任何调查都应该在司法部之外进行，他说，不能想象司法部里“总统的律师”会客观地调查总统的工作人员的腐败。

两篇报道都引不起大家的兴趣。罗森菲尔德告诉伍德沃德，编辑们很担心：缺乏一篇有分量的后续报道会被人认为《华盛顿邮报》在退缩。他催促伍德沃德不断拿出新的报道来。

大约6点钟的时候，麦戈文手下专门从事竞选工作的人员，诡诈的弗兰克·曼基耶维兹给伍德沃德打电话。他列举了十项针对麦戈文竞选活动的所谓破坏行为，他说，这些行为“策划得如此周密，肯定是共和党人搞的”。

这些行为有的很严重：有人企图假冒麦戈文的高级助手，在总统候选人和美国劳联——产联主席乔治·米尼之间安排一次假会晤，还有麦戈文总部交换台接到的骚扰电话。①

伍德沃德问对方，是否有证据可以将这些行为同白宫联系起来。曼基耶维兹说没有，但他的话听上去也像是阴谋活动的一部分。

罗森菲尔德要求把曼基耶维兹的指控搞成一条头版新闻。伍德沃德

① 曼基耶维兹说到的一个例子是，有人假冒他打电话给哥伦比亚广播公司电视节目主持人瓦尔特·克朗凯特，提到一笔交易，据称在这笔交易中，克朗凯特同意将哥伦比亚广播公司晚间新闻80%的新闻覆盖面给麦戈文，剩下的20%给尼克松。冒牌曼基耶维兹告诉克朗凯特（他后来证实曾接到过这样一个电话）：“可是每个人都在怀疑——最好再多给尼克松一点。”曼基耶维兹说，克朗凯特后来告诉他说：“这家伙肯定不只是一个怪人。他模仿得惟妙惟肖。”

强烈反对，他认为《华盛顿邮报》缺少证据来证明这些事件是总统连任委员会所为。他担心读者会有理由得出结论，认为麦戈文的竞选活动加入破坏者行列中去了。为什么麦戈文的手下不早一点提出指控？齐格勒的反应是一条更合理的新闻。但是伍德沃德遭到罗森菲尔德和其他高级编辑的否决。

伍德沃德甚至在写了一篇报道以后仍继续抗议。这篇报道尖锐地指出，曼基耶维兹没有提供能将这些活动同总统的竞选活动联系在一起的证据。

这篇报道的标题是《民主党人加紧对破坏活动的指控》。登这样的报道只会有利于白宫对《华盛顿邮报》和麦戈文竞选活动的指责，白宫指责对方在民主党竞选活动的最后日子里拼命勾结。

就在伍德沃德和编辑们争得不可开交的时候，伯恩斯坦回到了华盛顿，他感到倍加懊恼。还有一些电话没有打，所以要证实一长串针对马斯基竞选活动的破坏企图，他还要做一些工作。

在同阿列克斯·希普里谈话后的那一天，伯恩斯坦开始给马斯基的工作人员打电话。对方向他讲述了一个又一个恐怖故事，说他们的竞选活动如何一再受到无法解释的意外事故的困扰，这些事故看来只能是一种有组织的活动所造成的结果：文件被盗，制造假竞选文献，取消集会，以马斯基竞选工作人员的名义给投票人打令人愤慨的电话，搞乱日程安排——当然——还有加佬书信。

但是，几乎所有人都一致认为，马斯基的竞选活动是因为他在上述问题上的摇摆，因为他的不称职而毁了自己。

伯恩斯坦在1968年竞选期间曾作为记者和马斯基一起旅行了一个星期，当时这位参议员是民主党的副总统提名人。伯恩斯坦因此同他相识。此刻，他要在《华盛顿邮报》登出任何与他有关的消息之前，同对方见面。

伯恩斯坦同马斯基在国会山的会面持续了一个多小时。马斯基披露，他早就怀疑尼克松的手下以“一场系统的破坏活动”来损害他的竞选。

“我们的竞选活动始终受到困扰，总是有人泄露情报，总是有人搞分裂，散布谣言，”马斯基说，“但我们一直无法确认是谁干的，我们猜测是尼克松的人，因为这个政府的本性就是如此，他们毫不顾及隐私或政治上的体面。然而我们没有证据。”

马斯基描述了十几件事情，他怀疑这些事情都是破坏活动的结果。

伯恩斯坦想起曾有人提到，马斯基的家人尤其是孩子曾被人跟踪，于是问对方，他的家庭成员被盯梢了吗？

“我认为我们是被盯梢了，但是我们从来无法确定这同共和党人的间谍活动之间的联系。”参议员拒绝讲得更加具体，“无论我的家人遇上了什么事，这都是隐私。”他说。

他的声调愤怒而又急切，传达出真正的苦涩。伯恩斯坦老是想搞清楚在这背后会是什么意思。他问马斯基是否有人在试图了解他的孩子的某种具体的事情，诸如他们是否吸毒等。“我不想谈论这个问题，”马斯基说。

10 月 12 日，伯恩斯坦以对马斯基及其工作人员的采访为基础，写了一篇有关马斯基竞选活动遭受破坏的报道。报道确认了以下事实：

1971 年 7 月，有人拿仿造的马斯基的参议院信笺信封，将有关参议员爱德华·肯尼迪和查帕奎迪克事件的哈里斯民意测验副本邮给民主党国会议员，结果引起对马斯基不道德的竞选活动的投诉。

1972 年 4 月 17 日，马斯基举行募集资金的宴会，宴会受到骚扰，他们根本没有预订过的酒类、鲜花、比萨饼、糕点送来了，没有请的演员也来了，要求货到人到即付款。

在佛罗里达初选前几天，有人分发了印在伪造的马斯基文笺纸上的传单，指责参议员汉弗莱和参议员亨利·杰克逊有非法性行为。

在新罕布什尔初选期间，选民们半夜里被电话吵醒，有人打电话自称是来自纽约哈莱姆区为马斯基委员会拉选票的人，敦促新罕布什尔的选民们为马斯基投上一票，“因为他对黑人那么好”。

在1971年间，原始的民意测验资料两次从马斯基竞选总部民意测验专家的办公桌上消失。这使马斯基相信，他的中层工作人员中有一个间谍，马斯基的工作人员说，他们事后得到专栏作家罗兰德·伊文思的警告，说是他们阵营里有一个间谍。

那天早晨，伍德沃德正在读10月12日报上关于马斯基的报道，罗伯特·梅尔斯从洛杉矶打来了电话。他找到了赛格雷蒂在南加州大学上本科时的哥儿们拉利·扬格，此人曾与赛格雷蒂共同经营一个事务所。赛格雷蒂告诉了扬格许多情况，都是关于他同尼克松竞选活动的种种关系的。伍德沃德开始打字。

“赛格雷蒂告诉（扬格）说，联邦调查局从关于E·霍华德·亨特的电话记录中了解到他的情况；许多电话都是亨特打给赛格雷蒂的……亨特可能给了他指示，但是扬格不知道这些具体的指示同什么事情有关……反正不是讲有关窃听的事情……”

伍德沃德很吃惊。两位记者都没有想到，赛格雷蒂的阴谋活动同亨特的计划有关。

“赛格雷蒂对扬格说：‘我在为一个有钱的共和党律师工作，他在全国有各种关系，一个专门的律师信托基金付给我钱。’”

伍德沃德问梅尔斯是否以总统私人律师的名义试探过扬格。梅尔斯说扬格不知道卡尔姆巴赫是谁：

“扬格相信，赛格雷蒂会晤了德威特·查品和亨特，因为赛格雷蒂说他要到迈阿密去会晤他总在电话上合作的那些‘关键人物’。他早先告诉过扬格，他会见的是亨特，而查品是总组织者。赛格雷蒂总是说：‘我得同DC谈一谈。我得同DC会晤。’起先，扬格以为他指的是华盛顿特区。然后他开始相信DC是德威特·查品[①]……据其他人说，扬格也是南加州大学共和党人黑社会的好朋友，同那些人保持着联系……”

“在迈阿密，扬格认为，赛格雷蒂同亨特和查品会了面，而且还被要求——不知道被谁要求——招募并组织古巴人袭击多拉尔海滨饭店，让人觉得他们好像是在为麦戈文工作。赛格雷蒂拒绝了，因为他感觉这是明目张胆的非法暴力行为。”

有好几个月，两位记者一直收集的情报都在暗示，尼克松的人马经常利用示威活动中的煽动分子，策划这样的事情是用来对付政党大会的。但是他们设想所有的赌注在水门事件以后不大可能再下。然而却有人袭击迈阿密的多拉尔海滨饭店，而且有某种证据可以证明人群中有煽动者。伍德沃德记得“深喉”四天前夜里说的话：这些人不是什么很聪明的家伙。在某种程度上讲，把事情搞糟似乎反而给人以安慰——它使人不至于得出令人恐慌的结论：为了达到目的，尼克松的手下要一意孤行到什么程度。要不是水门大厦的闯入者愚蠢到如此地步，竟然在6月17日用胶条封住了步行楼道的门，导致保安人员给警察打了电话，或者要是所谓的间谍老手霍华德·亨特采用最基本的防范措施，使用付费电话，那么他们的活动会到此为止吗？

伍德沃德走进苏斯曼的办公室。他和伯恩斯坦正为下列事情苦恼：他们几乎已确定赛格雷蒂同查品的接触，可是事情却搞得人火烧火燎。梅尔斯从扬格那里得到的信息证实了这种关系。但是扬格不愿意有任何记录。他们研究了伍德沃德的笔记。

那天下午，伯恩斯坦给洛杉矶办公室里的扬格打通了电话。他们谈

---

① 华盛顿特区（Washington District of Columbia）的缩写是DC，德威特·查品（Dwight Chapin）的缩写也是DC，所以有此误会。——译者

了一个多小时。扬格告诉他："赛格雷蒂 8 月份给我来过电话。那时大约是共和党大会的前两周。他惊慌地说，联邦调查局的人刚找过他，他想尽快同我谈谈。他很担心，因为事先并没有得到警告，说联邦调查局的人有可能同他接触。他感觉他本该得到事先警告的，他会被简单告知自己该说些什么。他没说给他警告的人会是谁，只说他正在为他们工作。他害怕他会处于孤立地位，没有任何保护或掩护就被牺牲掉。他需要一些忠告，从而知道该干什么……"

"赛格雷蒂告诉我，付给他钱的是一个律师的信托账户。他说这个律师是总统的一个地位很高的朋友，他得到指示要全心全意地把那个名字保护起来……他绝不会泄漏任何名字。"

伯恩斯坦步步进逼，让扬格说出他可能记得的关于这个律师的任何事情。扬格想了想。

"哦，是的，他曾经说过，这个律师在新港海滨地区。"

卡尔姆巴赫住在新港海滨，并在那里拥有他的办公室。

总统的一个地位很高的朋友；一名律师；新港海滨……

赛格雷蒂是如何向扬格描绘他的政治活动的性质的？

"赛格雷蒂对我说，他从事他称之为'政治胡闹'的活动，这是总统连任选举活动的一部分，目的在于给民主党候选人制造麻烦和问题……

"在他被召到大陪审团那里去之后，他试图同他那些（在）迈阿密海滩（等着开大会）的人取得联系。他极度恐慌，甚至比联邦调查局第一次找他的时候还要担心。他感觉他本应该得到事先警告的。他试图给查品打电话。我说：'你同德威特谈论这个问题了吗？'他的回答支支吾吾，说他没有找到任何人。他听到德威特的名字非常不安。"

"午夜前后，我又接到他的一个电话，说他正在去迈阿密的路上，还说他已经取得了联系——他不说同谁——他们让他去迈阿密。他在迈阿密说，他们给他看了一份关于对他询问的联邦调查局报告……他被告知要（在大陪审团面前）说真话，不要作伪证，不要为此担心。”

“他应该坚持他已经说给联邦调查局听的话，这不是什么有害的材料，只是关于亨特的电话和他正在进行的小活动，关于参与一些竞选活动的某种无害的东西，没有一件事情后来被登在报上。当他做汇报的时候，美国司法部长提前在一间办公室里询问他，把一切都问了个遍。”

“但是在大陪审团那里，问题很简单：只是那些无害的材料和一些关于亨特的事情。没有涉及律师。没有涉及他为谁工作。但是，他说，后来大陪审团里有一个女性成员问是谁付给他钱，他在白宫工作人员中认识谁。之后姓名就出现了，尤其是德威特·查品的姓名。他没有（对扬格）提起别的名字。他说，他确实将付钱给他的那位西海岸的律师的姓名告诉了大陪审团。”

现在确定无疑了。司法部已得到了信息——负责总统约见事务的秘书与总统的私人律师都参与了，但是却没有对他们追踪调查。伯恩斯坦再次感到很纳闷，检察官怎么就会被摆平，同意接受这样一个决定的。“他实事求是地把他知道的一切都告诉了检察官，”扬格说。伯恩斯坦让扬格就赛格雷蒂告诉他的事情再讲讲其他一些具体细节。

“他提到一封信或一个小册子，用来寄给加利福尼亚州民主党中央委员会的全体委员的——这是对汉弗莱的粗俗下流的攻击，指责他主张战争，称他为连输两次的人，并给人印象好像这是麦戈文的手下干的。他说还有一些别的人也在做着同样的事情。他说：‘我只是一条小鱼，一颗螺丝钉，许多做着同样事情的人中间的一个。’”

那么查品呢？

“我的印象是，唐纳德和德威特非常亲密。像好朋友那样亲密。他们多年来一直保持接触。他提到，为了与此有关的事情，他到德威特的家里去。但是他对我却有点保守秘密。”

他关于霍华德·亨特说了多少？

“当联邦调查局的人第一次来见他的时候，他了解到，他的电话号码出现在一张给一个名叫霍华德·亨特的个人的钞票上。他说他知道亨特的另一个名字——一个假定的名字，一个假名——但是他知道他是亨特。亨特总是用一种非常小声像是搞间谍活动似的声音说话。他认为亨特非常古怪，似乎添油加醋地添加了很多阴谋。”

扬格说，他的谈话是不能被引用的，但他又说，如果他得到法律上的指点，说这不涉及对律师——当事人特权的破坏，那么他将会考虑把这些内容登出来的。他还说，赛格雷蒂从来没有聘请他当顾问，只是把他当做一个朋友。他和伯恩斯坦、伍德沃德、梅尔斯会每天保持联系的。

10月13日，星期五，扬格同意公开发表谈话。伍德沃德和他最后一次核对细节，看看他有没有搞错或夸大赛格雷蒂同亨特和查品之间的交易。没有。

梅尔斯从扬格那里拿到了他的宣誓证词，肯定他同梅尔斯、伯恩斯坦、伍德沃德的谈话的内容完全属实。

终于要有一个几乎完全依据准予公开发表的谈话的报道了，白宫不可能再攻击《华盛顿邮报》采用匿名的消息来源了。

连着两天，伍德沃德一直在试图给查品的办公室打电话，办公室离总统的椭圆形办公室仅几步之遥。他的电话在总机那儿被截住了，总机问他是谁，是什么号码。大约二十秒钟以后，电话被接了过去，但是办公室里的一个秘书说查品很忙，答应给他留言。然而却没有回电过来。

现在仍然有一个主要的困难：梅尔斯把拉利·扬格描绘成一个“激进分子和警察杀手”的辩护人。没有什么话比这更可能在哈里·罗森菲尔德的办公室里引起非议了。这位大都会新闻编辑直截了当地说，他不打算拿他的名声或《华盛顿邮报》的名声把宝压在“某个嬉皮士律师”

的话上。

幸好，拉利·扬格的信誉没有问题。伍德沃德打了十几个电话到西海岸，花了好几个小时同司法和律师行业里的人谈话，那些人都发誓，说扬格是法律行业里受人尊敬的、负责任的代表。伍德沃德甚至搞清楚了扬格穿哪种衣服（时髦，但是很有品位），他的头发有多长（比伯恩斯坦的头发短）。罗森菲尔德满意了。

伯恩斯坦开始写报道，伍德沃德到司法部兜了一圈，拜访各种人士。在几次失败之后，他发现一个熟悉案子的律师独自一人在办公室里。伍德沃德被请了进去，坐下来。办公室里弥漫着一种星期五傍晚的非正式气氛。他们开始谈论星期二的新闻——初选中的间谍破坏活动。

“是的，我们是通过亨特的电话记录发现赛格雷蒂的，”那位律师说，“联邦调查局对亨特的大部分电话——总共有七百多个——做了随意的检查。其中有一个是打给赛格雷蒂这个家伙的。让我强调一下，这些肮脏的把戏也许不是非法的，而在司法部这里，我们正把注意力更多地集中在水门事件本身上……但是我很担心这个案子。联邦调查局的作法很有意思……上面对这个案子有兴趣。”他不愿意说出这个上面是指哪里。

现在比以往任何时候都清楚了，为什么水门事件的调查集中在如此窄的范围里，以致于检察官都没有追查其他罪行——无论有多明显——除了那些直接同窃听有关的事情。

伍德沃德大声读了关于查品和赛格雷蒂关系的一些记录，暗示它们也许可以说明高层的兴趣。他不知道这位律师是否会吃惊。

在有些犹豫之后，律师说：“那基本上是我们听说到的情况。”

伍德沃德说有点害怕这条新闻，因为它直接牵涉到白宫——牵涉到椭圆形办公室的看门人，这是查品的职责之一。

律师笑了。“好几次我都很想知道，为什么你这么担心查品，他的地位比米切尔和史坦斯低得多。关于赛格雷蒂和查品，你所听到的，我们都听到了。我可以就此再谈得更随便一点，因为它真的和水门事件没有关系。它只是调查的一部分，从技术上讲仍然是，但它是另一码事，我们没有进行追查……”

大约下午5点钟，记者和编辑们碰头讨论关于查品的报道。它太长了，不可能在几个小时内完成。他们要把它留到星期天用。司法部放弃调查真正的水门阴谋，把注意力狭窄地集中在民主党总部的闯入和窃听事件上——联邦特工称之为IOC，意思是截取口头信息——无视总统班底所指挥的破坏选举过程的大阴谋。

伍德沃德给白宫的一个熟人打电话，想搞一些关于查品的背景材料。“他是一个像霍尔德曼和帕特·布坎南（总统的演说辞撰稿人之一，白宫每日新闻摘要的作者）那样的家伙，很早就上了老板的船，经历了风雨沧桑。”他被告知，“查品在竞选期间总是保证老板的西服从洗衣人那里送回来……他保证每个人都有咖啡，当总统迟到时，他就道歉，也包括给尼克松夫人及其女儿们打电话。68年竞选期间，在总统需要背部按摩时，他甚至还会给他做按摩……查品对每个人都很好，总是跟人打招呼。”

在伍德沃德星期五打电话给白宫听取意见以后，把那个报道留到星期天发的决定就作出了。大约晚上8点左右，也就在副新闻秘书杰拉尔德·沃伦被告知新闻报道内容的三个小时以后，他打电话回来。“我有一个来自德威特·查品的声明。”他说：

> 《华盛顿邮报》所写的报道完全立足于道听途说，基本上是不精确的。例如，我不认识，从来没有遇见、看见过E·霍华德·亨特，从来没有同他谈过话。我自从大学时代就认识唐纳德·赛格雷蒂，但是我并没有像报道所暗示的那样在佛罗里达同他会过面，我

当然从来没有同他讨论过水门事件一案中大陪审团程序的任何方面。除此之外，我不打算发表任何进一步的看法。

查品起劲地答复那些并非针对他的指责，却忽视了主要的一点：他是赛格雷蒂的联系人。使用“基本上是不精确的”这样的话，就好像用“一大堆荒唐话”来描述最初关于赛格雷蒂间谍破坏活动的报道，以及使用转移注意力的“道听途说”一类的套话。

“道听途说”的指责总是让人听了不舒服。幸好《华盛顿邮报》有拉利·扬格的宣誓证词。

晚上9点，当伯恩斯坦坐下来写稿的时候，他有三个版本的扬格谈话——他自己的，伍德沃德的，梅尔斯的。他的桌上乱七八糟，没有办法，只好挪到旁边的三张空桌子上，摊开长达5码的笔记。到早晨7点，他已经写出了十五页大量引用扬格谈话的报道。只是关于查品生平细节的内容还没有写出来。

他躺倒在体育新闻部的一张长沙发上，很不舒服地睡了不到两个小时的觉，然后就被做文字工作的助理员叫醒了。伯恩斯坦想要把这篇报道尽早完成，这样就可以让罗森菲尔德、西蒙斯、布拉德里审阅，而不会造成在最后关头还有争论。他查遍了《华盛顿邮报》的资料，寻找关于查品的更多的背景材料。只有1968年尼克松竞选组织印发的半页宣传材料，上面说查品毕业于南加州大学，曾为鲍勃·霍尔德曼手下的J·瓦尔特·汤普森广告公司工作。伯恩斯坦又从梅尔斯的笔记中摘出些细节，加了进去。

大约早上9点30分的时候，他给水门事件发生后的那个星期他曾找过的那个前政府官员打电话。此人很了解查品。“如果德威特与此有关的话，那么这就意味着背后有霍尔德曼，”他说。查品不是做事主动的人。“两个人让他做什么，他就做什么：霍尔德曼和尼克松。”

那个星期六，伍德沃德和苏斯曼大约在早上10点左右来到办公室，开始审阅伯恩斯坦的草稿。导语没有问题，就像是读给白宫听的：

> 一位加利福尼亚的律师在一项宣誓证词中说，尼克松总统的负责总统约见事务的秘书和一名在水门窃听案中受指控的白宫助手在针对民主党人的间谍破坏活动中充当“联系人”。

苏斯曼担心草稿的前头一部分没有足够强调查品在白宫的地位，它给人的印象好像是他只是某种在一个小房间里做做二三流秘书工作的人。苏斯曼又重新打了一段新的文字做第二段：

> 德威特·L·查品，三十一岁，负责总统约见事务的秘书，几乎每天都和总统见面。作为负责总统日程安排与约见事务，包括全面协调出访的官员，查品是很容易接近总统的少数几个白宫工作人员之一。

伯恩斯坦对加进去的东西很高兴。但是，当下一段把查品描写为听从来自霍尔德曼命令的官员的文字从草稿中被删去时，他抗议了。

下一段评论说拉利·扬格关于据说付钱给赛格雷蒂的那个新港海滨的律师的描述，“显然与总统的私人律师、尼克松竞选委员会负责财务的前任副主席赫伯特·W·卡尔姆巴赫相符”。——当这一段文字被删去时，伯恩斯坦的愤怒变成了痛苦。

伍德沃德设法在星期五给卡尔姆巴赫打通电话，卡尔姆巴赫的秘书告诉他，事务所的成员没有人会向记者发表看法。现在伯恩斯坦准备力争，但是伍德沃德加入到记者一边，说他宁愿把那段砍去，直到跟卡尔姆巴赫联系上，或者直到另一个消息来源确认卡尔姆巴赫是付钱给赛格雷蒂的人。伯恩斯坦承认，他们应该能在几天内确认卡尔姆巴赫同赛格雷蒂的联系，同样也能够确定总统的律师就是向间谍破坏活动捐供资金的五个人之一，是他们对这笔秘密基金实行全面控制的。

一段新的文字加了进去，它引用扬格的话说，赛格雷蒂的活动经费，包括 2 万美元的年薪，是从“以一个律师……总统的一个地位很高的朋友的名义开立的信托账户”上支付的，“（赛格雷蒂）得到指示，要全心全意地把那个名字保护起来”。

尽管删去了一些东西，这篇标题为《尼克松的重要助手被指为“破坏活动”的联系人》的报道，有了新突破。在民主党总部的闯入事件发生了几乎四个月之后，由水门扩散出来的污渍终于把记者引入白宫内部。

8

伯恩斯坦星期六夜里离开华盛顿到弗吉尼亚乡下去骑马，度周末的后半部分。当伍德沃德星期天醒来的时候，收音机里的新闻正在引用《华盛顿邮报》的报道，以及《时代周刊》关于赛格雷蒂和查品关系的新闻稿。他认为，《时代周刊》的报道在某些方面比《华盛顿邮报》的要好。虽然它依据政府中匿名的消息来源，缺乏像扬格那样的个人说明，但是它却有了另外几个新的细节：查品雇用了赛格雷蒂——不仅仅充当他的“联系人”。霍尔德曼的政治助手，南加州大学的另一名校友戈登·斯查骞也参与雇用他的老同学。赛格雷蒂由总统的律师赫伯特·W·卡尔姆巴赫付的钱超过 35 000 美元。

由于《时代周刊》的原因，伍德沃德的星期天算是泡汤了——他肯定这不是第一次，也不是最后一次——他到办公室去，开始打电话。

快到傍晚的时候，他打通了司法部一名官员的电话，这名官员的兴趣似乎在电视机里的一场足球比赛上。他匆匆证实说，卡尔姆巴赫确实是付钱给赛格雷蒂从事秘密活动的人。伍德沃德甚至没有来得及问他关于戈登·斯查骞的事。

伍德沃德给休·斯隆打电话。他们俩先绕着圈子聊了几分钟卡尔姆巴赫在竞选中的作用。卡尔姆巴赫在 4 月 7 日新的关于竞选活动财务公开的法律生效的那天辞去了主管财务副主席的职务。在莫里斯·史坦斯辞去商业部长职务以前，卡尔姆巴赫一直负责为总统连任选举募集资金，尽管史坦斯在商业部的时候已经在做政治工作了。斯隆说，尼克松竞选活动财务方面的事很少有卡尔姆巴赫不知道的，甚至在他辞去职务以后还是如此。

伍德沃德暗示说，那么卡尔姆巴赫一定是有权批准从史坦斯保险柜里那笔秘密存款中付钱的五人之一。“嘿，是的，”斯隆说，“但是他有一些钱在加利福尼亚。”

是出自史坦斯保险柜的钱吗？

斯隆说，这实际上全是一笔现金基金，无论它是在加利福尼亚还是在华盛顿，它全都出现在同样的账本上，这些账本已被烧毁。这是一笔特殊项目基金。

用于间谍和政治破坏活动？

“就是，但是我当时不知道。”斯隆说。他顺从地、自动地回答着，就像一个病人，再三向心理医生讲述一场噩梦。

斯隆说，卡尔姆巴赫还从这笔基金分发其他的钱，远远超过赛格雷蒂收到的那个数目。但是他不愿意透露有多少，或给了谁。“这笔现金基金是这一切的中心。”他有所保留地说。

伍德沃德给在乡下的伯恩斯坦打电话，向他提供最新消息。伯恩斯坦同意，卡尔姆巴赫对基金的控制比付钱给赛格雷蒂更重要，这一事实应该在伍德沃德要写的报道中占主导地位。这个报道还要包括伍德沃德未能证实的《时代周刊》上那些关于斯查赛的材料。

这一次，白宫不屑于发表看法，第二天的《华盛顿邮报》头版在赫伯特·卡尔姆巴赫的照片上方登了一个两栏的大标题：《有消息说，尼克松的律师使用了共和党的间谍基金》。

伍德沃德抽出时间来观察约翰·D·埃利希曼在美国广播公司《问题与回答》电视节目上的露面。他觉得，埃利希曼在电视上就像是一颗干瘪的梅子，一根眉毛高，一根眉毛低。他正在说，报纸上所说的尼克松竞选活动中的政治间谍破坏活动全都是“指责，没有多少证据，没有任何证据……”。他暗示，麦戈文的竞选活动在某种程度上应该为人们在报纸上读到的、在电视上听到的种种说法负责。

埃利希曼提醒观众，离大选只有三个星期了。他说，这是“一个臭巴巴月”，政治臭巴巴被满处乱扔。他说他个人不知道共和党人在政府内或政府外从事的任何政治间谍活动，当然，白宫里没有任何人事先知道关于水门事件的任何事情。他无法“肯定或否认”查品同赛格雷蒂有关系。但是，他接下来说，对“同犯罪有关的”水门窃听事件和“搞清楚别人的日程”之类的活动加以区分是很重要的。埃利希曼说，政治恶作剧那样的事情，“在美国政治中是我记事以来一直都有的”。

伍德沃德和伯恩斯坦得出结论，埃利希曼也许是白宫高级助手中惟一在水门事件中还算是干净的人，所以才有把握让他在电视摄像机前亮相。霍尔德曼肯定不会被派出来——在关于查品的报道发表以后是不可能的。两人都感到肯定无疑的是，埃利希曼的亮相预示他是清白的，也许“深喉”说埃利希曼命令霍华德离城是搞错了。

埃利希曼在电视上的言论是一个温和的序曲。查品的关系已经把水门事件带到了椭圆形办公室的门前。虽然《时代周刊》搞到的消息像《华盛顿邮报》一样有破坏性，但是《华盛顿邮报》却被选为回击的目标。

首先是第二天早晨，10 月 16 日，罗纳德·齐格勒做关于白宫情况的答记者问。

第一个问题是关于同赛格雷蒂的关系，齐格勒回答说：“查品先生对此已经发表了看法，我没有什么好补充的。”

问：“总统关心这篇报道吗?”

齐格勒：“总统关心反对派在报道本身当中所运用的技巧。我要说，他关心这样一个事实：正在刊登的报道依据的都是道听途说，它们含沙射影，旁敲侧击。”

问：“谁是反对派？”

齐格勒：“嗯，我想这很清楚。你知道，自从水门事件的案子开始调查以来，人们一直在设法将这个案子同白宫联系起来……可是没有确定任何联系……因为不存在任何联系。自从那个时候以来，反对派一直在提出没有实在依据的指责，写出来的报道依据的都是道听途说和不愿暴露身份的消息来源，所有这一切正在汇合成一种说法：这个政府是腐败的。这正是反对派所指出的……我要说的就是这些，我不打算评论那种报道。”

问：“你为什么不否认那些指责？”

齐格勒：“我要是加以评论，不就给这类报道面子了吗？……不言而喻，这个政府不宽恕破坏活动或对个人的监视，但是它也不宽恕那些以含沙射影或引用消息来源的方式进行全面人格攻击的报道。”

白宫断定，有问题的不是总统手下的行为，而是报界的行为。

“总统相信查品先生。”齐格勒最后说。

当天下午，共和党全国主席，参议员鲍勃·多尔在华盛顿城里一家饭店的黑人共和党人集会上发言时，发表了三页事先准备好稿子的讲话，专门把《华盛顿邮报》的调查报道同参议员麦戈文竞选活动的失败命运联系在一起。多尔比齐格勒更少拘束，直截了当地切入他的正题：

> 上周以来，共和党成了乔治·麦戈文及其诽谤者同伙《华盛顿邮报》一连串毫无根据、全然靠不住的说法的牺牲品。麦戈文的竞选活动现在发现自己处在困境中，麦戈文先生似乎已经特许《华盛顿邮报》的编辑进行媒介攻击运动，他们走在这场运动的下流道路

上完全就像他们的候选人一样步履坚定。

正当关于多尔和齐格勒的声明的电讯报道大量堆积的时候，两位记者被告知，接替米切尔担任尼克松竞选活动负责人的克拉克·麦克格列高尔预定下午5点举行记者招待会，讨论最近媒体对政治间谍破坏活动的指责。两位记者都讨厌记者招待会，很少参加，但是伯恩斯坦决定参加。他从来没有见过麦克格列高尔，想要看看他对记者很开放的名声是否名副其实。当他差几分钟来到总统连任委员会总部大会议厅的时候，大约有一百名记者已等在那里。

麦克格列高尔从大厅后面进来，走到中间的过道上。他是一个大块头，身高6英尺3英寸，体重大约210磅。他双手抓住讲台的两边，心不在焉地笑了笑。由于“过去几天非同寻常的事态发展”，麦克格列高尔说，他无法回答任何问题。

德梅因登记和论坛联合会华盛顿办事处主任，身高6英尺4英寸、体重230磅的克拉克·莫伦霍夫站起来，愤怒得连脸都扭歪了。莫伦霍夫是一名获普利策奖的专事调查研究的记者，曾短期在白宫当过巡察官员。麦克格列高尔和莫伦霍夫看上去就像两个准备互相朝对方抡大棍子的巨人。

“你有什么可信度？”莫伦霍夫喊起来。他的声音铿锵有力，记者们都鸦雀无声。“你见过什么文件？”莫伦霍夫问。“如果你不能告诉我们，你就没有权利站在那里。”

当麦克格列高尔走进大厅的时候，他准备好的声明已经分发，所以记者知道有什么事情要发生。其他人也开始冲着他喊叫，但是没有人像莫伦霍夫那么有力。“为什么我们要坐在这里听你说话？为什么我们要刊登你说的话？”他坚持说。

“这是你得和你的编辑商量决定的事情，”麦克格列高尔回答。然后，他看一眼电视摄像机镜头，念了起来：

根据盖洛普、哈里斯、辛德林格、彦克洛维奇民意测验，被称为麦戈文主义的政治经营运动将要受到美国人民的彻底唾弃。它本该如此。但是乔治·麦戈文丧心病狂，在民意测验中落后了26分，还有三个星期的时间要等，现在就和他的同盟者搞起了“铤而走险的政治”。我们正目睹一些最卑鄙无耻的把戏，听到一些最无理的语言出现在美国的总统竞选中。乔治·麦戈文疯狂地把美国总统比作阿道尔夫·希特勒，把共和党比作三K党，把美国政府比作纳粹德国的第三帝国……

而《华盛顿邮报》的可信度已降到了比乔治·麦戈文更低的地步。《华盛顿邮报》使用含沙射影、第三人称叙述的道听途说，毫无根据的指责，匿名的消息来源，骇人的大幅标题，恶毒地企图给人造成假象，好像白宫和水门事件之间有着直接的联系——这个指责，《华盛顿邮报》知道是毫无根据的，而且不少调查也证明了这一点。

《华盛顿邮报》的活动很虚伪——它著名的“双重标准”今天大家都可以看得见。

麦戈文的助手或参议员马斯基关于六个多月前发生的所谓竞选破坏活动所做的未经证实的指责，在正常情况下必然被视为宣战——而反对派挑起的对总统竞选的破坏的铁一般事实却被深埋在报纸里面。当麦戈文在加利福尼亚的总部被用作融炉把铁杆分子、反战斗士集合起来和总统对抗的时候——这对一家派出一帮记者去调查指责有人在去年春天送了两百个比萨饼到马斯基的集会上的报纸显然没有意义。

伯恩斯坦哼了一声。这已经是总统的代表在那天第二次提到“比萨饼”了。

麦克格列高尔的意思是说有关事情的责任在于麦戈文的竞选活动，他责问《华盛顿邮报》为什么不调查以下事实：

> 10月8日在加利福尼亚尼克松总部门前发现的燃烧瓶是怎么回事？
>
> 9月17日在加利福尼亚好莱坞的尼克松总部遭受巨大火灾是怎么回事？
>
> 9月25日给亚利桑那的凤凰城尼克松总部造成10多万美元损失的纵火案是怎么回事？
>
> 今年秋天在纽约市、马萨诸塞的阿林顿、洛杉矶县等地发生的捣毁尼克松竞选活动所使用的铺面大楼的大玻璃窗及其他破坏活动是怎么回事？①

麦克格列高尔又连着好几分钟愤怒地谈论麦戈文鼓励“丹尼尔·埃尔斯伯格做一件他为此可能要在联邦监狱里蹲115年的事情”，谈论《华盛顿邮报》的伪善。到他讲完的时候，他满脸通红，浑身颤抖。他再次提到阻止他考虑问题的“非同寻常的环境”，然后大步走出会议厅。一些被激怒的记者大声叫喊着他们的问题，伯恩斯坦现在也不像他刚到时那么平静，和那些记者一起竞相喊叫。当麦克格列高尔经过身边的时候，伯恩斯坦喊道：“你想要否认关于查品的报道吗？”但麦克格列高尔只是毫无表情地朝他看了一眼。

伯恩斯坦回到办公室时，布拉德里正在研究齐格勒、多尔、麦克格列高尔三人所做的声明，他说三人全都强调同样的事情，使用相似的语言。在《华盛顿邮报》，大家都不怀疑这些攻击是有人定了调子的，如

① 《华盛顿邮报》的一名记者花了两天时间调查这些指责，他发现当地警察或联邦调查局不知道有任何证据可以证明这些事件和麦戈文的竞选活动有联系。

果不是总统下的命令，至少他是知道的，而且也是他批准的。

其他新闻机构的记者们都打电话给布拉德里听取反应。他把一张加厚纸放到打字机里，使劲敲出了一个声明：

> 时间将会在克拉克·麦克格列高尔的新闻稿和《华盛顿邮报》关于总统连任委员会的各种活动的报道之间作出判断。对于现在来说，只要说本报就这些活动所作的调查报告所包含的事实没有一个是经不起推敲的就足够了。麦克格列高尔和其他政府高级官员把这些报道叫做“一堆荒唐话”，把《华盛顿邮报》称做“用心恶毒”，但是事实都是记录在案的，试图提出相反的证明也无济于事。

布拉德里做好了战斗准备。他觉得“否认是靠不住的”。几星期前，他曾告诉伯恩斯坦和伍德沃德，他不打算采取守势。他敦促他们要格外小心。

现在在他的办公室里，他把他的声明给他们看，并作出进一步的建议。“我以前说得不太明确，”他说，“这是本城中所采取的最强硬的方式。我们都必须非常小心，无论是在办公室还是在外面。我不想知道任何关于你们私生活的情况，那是你们的事情。”但是如果两位记者正在做不想让人知道的事情，那么就“赶紧罢手，”布拉德里建议说。当心你在同谁说话，同谁一起厮混；打电话要谨慎小心；要开始攒起所得税的收据，找一个律师来处理任何未来的税务问题；确保没有任何人把任何毒品带到你的房子里；你们同别人谈论总统和政府时要有所收敛。

布拉德里说的话，两名记者早已互相谈论过，他们已经采取了那些预防措施。

“没问题吧，伙计们?”布拉德里问道。然后他捏紧拳头，闪电般地朝空中打出了一拳。他用另一只手抓住他的二头肌，随着这一拳朝前欠了欠身子。

在布拉德里的办公室外面，哈里·罗森菲尔德正在新闻编辑室里走来走去，惴惴不安。伯恩斯坦和伍德沃德计划做一个针对那些攻击的头版新闻。很少有什么新闻报道会像他们的报纸和记者在其中唱主角的那样使编辑们如此焦虑。罗森菲尔德要求报道对政府绝对公正。伯恩斯坦和伍德沃德也是这样，但是他们坚持，要对他们的报道公正。

他们说那些对报纸的攻击并没有对指控作出回答。罗森菲尔德删去了这一段——说它“会引起争论”。记者们说，对白宫公正是一回事，但是罗森菲尔德对他们的工作、对报纸是不公正的。罗森菲尔德坚持说这段冒犯性的文字给人以偏见的感觉。他显得很生气。

由于这场争论，这条新闻的第一个版本变得很短。在写第二个版本的时候，伯恩斯坦和伍德沃德重新开始了这场争论，坚持认为多尔、齐格勒、麦克格列高尔没有涉及《华盛顿邮报》指责的实质。

解决这个问题是伯恩斯坦的最后努力。伍德沃德和罗森菲尔德都冲他大喊大叫。伯恩斯坦不断在伍德沃德所写并经罗森菲尔德同意的部分进行语言上的改动，使每个人都紧张不安。花了四小时搞出来的东西还是不怎么令人满意——这是一个篇幅达 52 英寸的庞然大物，大量引用别人的话，却使读者云里雾中，无助于他们理解指控和反指控。这正是灾难性的一夜。

第二天全国的报纸都报道了总统手下人的愤怒。白宫正以它的可信度来同《华盛顿邮报》的可信度相对抗，可是在这个过程中，它却使该报的指控传播得更加广泛。

10 月 18 日，《纽约时报》发表了一篇报道，严重损坏了白宫的地位。《纽约时报》搞到了电话记录，表明唐纳德·赛格雷蒂的电话或信用卡被用来给白宫，给德威特·查品在马里兰州贝赛斯达的家中至少打过六七个电话。此外，赛格雷蒂的电话或信用卡被用来至少给霍华德·亨特的家中和办公室打过二十一个电话。

白宫将很难把这样的记录说成道听途说，含沙射影或信口开河。17日晚上大约11点钟，当《纽约时报》的头版版面通过合众国际社传真过来的时候，伯恩斯坦和伍德沃德正在《华盛顿邮报》的新闻编辑室里。[①] 他们欣喜若狂，感激之情油然而生，把本能的竞争心理抛诸脑后。

第二天，也就是10月18日，中午在白宫，让·齐格勒面对着一个充满敌意、不依不饶的记者团。记者们一再要求他否定《华盛顿邮报》《纽约时报》《时代周刊》10月10日所引用的指控和证据，他却躲躲闪闪，每次都退回水门闯入事件上。

“我在读（《纽约时报》报道）的时候，我对它的看法是，它借助暗示把查品先生同水门事件的案子联系起来……我今天要再重复一遍，现在受雇于白宫的人当中，没有一个参与水门事件、事先知道水门事件，或同它有关。”

除了6月17日闯入水门大厦的事件以外，那些政治破坏活动是怎么回事?

“在昨天和前天的情况介绍中，我已经讲清楚了，白宫中没有任何人在任何时候指挥过破坏活动、刺探和间谍活动，或盯梢并编制别人档案之类的事情。”

记者们尽量提炼他们的问题，以得到一个直接的回答。可齐格勒每次都回答得一模一样，小心地使用“指挥”一词，避免说“参与”。

一个刨根问底的记者设法盯住这位秘书：“你三次使用了‘指挥’一词。他们知道当时正在进行的事情吗?”

---

① 《华盛顿邮报》每天夜里大约11点钟的时候，都会收到一份次日《纽约时报》头版的传真图片。

“我想‘指挥’一词已经说得很清楚了。我以前说过，参与这种活动的人不会再待在这里。”

“那么你是说白宫里没有人参与这件事?”

“我是说，如果有人参与我所指的那种活动，他们就不会在这里工作。”

参与什么?有些记者想起了齐格勒的最初交际才华，他在大学放暑假期间就作为一名为迪斯尼乐园招徕生意，领着旅游者作丛林之旅的人经受了考验。“欢迎诸位来到船上。我的名字叫让。我是你们的领队与向导，领你们航行在探险之河上……注意那些鳄鱼，请把你们的手放在船内，它们总是在寻找一只伸出在外的手。请回头看看码头，这也许是你们最后一次看见它了。注意岸上的土著人，他们总是在想办法砍下一个脑袋。”

现在齐格勒正在进行总统的“丛林之旅”。

尼克松先生关心对他的助手提出的那些指控吗?

“他关心的是这样一个事实：正在刊登的报道依据的是道听途说，含沙射影，旁敲侧击。”等等，等等。

齐格勒的回答和《纽约时报》在赛格雷蒂电话记录中发现的东西都登在了第二天《华盛顿邮报》的头版上。

《纽约时报》尽管没有直接发难，却火上浇油地发了一篇当时《纽约时报》驻白宫记者小罗伯特·B·散普尔所作的关于白宫行为的分析：

有人指控尼克松总统的一些助手制造或至少容忍一个政治间谍破坏活动网，政府最近对这些指责作出反击的本质是要斥责刊登这些指控的报纸，而不是明确地加以讨论。在这个策略的背后，有两种假设很能说明政府对选民及为他们服务的报纸的看法。以最近对尼克松的助手的采访来判断，这些假设似乎在他的内部圈子里很有影响。首先，在当时，白宫感到，所谓的阴谋被大多数公众视为远离总统办公室的无关紧要的业余把戏，因此，由白宫来否认甚至讨论这些指控就会使它们引起不该有的注意和传播。

其次，公众（经过副总统阿格纽三年的讲话已经软化下来）并不十分相信他们读到、听到的——尤其在所谓的东部权威媒体中读到、听到的——是真实的，不被政治偏见所扭曲的。政府最近对在头版进行腐败指控的《华盛顿邮报》攻击便由此而来……记者们一再提出的让白宫的高级助手们谈谈他们对事件的真实看法的要求始终没有得到答复。结果这事就由齐格勒先生来做，而他显然对有关查品和赛格雷蒂的问题越来越感到不痛快。

"你知道我们为什么不公平对待新闻界和间谍活动吗?"白宫的一位助手——不是齐格勒先生——有一天反问。"因为我们相信，公众相信东部报界真的如阿格纽所说的那样——是精英的，反尼克松的，最终都是亲麦戈文派的。"

9

两位记者从休·斯隆那里知道，控制秘密基金的第五个人是一名白宫官员。有许多理由可以相信，这就是白宫幕僚长 H·R·霍尔德曼。确实有某种原因可以怀疑，在水门事件背后站着哈里·罗宾斯·霍尔德曼。

强有力的霍尔德曼留着小平头，整洁体面，年龄在四十六岁，从管理 J·瓦尔特·汤普森广告公司的洛杉矶办公室到管理美国总统事务。

虽然约翰·米切尔是 1972 年尼克松竞选活动主管，总统连任委员会却在很大程度上是霍尔德曼的创造，他是它在白宫的执行官。1971 年 3 月拥护总统委员会建立的时候，霍尔德曼选择杰伯·马格鲁德和休·斯隆负责它的日常政治活动与财务活动。两个人都是"敬业者巡逻兵"的成员，这个组织由霍尔德曼从广告界和市场营销界带到白宫来的聪明而又极其忠诚的年轻人组成。

德威特·查品是霍尔德曼跃跃欲试的敬业者中最受信任的。在雇用唐纳德·赛格雷蒂的问题上同样发挥了作用的戈登·斯查赛是充当霍尔德曼同总统连任委员会之间联系人的敬业者。另一个"敬业者巡逻兵"成员巴特·波特离开了他在白宫的竞选助选人员的位子，成为总统连任委员会的助选人员负责人。

除了约翰·米切尔和他的两个副手弗雷德·拉吕、罗伯特·玛迪安以外，至今在水门事件中被揭露的那些尼克松手下的高级官员都只忠于总统，忠于霍尔德曼（莫里斯·史坦斯普通情况下只对总统负责，但是他在以前的尼克松竞选活动中曾和霍尔德曼密切合作过）。

赫伯特·W·卡尔姆巴赫是在1950年代中期由霍尔德曼介绍给理查德·尼克松副总统的。卡尔姆巴赫对总统的私人法律问题的处理，对资金募集方面的问题的处理，通常都是通过霍尔德曼进行的。

查尔斯·W·柯尔逊是在1969年三十七岁的时候开始他的白宫生涯的。他作为政府同外界政治集团和特殊利益集团之间的联络员——并作为常驻白宫的耍弄秘密政治把戏的老手向霍尔德曼和总统负责。

白宫几名中层助手曾向伯恩斯坦和伍德沃德保证，赛格雷蒂和查品的活动得到霍尔德曼的同意，这在总统官邸中很少有什么怀疑。

有好几个星期，斯隆一直坚决拒绝说出控制秘密基金的第五个人的身份，每次提到这件事的时候，总是一再说，“怀疑最坏的情况”，这就是他的部分理由。

在整个政府执政期间，霍尔德曼总是令人生畏。一提到他的名字，总统顾问团的官员就会鸦雀无声，战战兢兢。少数几个关于他的消息灵通人士说，如果让他发现的话，他们就会丢掉工作。强硬……实用……无情……只忠于尼克松……不择手段……关于他的描述往往是相似的，许多人引用了霍尔德曼著名的自我描述：“我是总统的狗杂种。”但是霍尔德曼比这样的描述要复杂得多。

对霍尔德曼的反应使伍德沃德想起了军队，想起了他的海军背景。霍尔德曼就像一条军舰上的副舰长，二号指挥官，始终是野心勃勃、拼命冲杀的狂热者，愿意为舰长做任何事情。

两位记者知道，霍尔德曼的操作方法之一是“推诿于不知情”。这样，让别人去实施有争议的决定，以便自己事后否认，就可以使自己和这些决定无关。由此，两位记者认定，霍尔德曼绝不会雇霍华德·亨特来当白宫顾问。他会让别人——柯尔逊或埃利希曼——当备了案的雇主。如果霍尔德曼是赛格雷蒂的后台，他就不会和他直接接触。

两名记者从斯隆和其他人那里知道，霍尔德曼很少直接同总统连任委员会打交道。那是戈登·斯查赛的工作。“推诿于不知情”是白宫工作人员体制中的规则，头儿们站在由敬业者形成的一座不可穿透的大坝后面。如果霍尔德曼是水门事件的后台，他是不可能留下痕迹的。保持对用于秘密活动的基金的直接控制不符合他的性格。真的，即使他留下了痕迹，也没有人告诉记者。然而，司法部和联邦调查局的消息来源并没有否认这一点。在过去经验的指引下，伯恩斯坦和伍德沃德把这种沉默解释为一种征兆，表明他们的怀疑是正确的。

10 月 19 日，伍德沃德把他阳台上的花盆挪到约定的位置上，向“深喉”发出暗号。第二天凌晨大约 1 点钟的时候，他离开寓所，长途跋涉来到地下停车场。他到达的时候大约是凌晨 2 点 30 分。“深喉”没有来。十五分钟过去了，半个小时过去了。一个小时过去了。伍德沃德担心起来。

“深喉”很少失约。在黑暗冷清的停车场里，伍德沃德开始想象不可想象的事情。霍尔德曼不难知道记者们正在打探他。也许“深喉”被发现了？自己被人盯梢了？雇用戈登·李迪和霍华德·亨特的人是足够疯狂的，他们也会疯狂到做别的任何事情。伍德沃德很生气自己有些失控，竭力从脑袋里驱除出打手正在威胁“深喉”的幻影。他们会在“深喉”的车里留下一只黑手套，将一把刀子插在它的掌中吗？1972 年的打手，尤其是如果这些打手是为白宫工作的话，他们会干些什么呢？伍德沃德走到外面看了看周围情况，然后走下斜坡，回到黑暗中。他又待了半个小时，越来越惊恐不安——正是因为他对可能发生的事情没有把握，所以愈加惊恐——然后一路从停车场跑回家。他在那天晚些时候告诉伯恩斯坦“深喉”没有露面。尽管对此可能会有多种解释，但是两人都很担忧。

第二天，伍德沃德的那份《纽约时报》送来的时候在第 20 页上画了个圆圈，钟面上的时间表明是凌晨 3 点见面。

伍德沃德沿着熟悉的路线，大约提前了十五分钟到达那里，下到了他们见面地点的那一层，“深喉”正在那里抽烟。伍德沃德心中一块石头落地，然而仍在为昨天的事生气。“深喉”说他那天没有机会核查阳台，也没有机会打电话，因为事情变得越来越危险。伍德沃德轻声哼了一下——有点多此一举，但他希望这有助于引出一些有关霍尔德曼的消息。

伍德沃德告诉“深喉”，他和伯恩斯坦下周有一个报道，指出霍尔德曼是控制从那笔秘密基金付钱的第五个人。

“你们这样做得自己负责，”“深喉”说。

伍德沃德试着从另一个角度来说。他问“深喉”，如果情报有误的话，对方是否会提醒他。

“深喉”说他会的。

那么你证实了霍尔德曼对基金的控制？伍德沃德问。

“我没有证实。你们得自己去证实。”

其中的差别似乎太微妙了。

“你不可能用我来作为消息来源，”“深喉”说，“我不会充当有关霍尔德曼报道的消息来源。”同以往一样，一提到霍尔德曼的名字，风险似乎就大了几倍。

“查品看得很紧，形势紧张，”“深喉”解释说，“应该说——在霍尔德曼的问题上很紧张。要当心。”

他很疲倦，匆匆忙忙。他说他要设法让记者们不遇上麻烦。

伍德沃德问，是否他和伯恩斯坦在霍尔德曼的问题上陷入了麻烦。

“我不会让你们陷进去。”“深喉”说。

他没有对伍德沃德的话作出否认，所以他实际上证实了有关霍尔德曼的消息。伍德沃德表明，他期待对方在他应该止步的时候，向他发出某种信号。

“深喉”回答说，认为我会坐视你写出有问题的报道，“是对我们友谊的一种误解”。但他不愿意自己说出霍尔德曼的名字。他和伍德沃德握了握手，走了。现在伍德沃德更加确信两件事：霍尔德曼应该就是他们要找的人，霍尔德曼积聚了慑人的权力。“深喉”是不轻易吓唬人的。

10月23日，星期一，伍德沃德向伯恩斯坦复述了这次会面。伯恩斯坦对这种“证实”的方式不满意。这是真正的证实吗？也是，也不是，伍德沃德说。

那天夜里，两名记者访问了休·斯隆。他们到达的时候，天上正下着毛毛雨。伍德沃德将巨大的铜门环叩了两三次。斯隆打开门，走到外面来。“我今天晚上实在没什么可说的，”他的语气很柔和，也很友好。

记者们解释说，他们只有几个问题，想让斯隆证实一下他可能知道的一些情况。他们明白，他们是在利用对方礼貌的态度。休·斯隆决不会对任何人关上门。但是霍尔德曼很重要。

他们谈起了那笔秘密基金，谈起斯隆老是不愿意谈论花掉了多少钱。伯恩斯坦问，有权批准付钱的有五个人，是吧？

“是的，是五个。”斯隆说。

马格鲁德，史坦斯，米切尔，卡尔姆巴赫，以及白宫中的某个人。伍德沃德重申。

“对。”斯隆靠在门框上说。

伍德沃德问，你在大陪审团面前提起过这些名字吗？

斯隆想了几秒钟。“是的。”他说。

我们知道那是霍尔德曼，对吗？他重复着：

斯隆耸耸肩。“也许，可我不是你们在那个问题上的消息来源。”

他们所需要的只是证实，伯恩斯坦说。你不必说出名字来。只说是就行了。

伍德沃德又问是不是约翰·埃利希曼。

“不，”斯隆说，“我可以告诉你不是埃利希曼。”

柯尔逊？伯恩斯坦问。

“不。”斯隆说。

除非大错而特错，要不然就只剩下霍尔德曼和总统了，伯恩斯坦说。当然不会是总统。

“不，不是总统。”斯隆说。

那么肯定是霍尔德曼，伯恩斯坦重复说。瞧，他说，我们打算写这个问题，我们需要你的帮助，我们不想出差错。

斯隆停了一下。“那么，让我这样说吧。如果你们写一篇那样的报道，我没有问题。”

那么这是对的啰？伍德沃德问。

“是的。”斯隆说。

记者们竭力控制住他们的兴奋。他们又问了几个无关紧要的问题走走形式，几乎没有去听他回答了什么。然后他们和斯隆握手告别，从小路走回到伍德沃德的车那里。

差不多已经足够了，伯恩斯坦说。他仍然感到不安。伍德沃德充满信心，但是他同意他们应该再得到一次证实。

大约晚上10点，两名记者回到办公室。他们给有可能证实或否认霍尔德曼是五人中最后一人的人员列了一张名单。只有两个人他们还没有接触过。

一个是伯恩斯坦在10月的第一个星期里曾与其谈过话的联邦调查局特工。这是一次奇怪的遭遇。伯恩斯坦给他办公室打电话。对方只说了一句没什么好说的，就挂断了电话。大约十分钟以后，特工打电话回来，让伯恩斯坦在离《华盛顿邮报》大约八个街区的一家杂货店见他。

他会坐在那里的一个角落里读报。

伯恩斯坦悄悄在他旁边的座位上坐下来。特工闲聊了一会儿股票市场的事，然后喝完他的咖啡。“该走了，”他说。两人离开了杂货店，开始往西走。

“你们这些家伙正在引起大麻烦，”特工说，“我们的报告几乎正逐字逐句地出现在报纸上。”

伯恩斯坦受到了鼓励。他和伍德沃德并不总是确信他们的消息和联邦调查局的消息是一致的，尽管一般看法认为，调查局就是他们的消息来源。

“你们讲的都对——除了米切尔。我们不知道他控制基金的事。但也许是从大陪审团那里传出去的。如果是这样的话，那是我们没有追踪下去……我们现在正回过头来看看是否漏掉了什么。”

伯恩斯坦给搞糊涂了。他和伍德沃德几乎确信联邦调查局是知道的。他说，他们以为关于米切尔的信息就在档案里。“那就是让我们当中有些人操心的事情，”他说，“我们不相信我们正在搞到所有的档案。特工们一直在拼命干，但是他们不可能遇到什么事情都追踪到底。”

“瞧，”特工说，“知道我和你在一起的惟一一个人是我的上司。我们喜欢自己的工作。我们不想被调走。当我们早上来到办公室的时候，却看到我们的全部报告都出现在你们的报纸上，这是不公平的。”

他证实，联邦调查局撞上了有关政治间谍破坏活动的情报，却坐失良机。“你得同司法部谈论那情报，”他说，“它通过渠道到了司法部，却再也没有回来。”

他们朝北拐到东行政大街，靠着财政部这一边走，就在白宫东厢房的对面。那特工停下来系鞋带，把一只脚抬起来放在财政部的栅栏上，保持身体平衡。伯恩斯坦朝周围看看。旅游者们正排着长队，其中有许多人拿着照相机，等候进入白宫。那特工又给另一只鞋系了鞋带。伯恩斯坦开始怀疑起来，特工停下来的意图是不是要让人给自己拍照呢？在这儿拍照会显得天衣无缝，因为那些旅游者都拿着照相机。但是，他又想，有什么好担心的呢？任何人都可以在《华盛顿邮报》的档案中找到他的照片。对方的举止还是没有驱散他的猜疑。特工又停了三十秒左右，再次问了一些关于米切尔的问题，偶尔还用一只手抓住栅栏。最后，他们开始往拉法耶特广场走去，坐在一条长凳上聊了几分钟，然后分手。

晚上，伯恩斯坦往特工家里打电话，问他关于霍尔德曼的情况，伍德沃德拿起了电话分机的话筒。

伯恩斯坦知道，只问问题是永远得不到情报的。他决定设法惹对方生气，他说，他们正在写一篇报道，讲联邦调查局的工作有多么糟糕。伯恩斯坦说，对方也许可以对此做些解释，而这正是他之所以打电话的原因。

伍德沃德在分机上一边听一边做记录。

特工："我们并没有多大疏漏。"

伯恩斯坦："那么你们知道在控制那笔秘密基金的人当中有霍尔德曼？"

特工："是的。"

伯恩斯坦："这在大陪审团面前已经说出来了？"

特工："当然。"

伯恩斯坦："那么联邦调查局找斯隆谈话时，还有他在大陪审团面前时，他都已经说出来了？"

特工："是的。"

伯恩斯坦："我们只是要确认这一点，因为我们被告知，他只是在大陪审团面前说出来了。"

特工："我们找了同这笔钱有关的每一个人……我们知道，你们百分之九十的情报都来自联邦调查局的档案。不是你们见到了这些档案，就是有人在电话上把它们念给你们听了。”

伯恩斯坦说，他是不会透露消息来源的。他回到霍尔德曼身上，又一次问，霍尔德曼是否被指定为控制这笔秘密基金的第五个人。

“是霍尔德曼，约翰·霍尔德曼，”他说。

伯恩斯坦结束了谈话，朝伍德沃德竖起大拇指。但他突然想起，对方说的是约翰·霍尔德曼，而不是鲍勃·霍尔德曼。似乎华盛顿的每一个人都时不时地把鲍勃·霍尔德曼和约翰·埃利希曼混为一谈——他们被称为“德国牧人”，“普鲁士人”，“柏林墙”。可记者们不能让这种混淆老这样存在下去。伯恩斯坦又打电话给那特工。

“是的。”

“霍尔德曼，鲍勃·霍尔德曼，”他回答，“我从来记不住名字。”

“深喉”，斯隆，联邦调查局特工，该问的都问了。两名记者最终得出结论，他们对这篇报道已有了十分的把握。现在，他们可以放心地在午夜前回家去了。

第二天早晨，他们把搞到的东西都告诉了苏斯曼，喜悦之情溢于言表。这篇报道将不同于以前关于那笔秘密基金的所有报道。它不再依据不透露姓名的消息来源，而是可以讲，消息来源归诸霍尔德曼在白宫的前助手，总统连任委员会的前司库休·斯隆在大陪审团面前的秘密证词。

几个月来，水门事件的赌注在不断加大，对于霍尔德曼来说，赌注变得很吓人。H·R·霍尔德曼是美国总统的主要代表，他的所作所为，都是以总统的名义。按照他同理查德·尼克松的关系，霍尔德曼似乎不大可能不得到总统的许可——不管是明确的还是不明确的，便擅自参与为秘密活动提供资金的事情。尤其是如果那些活动代表了尼克松竞选活动的基本策略的话。

前一天夜里的大部分时间，伯恩斯坦一直无法入睡，思考着他们已经写的和将要写的东西的含义。如果他们正在对美国总统做着不公正的事情，不仅损害总统本人，而且损害政府，推而广之，还将损害国家，怎么办？如果他们的设想是错误的呢？如果他们在某种程度上受到了可怕的误导呢？两个让国家发生动荡的记者将会有什么样的遭遇？会不会史坦斯保险柜里的成叠现金只是被一些过于热心的手下浪费掉了，而这些钱本来就可以由他们自由支配？会不会两位记者及其消息来源依靠的只是互相间的怀疑和猜测？再进一步，会不会两位记者正在被人设计陷害呢？如果白宫看准了机会要搞掉《华盛顿邮报》，并进一步破坏报界的可信度，怎么办？如果霍尔德曼从来就没有控制过那笔钱，怎么办？

也许一切都是杞人忧天。也许尼克松从来不读该死的报纸。也许没有人关心这种事情（有时候，民意测验表明水门事件没有什么影响，这时倒反而令人感到轻松）。

第二天早晨伯恩斯坦来到办公室的时候简直身心交瘁——睡眠不足，满腹狐疑，提心吊胆。他信任伍德沃德。他们中间总有一个人紧张不安，这已经不是第一次了。他们经常扮演相反的角色。伍德沃德的名声在外，被认为是两人中更谨慎、更保守的一个——在水门事件之初，他也许是这样的。但是，几个月以来，他们各自都对对方起着抑制作用。如果两人中有一人有任何怀疑，他们就告诉编辑，他们一致同意延缓，无论他们私下里的意见会多不统一。要不然他们就什么也不告诉编辑，只是把工作延缓。

伍德沃德也经历过恐惧的阶段，害怕他们的报道的基础——不为读者所见——是否足以支撑它的含义。在通知苏斯曼，说他们已经十分有把握地搞清楚了霍尔德曼与基金的关系以前，两名记者再一次审查了他们的基础。这项操作是令人放心的——就像宇航员在起飞前检查他们的系统，注视着绿灯一个一个地亮起。

10月24日下午，他们写下了关于霍尔德曼的报道。它只包含了一个新的事实——控制用于政治间谍破坏活动的竞选基金的第五个人是总统的幕僚长。

布拉德里说："数字正在变得越来越大，大得可怕。"布拉德里称之为大升级。他把西蒙斯、罗森菲尔德、苏斯曼、伯恩斯坦、伍德沃德召集到他的办公室里。

"以前我心中绝对相信，没有霍尔德曼，这一切绝不可能发生，"他后来告诉两位记者说，"但是我要尽一切力量确保我们不冤枉他，然后再揭露他。我当时觉得，我们正在瞄准更高的目标，我怀疑你们这些家伙，也许在你们该这么做以前就把他作为你们的目标了。也许你们知道情况，但是无法证明。我当时决定先不见报，直到你们能证明为止。"

在那天下午7点钟的会议上，快要到截稿期限了，布拉德里要求确切知道每个消息来源说了些什么。

"那个联邦调查局的家伙说了些什么？"布拉德里问。

两名记者说了个大概。

"不行，"布拉德里说，"我要确切听一听你们问了他什么，他的确切回答又是什么。"

对"深喉"他也是这样，对记者同斯隆在其家门口的谈话还是这样。

"我建议发稿，"罗森菲尔德说。

苏斯曼同意。

西蒙斯点头表示赞同。

"发，"布拉德里说。

在出去的路上，西蒙斯告诉两位记者，如果他们有第四个消息来源，他会感到更加放心。这时已经过了7点半，过7点50分报道就发不成了。伯恩斯坦说可能还有一个人，司法部有一名律师也许愿意证实此事。他走到靠近罗森菲尔德办公室的一部电话那里，给他打电话。伍德沃德，西蒙斯，苏斯曼最后再过一遍报道。

伯恩斯坦直截了当地问律师，霍尔德曼是否就是名字没有出现在休·斯隆名单中的控制那笔秘密基金的第五个人。

对方不愿意说。

伯恩斯坦告诉他，他们正在搞一篇报道。他们已经从三个消息来源那里了解到情况，他们知道斯隆曾告诉了大陪审团。我们所要求于你的，只是如果你认为有理由暂缓发稿的话，请告诉我们一下。

“我愿意帮助你们，我真的愿意，”律师说，“只是我无法说任何事情。”

伯恩斯坦考虑了一下，然后告诉那人，他们理解他为什么无法说任何事情。所以不妨采取另一种方法：伯恩斯坦将数到10。如果有任何让记者们暂缓发稿的理由，那么律师在10以前就挂上电话。如果在10以后他还没有挂断，那么就意味着这篇报道没问题。

“挂断，对吗？”律师问。

对，伯恩斯坦说。他开始数数。他数到了10。行，伯恩斯坦十分热情地对他表示感谢。

“你们现在搞清楚了？”律师问。

对。伯恩斯坦又一次谢了他，挂上了电话。

他告诉编辑和伍德沃德，他们现在有了第四个人的证实。

西蒙斯仍然很不安。他抽着一支香烟，穿过新闻编辑室，在伍德沃德的打字机对面坐下来。

“你怎么认为？”他问，“我们还可以把它再推迟一天……”

伍德沃德告诉西蒙斯说，他肯定这篇报道是有依据的。

接下来，罗森菲尔德也凑到伍德沃德的桌子跟前，问他是否有任何疑虑。伍德沃德说没有。

罗森菲尔德建议在开头的一段里做一些改动。他要求将霍尔德曼控制基金的消息不仅归因于“水门案大陪审团面前的宣誓证词”，而且也归因于联邦调查人员。伍德沃德说好极了，那个联邦调查局特工证实过这消息，“深喉”也说那些调查人员知道此事。于是就做了改动。

上述两个消息来源是另一条附加信息的基础，这信息说控制那笔基金的五个人全都被联邦调查局询问过。

由于最后期限只剩几分钟了，报道已被送到排字车间排版。从程序上讲，还需要插登一段白宫的否认。

伍德沃德给白宫新闻办公室打电话，把报道念给新闻副秘书杰拉德·沃伦听，问这消息将会得到确认还是否认。

一小时以后，沃伦回了电话。“你们的调查建立在错误信息的基础上，因为关于鲍勃·霍尔德曼的说法是不真实的。”

究竟是什么意思？伍德沃德问。

“我们要说的就这些，”沃伦回答。

伍德沃德和伯恩斯坦对这个声明推敲了一些时间。他们断定，这个声明是没有诚意的，不堪一击。他们把它插入报道中。

马上快到9点的时候，伍德沃德接到麦戈文竞选活动新闻秘书科尔比·琼斯的一个电话。“我听说你们明天要登出一条好消息，”琼斯说，“送一个副本过来怎么样？”

伍德沃德勃然大怒，说《华盛顿邮报》关于水门事件写的报道不是专门为民主党人或麦戈文以及任何别的人写的，他对这个要求感到很不愉快。琼斯似乎很吃惊。他不认为自己的要求有什么不合理的，尤其是再过几个小时报纸就印出来了。

伍德沃德说，他和伯恩斯坦因为被指责与人勾结，麻烦已经够多的了。他让琼斯像别人一样在报摊上买一份自己的报纸，啪地一声挂断了电话。

那天夜里，在他们离开之前，夜间郊外新闻编辑给他们看了马里兰美联社电讯稿上的一则长长的消息。参议员伯特·多尔在巴尔的摩的马里兰州中央委员会委员面前对《华盛顿邮报》进行了长达二十分钟的攻击。发言中有57处提到《华盛顿邮报》。①

两名记者最终离开了报馆，他们忘了给休·斯隆打一个礼节性的电话，告诉他报道将要见报。他将会被其他记者包围，他们应该提醒他可能会有什么样的事情发生。但是他们得搞出一个提纲来，因为他们要写一本关于水门事件的书。提纲必须在第二天吃午饭的时候提交。

他们熬夜写提纲，几乎快要熬到天亮了，然后第二天早晨9点钟的时候在梅迪逊宾馆的咖啡苑见面。吃早饭的时候，他们迅速通读了《华盛顿邮报》最后一版上关于霍尔德曼的报道，大约10点半的时候，伯恩斯坦和伍德沃德穿过第十五街来到报社，走进苏斯曼的办公室，讨论他们将如何了解关于霍尔德曼的报道的反应。这是一次轻松愉快的讨论。这次他们真的抓住白宫了。消息来自斯隆在大陪审团面前的证词，这是齐格勒无法回避的事情，不是道听途说。休·斯隆就是经手钱的

---

① 其中包括："这次竞选的最大政治丑闻是《华盛顿邮报》恬不知耻地同麦戈文的竞选活动勾结在一起。由于麦戈文先生的竞选活动一败涂地，他几周前成了美国政治中最广泛的新闻抢救行动的受益者。

"《华盛顿邮报》一向以客观性与可信性闻名于世，可这种名声已一落千丈，使他们几乎完全从排行榜上消失了。

"在麦戈文分子与《华盛顿邮报》的负责人及编辑之间有一种文化与社会的亲和力。他们属于同样的精英；可以发现他们紧挨着住在同样的不轻易接受外人的时髦地区，在同样的乔治敦宴会上亲密交谈。

"《华盛顿邮报》对美国总统其人及其政治命运的敌意由来已久——要从埃尔杰·希斯的那个年代算起，当时总统被证明是正确的，而《华盛顿邮报》及其朋友则暴露了他们的轻信与天真。

"只有《华盛顿邮报》才故意将不合法、不道德的事件如水门事件同我步入政坛以来的一些小把戏混为一谈，这些小把戏不过是一些爱开玩笑的人的一贯手段。

"现在布拉德里先生，一个老牌的肯尼迪追随者，有权持有他的观点。但是当他允许他的报纸被用作麦戈文竞选活动的政治工具的时候；当他自己作为麦戈文的小代理旅行全国的时候——他和他的出版物应该等着罪有应得的那一天——他们一定会罪有应得。"

人，他宣过誓。

伯恩斯坦和伍德沃德坐在桌子旁浏览他们的笔记，决定那天下午该见谁。这时教育新闻记者艾里克·温特沃思来到伍德沃德跟前。

“嘿，”温特沃思说，“你听说斯隆的辩护律师说什么了吗？”

伍德沃德没听说。

“斯隆的辩护律师说，斯隆没有在大陪审团面前说出霍尔德曼的名字。他说得很明确。”

伍德沃德大吃一惊。

温特沃思重复了一遍他的话，然后走到办公桌跟前，用打字机打出了他在上班路上听到的一则哥伦比亚广播公司的消息。伍德沃德回到自己的办公桌，因为他必须得坐下来。

他打电话给斯隆。没人接。然后他给斯隆的辩护律师詹姆斯·斯通纳打电话。斯通纳不在办公室。他急切地请斯通纳的秘书一有他的消息就让他回电话。

伍德沃德走到伯恩斯坦的办公桌那里，拍拍他的肩膀。我们也许有些问题，他轻声说，并把温特沃思的纸条递给伯恩斯坦。伯恩斯坦突然感到恶心，担心自己也许会吐出来。他脸涨得通红，坐在椅子里，直到这一阵恶心过去。

然后，他和伍德沃德走进苏斯曼的办公室，把纸条递给他。三个人一起来到罗森菲尔德的办公室，打开电视。在荧屏上等待着他们的东西，是他们一辈子也忘不了的。斯隆和他的律师斯通纳正走进一家律师事务所，斯隆将在那里宣誓作证。老牌的哥伦比亚广播公司记者丹尼尔·肖尔正和摄制组的人一起等在那里。肖尔向斯隆走去，问他《华盛顿邮报》报道的他在大陪审团面前作证的情况是怎么回事。斯隆说他的辩护律师会说明情况。肖尔把麦克风移到斯通纳跟前。

“我们对此的回答是一个毫不含糊的不字，”他说，“我们没有——

斯隆先生根本没有在那次证词中提到霍尔德曼先生。”

苏斯曼、伍德沃德、伯恩斯坦三人面面相觑。出了什么毛病？他们以前是那么有把握。

几分钟后，伯恩斯坦、伍德沃德、苏斯曼、罗森菲尔德、西蒙斯在布拉德里的办公室里碰面。布拉德里已经看过哥伦比亚广播公司的采访节目了。

布拉德里后来回忆说：“你们都想知道我在水门事件中最消沉的时刻吗？就是在报道发表后第二天早晨看丹尼尔·肖尔采访的那一刻：他把麦克风伸到斯隆面前，然后伸到他的辩护律师面前，说《华盛顿邮报》声称你告诉大陪审团霍尔德曼控制这笔基金，这是真的吗？斯隆的律师说不……电视上的那些杂种走在街上，向右拐进了院子，那危险的大个子丹·肖尔就在那里，我认识他已有三十年了，他真给他们找了麻烦，而最终是麻烦了我们。”

伯恩斯坦和伍德沃德决定不取消中午和他们的出版商迪克·斯奈德一起吃午饭的约定，但是要赶紧吃完。当他们朝海亚当姆斯宾馆走去的时候，问题的严重性开始减弱。他们犯了一个重大错误——休·斯隆绝不会说谎的。但是如何不说谎呢？问题在什么地方？毫无疑问，斯隆已经证实了霍尔德曼是控制那笔基金的第五个人。那个联邦调查局特工也证实了。还有“深喉”。这同问题的根源有关，根源在于斯隆在大陪审团面前的证词。就在这个问题上，他们犯了一个可怕的错误。他们在走过四个街区到那历史性的宾馆去的路上，考虑着各种可能性。宾馆建在海亚当姆斯的旧址上，就在拉法耶特广场和白宫相对的另一端。

当他们这么走着的时候，让·齐格勒在白宫开始了他每日的定期新闻发布。这是在上午 11 点 40 分开始的。经过十分钟左右对总统竞选活动与讲话日程的宣告之后，一名记者问道：“联邦调查局同鲍勃·霍尔德曼谈过他参与管理一笔用于政治破坏活动的秘密贿赂基金的问题吗？”

这下引起了齐格勒对《华盛顿邮报》长达三十分钟的痛斥。

齐格勒："对你的问题的回答是不，他们没有……我个人感觉，这是《华盛顿邮报》进行的肮脏的新闻炒作……我想，《华盛顿邮报》方面所做的这种努力真是荒唐到了极点……

"那篇报道的标题（《证词将尼克松高级助手同秘密基金相联系》）提到一笔秘密基金，这个用语真是《华盛顿邮报》的独家发明，而且立足于道听途说，立足于来自他们再次拒绝说明其身份的一个个人的信息，立足于匿名的消息来源。我被（约翰·W·迪安）告知：没有这样一笔秘密基金……这条新闻被否定了，而他们今天早晨把它作为头条新闻登出来，还用了一个歪曲事实的标题，完全立足于道听途说和含沙射影……

"……这是一种拼命想败坏人名誉的做法，我想，长期以来，这在政治领域里还没有人亲眼见到过……

"……我完全不是在攻击新闻界。身处我的地位，我从来没有那样做过，但是我确实对《华盛顿邮报》发表了直截了当的看法，并说明这是《华盛顿邮报》所做的一种政治努力，精心设计，统筹安排，想要使这届政府及其中的个人名誉扫地。

"……现在，我们已经领教了这家报纸所提供的大量这种类型的新闻，这家报纸曾经被称作了不起的报纸，可我想再重复一遍，他们进行的新闻炒作是拙劣的，是对新闻界的亵渎。

"……我不打算以任何新的方式对这类新闻作出反应，还是按照以往的老规矩，就是对提出的指控加以明确的否定……"

齐格勒以前从来没有这样明确地否定过《华盛顿邮报》关于水门事件的报道，当时在场的一名记者这样说，然后他接着说："我想，你刚才说的一定是一位白宫新闻秘书就一条新闻所作的最长的评述。"

问题："如果所有这些人——霍尔德曼、查品、柯尔逊——都很清白，与此无关，为什么他们就不能出来回答问题呢？当我们问你本应该专门问他们的问题时，我们得不到直接的回答。”

齐格勒：“……我们不打算以那种方式让《华盛顿邮报》占便宜，也不打算同他们玩那种游戏……”

问题：“有些否定相当宽泛，以查品先生的情况为例，你的否定是‘基本上，根本上，不正确’，但是如果有什么话可以说一说，从你的立场来把问题澄清，为什么你不说呢？”

齐格勒：“我想我们今天早晨已经说了。”

问题：“既然我们是在谈论这个话题，那么我们要问，赛格雷蒂是被白宫或委员会招募来从事政治间谍活动的吗？他的联系人是德威特·查品吗？”

齐格勒：“我想我今天早晨就料到会有这个问题。”

问题：“可是你没有回答呀。”

齐格勒：“……对于那些道听途说的新闻，如果一个个专门来谈，将会是一种无用的尝试，因为追溯一件被扭曲、被搞得乱七八糟的事情的本来面目是很困难的，而且也不值得为了……他们使用的那种新闻炒作的方法……”

问题：“《时代周刊》和《纽约时报》也刊登了各种关于他们声称发生过的事件的文章。你把它们也包括在你的总体谴责中，说它们也是拙劣的新闻炒作吗？”

齐格勒：“很坦率地说，我不会把这些报刊同《华盛顿邮报》混为一谈。我想我不会的……”

齐格勒被问及《华盛顿邮报》刊登这些报道的理由。

齐格勒：“我不知道他们的动机是什么。我对他们的动机有个人的看法。《华盛顿邮报》的总编辑名叫本·布拉德里。我想，任何一个想要老老实实地判断他的政治主张的人，都会很快得出结论：他不是尼克松总统的支持者。

“我有一天在报上读到过，他在那里发表演说，说尼克松政府一心要摧毁我们——指的是新闻界——说这届政府一心要摧毁新闻自由。

“在我当新闻秘书期间，没有任何我们参与破坏新闻自由的事情。我们尊重新闻自由。我尊重新闻自由。我不尊重的是《华盛顿邮报》正在实施的那种拙劣的新闻炒作，我已经向你们说了这个观点。”

午饭吃得很烦人，很不自在。伍德沃德和伯恩斯坦心不在焉，无法连贯地讨论任何事情，更不用说讨论写书的事了。如果形势像他们担心的那样趋向于严重恶化，那他们也许就会向报馆提出辞呈。无论是干新闻这一行还是图书出版，都不需要丧失名誉的记者。他们几乎没有碰他们的饭菜，却一杯接着一杯地往肚子里灌咖啡。

会面结束的时候，他们走进宾馆里那部镶嵌橡木壁板的旧电梯。白宫信息传播事务主任赫伯特·克莱恩在电梯里面。电梯往下走的时候，三个人都默默地望着地板。在大厅那一层，克莱恩匆匆跨出电梯，大步向等候在车行道上的一辆白宫汽车走去。

伯恩斯坦和伍德沃德头上顶着《华盛顿邮报》，冒雨走回办公室去。

当他们来到办公室时，齐格勒新闻发布会的电讯摘要已经在他们打字机的托架里了。齐格勒的攻击中所包含的自信和凶猛，他对有关霍尔德曼新闻的直截了当的否定，更表明有什么事出了重大问题。

两位记者身心憔悴，无法有效应付这个危机。他们精疲力竭，心惊肉跳，思想混乱。

伍德沃德落汤鸡似的浑身颤抖着，他又给斯隆的辩护律师打了个电话。这次电话打通了，他请对方就他的否定作出解释。

“你们的报道是错的，”斯通纳冷冰冰地说，“冤枉了大陪审团。”

伍德沃德处于不利地位：他不能辜负斯隆的信任。他告诉斯通纳，你的当事人就是我的消息来源之一。

你能肯定斯隆没有在大陪审团面前说出霍尔德曼的名字吗？伍德沃德设法暗示着。

"是的，"斯通纳说，"绝对肯定。"他已经料到了对方会提这个问题："这个否定是专门针对你们的报道的。他没有对联邦调查局说过。不，他没有对任何联邦调查人员说过。"

伍德沃德出了一身冷汗。难道整个事情是一个圈套？他没有料到敌意会来自休·斯隆的辩护律师。

他尝试用另一种方法。他将斯隆会把消息泄漏给谁的问题撇到一边，问：那篇报道的基本事实是不是正确的？霍尔德曼是否真的对那笔基金有控制权？

"无可奉告。"

那不是重要问题吗？

"无可奉告。我不想谈论我的当事人是否会拥有这些信息。"

伍德沃德一边在椅子里扭动着身体，一边考虑着他们的窘况。天啊，他们打算干什么？他问斯通纳是否能提供一些指点，可以帮助他们改变所面临的僵局。但是斯通纳什么也不说。

伍德沃德让斯通纳注意到，《华盛顿邮报》一再承认，斯隆参与水门事件没有到犯罪的地步。这是第一家报纸这样说的。它明确说，斯隆之所以退出他的工作，是因为他很诚实。

斯通纳说他赞赏这个事实，但是伍德沃德感觉这位律师正在变得不耐烦。伍德沃德需要时间来考虑对策。

《华盛顿邮报》应该为误传你的当事人对大陪审团说的话而道歉吗？

斯通纳说没有道歉的必要。

伍德沃德停顿了一下。也许他应该问是否需要向霍尔德曼道歉。可要是斯通纳说需要，怎么办？也许还得登一个书面道歉。想到这儿真是令人害怕。

尽管对方的回答最终会十分令人痛苦，伍德沃德还是问对霍尔德曼道歉是否合适。他想不出什么别的话好问。

“无可奉告。”

如果对方要求道歉，那就道吧。

无可奉告。

伍德沃德提高嗓门，为的是要让斯通纳留下印象，让他明白，当一家报纸犯了错误的时候，事情有多么严重。

最后，斯通纳说他不会建议对鲍勃·霍尔德曼做任何道歉的。

自从收音机上报道斯隆的律师对霍尔德曼的问题加以否定以来，伍德沃德第一次感到轻松了一点。

他问对方，斯隆是否被大陪审团或调查人员问到过有关霍尔德曼控制基金的问题。

无可奉告。

他提高了声音，有没有这种可能：联邦调查局的调查非常糟糕，大陪审团的调查很不充分，以致斯隆从来未被问到过有关霍尔德曼的问题？

无可奉告。

伍德沃德说，这使他们悬在半空中了。

斯通纳说他同情对方岌岌可危的地位。

伍德沃德无言以对。再没有什么好说的了。

两位记者惴惴不安。伍德沃德最早也得等到当天夜里才能同“深喉”联系上。伯恩斯坦无法打通斯隆的电话。整个办公室都处在地狱的边缘上，一种恐怖的气氛笼罩着新闻编辑室。其他记者都默默注视着紧张气氛的形成。布拉德里和西蒙斯偶尔走出他们的办公室，让两位记者保持冷静。苏斯曼的样子很痛苦。罗森菲尔德不断在他的办公室和记者们的办公桌之间穿梭，要求了解他们同消息来源核查谈话内容时的每一个细节。

下午3点钟，伯恩斯坦和伍德沃德离开办公室，去找两个晚上以前证实有关霍尔德曼信息的那个联邦调查局特工。在对方办公室外面的走廊上，他们发现了他。伯恩斯坦走到他跟前问，是否我们搞错了。

“我不跟你们说话，”特工说着，朝后退去。

特工在走廊里朝后退，伯恩斯坦朝他逼过去。特工似乎很神秘地笑了笑。这不是他妈的开玩笑的事，伯恩斯坦告诉他。特工转过身，迅速走到走廊的尽头，然后拐到另一条走廊上。

伯恩斯坦和伍德沃德已经决定了他们的行动方针。如果特工不承认自己说过的话，那么他们就去找他的上司说话，要求解释。现在似乎很清楚，斯隆既没有跟联邦调查局，也没有跟大陪审团说过霍尔德曼的事。

伯恩斯坦等了一会儿，然后追上那个特工，在门厅那儿将他堵住。他告诉他，这是性命攸关的事情，不是某种联邦调查局式的捉迷藏游戏。他们需要得到某些答案——马上。伍德沃德走到跟前，加入了谈话。他拿着伯恩斯坦同特工谈话的打字记录的一个副本，这个副本是折叠着的。该是直截了当回答问题的时候了，要不然事情就会捅到他上司那里，伍德沃德告诉那特工。

特工不再笑了。他看上去很恐慌。“你究竟在说些什么啊？”他说，“我将否认一切。我将否认一切。”

伍德沃德打开那个打字记录副本，给对方看。他说，他们不想让任何人遇上麻烦。他们只是需要知道他们究竟犯了什么错误。他们需要现在就知道。

“我不和你们说霍尔德曼或任何别的事情，”特工说，“我甚至不能被人看见和你们这两个杂种说话。”

伯恩斯坦设法稳住他。他说，有些事情变得一团糟，他们需要知道是什么事情。没有理由互相猜疑，拐弯抹角，弄虚作假。

特工大汗淋漓，他的双手在颤抖。“操你妈，”他说，然后走进自己的办公室。

两名记者在门厅里找到了特工的一位上司。他们决定要走的下一步，从职业的角度讲——实际上从非职业的角度讲同样如此——是两人一生中最难办的事情。他们要毁掉一个秘密消息来源。两人以前都没有这样做过。两人都本能地知道，他们是错的。他们在为自己的行为辩护。他们怀疑中了圈套。他们互相告诉对方，他们的愤怒是合理的，他们的自我保存正处于危难之中。

伯恩斯坦和伍德沃德走到特工的上司面前，同他握了握手。伍德沃德说，他们三人需要到什么地方去谈一谈。

出了什么问题？

两名记者告诉他伯恩斯坦同那个特工关于霍尔德曼的电话谈话。两个人都接听了电话。伍德沃德拿给他看打字记录。

那人匆匆听了他们的话。他们可以看出他的怒火正在酝酿。“你们知道，一个人监听国家线路上的电话是犯法的，”他告诉他们。

两位记者说，如果他们违反法律，他们会欣然接受后果的。但是刻不容缓的问题是霍尔德曼，以及他们是否搞错。

那位上司没有再多说一句话就走开了。

几分钟后，特工朝厅里的两位记者跑过来。“我命令你们待在这座大楼里面，”他用一个手指指了指空中，又用它在空中挥舞着说，“你们不能离开。”

当他跑开的时候，伯恩斯坦和伍德沃德一致认为，那特工无权命令他们待在大楼里，除非他逮捕他们。他们决定还是给苏斯曼打个电话，听听他的意见。伍德沃德认为弄个律师来和他们在一起也许是个好主意。

他们走出大楼，到马路对面的付费电话那里给苏斯曼打电话。苏斯曼建议他们回《华盛顿邮报》，并说那特工居然会命令他们待在那里，真是荒唐。“他们逮捕你们了吗？”苏斯曼问。伯恩斯坦说没有。罗森菲尔德也在接听电话，把那特工骂得狗血喷头，并说他们要教会他别跟《华盛顿邮报》过不去。

两位记者决定不听苏斯曼的建议，回到特工的上司那里去。也许有一种方法可以把事情摆平。那上司在他的办公室里，一个秘书立即让他们进了房间。上司坐在一个大写字台后面，特工就站在他旁边。上司命令特工离开。“现在说吧，究竟是怎么回事？”门一关上他就问道。

如果他们不能断定关于霍尔德曼的消息是否精确，他们就得公开有意识误导他们的消息来源的名字。他们不得不为自己辩护。他们要知道那特工是否故意给了他们假情报。

伯恩斯坦说，更重要的是，他们得知道他们是怎么犯了这样一个错误的。霍尔德曼是不是五人之一？斯隆说过他是，还是没说过？他们认为他们的问题不是那篇报道的内容，而是提到了斯隆在大陪审团面前的证词。

“我们不讨论这个案子，”那上司说。

两名记者又试了一下。如果他们是错的，那么就需要有一个更正和道歉。他们应该向谁道歉呢？他们应该说什么呢？

“你们从这里得不到答案的。”那人说。

半小时以后，两名记者再次同苏斯曼、罗森菲尔德、西蒙斯来到布拉德里的办公室里。

“发生了什么事？”布拉德里问，身子俯向他的办公桌，朝伯恩斯坦和伍德沃德伸出摊开的双手。他们解释说仍然不得而知。

伍德沃德认为，他们可以选择说出他们消息来源的名字，因为如果一个消息来源给了假情报，和他的任何协议就被破坏了。罗森菲尔德不敢肯定。伯恩斯坦表示反对。

布拉德里示意让大家安静。“你们甚至对这样做正确与否都没有把握。”他很激动，但是没有流露出光火的样子，“假定你们说出了消息来源的名字——他们会干脆否认，你会处于什么样的地位？瞧，伙计们，我们不说出消息来源的名字。我们不开这个先例。”

伯恩斯坦感到松了一口气。罗森菲尔德的样子有点垂头丧气，但是仍然很镇静。他建议回去找每一个人，同“深喉”、斯隆以及他们可以找到的其他人谈一谈。然后，在一两天之后，他们就能明白他们处于什么样的地位了。

两名记者说他们实际上肯定斯隆没有在大陪审团面前作证说霍尔德曼的事。伍德沃德建议至少就这个问题在报上承认他们的错误。

布拉德里做了个鬼脸。“你不知道你的地位。你没有搞到事实。沉住气，再等一下。现在我甚至不知道是否应该相信斯隆的辩护律师。情况怎样发展，我们等着瞧吧。”

布拉德里转向他的打字机，为那天下午打电话来要求有个说法的所有新闻机构写了一个声明。加厚的打字纸从他的打字机里飞出来，掉到地板上，就像马克斯兄弟电影里的一个场景一样。在开头几次不能令人满意的尝试之后，他写出了以下声明：“我们坚持我们的报道。”①

伯恩斯坦和伍德沃德歇下来静观事态发展，没有为第二天写报道。但是其他人写了。许多没有刊登关于霍尔德曼报道的报纸大张旗鼓地宣传了白宫对霍尔德曼问题的否认。本·巴格迪凯恩后来在《哥伦比亚新闻评论》上写道：“《芝加哥论坛报》的读者得到《华盛顿邮报》关于霍

① 他后来回忆说：“那一年里我发了两个声明——都是关于水门事件的……嘿，真的，我要做什么样的选择啊？到这时候，我差不多该和这两个记者上路去监狱了。我记得，我当时坐在打字机跟前，写了大约三十个声明，然后大概说了这样的话：‘见鬼，让我们说支持我们的小伙子们。’”

尔德曼的报道的最初信息不是在报道刊登的当天早晨……而是在第二天，在该报的第7版上，文章的标题为《齐格勒痛斥〈华盛顿邮报〉新闻，否认同间谍活动有联系》。”

最近刚作为《华盛顿邮报》驻越南记者周游归来的彼得·奥斯诺斯，拼凑了一条关于斯隆律师的声明和白宫的否定的头版新闻。

晚上8点45分，伯恩斯坦最终打通了休·斯隆的电话。伯恩斯坦解释了他们的两难困境：他们明白自己搞错了，但是究竟错在哪里，却不得而知。

斯隆表示同情。“问题是，我不同意你们所写的结论。”

霍尔德曼确实控制那笔基金，但是事情并没有在大陪审团面前讲出来，是吗？

“鲍勃·霍尔德曼的名字从来没有出现在我同大陪审团的谈话中。我们的否认严格限于你们的报道。这篇报道在事实上不属实。我从来没有在大陪审团面前说过这样的事情。我从来未被问及此事。我不是想要影响你们对问题的探讨。我们的否认是严格低调的，故意低调的。”

斯隆的信息似乎很清楚，但是不明确。霍尔德曼控制那笔基金；事情没有在大陪审团作证中提出来。不是两位记者误解了早些时候斯隆就大陪审团告诉他们的话，就是斯隆误解了他们。

同斯隆的电话谈话至少是一个有希望的迹象，如果两名记者可以毫无疑问地再次确认霍尔德曼控制那笔基金，并能解释所犯错误，他们的可信度也许不会被完全摧毁。伯恩斯坦和伍德沃德已精疲力竭。他们设法分析他们是怎样一步步走向这样一个特大错误的。

他们作了很多假设。他们相信了他们的消息来源，相信了他们自己的推断，认为霍尔德曼隐隐约约出现在“水门”背后，于是就抓住了一根细稻草——那笔秘密基金。这个决定有点道理。尼克松竞选活动的现金是打开其秘密活动大门的一把实实在在的钥匙。但是，一旦他们自己开始相信霍尔德曼控制那笔基金，他们就走了捷径。他们已经听说了他们想要听说的东西。斯隆证实霍尔德曼是五人之一的那天夜里，他们甚至没有问一问霍尔德曼是否行使了他的权威，他是否实际上同意付钱。他们没有专门问一问斯隆，他在大陪审团面前被问到了一些什么，以及他的回答是什么。一旦斯隆提到了那些有魔法一般的话，他们就匆匆而去，也不打电话回来。他们没有要求他再说一遍，以确定互相已理解了对方。在同那个联邦调查局特工打交道的时候，他们错上加错。伯恩斯坦的问话是很草率的，他本应该试图让特工自己说出名字来。如果特工没有那样做，那么现在这样的证实渠道也许才可以接受。特工将霍尔德曼同埃利希曼混为一谈，应该引起警觉：特工说的话也许超出了他所了解的范围。伯恩斯坦使用激将法，指责联邦调查局无能，以刺激那特工，这是错误判断的结果。伯恩斯坦同那特工打过的交道还不至于使他了解那特工有多可靠，或者他会作出什么样的反应。

一旦他们找过那特工的上司以后就明白，他们做事出了格。他们危害了那特工的前程，出卖了他的信任，也使他们在其他消息来源面前的信誉受到威胁。

还有其他一些失策。伯恩斯坦本不该对司法部的律师采用默认或挂断电话的方法（确实，他们了解到，那位律师把指令理解反了，他本是想要警告他们不要发那篇报道）。对于“深喉”，伍德沃德太相信使信息得到证实的惯例，而不是仅仅接受一个明明白白的声明。

第二天，10 月 26 日的下午，在亨利·基辛格于白宫会见新闻界人士，宣布东南亚“和平在握”的几小时之后，克拉克·麦克格列高尔走进全国公共事务电视中心的华盛顿演播室接受采访。从政府的观点看，这是一个大好机会来公开调整它对严酷现实的姿态，纠正一些后来会使白宫很烦恼的错误说法，尤其是因为麦克格列高尔说的任何事情都会被基辛格的宣告所遮盖。

麦克格列高尔证实了一笔用于暗中进行活动的总统连任委员会现金基金的存在，但是他不同意使用“秘密”一词，坚持说从那笔基金提款并不是有意用于非法活动的。他还坚持说，史坦斯保险箱里的那笔钱被用来确认是否有人想组织对尼克松的初选进行破坏。他说出了五个授权付款或接受付款的人的名字：米切尔，史坦斯，马格鲁德，波特，李迪。

麦克格列高尔的话似乎挽救了两名记者在霍尔德曼问题上的大崩溃中所丧失的一些信誉。就在前一天，齐格勒否认了那笔基金的存在。

布拉德里决定不把这条消息放在头版，因为头版上已经有另一篇关于水门事件的报道了。“那样会显得我们在他们和平在握的日子硬把这消息塞进去，”布拉德里告诉一直想说服自己给他登头版消息的伍德沃德说。

《纽约时报》把有关麦克格列高尔的消息登在了头版，并补充了一个意味深长的事实。《纽约时报》报道说，同尼克松的委员会相关的一些个人所作的宣誓证词表明，已经从那笔基金中支付了 90 万美元的现金。

那天早晨，伍德沃德移动了阳台上的花盆。他知道，这将是同“深喉”最不愉快的一次会面。

晚上大约 9 点到家的时候，伍德沃德给自己弄了一杯奥沃尔汀奶昔，看着书就睡着了，直到凌晨 1 点半才醒过来，因为晚了，他感到很恼火，想开车去，但是觉得太冒险又放弃了这个念头。他和伯恩斯坦已经多次不够谨慎，千万不要因为这一次出什么问题。

伍德沃德穿上暖和的衣服，匆匆走下后楼梯，走进小巷。他走过了十五个街区，发现有一辆出租车，就搭乘它于凌晨 3 点前赶到了停车场。“深喉”正等候在一个黑暗的角落里，靠墙缩成一团。

伍德沃德告诉他，两位记者极其需要帮助。然后他便倾吐出他的全部感受：迷惘，狼狈，遗憾，愤怒。他谈了十五至二十分钟。

“深喉”偶尔问一个问题，他似乎很忧虑——更多的是悲哀，而不是后悔。伍德沃德要他明白他们的局面有多么绝望。他们的错误对他们以前的所有报道都很不利。报道一直在向前发展。本来白宫最终会不得不让步，可现在白宫的压力没有了，因为证据不足，白宫把包袱卸还给了《华盛顿邮报》。

“嗯，霍尔德曼从你们那里溜走了，”“深喉”说。他对着停车场的墙踢他的脚后跟，毫不掩饰他的失望。现在全部内情绝不会被人们知道；在霍尔德曼问题上犯的错误把盖子封住了。

“深喉”更挨近伍德沃德。“让我解释一下某些事情，”他说，“当你要针对像霍尔德曼这样一个人物的时候，你得确信你有最牢固的基础。妈的，真是搞得一团糟！”

他挨得更近了，用耳语说话。“也许我不是在告诉你所有你不知道的事情，但是你的基本事实是对头的。整个事情完全是霍尔德曼在操作。他管钱。通过他周围的官员，他使自己同外界绝缘。瞧，你怎么能抓得住他的狐狸尾巴呢？”

“深喉”描述了霍尔德曼的操作方法。“这家伙很聪明，必要时可以很温和……但是大多数时候他并不温和。他是总统助理，每个人如果想接近他，就可以接近他。他发号施令，颐指气使。”

霍尔德曼有四名主要助手，他授权他们发布命令，但是不让他们负责任：劳伦斯·希格比——“一个小流氓似的小人物，你叫他干什么他就干什么”；查品——“比希格比更潇洒，更有礼貌，也是一个唯唯诺诺的人”；斯查寋——“有军人风度，有能力”；亚历山大·巴特菲尔德——“前空军上校，他知道如何应付报纸，应付别人”。

“在你们这些家伙犯了错误之后，人人都变得胆怯起来，”“深喉”继续说，“这有利于霍尔德曼不可战胜的神话，加固了他的堡垒。在你们看来好像他真的容忍了，可实际上他在秘密操纵，甚至让《华盛顿邮报》也倒了霉。”

那篇报道是“最大的挫折。你们使人们对霍尔德曼抱有歉意。我以前还认为这不可能呢”。

“深喉”跺了一下脚。“像这样的一个阴谋……一次关于阴谋的调查……套在每一个人脖子上的绳索必须慢慢收紧。你令人信服地从外沿切入，你搞十倍于你所需要的证据来对付亨特、李迪之流。他们无望地感到完蛋了——他们也许不马上说出来，但是他们已被紧紧抓住。然后你动一下，在下一个层面上做同样的事情。如果你把准星瞄得太高而没有击中目标，那么每一个人都会有更多的安全感。律师们就是这样工作的。我相信精明的记者也必须这样干。你们却使调查倒退了好几个月。这使每一个人都处于守势——编辑，联邦调查局特工，每个人在此之后都得蜷缩起来。”

伍德沃德拼命咽下这一切。应该有人给他上这一课。

那天下午，伍德沃德把“深喉”说的话告诉了伯恩斯坦。他们同意，他们应该写一篇报道，说斯隆并没有在大陪审团面前说出霍尔德曼的名字，但是要重申可靠的消息来源已再次证实了霍尔德曼对那笔秘密基金的权威。

布拉德利和其他编辑不想搞这篇报道。火正冷却下来，他们不想再把它煽起。

星期天，参议员麦戈文在美国全国广播公司的《会见新闻界》节目上亮相，有机会使人充分理解他关于水门事件的信息。麦戈文说，这一切都是真的，因为《华盛顿邮报》两名受人尊敬的记者这样说过。[①]

同一天下午，斯皮罗·阿格纽在美国广播公司的《问题与答案》节目中提出了不同看法，认为《华盛顿邮报》的一般新闻报道“在新闻界应受到申斥”，他把关于霍尔德曼的报道说成是“以两件不属实的事情为基础挖空心思想出来的报道，试图将此与总统相联系”。

节目播出几分钟以后，西蒙斯打电话给罗森菲尔德。报馆现在已别无选择，只有对关于霍尔德曼的报道加以更正。让民主党总统候选人周游全国，到处引用《华盛顿邮报》不确切的消息，是不能容忍的。

伯恩斯坦和伍德沃德被要求写一篇澄清问题的报道。他们正坐在伯恩斯坦办公桌旁边的时候，一个电讯室工作人员给他们拿来《时代周刊》的一篇新闻稿。

新闻稿说，《时代周刊》从联邦调查局档案得到的消息表明，德威特·查品向联邦调查局特工承认，他雇用了唐纳德·赛格雷蒂来破坏民主党的竞选；“查品还告诉联邦调查局，给赛格雷蒂付钱是尼克松的私人律师，加利福尼亚的赫伯特·卡尔姆巴赫规定的”。而且总统的私人律师也承认给赛格雷蒂付钱。

但是，《时代周刊》的报道继续说，“找不到过硬的证据来证实《华盛顿邮报》的指责，即白宫幕僚长H·R·霍尔德曼是控制一笔支付给间谍破坏活动的基金的那些人之一。”

伍德沃德和伯恩斯坦意识到，《时代周刊》接触联邦调查局档案是没有问题的。他们写了一篇例行报道，以《时代周刊》关于查品和卡尔姆巴赫的消息以及该杂志关于霍尔德曼问题的结论打头。然后报道说，斯隆被《华盛顿邮报》问及霍尔德曼是否为那些有权批准从那笔基金付

---

① 麦戈文说：“我们有受人尊敬的记者的书面报道，引用了总统连任委员会司库在大陪审团面前所做的宣誓证词，说建立了一笔70万美元的基金，先由米切尔先生控制，后由埃利希曼先生——总统办公室主任霍尔德曼先生控制，那笔钱是专门留出来用于政治间谍、政治破坏目的，以及用于所有那些损害民主程序的肮脏把戏的。”

款的人士之一——尽管斯隆没有把这样的消息告诉给大陪审团。该报道引用斯隆的话说："我们的否认是严格限制的"，并表明：

> 《华盛顿邮报》的两名记者这时候回到他们在联邦政府机关的消息来源那里，被告知，《华盛顿邮报》报道的错误在于确认斯隆在大陪审团面前的证词是关于霍尔德曼同那笔基金有关的消息之源。
>
> 但是，这些为水门事件调查提供了详细信息的同样的消息来源再一次确认，霍尔德曼有权从那笔基金付钱。
>
> 一个消息来源居然说，"这是一种霍尔德曼的操作方法"，还说，霍尔德曼使自己同外界"绝缘"，因为他通过中间人来处理那笔基金。

10

好几个星期以来，伯恩斯坦和伍德沃德一直在期待着总统选举日。最后一段时期的竞选，是他们自6月17日以来所遭遇到的最令人泄气的时期。除了霍尔德曼问题上的大崩溃，他们开始撞上了一堵又一堵石墙。在最初关于赛格雷蒂的活动和查品与卡尔姆巴赫关系的报道所产生的自我得意和热情之后，《华盛顿邮报》在苏斯曼的指挥下发动了一场大调查。十几名记者断断续续参与其中——调查、分析政治影响，写中心人物的简介，追踪报道法庭、国会山、白宫等地事态的发展。没有揭出什么新消息：只有一点点关于赛格雷蒂的各种关系的消息，关于尼克松手下从事的孤立的破坏活动的消息，再加上一些例子，说明联邦调查局和联邦检察官所遵循的方针如何狭隘。

伯恩斯坦和伍德沃德重新开始了他们的夜访。一无所获。大选临近。好几个人建议他们，在尼克松获胜以后再喋喋不休吧。

11月7日以后很可能会更容易获得信息，这种前景并不是两名记者想要让大选赶快过去的惟一理由。随着尼克松的连任，白宫将不得不放弃这种欺骗性的说法：《华盛顿邮报》是在为麦戈文的当选效力。

伍德沃德闲散地在办公室度过了总统选举日，有时候扫一眼苏斯曼热衷于关注投票情况的样子。苏斯曼抽着烟斗，正试图发现是否有这种可能——投票记录是错误的。他盘算着，如果麦戈文要赢的话，需要改变几百万张选票。他将测算撒了一地——一些废纸片，上面写满了长长的除法、乘法、加法的式子，还有只有他自己才明白的一些符号。他得出结论，从数学上讲，理查德·尼克松不可能输。

作为一个正式登记的共和党人，伍德沃德没有投票。他无法断定，自己究竟是对麦戈文漫无组织的竞选活动及天真的理想主义，还是对理查德·尼克松的行为更加感到不安。他相信，不投票能够使他更客观地报道水门事件——这个观点在伯恩斯坦看来很傻。伯恩斯坦毫无热情，又毫不犹豫地投了麦戈文一票，然后在办公室的集体打赌中断言，尼克松将赢得54%的选票。①

选举后第二天，布拉德里和西蒙斯向苏斯曼要一个备忘录，要求将伯恩斯坦和伍德沃德打算如何来进行他们的调查，打算集中在什么领域，写在上面。苏斯曼告诉两位记者，一篇好的报道会有许多压力，但它会使《华盛顿邮报》摆脱困境，能改变别人认为该报一直在促进乔治·麦戈文竞选的看法，伍德沃德对备忘录的事显然很生气。伯恩斯坦和他不无傲慢地劝苏斯曼为编辑们写一个这样的备忘录：他脑袋里想到什么就写什么。

苏斯曼写了一页备忘录，在备忘录的最后部分他说："伍德沃德和伯恩斯坦打算回去找每一个老的消息来源，同时挖掘一些因为选举已经过去而有兴趣提供情况的新消息来源。迄今为止，我们的一些最好的报道都是十分出乎意料的，它们并非出自特别的探究方法，现在还可能是同样情况。"

11月11日早晨5点钟，《华盛顿邮报》的一位总机接线员把电话追到了正在一个朋友家里的伯恩斯坦那里。她说自午夜以来一直在全城到

① 尼克松以61%的选票赢得了选举。

处找他。

伯恩斯坦说好极了，大声问接线员怎么找到他的，她还给别的谁打电话找他。

“我们不透露我们的消息来源，亲爱的，”她回答。

他必须马上打电话到苏斯曼家里。伯恩斯坦以前从办公室接到过午夜电话。通常，这些电话是通报灾难或悲剧的——罗伯特·肯尼迪被暗杀，五角大楼文件①、国会山的炸弹事件等。

苏斯曼接听了电话。“赛格雷蒂回家了。鲍勃·梅尔斯同他简单谈了谈。”

苏斯曼要伯恩斯坦坐下一班飞机到洛杉矶去同赛格雷蒂谈话——如果对方愿意谈的话。赛格雷蒂在 10 月 10 日的报道以后立即消失了。

伯恩斯坦在起飞前五分钟赶到杜勒斯机场，钱包里不到 20 美元。

梅尔斯到洛杉矶机场来接伯恩斯坦，他们立即驱车到大约二十分钟路程以外赛格雷蒂在玛利纳·德尔·雷的寓所去。他不在家，于是梅尔斯又塞了一根火柴棍在门缝里。

那天傍晚伯恩斯坦打电话找到了赛格雷蒂。“嗨，卡尔，”对方答道，“我不知道咱们什么时候见面。”他的语气很快活，很活泼，但是不轻率。他同意让伯恩斯坦和伍德沃德过来。“我不会讨论任何细节，任何话都不得引用、发表。”

赛格雷蒂穿着灯芯绒牛仔裤和斯堪的纳维亚式的套头衫，他们抵达的时候，他脸上露着微笑。他热情地和伯恩斯坦握了手。“你怎么样？”他问。伯恩斯坦对这样一个事实留下了深刻印象：对方大约只有 5 英尺

① “五角大楼文件”是在约翰逊政府时期国防部长麦克纳马拉的主持下完成的一项对战后三十年美国干涉东南亚的大型研究档案，共 7 000 页，250 万字。1972 年，《纽约时报》披露并刊载上述档案，这一事件被认为是美国历史上最大的泄密事件。——译者

4英寸高。这就是那个大间谍？有一枚白宫徽章的秘密特工？塞格雷蒂有一张娃娃脸，笑起来稍微露出牙齿，额头翘起一绺头发。

赛格雷蒂请伯恩斯坦和梅尔斯在起居室的沙发上坐下来，聊起他的音响来。

“事实上，我差不多一文不名了，”隔了一会儿他说，“丢了工作，可我仍然有车贴——那是合法的费用。”

据赛格雷蒂自己说，他狼狈不堪，战战兢兢，怒火中烧，没有朋友。伯恩斯坦发现他很可爱，而他的境遇却很悲惨。

“我真想说出全部内情，让这事情结束，”赛格雷蒂说，“我不明白我是怎么被选中的。我原本不知道这是怎么回事。除了我自己的角色，他们从来不告诉我任何事情。我得读报纸来搞清楚。”

他们是谁？

“白宫。”

赛格雷蒂一谈起报界及参议员爱德华·肯尼迪小组委员会的调查人员对他的家庭、朋友、熟人所做的质询，就神情激动。①

“肯尼迪杀气腾腾，我拼命挣扎，”赛格雷蒂说，“肯尼迪要将我撕成碎片。有些人甚至问我的朋友，我是否认识亚瑟·布莱莫尔②。”赛格雷蒂眼睛里充满泪水。“怎么竟会有人问那样的问题呢？真可怕。真是太可怕了。我做了什么事该得这样的报应？我的朋友，我的父母，我的女朋友们，都受到骚扰；我的隐私权受到侵犯，我的电话被窃听，老是发出咔嗒咔嗒的声音；人们一直在盯我的梢；我给任何一个人打电话，他都会遇上麻烦。”

赛格雷蒂的天真很吸引人。他把他的大多数困难归因于新闻界。他

---

① 在《华盛顿邮报》10月10日的报道发表两天之后，参议员肯尼迪指导他的行政实践与程序小组委员会对白宫赞助间谍破坏活动的说法发起了一次调查。

② 亚瑟·布莱莫尔曾试图暗杀亚拉巴马州的州长乔治·华莱士。

对《纽约时报》和《新闻周刊》收集他的电话记录，纠缠他家人的行为特别气愤。于是梅尔斯和伯恩斯坦就故意附和。

赛格雷蒂在不催促的情况下是不会自觉自愿讲出任何信息来的，而且他拒绝讨论他的活动，除非只是就一般而论。

“我做的都是廉价的事，”他说，“也许偶尔有那么一毛两毛的。”

最后，赛格雷蒂承认他曾受查品雇用。斯查骞也和他谈论过工作问题。卡尔姆巴赫付钱给他。但最初把他带入这一行的是查品。

“我当时没有去找工作，”赛格雷蒂苦涩地说，“如果你刚离开部队，如果你四年置身于现实世界之外，你不知道你要遵循哪一种法律，然后有人打电话给你，让你为美国总统工作，你会怎么做？如果险恶的事情真的发生了，我也认为查品并不知情，”赛格雷蒂说，“查品只是做了别人让他做的事情。”

是谁让他做的？

“嗯，我肯定想要见一见霍尔德曼，”他暗示。

赛格雷蒂有任何过硬的证据证明是霍尔德曼吗？查品曾这样说过吗？

“没有，但是我明白，查品一般都从霍尔德曼那里得到命令。”

赛格雷蒂证实，在迈阿密曾会见过霍华德·亨特和另外一个人，他认为这个人是戈登·李迪；亨特请他组织一次反尼克松的示威游行，使麦戈文处于难堪的地位。他不愿意说出计划的详细情况，“但是我觉得那是非法的，我不想同暴力或违反法律的事情沾边”。

赛格雷蒂承认，每次联邦调查局的人造访之后，他都给查品打电话请求指点，但是他不愿意说出在他到大陪审团作证之前是谁指点了他。他否认他的作证受到过提示或预先做过排练，也否认别人给他看过联邦调查局的报告。“那就是被写下来的某些谎言和臭狗屎的一个例证，”他说，“像水门大厦的窃听一样恶劣。”他同从白宫来的某个人“讨论”过即将到来的作证，他们一致认为，大陪审团问的每一个问题都应该照实回答。伯恩斯坦得到的印象是，讨论是同约翰·迪安进行的。赛格雷蒂说，有人找他谈过话，他推测这就是在进行“迪安调查”。但是他不愿说谈话是由迪安本人还是由迪安的工作人员进行的，也不愿说出此事是否就发生在他去大陪审团作证之前。“我不想讨论约翰·迪安，”他说，他也不愿说他是否曾遇见过他。

赛格雷蒂说，他充当白宫的走卒已经到头了。“他们再来就得砸破我的门，把我拖出去才行。我想要的一切就是回到正常的生活中。我想，最沮丧的就是前女友的母亲对我说，她不想让她的女儿再看见我。”

赛格雷蒂的眼睛再次闪着泪花。“每个人都在拼命把我撕碎，把我钉上十字架——肯尼迪，白宫，新闻界。我只想待在这儿，享受一阵子航海，游泳，晒太阳，见见女孩子。”

在长达几个小时的访问中，赛格雷蒂的兴趣似乎在于搞清楚伯恩斯坦知道些什么，而伯恩斯坦的兴趣则在于赛格雷蒂知道些什么。伯恩斯坦说，后面还会有更多的事情。他直言不讳地警告赛格雷蒂，如果不马上让他的内容记录在案，那么他将来就会吃不了兜着走。他可不像他的上司，有上级机关的保护伞。赛格雷蒂同意，但是他需要更多的时间。他们将在第二天再谈。

伯恩斯坦从他的汽车旅馆给办公室打电话。伍德沃德、苏斯曼、罗森菲尔德、布拉德里都在分机上接听。“看在基督的分上，把它记录在案，”布拉德里说。在赛格雷蒂提供的有限信息中有足够的东西可以严肃地向白宫所谓的清白提出挑战。

伯恩斯坦在玛利纳·德尔·雷又待了五天，想说服《华盛顿邮报》的同事和他自己相信赛格雷蒂打算“改换门庭”，公开表明自己观点。但是没有成功。

“好吧，伙计，我们把那条消息好好搞一下。”伯恩斯坦回到办公室的时候，布拉德里这样说。伯恩斯坦在打字机上敲出了十二页不空行的备忘录，详细说明了他同赛格雷蒂所打交道的每一个方面。

布拉德里仔细看了备忘录，做了一个张开拳头的姿势，挥舞一下手臂。“别泄气，伙计，”他告诉伯恩斯坦，“继续搞一些信息。”

布拉德里说的泄气是可以理解的。选举的结束并没有平息白宫的攻击。随选举胜利而来的自信使总统手下胆大起来。大选后的攻势是由四十一岁的前海军陆战队上尉、白宫的政治战指挥官查尔斯·温德尔·柯尔逊所领导的。

大约在大选一星期之后，柯尔逊去了缅因州的肯尼班克港，对新英格兰报社编辑协会发表演说。他在发言一开始就说，他的家乡马萨诸塞州是惟一支持乔治·麦戈文的州。他开玩笑说，总统决定修复友好关系，就把新的联邦就职仪式定在马萨诸塞州举行——那是哈佛广场的核废料处理中心。

他向听众保证，“第一修正案在华盛顿搞得热火朝天”，同时指责《华盛顿邮报》的麦卡锡主义，称布拉德里为“一批人的自封领袖，波士顿的泰迪·怀特[①]曾将这批人描绘成‘以自己的乖僻世界观影响健康的美国新闻主流的那一小撮傲慢偏激的精英论者’……”。

“如果布拉德里不离开乔治敦区的鸡尾酒会小圈子，他和他的伙伴们靠在那里得到的一些三流信息，靠那里的闲聊和谣言吃饭，那么他是不会发现真正的美国的。他也许知道，所有的真理，所有的知识，所有高人一等的智慧，并不来自乔治敦区的小集团，乔治敦以外的人并不只是坐在那里等你告诉他们该如何思考。”

布拉德里在办公室读了柯尔逊的讲话，他走到伍德沃德的办公桌跟

---

① 即西奥多·H·怀特，《造就总统》丛书的作者。

前。“他们真的是冲着我来了，”他说，“纯属他个人的胡说八道。”

伍德沃德知道他很烦。

“我知道它就在那里，”布拉德里说。

伍德沃德从中听出来这是一种告诫，要人更努力去发掘。

“我知道它就在那里，”布拉德里重复了一遍。

后来，布拉德里告诉一名采访者说，他“恨不得把伍德沃德和伯恩斯坦两人的脑袋按到一桶水里，直到他们拿出一篇报道才让他们抬起头来。要伸出脑袋来的代价就是痛苦”。

在选举后的四周里，两名记者到处奔走，好像他们的脑袋真的是在一桶水里。他们又了解了一些事情，但是无法从他们得到的信息中搞出任何有意义的报道来……马格鲁德的秘书告诉伯恩斯坦，她不明白为什么联邦调查局的人还没有来谈话……司法部的一名检察官说，联邦调查局的人找白宫工作人员谈话的时候，约翰·迪安都在场，检察官对此很不满意。迪安还收到联邦调查局关于水门事件的调查报告的副本。……穆伦事务所的一个秘书告诉伍德沃德，霍华德·亨特的妻子朵罗西·亨特说，“霍华德正在成为替罪羊”。……白宫的一名中层助理说：“德威特·查品走来走去，好像他刚把行装打好包。”……白宫的其他助理说，大选取得的胜利似乎已沉寂下来，水门事件对于总统、霍尔德曼、埃利希曼、柯尔逊来说是头等重要的事情……通常是知情人的一些总统助理则说他们不知道正在进行的事情……

白宫中正在讨论是否要发表一份关于水门事件的报告，发表一份“白皮书”以摆出事实来，但是因为太冒险，这种想法被否决了……华盛顿一名有高层政治背景的著名律师告诉伍德沃德：“我知道有人正在通过总统连任委员会或白宫关照亨特和麦考德；来自白宫的人通过后门找到里基法官，让他帮助政府；一位共和党州长说他可以找里基，结果有人回过话来说没有必要，事情已经办成了。”[①] ……米切尔的一位好朋友把这位前司法部长描述为“一个基本上非常正派的人，他厌恶霍尔德曼、柯尔逊及其他人正在虚构出来的那种东西”。总统的一位前高级助理认为，霍尔德曼如果没有建立一个程序来为总统收集政治情报，那他“就是失职”。……司法部一名高级官员说：“从我听到的事情来看，我最好的一些朋友应该关到监狱里去。”……至少有十几个人说，杰伯·马格鲁德完蛋了，他不会得到一个需要参议院确认的政府职位。……一位司法部长助理相信，迪安调查是“一个骗局，是一个通向霍尔德曼的情报渠道”。……格雷厄姆夫人被一个同政府有关系的好朋友告知，《华盛顿邮报》好几个记者和新闻业务主管的电话被窃听。由电子专家进行的一次扫描，花了 5 000 美元，却一无所获。……政府莫名其妙地没有签发对五名被捕闯入者的家进行搜查的许可证。……一个前国内税收机关官员讲述了白宫对关于总统朋友们的一些税务问题调查的强烈兴趣：“什么事我都无法充分接触到，但是总有信息传过来。”总统连任委员会一些幻灭的竞选工作人员提到曾讲给检察官听过的一种“掩人耳目的说法”。……亨特和李迪曾是“管子工”[②] 的成员，这是白宫调查政府内有人将消息泄漏给新闻媒体的秘密小组（那年夏天《时代周刊》说有这样一个小组的时候，白宫没有表态）。

11 月份一个星期六夜里很晚的时候，《华盛顿邮报》的一个编辑要

---

① 迪安、米切尔、霍尔德曼三人后来都证实，华盛顿的一名律师罗莫尔·麦克菲同里基法官进行过有关这个民事案子的私下讨论。迪安证实，麦克菲主动找法官私下进行讨论，寻求在民事诉讼中使政府处于有利地位。米切尔承认，在 1972 年夏天，他至少和里基的多年私交麦克菲见了九次面。但是，米切尔说，如果说麦克菲试图“旁门左道地”影响法官，那是“不可想象的”。里基法官干脆否认有任何旁门左道的行为，并说他和麦克菲从来没有讨论过该案的实质性方面。

② “五角大楼文件”案后，尼克松政府为调查泄密来源，堵塞漏洞，成立了特别调查小组。由于小组一位成员的祖父曾做过管子工，因此，小组成员均因其工作为“堵塞漏洞”而被称为“管子工”。——译者

求在新闻编辑室的一个没有人的角落同伍德沃德说句话。他有一个邻居，这个邻居的姑妈是一个大陪审团的成员。这个邻居认为，他姑妈参加的就是审理水门事件的陪审团，“她是一个共和党人，但她说她现在真的恨尼克松。我的邻居认为她想要说话。”

几天以后，那编辑递给伍德沃德一张纸条，上面有那个女人的名字和地址。伯恩斯坦和伍德沃德去找罗森菲尔德，罗森菲尔德似乎觉得应该去找那女人，但是还不能作出最后决定，他还得和布拉德里商量一下。布拉德里询问了《华盛顿邮报》的律师。

伯恩斯坦和伍德沃德查阅了《华盛顿邮报》图书馆中联邦政府关于刑事司法程序的规定的副本。大陪审团成员宣誓对他们的审议情况和别人在他们面前所做的证词加以保密；但是能不能保密，似乎就要看具体的陪审员了。法律中似乎没有禁止任何人提问的规定。律师也同意他们这样做，但是敦促他们在接近对方时一定要极其小心。律师们建议两名记者干脆问那女人是否想要说话。

布拉德里很是不安。“不要搞得人家摸不着头脑，不要有压力，不要诱骗人家，”他指示伍德沃德和伯恩斯坦。他从写字台后面站起来，竖起一个手指。“我在这个问题上是很严肃的。尤其是你，伯恩斯坦，一生中你就精细这一次吧。”

他指示他们访问一结束就同他联系。“找一个电话亭，给我打电话——不管发生了什么事。”

他们驱车到她家里。她不在家。伍德沃德给苏斯曼办公室打电话，让他传话给布拉德里。

第二天早晨，两名记者又驱车前往，敲了那女人的门，说明了自己的身份。她请他们进屋。他们没有提大陪审团的事，只是说他们听说她知道一些水门事件的事。

“龌龊得很呐，我知道的，”那女人说，“但是除了我在报上读到的东西以外，我还会知道些什么呢?”

他们花了十分钟时间搞清楚那女人确实是法庭的陪审团的，但是不是审议水门事件的那一个。他们谢过她，告辞而去。

这个插曲刺激起他们的兴趣。他们知道他们所需要的信息的大概情况。他们缺乏一个合作的陪审员也许可以提供的细节。那天下午，伯恩斯坦给主要检察官厄尔·西尔伯特打电话，要求得到一份二十三个陪审员的名单。西尔伯特很干脆地拒绝了，尽管伯恩斯坦争辩说陪审团的成员是一个有公开记录的问题。

伍德沃德问书记员办公室的一位朋友，是否可以得到一份审议水门事件的大陪审团成员的花名册。“没有任何可能，”他被告知，“这些档案是机密文件。”

第二天早晨伍德沃德乘坐出租车到法庭去。

书记员办公室大约雇了九十个人。伍德沃德从由文档室组成的巨大迷宫的一端开始，经过半个小时的查找，才发现有人愿意指引他到主要文档区一个偏远的角落，那里是保存小陪审团和大陪审团名单的地方。他向另一位书记员说明自己是《华盛顿邮报》的记者，想查看一下档案。那书记员疑惑地看看伍德沃德。“行，”他说，“但是你不可以抄录任何东西。你不可以记名字。不可以记录。我要监视你。”

伍德沃德开始翻阅档案抽屉，最终发现了 1972 年大陪审团的总名单。6 月 5 日有两个大陪审团宣誓就职。他记得审议水门事件的大陪审团团长是一个东欧人的名字，为政府担任经济学顾问之类的职务。他在 1972 年 6 月 5 日宣誓就职的第一个大陪审团中找到了要找的名字。

每一个陪审员都要填一张橘黄色的小卡片，写明姓名、年龄、职业、地址、家里及办公室的电话号码。伍德沃德开始一张张仔细查看这些卡片，然后回过头去看后面。那个书记员正坐在他的办公桌旁，大约 15 英尺远，瞪着他看。伍德沃德拿了最前面的四张卡片，使它们面朝上躺在档案抽屉里，开始研究姓名、年龄、地址、电话号码和职业。他花了十分钟时间来把这些信息记住，然后问那书记员男厕所在什么地方。

在洗手间里面，伍德沃德走进一个小隔间，从上衣口袋里取出一个笔记本，把他记住的东西写下来。普里希拉·L·伍德鲁夫，二十八岁，失业。他设法回想每个陪审员长得什么样，尽量不使各人的信息相混淆。瑙姆尔·R·威廉斯，五十六岁，退休教师，电梯操作员。朱里安·L·怀特，三十七岁，乔治·华盛顿，大学门房。

伍德沃德在脑海里画了一幅纹章的图画，霍尔德曼的名字蚀刻在一对交叉着保卫王位的短剑下面：乔治·W·斯托克顿，他在笔记本中写道，陆军部纹章所，技术员，五十三岁。他在马桶上提起裤子。四个人已经记下来了，还有十九个人要记。

伍德沃德记住了另五张卡片。他尽量不露出鬼鬼祟祟的样子，就问书记员首席法官办公室在哪里。

那人皱起了眉头。“你花了那么多时间看那些档案。我都吃不准你有没有资格看。”

伍德沃德说他就回来——和首席法官一核对完事情就回来。他上楼去，在三层楼的洗手间里写下了五个名字和其他信息。还剩十四个人。按照这样的速度，这项工作要花去他整个上午。

第三次的时候他记住了六张卡片。从盥洗室回到档案室的时候，他问书记员什么时候去吃午饭。“我不出去吃午饭，”那人随便答了一句。真是个好书记员，伍德沃德沮丧地想道：居然在自己的办公桌上吃饭。这次他得记住其余的卡片，因为书记员已经不耐烦起来。他差不多花了四十五分钟的时间记住了最后八个名字和相关细节。

回到办公室里，他用打字机打出了一份陪审团成员的名单和相关资料。在布拉德里的办公室里，编辑们和伯恩斯坦、伍德沃德一起去掉了差不多一半大陪审团成员，认为找他们太冒险。低级别的公务员——尤其年级较大的——已习惯于按官僚程序办事，总是要请示他们的上司，很少依靠自己的判断。军官也是一样。他们要寻找的是少数不大可能将他们的造访告诉检察官的陪审员。这样的陪审员应该目光敏锐，能看到大陪审团制度已经在水门事件的案子中遭到破坏，而且应该掌握证据的微妙之处。最理想的是，这个陪审员应该能对白宫或检察官，或同时对两者都表示义愤；应该是一个不墨守成规的人，是那种看重事件而不是看重程序的人。伯恩斯坦、伍德沃德和他们的头儿们不断试图在姓名、地址、年龄、职业、种族背景、宗教、收入层次的基础上猜透陌生人的心思。最后的选择留给两名记者去做。

房间里的每一个人都私下里怀疑这样一种不太光明正大的冒险。布拉德里因为拼命想要出新闻，又因为律师的话使他心里有点底，所以克服了心中的怀疑。西蒙斯大声说出对这种做法的正当性的怀疑，很为报纸感到担心。罗森菲尔德最关心两名记者会不会被人抓住技术问题。苏斯曼则害怕他们两人中有一个，也许是伯恩斯坦，会太冒失，最终触犯了法律。伍德沃德很想知道，一名记者诱惑别人越过合法性的界限，而他自己却安然无恙，这样是否正当。模糊地赞成非暴力反抗的伯恩斯坦并不关心抽象地违反法律的问题。这是一个那种法律的问题，他相信大陪审团的程序应该是不受侵犯的。但是，大部分的忧虑都还没有说出口。两名记者要遵循的程序是先说明自己的身份，告诉陪审员说，他们从他们互相都认识的一个熟人那里了解到他或她知道一些有关水门事件的事情，问他或她是否愿意谈谈。如果陪审员不加以敦促不愿意自己说出什么来，那么他们就赶紧离开。他们将一字不提大陪审团的事，除非陪审员自己提起来。

布拉德里在他们着手去做以前又简单同他们讲了讲，重复说着开拔的命令："不要硬来，伙计们。明白吗？"

伍德沃德和伯恩斯坦在12月份的第一个周末分头活动，对大约六七个大陪审团的成员尝试了一下那种笨拙哑谜把戏。他们一无所获地回来了，但是得到一个清楚的印象：检察官曾警告过陪审员当心带记者证的小丑。只有一个人自动说是属于大陪审团的，但是他向伍德沃德解释说，他一生中只有两次宣誓保密，一次是在慈善互助会，一次是在大陪审团，两次都是受了神圣的信任。其他人说，除了从媒体上了解到的以外，他们对水门事件一无所知。又一个人告诉伯恩斯坦："水门事件？哦，是的，雾谷中的那栋高档公寓……我在电视上听说过那些闯入事件。这个城市里没有一个安全的地方。"

伯恩斯坦直到听说慈善互助会以前，都一直害怕他那有着惊人记忆力的搭档是把记忆力浪费在错误的名单上了。

星期一，布拉德里把两名记者叫到他的办公室里开紧急会议。他关上门，这个动作通常是在有解雇之类大事的时候才用。"出乱子了，"他说。大陪审团至少有一个陪审员把《华盛顿邮报》记者找他的事告诉了检察官。检察官之一给《华盛顿邮报》主要律师爱德华·班内特·威廉斯打了电话。检察官已带着那陪审员的投诉去见过了西利加法官，威廉斯劝布拉德里让他的记者见机行事。

他们问布拉德里，威廉斯认为他们遇到的麻烦有多大。

"你们不会受判决，"布拉德里说，"威廉斯说这取决于法官。"但是他很担心。美国哥伦比亚特区法院首席法官约翰·西利加因为给人无情的惩罚而以"最高约翰"闻名。

近傍晚的时候，布拉德里告诉两名记者，让他们第二天早晨9点到威廉斯的办公室去。"事情看上去好一点了，"他说，"威廉斯同西利加和检察官都谈过了，他认为他可以不让你坐牢。"

第二天早晨，威廉斯在他那漂亮的办公室里踱来踱去。"约翰·西利加对你们这些家伙有点恼火，"他说，"我们不得不做了许多说服工作，不让你们去坐牢。”威廉斯已经保证不会再有任何《华盛顿邮报》的记者去同大陪审团的成员接触。检察官也替两名记者求情，向西利加建议不要提起诉讼，因为大陪审团成员没有说出任何信息。但是威廉斯说西利加仍然很生气，也许至少要教训教训他们。“保持联系，放规矩些，”他警告说。大法官是很难预测的。

两名记者回去找以前的消息来源。几个晚上以后，伯恩斯坦签字从《华盛顿邮报》公用车库要了一辆车，开到几英里以外的一所公寓去。大约8点钟的时候，他敲了门。他找的那个女人应答了一声，但是当他把自己名字告诉她的时候，她不开门。她从门底下塞了一张纸条出来，上面写着她没有公开登记的电话号码。“今天晚上过些时候给我打电话，”她说，“你们的文章棒极了。”

那女人所处的地位使她能相当了解白宫和总统连任委员会的秘密活动。伯恩斯坦以前尝试同她联系过，但是她每次都拒绝有任何接触。他驱车回到办公室，拨了那个电话号码。她的声音怪里怪气的，显得很紧张。“在这节骨眼上，我谁也不相信，”她说，“但是我尊重你们。”她问伯恩斯坦是否使用一个安全可靠的电话。伯恩斯坦随口说了一个地方，他说他在该报马里兰工作班子一个记者的办公桌边上。

“我不得不百分之一百地同意本・布拉德里说的话，事实真相还没有说出来，”她说。

伯恩斯坦将字母Z打印在一本蓝色记事本的最上面一页上。“我老板称之为粉饰，”Z说，“两年前，我绝不会相信任何这样的事情，可是事实胜于雄辩。”她劝伯恩斯坦把他们自己写的报道仔细地重新读一读。“其中所包含的真情实况是你们始料不及的——有许多线索。你们干得很好，但是你们还可以做得好得多。这是一个增加压力的问题。”

她拒绝被盘问，而且立下了基本的规则：她将给两名记者指出正确的方向，帮助他们在正确的地方填上一些正确的名字——给出一些暗示，一些应该遵循的关键途径。她即使回答问题的话，也只是回答最一般的问题。她称之为“信息”的东西，有许多也许很模糊，部分原因是有些事情连她自己也不明白，而且要从一般信息中区分出有用信息和无用信息是很难的。

“你们坚持不懈，很令人赞赏，”她说，“对于我说的事情，你们也要坚持不懈地去做。”

伯恩斯坦不知道该期待什么，认为她的话有点神秘。

她从霍尔德曼开始讲起：“一定有人在幕后操纵。认为是霍尔德曼的人大有人在……约翰·迪安非常有意思。了解迪安调查的实际情况真的很有意思。他参与的程度远不止于此……马格鲁德和米切尔肯定都参与了……对于米切尔需要更加坚持不懈。”

伯恩斯坦已经打断了她好几次，但是她不愿说得更具体。参与了什么？阴谋诡计？窃听？

她劝他把霍尔德曼，埃利希曼，柯尔逊，玛迪安看成一伙。“问题的揭露是共同的线索，”她说，“……是的，揭露窃听情报的问题。”

意思是说他们从水门的窃听装置搞到情报？

“问题的揭露，”她重复说，“是共同的线索。当人们身居要位却要丢掉工作时，他们会竭尽全力来保住自己的位子。甚至现在，普遍的话题还是‘不要揭露内幕’。他们现在比6月17日以前组织得更周全了。他们是出色的组织者，但是从某种程度上讲，又非常草率。财务是了解有谁参与的最重要的方法。追踪其他的赛格雷蒂。卡尔姆巴赫是出纳。许多活动源于防泄密工作。这要追溯到比五角大楼文件更糟得多的时候。管子工与此有相当的牵连，其中两人被起诉。我想知道还有多少管子工。”

伯恩斯坦竭力了解更多的情况。

Z说不会有进一步的信息了。伯恩斯坦被禁止给她打电话。

第二天夜里，伍德沃德和伯恩斯坦驱车走熟悉的路线到休·斯隆家去。也许他可以帮助解开Z的信息之谜。他们知道斯隆总是不大愿意见他们，就没有事先打电话。像往常一样，他很礼貌，没有当着他们的面关上门。他的样子苍白憔悴，垂头丧气，体重也减轻了。他邀请他们来到前厅里。他说，找工作很不顺——由于水门事件留下的污名。同样可怕的是，审判，民事诉讼，宣誓作证，没完没了，使他成了一个专业目击证人，一天付给他大约20美元。两名记者不知道如何作出反应。访问斯隆总是使他们感到自己像兀鹰一样。

两名记者概要说明他们从Z那里了解到的情况，但是斯隆说他并不比他们更清楚。然后他对他们在霍尔德曼问题上的大失败表示歉意，最后，那天夜里在雨中发生的令人非常痛心的事情搞清楚了。那天斯隆误解了伍德沃德的问题，以为伍德沃德问的是如果斯隆被问及，他是否会在大陪审团面前说出霍尔德曼的名字。

现在，在霍尔德曼同那笔基金和同总统连任委员会的关系问题上，他说的话比以前更有启发性：

"鲍勃通过马格鲁德管理委员会，直到米切尔和史坦斯秘书长1972年上半年过来接替为止。杰伯授权将第一笔钱付给李迪。我想，当时，也就是1971年的夏天，李迪仍在为白宫工作。实际上，在从那笔基金中付出大笔款项的四个人——卡尔姆巴赫、李迪、马格鲁德、波特——背后站着霍尔德曼。"

霍尔德曼隔绝于那笔基金之外。斯隆解释说，马格鲁德、卡尔姆巴赫、史坦斯，甚至米切尔，都有效地代表他行事。霍尔德曼个人从来没有命令斯隆支付任何款项。但是花钱是白宫办公室主任的职权。"史坦斯经常抱怨（从那笔基金）花出去了太多的钱，"他说。

伍德沃德打听了更多关于霍尔德曼办公室人员构成的情况。查品是总统约见事务秘书；斯查骞是行政人员；拉里·希格比是办公室主任和主管，亚历山大·巴特菲尔德监督“内部安全与呈总统阅读的文件”。那天夜里，伍德沃德用打字机把记录打下来的时候，在“内部安全”几个字底下划了线。那是司法部负责政府窃听的部门，以前由罗伯特·玛迪安负责。

伍德沃德打记录的时候，伯恩斯坦抽出一个三英寸厚的文件夹，上面标着“待核查”的字样。几天以前，负责采访联邦法院的市内新闻记者劳伦斯·迈耶搞到检察官和辩护律师之间关于水门事件七名被告的常规法律事务协定的秘密副本。伯恩斯坦读了十二页的“规定”。它描述了控辩双方一致认为精确的电话记录、旅行记录、银行记录。大多数信息两名记者已经知道了。但是有两件事引起他们的兴趣。有证据证明，戈登·李迪和霍华德·亨特在1971年9月4日曾以假名一起到洛杉矶旅行过，而且在1972年1月、1972年2月17日又去过。这包含了水门事件几个月以前两人都为白宫工作的那段时期。他们还发现一个记录说，一部电话“于1971年8月16日”被安装“在华盛顿特区位于17街和西北宾夕法尼亚大道路口的行政办公大楼16号房间内……1972年3月15日电话线被切断”。它登记的姓名地址是弗吉尼亚州亚历山德利亚的凯思琳·彻诺夫的。

电话簿上没有凯思琳·彻诺夫的名字，但是，伯恩斯坦用一本可以交错查找的电话本查到其以前的同屋，那人说彻诺夫小姐已经搬到密尔沃基去了。他打电话到那里找到了她。只用了几分钟时间，他就确认凯思琳·彻诺夫当过“管子工”的秘书。她说话似乎并不吞吞吐吐。伯恩斯坦几乎记不得上一次他是怎么遇到一个愿意一吐为快的消息来源了，这一回竟不知从哪儿说起为好。他最终只问她管子工究竟是谁，是干什么的。她的回答是直截了当的。管子工有霍华德·亨特，戈登·李迪，戴维·扬格，伊吉尔（·巴德）·克罗。他们调查是谁把政府机密“泄漏”给新闻媒体的，并报告给约翰·埃利希曼。他们的办公室在行政办公大楼的地下室里，就在白宫对面。严格讲起来，她是戴维·扬格的秘书；戴维·扬格是从基辛格博士的办公室借调到埃利希曼这里来的。扬格定期向埃利希曼报告管于工调查的进程。克罗是埃利希曼的主要副手之一。

“原本政府想要研究一下《纽约时报》版的五角大楼文件和实际文件的接近程度如何，”她解释说，“然后他们试图确定五角大楼文件是如何泄漏出去的。这样就全面开始寻找漏洞。有一段时间，他们一直在研究国务院的泄密问题。他们检查大使馆的电缆，试图对电缆经过谁的办公桌进行综合判断。我所看到的亨特先生的大部分工作是检查国务院的电缆，这同五角大楼文件内容有关。”

伯恩斯坦问她是否记得调查了哪些具体的泄密问题。

“当然是五角大楼文件。当时在12月份有一段时间，杰克·安德森负责有关政府的栏目。他们也检查了那些栏目，看有没有泄密问题。那期间，司法部的玛迪安先生到地下室来了两三次。

“还有一次，玛迪安先生在克罗的办公室里同李迪、亨特以及三四个我认不出来的人在一起开了很长时间的会，”彻诺夫说，“戴维（·扬格）通常同约翰·米切尔谈话……我不知道谈什么，我也不知道每隔多少时间谈一次。”

伯恩斯坦打听列在“规定”中的电话。

“那是亨特先生的电话。那是为了让我接电话而安装的，给他记下留言。巴克先生总是从这个电话打进来；他差不多是惟一一个打这个电话的人。这电话平均每星期响一次，有时候一星期两三次。”亨特和伯纳德·巴特“在电话上总是很亲密：亨特先生通常会说‘你好吗？在干什么?’……有时候他用西班牙语和巴克先生说话；他喜欢说西班牙语显然有某种理由……是的，我不说西班牙语……我记得亨特先生给巴特及其太太打电话——没有别人。有时候李迪先生会用这个电话同亨特先生打电话过去的某个人谈话。我猜这是巴克先生。来往电话主要是从8月到11月。3月15日电话被摘走，到那时为止，电话并没有使用多长时间”。

伯恩斯坦问了一个很明显的问题。白宫的通讯系统，可谓世界之最，为什么白宫里面的一部电话还要以亚里山德里亚个人的姓名地址登记呢?

“问得好，”她回答，“他们显然想要以我的名义，因为他们不想同白宫扯在一起——什么理由，我不得而知。”

电话账单寄到她家里，她再把账单送到埃利西曼的另一个副手约翰·坎贝尔那里——“这样就可以让白宫付账。显然这是由亨特先生、扬格先生、李迪先生安排好的。他们同坎贝尔先生说好了，他来管付账的事。”

彻诺夫于1972年3月30日离开白宫的工作，水门事件发生的时候，她正在欧洲旅行。大约两周以后，约翰·迪安的助手弗雷德·菲尔丁在英国的伯明翰找到了她。

“他飞到英国来接我，”她说，“他说白宫正在同联邦调查局谈，他们——指白宫和联邦调查局——正准备进行一次调查。显然，联邦调查局让迪安先生找到我。菲尔丁先生要求我回去，并说我应该回忆一下我的工作，还说他们将问我电话的事情，将会要求我好好回想……在飞回国的路上，菲尔丁先生给了我一本《时代周刊》，设法让我了解最新的形势。他问：‘你认识这些（关于闯入事件的）文章里的什么人吗?’我说：‘当然——亨特先生。’”

她回去后的第二天，那是6月里的第一周，她在上午8点45分去约翰·迪安的办公室报了到。菲尔丁和戴维·扬格也在场。“戴维先生说，联邦调查局的人9点找我谈话，我将被问及我在其中担任什么角色，我是否知道窃听的事，他让我尽最大能力做出直截了当的回答。”问话大约持续了四十分钟，迪安、菲尔丁、扬格默默地坐在一边。“迪安先生没有问任何问题，也没记笔记。”

事后，她简单地同扬格谈了谈。“他似乎对会发生那样的事（窃听）感到吃惊。他知道装电话的事。我想，在整个事情暴露出来以后，他一想就明白了。”在同一个星期，彻诺夫见了水门事件检察官，并在水门事件大陪审团面前作证。“西尔伯特从来没有问埃利希曼的情况，”她说——“除了亨特、李迪、扬格以外，只问到了柯尔逊。”伯恩斯坦同彻诺夫的谈话持续了一个半小时以上。

第二天是珍珠港事件纪念日，伍德沃德给负责白宫电话系统的切萨皮克与波特马克电话公司的高级职员杰克·哈林顿打电话，对方证实，埃利希曼的办公室要求装过这个电话，并且安排了非同寻常的付款方式——这样的方式，他在二十五年中还是第一次见到。

同时，白宫中给两名记者提供消息的线人告诉他们，约翰·坎贝尔曾是埃利希曼的办公室主任。这些线人说，没有埃利希曼的同意，安装电话是不可能的。

靠近傍晚的时候，伯恩斯坦完成了一篇两千字的报道，谈到了安装秘密电话，彻诺夫对管子工的披露，以及彻诺夫同约翰·迪安的谈话等问题。总统副新闻事务秘书杰拉德·沃伦告诉伍德沃德，白宫将不作评论——因为这会影响临近的审判。“由于不加评论，”伯恩斯坦在第五段里写道，“白宫就可以对亨特的官方职责怎么能要求登记一部加以伪装的电话，以及为什么埃利希曼的办公室会批准安排这样的电话业务等问题不做回答。”

伯恩斯坦感到恼火的是，只有他一个人对这篇报道抱有热情。有人第一次郑重其事地说到管子工的存在，说到埃利希曼的办公室参与了他们的活动，说到亨特和其他总统助手调查过“泄密”问题。

罗森菲尔德似乎对这报道没有多大兴趣，把它留给了苏斯曼。苏斯曼和伍德沃德不冷不热，认为这“不证明任何事情”。布拉德里则感到无比安慰：尽管它有很多缺点，它却是《华盛顿邮报》自从有关霍尔德曼的报道以来关于水门事件的第一篇强有力的报道。他倾向于给它一个“B-”，但是又给了加分，因为它的主要消息来源是有名有姓的。白宫可以在其意义上加以争辩，但是无法否认事实。他要把这报道登在头版上——不为别的理由，只是要表明，在乔治·麦戈文竞选失败五个星期之后，《华盛顿邮报》仍然在从事水门事件的追踪报道。

那天夜里，伯恩斯坦和伍德沃德登上了一架波音747飞机前往洛杉矶，希望在幸运的情况下，唐纳德·赛格雷蒂能比伯恩斯坦上次访问期间更愿意配合。他们的箱子里放着亨特和李迪的旅行记录副本，伍德沃德事先和赫伯特·卡尔姆巴赫法律事务所的一个秘书通过电话，这位秘书曾显得很友好。

飞行开始以后，伯恩斯坦就在波音747的休息室里玩高额赌注的扑克游戏。他赢了大约30美元的时候，伍德沃德走过来，要求加入，这唤起了伯恩斯坦的防范本能。有时候，伯恩斯坦很担心他的合作伙伴没有足够的一般常识来使自己免于麻烦（伍德沃德则相反，经常担心伯恩斯坦同人见面熟，太过于舒坦了会遇到什么问题）。但是伍德沃德顶住了不稳的局面，打了一个平手。伯恩斯坦在赌注5美元的牌局中赢了35美元（伯恩斯坦不知道，伍德沃德驻扎在圣迭戈的海军基地期间，在拉斯维加斯度过了许多周末）。那天夜里，他们住在玛利纳·德尔·雷一个9美元一夜的旅游之家里；唐纳德·赛格雷蒂时髦的港口村里所有的宾馆都已客满。赛格雷蒂不在家。

第二天他们驱车到贝弗利·威尔舍尔宾馆——贝弗利山上一家豪华大饭店，亨特和李迪 1971 年 9 月就住在这里。两名记者同那里的保安负责人，一位年长的前警官，谈了谈，可是这位负责人不知道宾馆的电话记录在哪里。宾馆的会计主任也帮不了多少忙。在他乱七八糟的办公室里，他在一大堆账单和财务单据的包围中，很干脆地告诉两名记者，他曾向联邦调查局的人保证过决不谈论亨特和李迪的来访。在走廊上，伯恩斯坦问那位会计主任的秘书是否愿意在当时或以后和他一起到酒吧喝一杯。“你开玩笑，”她说，然后慢慢地走开了。

伯恩斯坦说他不开玩笑。

“你肯定是开玩笑，”她说。

伍德沃德后来打电话到赛格雷蒂所说的熟人那里，提议前去拜访。“你要来的话，我就开枪打死你，”他回答。

伍德沃德往南驱车到新港海滩卡尔姆巴赫的法律事务所去。总统的私人律师不在城里。伍德沃德在电话上通过话的那个秘书给他倒了一杯咖啡，发表了她的看法：“卡尔姆巴赫是我所认识的最好的好人之一。他是一个老实人，当这一切都过去之后，你会明白这一点的。”她不愿多说。

在卡尔姆巴赫的家，一个女人前来开门，当他问能否和她谈一会儿的时候，她说：“绝对不行。”她陪伍德沃德走出里院的大门，在他身后砰的一声把它关上了。

他们和赛格雷蒂从前的朋友拉利·扬格一起吃午饭，此人在 10 月份的时候帮了不少忙，可他现在不知道什么新情况。四天之后，他们终于在电话上找到了赛格雷蒂，他同意在附近的霍华德·约翰逊饭店同他们见面。他们喝着奶昔，吃着香蕉片，谈了大约一个小时。赛格雷蒂不愿在可预见的未来让人把他的话记录在案。

两名记者在 12 月 11 日夜里回到华盛顿。在第二天中午的新闻通报会上，让·齐格勒再次在霍华德·亨特的秘密电话和管子工的问题上受到压力，不得不代表白宫第一次承认，管子工在从事关于泄密给新闻媒体的问题的调查。但是他似乎否认霍华德·亨特或戈登·李迪是管子工。“就我所知，”齐格勒说，“李迪从来没有被任命参加这个小组。”亨特吗？“不，我不相信是这样的。”

伯恩斯坦和伍德沃德都没有参加齐格勒的通报会。他们相信能在别的地方了解更多的东西，同时也担心他们的在场会进一步使齐格勒的回答带有个人色彩，所以他们习惯于避免到白宫的新闻发布室去。①

就在这一段时间里，白宫开始将《华盛顿邮报》排除在它的社交活动之外——首先是一次共和党人的盛宴，然后是一次为过去、现在以及新委任的内阁成员举行的宴会，再后是一次周日礼拜仪式，最后是一次为外国外交家的孩子举行的圣诞节聚会。他们的直接目标是《华盛顿邮报》的记者朵罗茜·麦卡德尔，她是“华盛顿”记者团的固定成员，一个六十八岁的温和的老奶奶，她参加了五届政府在白宫举行的所有社交活动。

就在麦卡德尔夫人被挡在白宫举行的祷告会门外的同一天，伯恩斯坦在同朋友们一起吃饭，其中有一个来自《华盛顿星报》的记者。

这位《星报》记者讲给他听一个有趣的故事，这是关于他在 11 月

① 那天下午，伯恩斯坦和伍德沃德根据《华盛顿邮报》老牌白宫记者卡罗尔·基尔帕特里克在新闻通报会上记的笔记，写下了关于齐格勒言论的报道。两名记者特别喜欢基尔帕特里克，他已经六十多岁了，其中有一半以上的岁月都是当华盛顿记者，自从肯尼迪政府以来就一直报道白宫新闻。如果说《华盛顿邮报》有谁因为该报报道水门事件而倒了霉，那么这就是基尔帕特里克。11 月 7 日以后，由于目的已经达到，尼克松工作人员中他的一些老线人，有不少都拒绝同他说话。在大选以后仍然同他说话的少数人当中，基尔帕特里克吃不准究竟可以信任谁——这对任何真诚对待自己所报道的东西的人来说，都是一种令人幻灭的体验。基尔帕特里克像他在白宫记者团里的大多数同事一样，对伯恩斯坦和伍德沃德写的许多东西持怀疑态度。但是他从来没有将自己的判断强加到他们的报道上。关于凯思琳·彻诺夫和管子工的报道，似乎减少了基尔帕特里克以前的怀疑。“在那篇报道里一定有比肉眼所见更加多得多的东西，”他说。

7日前几天同柯尔逊的一次谈话：

“大选一过去，我们就真的要收拾《华盛顿邮报》了，”他引用柯尔逊的话说，“所有的细节都还没有搞出来，但是基本的决定已经做出了——在一次同总统一起开的会议上。”柯尔逊劝这位《星报》记者“带一只面包篮子来”，因为“我们将给它装满新闻”，让这些新闻使读《星报》成为必不可少的事，使《华盛顿邮报》无人问津。“这仅仅是开始。在那之后，我们将真的不客气了。L街（《华盛顿邮报》所在街）上那些人会希望他们从来没有听说过水门事件呢。”

不久，有人向联邦通讯委员会提出对《华盛顿邮报》在佛罗里达两个电视台的所有权表示异议。《华盛顿邮报》在美国交易所的股票价格几乎跌了50%。在表示异议的人中——他们形成了“市民”组织，打算成为新的联邦通讯委员会许可证持有者——有几个人长期同总统有交往。

11

西利加法官要伯恩斯坦和伍德沃德12月19日上午10点到他的法庭上去。这个时间还安排了另一桩同报界有关的法官听证会——辩方请求强迫《洛杉矶时报》交出它采访阿尔弗雷德·C·博德温的磁带和笔记。

两名记者穿得整整齐齐到法庭去。伍德沃德把头发修剪了一下。法庭里面人满为患，主要是媒体的人，他们聚在这里要看看关于磁带问题的对质。伯恩斯坦和伍德沃德在第二排坐下来。

他们在10点整了解到，西利加能够用紧锁的双眉来表达他的不快，使人毫不怀疑他严厉的名声。他决定把两名记者作为第一件事来处理。大陪审团的陪审员走进法庭。在场人员服从"全体起立"的命令。法官的眉头皱得更紧了。"哦，天啊。"伍德沃德对伯恩斯坦说，一边踮着脚尖上下抖动，一边倒抽凉气。伯恩斯坦正考虑着他选择哪一种命运好——因为他的愚蠢行为而在同事面前脸面丢尽，还是由"最高约翰"处决掉，保持一点点体面。

"最近我注意到……"西利加开始摆出那些不幸的事实：12月的第一个周末，某人想要疏通大陪审团的陪审员，试图搞到情报；但是从公诉人随后同大陪审团就该问题的讨论的记录来看，没有任何情报被泄漏，所以，调查没有受影响。陪审员被要求保持沉默。如果他们被再次提醒使他们的审议保持"神圣和秘密"的誓言，那么他们的决心就会加强。

法官朝旁听席望去。“现在我要让疏通本届大陪审团成员的那个人明白，法庭将此事看得十分严重。”

两名记者现在牢牢抓住法官的每一句话，比以前更不相信爱德华·威廉斯和公诉人的话有多少说服力。

西利加阴沉着脸。他深思熟虑地说，试图颠覆大陪审团程序的神圣性的那个人既不是被告，也不是辩护律师，而是——“一个新闻媒体的代表”。集中在一起的记者团里发出一阵嗡嗡声。是他们中间的谁呢？伯恩斯坦和伍德沃德等着法官将他们揭露出来，也许还会问他们是否想要听由法庭处理。

但是，西利加首先想要指出法律后果，他提醒公众，试图从大陪审团搞到情报，“至少从潜在意义上讲”，是一种藐视法律的罪名。然后他为大陪审团作了辩解，大步走出法庭。书记员宣布休庭。

记者们过了好一会儿才明白过来发生了什么事情，明白事情已经过去了。他们没事了。

伯恩斯坦和伍德沃德在同行们问到究竟是谁犯了事时，竭力显得若无其事的样子。他们拒绝猜测。哥伦比亚广播公司的丹·肖尔是第一个私下里暗示伯恩斯坦和伍德沃德就是干了坏事的人。伯恩斯坦表示抗议。肖尔却露出会意的微笑。在人流中涌向大厅的时候，两名记者勉强承认，只有迫不得已，他们才会直截了当地否认这种说法；也许他们可以假装愤怒并要一要手腕来蒙混过关。

大厅里的混乱场面让人无法仔细想一想。几十个同行都在嚷嚷着要找出干了出格事的人。伍德沃德说了他想到的第一件事：同大陪审团的接触发生在 12 月的第一个周末。那是在他和伯恩斯坦写了一个重大报道的六周之后。从某种意义上讲，这话还是起了一点作用。而伯恩斯坦一直感觉不好，当他听另一个新闻记者解释说为什么那个人也许是一个电台或电视台的记者，而不是一个报社的新闻记者时，他感到很高兴。“西利加专门用了‘新闻媒体代表’这样的说法。这种说法他总是用在谈论电台、电视台记者的时候。当他指报社记者的时候，他就说‘报界’。”对，伯恩斯坦说，他想他也注意到了这一点。

伍德沃德和伯恩斯坦竭力避开在大厅里正在采访的一名同行，可那人在电梯边上追上了伍德沃德，直截了当地问法官是否指的是他或伯恩斯坦。

别胡诌，你想什么呢？伍德沃德愤怒地回答。

那人坚持要问。好吧，是你们中间的一个人，是还是不是？

听着，伍德沃德反唇相讥。你想要引用你的话吗？要把我们的谈话记录在案吗？我是说，你是认真的吗？因为如果你是认真的，那么我就告诉你一些事情，没问题。

那记者似乎很吃惊。“对不起，鲍勃，我不是认真的。”他告诉伍德沃德。

危险过去了。缠了他们一整天的噩梦般的景象——罗纳德·齐格勒在台上要将他们作为一次全面的联邦调查的对象，或诸如此类的事情——消失了。他们访问大陪审团陪审员的时候并没有触犯法律，这一点似乎是肯定的。但是他们绕开了法律，却使别人面临危险。他们撇开原则，选择了权宜之计，虽然被发现，他们所扮演的角色却被掩盖起来了。

那天下午，伍德沃德回到西利加法官的法庭，参加关于《洛杉矶时报》与博德温纠纷的听证会。记者杰克·乃尔逊和罗纳德·奥斯特罗夫的笔记、磁带及有关文件被水门事件被告的律师传审。

《洛杉矶时报》对博德温的采访是整个水门传奇故事中最生动的一段，它明确描绘了“三流盗窃未遂案”和总统班底进行的政治战之间的区别。伍德沃德记得他自己同阿尔弗雷德·博德温的律师们所打的交道，认为不大可能有什么采访不事先讲好磁带和笔记应该为《洛杉矶时报》所有。无疑，伯恩斯坦和他写的报道若没有这样的保证是无法写出来的。

法官命令《洛杉矶时报》华盛顿分社社长约翰·F·劳伦斯交出他的报纸让他保管的磁带。

“我尊重你的命令，但还是必须拒绝，”劳伦斯温和地说。他年龄在三十八九岁上下，很瘦。

西利加指责他藐视法庭，命令加以拘留。

劳伦斯的律师拼命争辩说，在第一修正案问题正在考虑上诉期间拘留他是没有意义的。他还指出，现在是圣诞节期间，劳伦斯有妻子和年幼的小孩。但是西利加无动于衷，法警领着劳伦斯到拘留所去，甚至不允许他同妻子说再见。[①]

伯恩斯坦很少看到伍德沃德如此受到震撼。他们俩都痛苦地意识到了自己与对方的鲜明对照。劳伦斯惟一的罪是行使了职业行为，遵从了自己的良心，可他却被关进了拘留所。而他们俩却只是听了一通教训，他们的秘密安然无恙，随后万事大吉。

大陪审团的问题并不是两名记者同西利加法官或公诉人的最后一次遭遇。

他们在法庭露面的几天之后，伍德沃德给莫顿·B·杰克逊办公室的前秘书打电话。杰克逊是洛杉矶的一位律师，水门事件后的那一周，亨特曾同他在一起。伍德沃德向那位前秘书说明自己的身份，并解释

① 劳伦斯在一个地下室里待了几个小时，然后美国上诉法庭将他释放。三天之后，阿尔弗雷德·博德温的辩护律师宣称劳伦斯自愿免除《洛杉矶时报》对磁带保密协议所承担的义务。磁带交给了法庭。

说，他知道她被联邦调查局找去问过话。

“你饶了我吧，”她说，“我有我自己的日子要过。我受不了。你为什么要来烦我呢?”

伍德沃德说他正在核对信息，这信息表明她对霍华德·亨特和戈登·李迪到西海岸来的目的略知一二。

“我是小人物。微不足道……你饶了我吧。”她哭了起来。伍德沃德结束了谈话。

第二天，布拉德里把伍德沃德和伯恩斯坦叫到办公室里。“威廉斯从检察官那里接到一个电话……加利福尼亚的某个女人投诉说你们当中有一个人给她打电话，并说你是一个联邦调查局特工。”

伯恩斯坦一想到伍德沃德是一个联邦调查局特工，便忍不住笑了起来。但是布拉德里很严肃。在博德温磁带案的听证会上，西利加指示该案所有潜在目击证人在审判结束之前不要同两名记者说话。

“现在我们回到西利加那里，”布拉德里说，“检察官不得不去找法官。他们不认为你假装联邦调查局特工。但是他们认为你也许破坏了有关目击证人的规定。”

布拉德里说爱德华·威廉斯将再次拜访西利加。伯恩斯坦抱怨说，如果他和伍德沃德不能同证人说话，那么要继续调查就是不可能的。布拉德里表示同意。“在我们搞定以前，”他说，“你只好完全远离证人。”

两名记者问他们怎样才能知道某人是否是证人。

没有办法，布拉德里说，所以你就得停止报道——也就是说，停止发掘新的地盘——直到这一切都搞定。

六个月当中伯恩斯坦和伍德沃德第一次被取消了他们的活动。

两天以后，布拉德里定下了关于写稿的新基本规则。其副本送到了罗森菲尔德、苏斯曼、伍德沃德、伯恩斯坦那里：“今天早晨威廉斯找西利加谈了话。我们同证人谈话是没问题的……倘若一个证人告诉我们他或她被法庭禁止同我们谈话，我们马上就中止调查。那意思是说，一旦他们那样告诉我们，我们就中止。换句话说，我们不能说服一个证人说话，只要那证人表明按他的理解他不能讲话。我们必须领会这个基本规则的精神，严格按字面意思去做。”

那星期晚些时候，他们到厄尔·西尔伯特的办公室歇歇脚，讨论起布拉德里的规定。这是大约晚上9点钟，法院里几乎没有人了。西尔伯特看上去情绪很好。一如既往，在这样的谈话中，他拒绝具体讨论案子，于是他们就谈论起大选来。这位首席检察官是一名登记过的民主党人，他的妻子是一个艺术家，曾是麦戈文竞选活动中的志愿者。她使用了她娘家姓，这样在她的政治活动和水门事件案子的起诉之间就没有不公正的关系了。

像西尔伯特做的几乎每一件事一样，他的办公室是过分注意琐事的。成堆的文件夹和文件几乎盖住了房间里每一英寸可利用的平面空间，它们都被码得整整齐齐的。伍德沃德注意到西尔伯特桌上有一封信，并认出了信笺抬头——马里兰州罗克维尔市沃特金斯-约翰逊公司。伍德沃德知道这就是麦考德买了一些用来窃听水门大厦的设备的那家公司。

当他们坐上出租汽车回《华盛顿邮报》报馆去的时候，他向伯恩斯坦提起了此事。怎么啦？伯恩斯坦说。伍德沃德不知道怎么了，但是他第二天早晨打电话到公司去，了解到麦考德买设备的时候留下了他的总统连任委员会的名片，并用百元票面的钱付账——共计三十五张。

伍德沃德写了一篇关于这件事的简短报道，刊登在12月23日该报的里页上。

下一个星期一，伯恩斯坦接到西尔伯特一个电话，说想马上在自己办公室见到他们。伯恩斯坦不知道西尔伯特想要干什么。伍德沃德估计，西尔伯特是将关于3 500美元无线电设备的信息同他们看他桌上那封信一事联系在一起了。伯恩斯坦认为，西尔伯特为了这样一件小事把他们叫来，是难以想象的，尤其是因为他们已经有了关于麦考德买东西一事的一些文件。

他们到达时，西尔伯特和他的同事塞穆尔·格兰泽都板着脸。西尔伯特要求知道无线电设备一事的消息来源。那封信还在他桌上的老地方，在左手靠前方，从伍德沃德坐的地方可以看得一清二楚。伍德沃德说，他看见了那封信，决定打电话给沃特金斯-约翰逊了解自从两名记者上次核查以后关于那设备是否出现什么新情况。

“若要使我相信，”西尔伯特说，“你们得告诉我你们的原始消息来源。”

他们拒绝了。

西尔伯特被说服，他们的信息来自那封信，并且只是来自那封信。他威胁要在美国司法部长办公室发一个备忘录，把此事告诉每一个人，建议那里的人不要再同伍德沃德或伯恩斯坦说话。他正考虑提起法律诉讼。西尔伯特补充说，如果他谈话中露出了什么事，那么两位记者拿来利用是完全正当的。但是从别人桌上搞信息，则是“鬼鬼祟祟的行为，令人不能容忍”。格兰泽说这是不诚实的。

伯恩斯坦多年前就知道，反着听人说话是一种有用的记者技能，但是他并不完全不赞成公诉人的话，于是一再道歉。伍德沃德也道歉，但是他认为西尔伯特和格兰泽不合理，并且直言相告。

如果公诉人在这个问题上采取任何行动的话，那么伍德沃德和伯恩斯坦是一无所知的。

12 月份，就在即将开始审判水门事件七名犯罪嫌疑人前几周，伍德沃德去杰弗逊饭店和苏斯曼、罗森菲尔德一起用午餐。两名编辑——友好然而坚持——要更多了解《华盛顿邮报》的水门事件调查进行到什么程度了。

伍德沃德有他关于水门事件的未来的各种幻想：其中之一是，戈登·李迪邀请伯恩斯坦和伍德沃德到家里去，请他们喝饮料，跟他们度过了一个晚上，把全部内情都告诉了他们，他们还录了音。

两名编辑对他的幻想不感兴趣；他们想要更多的采访调查。伍德沃德问谁将为《华盛顿邮报》报道审判。罗森菲尔德说他还没有决定。伍德沃德感到他和伯恩斯坦应该报道。他说，比以往更重要的是，《华盛顿邮报》应该有无可挑剔的客观报道。所以应该指定更加中立的其他记者。伍德沃德坚持说他们已经赢来了机会。罗森菲尔德瞪着伍德沃德，说尚未作出决定。

几天后，罗森菲尔德通知两名记者，他选择了常驻联邦法庭记者劳伦斯·迈耶。伍德沃德和伯恩斯坦将继续他们的调查。他们当中一个人将每天到庭，在证词中寻找头条新闻。

罗森菲尔德是对的，但是两名记者当时并不理解。他们气愤不已。案子正在进入一个新阶段；他们害怕《华盛顿邮报》会将以前关于水门事件的报道看做年轻人的过激行为。

就在审判前夕，当伯恩斯坦和伍德沃德起草了一个长篇大论的“新闻分析”时，他们的担忧增加了。“分析”立足于好几天的调查，包括对司法部官员的长时间采访，其要旨是，政府办理这个案子，会使关于赞助水门阴谋活动的大多数问题不了了之，置大量政治间谍破坏活动于不顾。罗森菲尔德拒绝了这篇文章：“让我们等着瞧，看有什么事情发生，然后再报道。”

开庭审判前两天，伯恩斯坦听说，迈阿密来的几个犯罪嫌疑人和他们的家人及律师一起，待在弗吉尼亚州阿林顿的一栋高层公寓楼里。那天夜里，他访问了其中的一个人，被告知，他们都希望对他们的辩护能支持他们的无罪抗辩。他们将争辩，他们曾得到过保证，说水门闯入得到高层政府官员的批准，所以他们是在秘密完成一项授权的使命。但是伯恩斯坦被告知，有一个人在暗中作梗，这就是霍华德·亨特。虽然亨特想要有统 的辩护，但是却强烈反对采取任何法庭上的策略，暗示他们的阴谋超出了七名被告的范围。

1 月 8 日开庭那天早晨，阴着脸、一脸憔悴的亨特穿着一件黑色的外套，外套上有一个毛皮小领子，很有贵族气派，但是却有点磨损了。他抽着他的烟斗，走过走廊，不时和他的伙伴戈登·李迪窃窃私语。两人一边说话，一边走到大厅。亨特的妻子几个星期前死于一场空难。他用手扶着李迪的脖子，好像站不住似的，需要人扶一把。

李迪是抽着一支大雪茄来的，蛮自信地微笑着，挥着手，昂首阔步。那天晚些时候，当他被介绍给未来的陪审员时，他跳起来，洋洋得意地挥着右手，就像是一个政治家在向民众致意。四个来自迈阿密的犯罪嫌疑人看上去很紧张，和他们的辩护律师亨利·B·罗思布拉特一起亮相。罗思布拉特戴着假发，留着两小撇唇须，唇须似乎还用眉笔描过。麦考德神情严肃，晚到了几分钟。他用一句“无可奉告”挡开了记者们的问题。

检察官的成员——厄尔·西尔伯特，三十六岁；塞穆尔·格兰泽，四十六岁；唐纳德·E·坎贝尔，三十五岁——全修饰得整整齐齐。每个人都拿着一英尺厚的一大堆卷宗。当他们从电梯里走出来时，记者们都围上来。“你们的所有问题都会得到回答的，”格兰泽说，“就等着吧。”

美国地区法庭首席法官约翰·J·西利加已经将此案委派给自己。他坐在高高的法官席上，卷曲的黑发使他看上去比实际年龄六十八岁年轻得多。在 12 月份一次审判前的听证会上，他表明了他的打算：“本届陪审团应该要知道：那些人为什么进入那个总部？他们的惟一目的是进行政治间谍活动吗？他们是受雇用的吗？有没有经济所得？谁雇用了他们？谁发起了这一切？”

西利加的批评者——他在有见识的法律界人士中有许多批评者，包括公诉人——强调说，法庭审判就是法庭审判，不是进行调查；进行调查严格说来属于大陪审团的任务。

伍德沃德和伯恩斯坦两人都参加了第一天的审判，听了西尔伯特长达两小时的开场白。首席公诉人似乎相当激动地说，他能够说明，总统竞选基金中的235 000美元，只有5万美元以100美元的票面交给了戈登·李迪。西尔伯特主要将他的见解立足于杰伯·马格鲁德和赫伯特·L·波特的陈述，他强调说，给李迪这笔基金是让他从事合法的情报收集活动的。李迪自作主张，计划并执行了非法的水门阴谋活动。这是几个月前，两名记者夜访期间别人描述给他们听的总统连任委员会的“托词”。

当西尔伯特编织他的低层次阴谋故事的时候，伍德沃德坐在其他记者们中间，怒冲冲地记着笔记。他不必写一篇报道，所以他可以只是思考一下西尔伯特说的话。

他想起了他在耶鲁大学当新生的那年学到的一课。老师指定学生读一些中世纪的文献，文献关于亨利四世为寻求教皇格列高利的宽恕而于1077年对卡诺萨的著名访问。按照所有这些文献，德皇都是赤着脚在梵蒂冈外面的雪地里等了好几天。伍德沃德细心研究文献，做了笔记，将论文立足于大多数文献有一致描述的事实。所有目击者都说亨利赤脚在雪地里站了好几天。可老师却因为伍德沃德不懂得运用常识而给了他一个不及格。老师说，没有人可以赤脚站在雪地里好几天而不把脚冻掉的。“国王的神权不会大到推翻自然规律和常识的地步。”

当西尔伯特对戈登·李迪——他称之为全部阴谋活动的头儿——越讲越愤怒的时候，伍德沃德很想知道西尔伯特在哈佛当新生时是否好好上过历史课。优秀毕业生西尔伯特证据充分，有六个证人。这是天衣无缝的铁证。只有一件事错了：所有这些证据毫无意义。总统连任委员会是不会为了一些从联邦调查局和当地警察那里可以轻松得到的无关紧要的情报支付235 000美元的。总统连任委员会的主管们当然知道费用的确切目的及其精确结果。

西尔伯特告诉伯恩斯坦和伍德沃德，他料想他的水门事件调查不会令任何人高兴。看来他是要成功了。他一再强调没有证据起诉被逮住的七人以外的任何人。“司法部有一个不成文的规矩——你越往高处走，你就越得抓住他们的小辫子。我想这是一个好规矩。”

在开场白之后，霍华德·亨特转而表示认罪。他在法庭外面告诉记者，“就我个人所知”，没有上层人物参与阴谋。

前一天伯恩斯坦被迈阿密那伙人中的一个告知，如果亨特认罪，四个佛罗里达人也会认罪。谣言一直在流传。星期五下午，庭审结束以后，伯恩斯坦和伍德沃德同《华盛顿邮报》的专栏作家尼克拉斯·冯·霍夫曼和《华盛顿邮报》社论作家罗杰·威尔金斯一起站在法院外面。迈阿密人的律师亨利·罗思布拉特和他的当事人站在一个拐角上，正试着叫一辆出租车。

伯恩斯坦说，如果他们当中一个人不去，那他们就会失去机会。伯恩斯坦说他想去。伍德沃德给了他20美元。就在伯恩斯坦跑过来的时候，罗思布拉特和他的当事人找到了一辆出租车。律师，粗壮的弗兰克·斯特吉斯和其他三个人把出租车挤得满满的，但是不速之客伯恩斯坦还是想办法挤了进去，当车门砰的一声关上的时候，他就横在那些人身上。冯·霍夫曼和威尔金斯笑得差点从马路牙子上掉下来。伍德沃德给自己写了一个条：伯恩斯坦欠他20美元。

星期六晚上伯恩斯坦回到办公室，一脸憔悴。他和罗思布拉特及其当事人一起去了机场，他买了一张他们当中一个人要乘坐的航班机票，挤到那人跟前，提议帮他提箱子，一边跟他友好地说说笑笑，一边溜到他旁边的座位上。伯恩斯坦实际上不必花太大力气就让他把谈话内容转到了审判上。当喷气式飞机平静地急速飞行时，内情也从谈话中自然而然地流露出来。伯恩斯坦想，这次采访每分钟花去《华盛顿邮报》一个多美元。

按照此人在飞机上的说法，亨特一个星期来一直在约谈这四个迈阿密人，敦促他们转而承认有罪，他们的家庭将会在经济上得到照顾，他们自己可以指望在监狱里待上几个月之后得到减刑。亨特一直配合中央情报局工作，作为一个做具体工作的老手，他又在给他的下级特工发布命令。十多年来，这些人都毫无疑虑地信任亨特，甚至在他监督他们参加猪湾行动以后还是如此。他是他们的头，是他们自己的项目和美国爱国主义事业之间的纽带。但是，伯恩斯坦了解到，罗思布拉特很生气，让他的当事人“远离亨特这个杂种”，但是为时已晚。下个星期就要向法庭认罪。

在和伍德沃德通电话时，亨特的辩护律师威廉·比特曼否认他的当事人正在给迈阿密人施加压力。“我认为那样的建议是荒唐的……我无法想象。”他说。

记者们和《华盛顿邮报》的执行编辑霍华德·西蒙斯讨论了对此事的报道。若要刊登的话，他们都感到很不安。西利加法官又会把他们送上法庭，这回是要找出他们的消息来源，并开始对似乎影响司法公正的事进行调查。西蒙斯跟几个《华盛顿邮报》的律师打听，如果西利加命令讲出消息来源，将会有什么后果。直到截稿期限临近的时候，大家还是意见不一。

过分的谨慎占了上风，关于亨特的报道被压下来再做进一步考虑。有一件事是肯定的：如果报道刊登的话，那么将只有一位记者的署名。一旦西利加要求说出消息来源，那么因为拒绝这样做从而也许会被关进监狱的就只有他们当中的一个人。

那天夜里，伯恩斯坦和伍德沃德都在家里接到了别人打来的电话。一篇《纽约时报》的报道说，四个迈阿密人仍然由未透露姓名的人给他们付钱。塞穆尔·M·赫什写的这篇报道还说，水门大厦闯入者斯特吉斯承认曾被告知，约翰·米切尔知道水门阴谋，而且事实上鼓励这班人马这样去干。第二天，《时代周刊》发了一个关于一篇未来报道的新闻稿，该报道说，四个迈阿密人得到承诺，他们在监狱里每月花费可达1 000美元。杰克·安德森写的一篇报道又把事情推进了一步："给被告的大部分钱是通过亨特转出去的，亨特把部分现金交给伯纳德·巴克。"那位专栏作家说。

这些报道平息了西蒙斯的疑虑。"西利加得把《时代周刊》《纽约时报》的记者，杰克·安德森，连同你们这些家伙一起送到监狱里去。"他说。

第二天，星期一早晨，关于亨特耍花招的报道刊登在《华盛顿邮报》上。那天早晨在法庭上，四个迈阿密人解雇了罗思布拉特，他们被指定了一个新的辩护律师，这个新律师立即帮他们表示认罪。

西利加慷慨激昂。在接受了新的申诉以后，他叫四个迈阿密人到他跟前来。他们走过来，站在法官席前面。被告巴克不时踮起脚尖，在身后拧着自己的双手。显然，焦虑把他折腾得够呛，连腿都站不直了。在回答法官的问题时，他的脑袋上下左右地急速摇摆着，好像他的脖子变成了橡皮脖子似的。

西利加法官问到了"像优惠券一样满天飞的100元面值的票子"。

巴克说他不知道票子是从哪里来的。其他人点点头。"我是从装在一只空白信封里的邮件中得到钱的。"他说。

"哼，对不起，"西利加回答，"我不相信你。"

西利加对这些人大约盘问了一个小时。所有四个被告的脑袋似乎都穿在同样的绳子上，它们一齐上下摆动。他们说，是的，认罪的决定不是由于任何压力才做出的。当被问到是否有任何人提起过减刑的时候，他们说，没有，阁下。

法官的眉头皱得更紧了。这些人当中有谁曾为中央情报局工作过吗？

“我不知道。”被告马蒂内斯回答，他曾经每月定期从中央情报局领取 100 美元，直到他在水门大厦被逮捕。有些人听了他的话笑出声来，其中有戈登·李迪，当西利加开始盘问犯罪嫌疑人时，他在被告方的台子跟前已经打完了一个小盹儿。

为什么你们要闯入水门大厦？西利加问。

“这同古巴形势有关，”马蒂内斯说，“只要是涉及古巴，涉及同美国有关的共产党阴谋，我就要不遗余力地来保卫这个国家不受共产党阴谋的侵害。”

西利加怀疑地转动着眼睛。什么？他说，难道民主党总部同古巴或共产党阴谋有关系？

“我不知道。”马蒂内斯说然后又加上一句，那是巴克和亨特告诉他的。

四个人全都否认他们收到过任何钱。“这些人不会为钱而出卖自己的。”巴克自豪地说。

“在这件事情上，你是在亨特先生还是在别人的指导下进行工作的？”西利加问巴克。

“我同亨特先生一起工作，我要说，我完全支持亨特先生……”巴克说。

当西利加盘问他们的时候，首席检察官西尔伯特厌恶地摇着头，盯着面前的标准拍纸簿。格兰泽朝后靠在他的椅背上，摩擦着半边脸。这些检察官曾保证说，一切都会在审判中水落石出，现在被告都表示认罪，一下钻进了迷雾之中，检察官的保证全都成了空话。

西利加问巴克关于存入他迈阿密银行账户的114 000美元的尼克松竞选用支票的问题。巴克说，他不知道这钱是从哪里来的。

那么这不是很奇怪吗？西利加问。

“我不认为这很奇怪，阁下。”巴克说，“就我而言，我在此之前参加过其他的行动，这些行动已经使我见怪不怪了。”

四个迈阿密人被带走送进了监狱去。

那天中午，伍德沃德坐上出租车回报社同凯瑟琳·格雷厄姆和霍华德·西蒙斯一起吃午饭。“凯瑟琳想要审查一下有些报道，并询问有关消息来源的问题。”西蒙斯说。

发行人格雷厄姆夫人是1933年买下这家报纸的尤金·迈耶的女儿。她的丈夫菲利普·格雷厄姆曾是《华盛顿邮报》的发行人，但是他于1963年自杀，从此以后她就承担起管理的责任。

伍德沃德很高兴格雷厄姆夫人的做法：刊登主要的调查性报道以及白宫在秋天发起攻击的时候她不露声色，等到这个紧张时期过去之后，她才要求见面。伍德沃德乘电梯到八楼，穿过双重玻璃门，踩在厚厚的白色地毯上走向她的办公室。西蒙斯已经在那里了，手上拿着一杯饮料。他们三人在一个角落里坐下来。

“今天的审判进行得怎么样？”格雷厄姆夫人问。

伍德沃德告诉她四个迈阿密人表示认罪的情况，以及西利加的盘问。伍德沃德说，审判变得越来越可笑。他描绘了四个人像是在操纵下谈话和点头的场面。

格雷厄姆夫人问了几个问题，大致是这一切意味着什么，有什么事情将要发生。“事情都会水落石出吗？”她多少有点疑虑地问，“我是说我们会知道所有这一切吗？”

伍德沃德认为这是问话的最佳方式。你们这些家伙在拿我的报纸干什么？他说他和伯恩斯坦对于是否会水落石出没有把握。

她摇摇头，脸上似乎流露出沮丧。“永远不会？”她问，“别告诉我永远不会。”她仰起头，脸上露出明快的微笑。“好吧，让我们吃饭。”她说着，站起来领他们到办公室背后的餐厅去。

一个穿着传统的黑白相间侍女制服的女人端上了火腿蛋吐司。霍华德·西蒙斯概要说明了午饭的目的：要秘密讨论一下关于水门事件报道的消息来源问题。① 伍德沃德刚咬了两口火腿蛋吐司，现在他得来一场独白了。他给她讲了佛罗里达的马丁·达尔蒂斯，几名司法部的律师，一个联邦调查局特工，一名白宫助手，休·斯隆等。格雷厄姆夫人说她感兴趣的不是名字，而是他们的地位。

伍德沃德说他从来没有告诉过任何人“深喉”的名字。

格雷厄姆夫人停了一下。“告诉我。”她说。

伍德沃德呆住了。他说如果她想要知道的话，他可以把名字告诉她。他祈祷她不要逼他。格雷厄姆夫人笑起来，拍拍他的手臂，说她只是在开玩笑，她并不想要背着这包袱到处走。伍德沃德又咬了一口火腿蛋吐司，吐司已经凉了。

“现在来谈谈霍尔德曼的事情。”格雷厄姆夫人说，看上去好像她并不是非听不可的样子。

伍德沃德放下手中的叉子，讲了他和伯恩斯坦在斯隆为大陪审团作

---

① 几个月以后，霍华德·西蒙斯总结了他关于《华盛顿邮报》在审判期间的地位的个人感觉。“我当时有这样一种恼人的感觉：水门事件最终会像国会大厦纵火案一样。你知道，四十年以后人们还是会问：是那家伙放的火吗？他是一个德国人，还是仅仅是一个疯狂的荷兰人？……我讲给你听，这就像在一个浴盆里，从科学的角度讲，你每次给水加一点点热，在不知不觉中就把自己烫死了，因为递增的热量如此之小，身体都没有感觉……那就是水门事件和五角大楼文件案之间的区别。在五角大楼文件案中，妈的，第一天就有那些律师参与其中……听取意见后，凯瑟琳实际上做出发表报道的决定。这跟水门事件的情况不一样。我们从来没有给律师打电话说，我们行吗？法律界对此的看法如何？我确实认为我们是悄悄溜进去的。这就是递增的结果。”

证的问题上所犯错误的故事。

“可是你们绝对相信我们是正确的吗？”这个问题带有一种前面的谈话所没有的力度。“我记得我和亨利·基辛格谈过，”她继续说，“他说，‘怎么回事，难道你认为我们不会连任吗？在霍尔德曼的问题上，你错了。’他似乎很心烦意乱，关于这个问题说了非常非常不公正的话。”

伍德沃德说，如果有谁没有被冤枉的话，那就是鲍勃·霍尔德曼。这是伍德沃德整个午饭期间说得最肯定的一句话。

“哦，说真的，”格雷厄姆夫人说，“我很高兴听到你这样说，因为我很担心。”她停了一下。“你使我放心了。你真的使我放心了。”她看着伍德沃德。她的脸上在说，干得更好一点。

审判又持续了两个星期。伍德沃德和伯恩斯坦继续出席庭审，仔细察看了法庭归档的证据和文件。伍德沃德抄下了被告地址簿中的电话号码，这是用来作为证据的。有一天夜里，他给其中的一些号码打电话。“联邦调查局？”一个人问，“他们从来没有和我接触过。我从来没有同他们谈过话。”

伍德沃德啪地挂断了电话。在肯尼迪总统遭暗杀以来最大、涉及面最广的调查中，联邦调查局竟然没有给地址簿中的电话号码打电话？

在仔细审阅证人名单的时候，伍德沃德发现有一个人十分了解亨特。他给这个证人的办公室打了电话，问他将要证明什么情况。证人说：“我将告诉你我可以证明的东西，但是西尔伯特不会问。如果法官或者辩护律师中的任何人问了，我就会说的。”

伍德沃德在他写字台旁边的大蓝椅子里面坐直了身子，询问证词里面会包含哪些内容。

“霍华德谈论他的活动时，总是使用‘他们’或‘白宫’的字眼。但是我记得有一天他在抱怨埃利希曼，说一个业余的埃利希曼算什么东西，这是因为埃利希曼插手控制了霍华德正在做的许多事情，各种各样秘密的、情报类的事情。行动被拖延了两到三周，就因为埃利希曼卡住预算。”

埃利西曼。伍德沃德用手指啪的--声把一支铅笔撅成了两截。

“霍华德一直说，这就是他喜欢柯尔逊的原因，因为柯尔逊明白这样的事情是必要的。柯尔逊是一个精明的人，他立即就会同意。是他使预算通过的。”

柯尔逊——这个信息有意义，但是埃利希曼呢？那证人接着说的时候，伍德沃德用纸夹在办公桌上摆开了好几行。

“从霍华德发表的看法来看，显然米切尔收到了窃听内容的打印报告。”

行，伍德沃德想，那个信息有意义。

“在水门事件以后，当霍华德离城躲藏起来，并需要一名律师时，他就找约翰·迪安，说：‘让他给我找一个律师来。’”

伍德沃德一抽手，弄乱了排得整整齐齐的纸夹，破坏了对称的图形。“约翰·迪安？”他问道。

“我告诉西尔伯特的时候，他也是发出这样的声音，”证人说，“西尔伯特说：‘这是他第一次在这件事情里面露马脚。’”

伍德沃德拿起一个大纸夹，把它弯成一个大L，开始拿在手里转来转去，同时阅读着他的笔记。就在那一刻，布拉德里走过他的办公室，问有什么事情。伍德沃德说，也许很多，也许没有，但是至少有一个证人能给米切尔、柯尔逊、埃利希曼以及约翰·迪安以重创。布拉德里的眼睛放光了。他翩翩起舞，用一条想象的毛巾来擦他的屁股，来回摆动，然后走开了。

伍德沃德一闪念之间想到同西利加法官或他的一名法院书记员接触一下，设法让他们知道，这位证人可以回答一些有意思的问题。但是他抛弃了这个想法。

证人从来未被问到那样一些问题，但是在一次后来同伍德沃德进行的谈话中，他解释了亨特之所以对上层的参与保持沉默的原因。“在他的价值辞典中，”证人说，“霍华德正在从事一项英雄的业绩。他就像一个中世纪的修道士，到高处去冥思，希望这将使他进入天堂……霍华德想要成为右派的阿尔杰·希斯[①]。”

审判拖延着。在休庭期间，李迪和麦考德可以接受采访，经常在走廊里同记者聊天。李迪乐于讲些小轶事，例如讲一架军用飞机如何无意中在一个墨西哥边境城市的红灯区扔了一颗炸弹。“于是该城的一些官员造访军事基地，”有一天早晨他讲给十几个记者听，“对基地指挥官说，如果他停止轰炸这些妓院的话，他们就会把它们关掉。”李迪对他自己讲的这个故事很得意，一阵阵痉挛的大笑，使他满脸通红。

李迪的律师彼得·玛鲁利斯经常提出异议，有一次，在他的异议又一次被西利加驳回以后，李迪把伍德沃德领到走廊一边。“你知道怎么下棋吗?”李迪像阴谋家似的问，伍德沃德告诉他自己会下棋。“好，彼得刚才吃了他们的后。”李迪说。伍德沃德问，你这是什么意思？“听着，这是我所能告诉你的一切，他吃了他们的后。”伍德沃德问这是否意味着法官犯了一个错误，根据这个错误，上级法庭将不得不撤销判决。“你是一个好棋手。”李迪满面红光地说，两手插在口袋里微微蹦了几下。

1 月 23 日，来自总统连任委员会的惟一几个证人应该在这天作证：杰伯·马格鲁德，赫伯特·波特，罗伯特·奥德勒，休·斯隆。伍德沃德去听庭审，发现马格鲁德正在走廊上踱步。这位三十八岁的高个子前

---

① 阿尔杰·希斯（1904—　）：曾为美国国务院官员，共产党员，1948 年被指控为华盛顿特区共产党间谍网成员，曾向苏联提供过国务院秘密文件，后因伪证罪被判刑。——译者

化妆品、面巾、妇女长统袜商人在他保守的西服翻领上有一面美国国旗。马格鲁德看看表，朝西尔伯特走去。“厄尔，”他说，“我还要再等多久?”西尔伯特恭敬地笑笑说，法庭的事情不是按照证人的时间表来进行的。马格鲁德很生气。这时候，戈登·李迪从他身边经过，脸上露着得意的笑容，朝他打了个招呼。走廊上的记者们都笑起来。马格鲁德更生气了，转过身，走回到大厅去。

伍德沃德断定，这是同马格鲁德见面的时候了。他走上前去，做了自我介绍。马格鲁德比他预想的要友好。“我对你和伯恩斯坦那家伙做的事只有一个异议。这就是你们在夜间造访我的人，很晚去敲他们的门，却不说明你们的身份。”伍德沃德说，他和伯恩斯坦每次都说明身份，而且总是很有礼貌的。“卑鄙下流的报道，”马格鲁德说，“嗯，也许不是你，但是伯恩斯坦干了。我知道。”

毕竟是政客，伍德沃德想：马格鲁德不愿意面对他，却把事情推到不在场的伯恩斯坦身上。伍德沃德说，在下班以后上门拜访一点也不卑鄙下流，而且由于马格鲁德和许多其他人不愿意回答有关水门事件的问题，所以也不得不这样做。马格鲁德转身走开了，随后回过头来看了一眼伍德沃德。“这不关你的事。”他说着，总结出了总统连任委员会的观点。

西尔伯特对马格鲁德进行了三十三分钟温和的、充满敬意的提问。马格鲁德证实，作为约翰·米切尔的第一助手，他忙于监督二十五个选区的负责人和二百五十名全日制雇员的工作，花销要在 3 000 万至 3 500 万美元之间，简直无法过多关心戈登·李迪的事情。马格鲁德说，他甚至和李迪相处得不好。李迪有一种不同的管理风格。马格鲁德这样说，好像管理风格不一样是两人之间最严重的问题，尽管李迪曾经威胁要杀了他。在马格鲁德说话的时候，李迪坐在椅子里前后摇晃。

尼克松竞选活动前司库休·斯隆很紧张不安地走进法庭，在他的位置上站定。他看上去更瘦了——“他只剩下皮包骨头了，”他母亲告诉一个《纽约时报》的记者。西尔伯特马马虎虎的提问是冷冰冰的。斯隆说他大约付出去199 000美元现金给李迪。西尔伯特没有问是谁命令斯隆付那笔钱的。

西尔伯特问话结束后，让陪审团离开法庭，然后问了斯隆四十一个问题。对于其中一个问题，斯隆回答说，他对大笔付钱给李迪很是担心。所以他同莫里斯·史坦斯进行了核对，史坦斯又向约翰·米切尔查证了经费开支，米切尔说应该给李迪现金。

“你向谁进行了查证？”西利加问。

斯隆重复了一遍他的回答。

在完成提问以前，西利加表明，他不相信斯隆的证词，说他给出去这么多钱而不问这笔开支的用途。西利加说，斯隆明显的天真令人吃惊，“难道你不是一个大学毕业生吗？”①

在西尔伯特作最后论证的时候，李迪坐在椅子里慢慢地摇晃着，当检察官把他描绘成水门事件中的“老大”时，他脸上露出微笑。李迪——这个联邦调查局前特工，这个靠“警察捉强盗”发迹的前检察官，这一次，警察变成了强盗。西尔伯特停下来，显然对他的振振有词很满意。李迪很活跃地向陪审团迅速挥了挥手，就像审判第一天他那次挥手一样。

陪审团花了不到九十分钟的时间来认定李迪和麦考德的所有罪名成立。法庭的书记员宣读陪审团的裁决，重复了六遍“罪名成立”。这时李迪轻蔑地抱着双臂，无动于衷地站在那里。当“罪名成立”宣告了八次，每次针对一条罪状的时候，麦考德很淡漠地站在那里。西利加命令

① 几周以后，在一次审判后的听证会上，西利加直截了当地说，他不相信斯隆说的是真话。但是他找岔子找错了人。斯隆是一个同调查充分合作的总统连任委员会的证人。西利加连一个问题也没有问马格鲁德或总统连任委员会调度主任赫伯特·波特。两人后来都承认在审判时作了伪证。

将两人无保释收监。李迪在被押送出法庭之前拥抱了他的辩护律师彼得·玛鲁利斯，热情地拍拍他的背，并在被带走之前最后一次向观众和报界人士挥手。

伯恩斯坦和伍德沃德写了一篇很长的新闻分析来总结这次审判，标题为《仍是秘密：何人何故雇用间谍》。文中说，十六天的审判是以此为标志的：该问的问题没有问，该作的回答没有作，该叫来作证的证人没有叫来，再加上那些被叫来的证人的记忆缺陷。

两名记者相信，检察官并不是对这个案子敷衍了事。更可能的是，他们听了谎言，成为通过白宫和司法部施加的微妙压力的牺牲品。尤其是他们不理解总统连任委员会和白宫的工作及总统班底的作风。

在陪审团作出裁决三天之后，西利加法官在他的法庭上举行了一次听证会，为李迪和麦考德定下保释金额：每人 10 万美元。他严厉地批评了西尔伯特。“所有也许可以得到的——我说的是也许可以得到的——相关事实都被摆在一个美国陪审团的面前，这是我一直不满意，现在仍然不满意的事。”

在为他自己的行为辩护时，他说：“我认为我们不应该像傻瓜一样坐在这里。我把话这样说出来——我十分怀疑斯隆先生在这个案子里把全部实情都告诉了我们。我现在这样说，在审判中我也已经指出了这一点。

“我曾感觉，你们双方——政府和被告方——没有一方问过斯隆先生任何问题。我有权利问他，确保所有事实水落石出。

“每个人都知道，将要以国会名义对这个案子进行一次调查。我不仅作为一名法官，而且也作为一个伟大国家的公民和成百万寻求一个确切答案的人之一，坦率地希望参议院委员会由国会以大多数人通过的决议授权，设法彻底查清这个案子中发生的一切。我希望如此。这便是我所要说的话。”

12

现在，伍德沃德需要给“深喉”发出要求见面的信号了。在大选以后不久，伍德沃德从他狭窄的公寓小套间搬到了离报社有两个街区远的一栋整修过的大楼的两居室公寓里。在上次见面时他告诉“深喉”，新寓所没有阳台来放花盆和旗子。更糟糕的是，邻居说人们永远都从门前面取他们的报纸。伍德沃德是在彻底视察了大楼不太明显的优点之后才要下这套公寓的：后楼梯，安全出口，窗台。在关于霍尔德曼问题的那次不快的会面结束时，他们定下了新的信号系统。这将是由伍德沃德起头的单向联络，他把他厨房里的黄色废纸篓倒过来放在安全出口。

但是这个新的系统还没有经过检验，就遇上了严重的问题。伍德沃德楼上的邻居喜欢跳舞——经常在凌晨 1 点到 4 点之间。他用扫把捅薄薄的天花板，求他的新邻居至少考虑一下只跳短袜舞，可是却反而让这夜间跳舞人来了劲头。他并不迷信，但是他确实相信在一个人的一生中有必须强行加以遏制的恶性循环。他的倒运是从关于霍尔德曼的报道开始的；意气消沉在 11 月、12 月期间达到高潮。最好搬家，不要冒险。所以，他惟一的一次将垃圾篓颠倒过来放是在 12 月底，只是要告诉“深喉”他又要搬家了。“深喉”在他们这次简短的会面中沉默寡言，只是劝他待机行事，看看水门事件的审判如何发展。

伍德沃德在靠近波托马克河的华盛顿西南部一幢高层豪华建筑的顶层找到了一个新寓所；他给自己买了一个新花盆，重起炉灶。

伍德沃德在他新居的宁静中度过了好几个美好的夜晚之后，到1月24日便开始了他的联络。他从地下室的一个出口出去，进入一个后院，翻过一堵墙，来到一条小街上——心中想着格雷厄姆夫人关于警惕有人监视的警告和“深喉”越来越增加的忧虑。他花了半个小时才找到一辆出租车，当他在离他们约会的车库大约半英里远的地方下车的时候，出租车司机没有零钱找他10美元的票子。他怒气冲冲地让那司机把10美元留下了。

“深喉”正等在那里。他形容憔悴，但是仍然露出笑容。“什么事?”他假装不假思索地问，并深深地吸了一口香烟。这一次，伍德沃德希望“深喉”会真正告诉他一切，不问问题，不用进行意志的较量，只给出一份充分的形势报告。两名记者推测过“深喉”之所以总是给一些零打碎敲的信息的原因，他们有好几种分析。如果他把所知道的一切一下子全都说出来，那么一个出色的管子工也许就能够找到泄漏之处。通过让两名记者到别处去补充他的情报，他就使他冒的危险降到最小的可能性。也许是这样。但是同样可能的是，他感到，一两篇有分量的报道，无论多么锋芒毕露，其效果都会被白宫削弱。或者，通过逐渐加码，他可以使这场游戏对他自己更有意思?两名记者倾向于怀疑，像他这样地位的人，怎么会对影响理查德·尼克松或总统职位本身的事情如此不在乎呢?他们认为，更可能的是，“深喉”正在试图保护官方，试图在官方行为中造成某种变化，免得到一切全玩完的时候，就为时已晚了。每次伍德沃德提出这个问题的时候，“深喉”总是严肃地坚持说：“我得按我的方式来做。”

那天夜里，还是熟悉的模式。他只对新信息作出反应。他不愿被拖下水，对管子工、审判中被告的认罪或Z之谜进行手段不当的调查。

伍德沃德害怕会空手而归，就转向一个他和伯恩斯坦打算要写的话题——米切尔和柯尔逊。他很快回顾了差点要将两人算成阴谋分子的种种环境细节。

“深喉”似乎很佩服他们做的基础工作。突然，他走到车库中的一辆汽车跟前，站直了，威风凛凛地将双手放在车头上，好像这是一个讲台。“在这个讲台上，我准备谴责对侠义的柯尔逊、高贵的米切尔的怀疑，这完全是含沙射影，诽谤，道听途说，以及拙劣的新闻炒作。这些怀疑本身就是捏造、虚构和一大堆荒唐的东西，来自错误的消息来源。”

已经十分疲倦的伍德沃德大笑起来，停也停不下来。“深喉”对齐格勒继续他的谴责：“……由自封的公众不信任情绪的卫士组成的乔治城小集团，他们试图摧毁人民的意志——”

有一个声音打断了这种轻飘飘的举动。“深喉”钻到一辆汽车后面。伍德沃德小心翼翼地走上斜坡。一个并非假装的老酒鬼正靠在墙上发抖。伍德沃德确证他是真的酒鬼以后，给了他 10 美元，让他找一间旅馆的房间去住。当时天气冷极了。伍德沃德从斜坡上走下来。

这一打扰使“深喉”很是不安。“柯尔逊和米切尔是水门事件背后的人，”他迅速说，“联邦调查局的每一个人都相信，包括格雷（L·帕特里克·格雷，联邦调查局代局长）。柯尔逊的角色是主动的。米切尔的地位更加‘非道德化’，不太主动——点头，但是不构想计划。”

“所有东西都会被认为不过是微不足道的间接证据。但是也没有怀疑。‘绝缘’是理解为什么无法揭示证据的关键词。”

他概括了四个因素，也许可以导致“必然的结论”，认为米切尔和柯尔逊是阴谋家：“其一，两人的个性和过去的所作所为。这种生活方式对他们并不新鲜。其二，在关键时刻有直接接触和电话往来——柯尔逊和米切尔声称全都涉及其他事情。其三，对钱的严密控制，尤其是米切尔，甚至小到铅笔橡皮的花费他都有账可查。其四，有无可辩驳的事实说明七名被告相信他们将得到照顾。令人如此信服只有高层人士才能做到，而且在某种程度上，这已经令人信服地做到了。”

相信柯尔逊和米切尔参与的人有多大范围？

“任何地方都没有什么不一致的看法，”“深喉”说，“白宫知道，联邦调查局也知道。”他抚摸着下巴上硬邦邦的胡须茬。“参与到这儿，”他的手举得更高。但是仍然没有证据。如果联邦调查局无法证明，那么我想《华盛顿邮报》也不可能。

“使之明显成为米切尔–柯尔逊阴谋活动的，是对李迪和亨特的雇用。这是关键。米切尔和柯尔逊是他们的后台老板。如果你核查的话，你就会发现李迪和亨特声名狼藉。绝对声名狼藉。雇用这两个人是不道德的。他们得到了他们想要的东西。李迪想要窃听《纽约时报》，谁都知道。[1] 可并非每个人都觉得这很可笑。米切尔就是一个，他喜欢这个主意。”

“深喉”沉思起来。“李迪和麦考德应该明白，没有人能帮助他们，因为这太露骨了。任何国会调查都会遇到大问题，除非他们找到某个人从内部加以揭露。不然的话，你说有许多钱用于肮脏的阴谋，你说有许多阴谋计划，可是却没有第一手的材料或细节说明上面发生了什么事。”他说，白宫正在制订计划，确保任何国会调查都不会成功。部分策略是要求拥有广泛的政府特权，阻止调查者传审白宫和司法部的档案。

对原先的水门阴谋活动进行耍花招的处理是怎么回事？

“将水门事件和间谍破坏活动分开的说法纯属胡扯，”“深喉”说，“它们是一回事。如果查一查别的事情（诸如赛格雷蒂的事情），他们会发现大量非法的东西。”

伍德沃德问“深喉”，两名记者是否已经得到了足够的材料来写一篇关于米切尔和柯尔逊的报道。

---

① 《洛杉矶时报》早先报道过，李迪向白宫的同事建议，应该窃听《纽约时报》来了解它是怎么搞到五角大楼文件的。按照《洛杉矶时报》的报道，李迪的建议立即遭到否决，理由是他不是疯了，就是在开玩笑。

“这得由报纸，而不是由我来决定，”他说，“如果你要做，就得快做。你等得越久，他们就越相信他们可以万无一失地加以攻击。”

这次同“深喉”的会面，造成了伯恩斯坦和伍德沃德之间自他们七个月前开始合作以来最严重的分歧。问题是关于米切尔和柯尔逊扮演的角色是否可以写一篇令人信服、证据充分的报道。伍德沃德起草了一篇以下列导语为基础的报道：

> 按照可靠的消息来源，联邦调查人员得出结论：前司法部长约翰·N·米切尔和总统特别顾问查尔斯·W·柯尔逊都直接了解在水门事件一案中被起诉的那些人所进行的全面的政治间谍活动。

伯恩斯坦将报道加工了三遍，实际上将他们七个月中关于米切尔、柯尔逊以及联邦调查的性质所了解的一切都加以详细说明。报道的要点是，一位前司法部长和一位总统特别顾问逃脱了起诉，是因为他们将自己绝缘得好，是因为调查被规定为从最狭隘的意义上来定义阴谋。

伯恩斯坦每改完一遍稿子，伍德沃德就说他认为在他们搞到更好的证据以前不应该刊登。伯恩斯坦争辩说，这报道是合法的，报纸不必举出确切的证据，在本案中，完全可以报道接触过像L·帕特里克·格雷那样高层人士的调查者的结论。

争论变得白热化，他们偶尔还会在新闻编辑室楼层边上的售货机室冲着对方吼叫。伯恩斯坦指责伍德沃德压下报道是干了对白宫有利的事情。伍德沃德则指责伯恩斯坦试图将一篇会导致白宫发起有害攻击的报道硬塞进报纸也是对白宫有利的事情。但是他们最终服从了老规矩：只要有一方对报道提出异议，它就不能见报。

在同“深喉”见面后不久，伍德沃德接到北卡罗来纳参议员，在国会山有着令人畏惧的权力的宪法研究学者，七十六岁的山姆·J·欧文办公室打来的电话。一位助手说，欧文想要谈一谈水门事件。

1月11日，欧文同意参议院多数党领袖迈克·曼斯费尔德让他主持对水门事件和1972年总统竞选进行彻底调查的请求。这一同意，似乎表明在国会山将要建立某种调查机器，超越参议员爱德华·M·肯尼迪的政府实践与程序司法小组委员会1972年10月以来一直在进行的初步调查。

就在关于赛格雷蒂的报道发表之后，肯尼迪曾在一次采访中告诉伯恩斯坦，除非国会的小组委员会迅速行使传审权力，搞到联邦调查人员似乎忽略的领域里的档案与文件，否则进行一场真正广泛的调查的机会也许就会迅速成为泡影。这位参议员声称他所知道的只是他在报上读到的东西。“但是我了解尼克松周围的那些人，”他说，“这就足够了。他们都是恶棍。”

白宫正在散布消息说，肯尼迪企图化解宿怨，争取当1976年的总统候选人。脸上晒得黝黑，脑后头发轻拂着领子的肯尼迪对此给予回击。他的调查将是一种“牵制性行动”。初步调查将同时由多数党和少数党的工作人员关起门来进行。它将避免任何关于政治迫害或肯尼迪运动的暗示。肯尼迪坚持说，他在其中没有任何好处；白宫将会不遗余力地诬蔑他。查帕奎迪克事件会没完没了地提出来。他相信，总统手下掌握一大堆有关他的其他信息。“都是一些不足挂齿的玩意儿，”他不自在地说，“他们没有提出任何真正的新东西。”

当肯尼迪的小组委员会正式开始调查的时候，两名记者竭力同参议员们及其工作人员保持密切联系。但是肯尼迪的船滴水不漏。他们什么也没有打听到。

伍德沃德希望在欧文参议员那里有更多的收获，但是这位参议员更有兴趣搞清楚伍德沃德和伯恩斯坦知道些什么。

在往欧文的里屋办公室走的时候，伍德沃德注意到在一个秘书的桌上有一张打印好的纸，上面开列了参议员当天约见的一些人的名单。

《纽约时报》的塞·赫什几个小时前已经来过了。伍德沃德很想知道赫什是怎么应付这局面的。一个记者什么时候将信息告诉调查委员会，或者给参议员建议是正当的呢？如果记者相信他不能利用一条有价值的信息，那么做一次交易是否合适呢？

伯恩斯坦和他似乎一筹莫展。他们的信息能在调查中帮助别人吗？

一个皱巴巴的庞大身躯，一张堆成一堆的大脸庞，欧文参议员正坐在他办公室中间一张笨重的办公桌后面。看上去，如果他坐在一把走廊上的摇椅里，要比现在这样挤在标准大小的米色转椅里更舒服一些。大堆的纸乱七八糟地摊在桌上到处都是。他身体后倾，晃着脑袋，下巴上下左右乱动，浓眉跳动着——就像某种大猛禽，竭力飞起来，又不想失去自己口中的猎物。他就这副样子说起话来。

在客套了几分钟之后，他切入了正题。“你也许很愿意和我们一起分享头版新闻或消息来源，而且会得到严格保密，我向你保证。我们将十分感激你的帮助，”欧文说。

伍德沃德想，来自“深喉”和Z的情报以及其他一些零星信息也许会有助于调查，可能还会为它指明方向。但是他不能说。他最多只能建议可能的调查方针。

他告诉参议员，说出消息来源的身份是不可能的。但是有一个人——不一定是消息来源——他曾说过愿意同任何合法的调查合作：这就是休·斯隆。一个工作人员把名字写了下来。伍德沃德继续说，两名记者的报道包含许多名字和事件，需要进一步核实。关键是那笔秘密竞选现金，应该全部追查一下；一切迹象都表明有一个霍尔德曼插手的大规模秘密阴谋活动，水门事件和1972年初选时的卑鄙把戏只是其中一部分；除非七个参与阴谋的罪犯中有人决定合作，否则全部实情就不会水落石出；两名记者自己的报道只是涉及了皮毛；这些报道没有完全包含已经发生和仍然在发生的事情，但是总统手下所作所为的穷凶极恶似乎是很惊人的。

“如果我们发现马格鲁德先生担任的角色，我就很满意了，”欧文倦怠地说。参议员是研究政府践踏人权，尤其是践踏隐私权问题的专家。

欧文谈起了三权分立，谈起他相信宪法的某一条款，某一部分，精确指出了国会应该拥有什么样的权力。他说，那就是他打算调查水门事件的方法——使一项决议得以通过，保证一个特别委员会拥有尽可能最广泛的传审权。那时候，该委员会就可以传审任何必要的——政府部门的以及别的地方的——人和文件。

例如谁呢？伍德沃德问。

“嗯，我相信在你和伯恩斯坦先生的报道里提到的每一个人都应该有一次机会，让他到这里来，证明自己的无罪，”欧文说，“如果他们拒绝来，我们就传他们来，保证他们有一个机会使自己的名声清白。”他微笑着，几乎不能控制自己眉毛的跳动。

甚至中央情报局？

欧文胳膊肘支撑在椅子扶手上，用力点点头。

还有白宫？霍尔德曼？那将是许多书描写的题材，白宫幕僚长被带到了他如此蔑视的国会面前。

“不管是霍尔德曼先生还是某某先生，”欧文说，“任何人，只有总统除外。”

他很严肃。伍德沃德相信白宫同样会很严肃。第一个问题是一项保证拥有这种权力的决议是否能通过。欧文认为能通过。伍德沃德问他是否能这样写报道：参议员计划传审总统的一些高级助手。

“如果你不提名字，只说你知道我的想法，我就没有异议，”欧文说，“只是不要直接引用我的话。”①

① 这次同伍德沃德的谈话是在暗中进行的，但是欧文参议员后来同意本书引用他的话。

伍德沃德写了一篇报道，概括了欧文传唤总统助手，向政府特权挑战的打算。战线正在拉开。

2月5日，欧文参议员提出一个议案，给调查总统竞选活动的参议员特别委员会拨款50万美元来调查水门事件和相关指控。强有力的参议院民主政策委员会给予该议案无条件的支持，现在惟一的阻碍可能会是白宫-共和党人在紧急关头要出的花招。2月7日投票的那一天，伍德沃德大约上午8点半来到国会山，看看是否真有花招。在参议院的自助餐厅里，他同一位共和党参议员的行政助手聊了起来。

白宫的策略是什么呢？伍德沃德问。

“是什么使你想到有这样一个策略呢?”那助手问。“不知道是谁编造了这个想法，”他继续说，“不过将有一个修正案来扩大调查的范围，使它包括1964年和1968年的竞选。”

那是合情合理的。“一如既往的政治，”白宫已不是第一次作出这样的反应了。

“他们正竭尽全力，”另一个共和党人助手说，“有话传下来，要展开一场大攻势。”

伍德沃德从记者席的一个电话亭给白宫打电话。“我们当然是在这样做，”那里的一个线人告诉他，“你会以为国会山的那些傻瓜自己有头脑这样做，但是他们没有帮助连门都找不着。霍尔德曼让这里一半的工作人员加紧努力干这事。这是今天的命令。我们全都得给我们在参议院中认识的人打电话。”

少数党领袖，宾夕法尼亚的休·司各特站起来宣布，欧文提出了“我曾见过的最宽泛的议案”。他称它的权威性特权是“疯狂的，难以置信的”，并说这个决议案会导致参议院水门事件委员会工作人员的“讹诈”。司各特指责说，在1968年的竞选中“有针对共和党人进行窃听的大量证据”，但是却没有列举具体事实。得克萨斯的约翰·陶尔和亚利桑那的巴利·戈德华特也参加进来，但是没有人举出具体的例子，或作出具体的指责。

民主党人否决了由少数党提出的对欧文的议案的每一项修正。当宣布最终投票的时候，共和党人加入他们的民主党同事当中，决议案被一致通过，77 票对 0 票。老牌的参议院记者告诉伍德沃德说，这种一致只是共和党对民主党作为多数党力量的一种承认。伍德沃德并不这样肯定。议员席上的那些人都是政治风云的狡猾的解释者。伍德沃德很振奋。议会制度正显示出运作的迹象。当他离开国会山的时候，他向一位共和党参议员打听一个人，他注意到在讨论修正案问题的关键时刻，那人一直待在议员席附近。哦，参议员说，那是白宫派来起草修正案的司法部律师。

审判，Z 的陈述，同“深喉”的最后一次会面，把伍德沃德和伯恩斯坦送回到老地方——李迪和亨特那里。如果他们能够搞清楚亨特和李迪在白宫干了些什么，管子工的使命究竟造成什么后果，那么他们也许能够明白亨特和李迪为什么愿意去坐牢。

参议员投票几天以后，伍德沃德前去海亚当姆斯宾馆赴约，和霍华德·亨特的一个朋友一起吃午饭。他们在大厅里见面，一起来到主餐厅。伍德沃德好几个月来一直在设法请这个人出来吃午饭。既然他最终成功了，把这个人逼得太甚就不值得了。作为一个信息来源，他的价值现在还难以预测。

伍德沃德要了一杯啤酒，一个汉堡包。

亨特小说中的人物总是点伍德沃德从未听说过的菜，并告诉厨师长该怎样做。亨特的朋友似乎也有这种美食家的口味，他问侍者，海亚当姆斯的鸡蛋卷是怎么做的。伍德沃德忍住了没有说出口：“是用鸡蛋做的。”侍者去问了厨房，回来报告。回答不能令人满意。那人就点了炖羊肉和荷兰酸辣酱西兰花——假如两样东西都新鲜的话。

他然后开始表明，他认为霍华德·亨特很可笑。“有一次，在佛罗里达初选期间，霍华德让人印了一些传单，上面说纽约的（约翰·V·）林赛市长正举行一次会议，将会有免费啤酒。霍华德在黑人居住区散发了这些传单，当然，事实上没有会议，也没有啤酒，这样黑人就会冲着啤酒而来，怨恨林赛而去。霍华德认为这是自从有中国象棋以来最了不起的事。”

羊肉端上来了，马马虎虎。“现在我们知道霍华德的窃听小组实际上是怎么回事了。只是些不折不扣的业余人员。嘿，他可告诉我说，他收罗了一批真正的行家，他们能进行电子窃听——说他们可以安装防干扰声控窃听器，在一百码以外都可以接收窃听内容。你知道，水门大厦的窃听器就像是一台晶体管收音机，使用手电筒电池做电源——还是一批行家，我的天。这荷兰酸辣酱不新鲜。”他怒气冲冲地把他的叉子甩到桌子上，做手势招呼侍者。“自从6月17日以来，霍华德说起白宫和水门事件的时候总是说‘他们’。‘他们命令我离城’，‘他们需要这个计划’，‘他们命令我回来’，等等。霍华德接受这一切。但是朵罗茜·亨特（亨特已故的妻子）很生气，不断说：‘是他们命令他这样做的，他们起诉他是不对的。’”

亨特为白宫从事的是什么计划？伍德沃德问。

“除了水门以外？嗯，霍华德曾经模模糊糊提到过要去——那是什么地方？美国电报电话公司那件事情中的那个女人是在什么地方？迪塔·比尔德，她去了哪里？”

丹佛，伍德沃德说。

“对，丹佛。霍华德去了丹佛。证明美国电报电话公司备忘录是伪造的文件，这是白宫计划的一部分。迪塔·比尔德在丹佛那里的医院里，霍华德去找她谈话。”

还有什么计划？

“去白宫工作后不久，霍华德说柯尔逊和其他人有庞大的计划，要让爱德·马斯基没有获胜的机会，他自己也将参与这计划。”

亨特的朋友变得有点神经质。他建议等他们互相更加了解以后再提供更多的信息。

对肯尼迪的调查是怎么回事？伍德沃德问。记者们去年7月份已经写了有关的报道了。

“对了。霍华德说，就在他去白宫工作以后，他去了马萨诸塞州——我想是波士顿地区——见到一个据说了解肯尼迪的人。我就是不记得那家伙的名字了。霍华德到那里去，这家伙声称了解肯尼迪的一些不轨性行为。霍华德用了他的假名爱德·沃伦，我记得的，他还把同这家伙的谈话录了音。”

这人要了一份牛奶蛋糊冻，当他把菜单递给侍者的时候，把杯子里的水洒了出来。他瞪眼看着侍者，就好像这是侍者的错。他告诉侍者，海亚当姆斯该怎么处置它的荷兰酸辣酱。

当他们呷着咖啡的时候，他把手指捻得噼啪作响。“克里夫·德莫特，”他说，“就是霍华德见的那个波士顿的家伙。他为那里的联邦政府的某个机构工作。德——莫——特。”

接下来，伍德沃德花了两个小时在办公室里打电话，设法找到克里夫·德莫特。他让波士顿的电话接线员查了两遍电话簿，然后开始给各联邦机构的人事员打电话。总务管理局人事部的一个女人找到了这个名字：克里夫顿·德莫特，GS12[①]，在罗得岛戴维斯维尔的海军工程建筑中心任职。伍德沃德在第二天早晨的工作时间打电话找到了德莫特，他

① 文职官员级别，从GS1到GS18。

猜得没错：联邦调查局在亨特的长途电话费记录中发现德莫特的号码以后，已经找他谈过话。

“那是一次秘密谈话，”德莫特说，听起来有点吃惊，“我不应该同新闻界谈论此事。”

伍德沃德说他已经掌握了大部分信息，只是因为联邦调查局经常把事情弄得一团糟，所以他要核查一下。

“当时我不知道他是亨特，”德莫特说，“他用的名字是爱德·沃伦。直到联邦调查局来找我，给我看了照片，我说这是爱德·沃伦，他们说这就是亨特，我才知道他是亨特。”德莫特，四十一岁，1960 年时曾是海恩尼斯港姚茨曼汽车旅馆的公关部主任。当时总统候选人约翰·肯尼迪将这个旅馆用作他总统竞选活动的新闻人员和工作人员的总部。“亨特想要知道，我是否听说过肯尼迪家的男孩追逐过任何女人……我是否听说过任何丑闻一类的东西。他要我做有关查帕奎迪克的工作。他给我一本书读，看看能否唤起我的记忆。可它没有。”那本书是杰克·奥尔逊的《查帕奎迪克之桥》，亨特从白宫图书馆借出去的就是这本书。他是 1971 年 7 月去找德莫特的，就在他被白宫雇用后的一两周内。

德莫特向亨特提供了一些“完全是道听途说的”信息，讲肯尼迪的工作人员如何惹麻烦。“这是很早的事了，在 1956 年，”德莫特说，“（约翰·）肯尼迪举行过一些纯粹是瞎胡闹的聚会，还用州警察车辆来运送这些人。有一次，他们派一辆警车去取库存的酒。

“我极力说服亨特：这是浪费他的时间。……但是他说他代表不便向我谈论的某个组织。他说他是一个作家。我想他完全是一个詹姆斯·邦德式的特工……我们在汽车旅馆里吃了晚饭，喝了饮料。他似乎是献身于什么东西，不是国家，就是某个组织，或者是他自己……我度过了一个不平静的夜晚，早晨想找他喝杯咖啡，但是他已经走了。”

《华盛顿邮报》2 月 10 日的各版报纸都刊登了一篇报道，说霍华德·亨特在一个白宫十分害怕肯尼迪的总统候选人身份的时期，调查了对方的私生活。这一次，布拉德里毫不犹豫地把报道放在头版。[①]

关于德莫特的报道只是确定亨特和李迪在白宫所作所为的一个小小的步骤。两位记者更感兴趣的是亨特长途跋涉去见丹佛的迪塔·比尔德一事。她写了著名的备忘录，说明美国电报电话公司许诺几十万美元来资助共和党大会和对它有利的反托拉斯问题的解决是有联系的。

和亨特的朋友吃饭几天以后，伍德沃德到司法部去喝杯咖啡，进行一些有关水门事件的谈话。一小时以后，伍德沃德问起了亨特的丹佛之行。他这样做已经有了一些基础。因为长岛的《新闻日报》刚报道说，查尔斯·柯尔逊在1972年美国电报电话公司丑闻高潮的时候，派亨特去看在丹佛医院里的比尔德夫人。《新闻日报》对亨特这次丹佛之行未作任何解释。

司法部的官员走到房间另一端的档案柜跟前，取出一个马尼拉纸文

---

① 尼克松手下把肯尼迪成为总统候选人的事看成严重问题的另一个例证大约一个月以前传到两位记者那里。伍德沃德接到一个女人的电话，说她和一个朋友就霍华德·亨特是否在水门大厦里面被逮捕打了赌，输赢是一顿昂贵的正餐。亨特没有被捕，这意味着那女人赌赢了；她邀请伍德沃德一起吃这顿饭。他拒绝了。

大约十天以后，那女人到办公室里见他。一个退休的陆军少校告诉她说，1972年3月，在华盛顿地区的一个共和党竞选总部，“他看到两个竞选商业插播，播的是一个胸部隆起的金发女郎坐在肯尼迪的膝盖上。那女郎是拼贴或后配上去的。”那女人说，那个退休少校的名字是莫里森·J·霍斯利，他在纽约州北部地区开着一家杂货铺。

第二天，伍德沃德打电话找到了霍斯利：“是的，大约7个月前，我看到一些电影切换镜头，如果肯尼迪上了总统候选人名单，这个片子就会在竞选的最后十天拿出来放映。……这些切换镜头一看就是做了手脚，没有一点真实感，这不得不令你想起1964年的反戈德华特的广告片——一个小孩在草地上走，然后换成了核爆炸的镜头。这个肯尼迪的片子拍他正在讲话，然后就是这个大乳房的女人出现在镜头上。这在电视放出来可不得了……但是我不打算告诉你我是否在共和党总部看见了这些镜头。你最好把这一点去掉。”

几天以后，伍德沃德又给他打电话，对方告诉他：“我要说，我从未告诉你任何事情，我没有说过有一部剪切过的片子。你的消息来源不作数。”

后来伯恩斯坦试了一下。

“我所看见的，那是历史，”霍斯利说，“我是看见过一个拷贝，但是也许我不想让你拥有这个信息。”

件夹。他打开文件，读了起来。柯尔逊宣誓以后，向水门事件的公诉人承认，就在 1972 年 3 月 17 日以前，他曾派亨特去丹佛看迪塔·比尔德。这位官员读的是一份证人未到庭的作证书，是公诉人私下从柯尔逊那里得到的——官员说，这是为了免去这位总统特别顾问出庭面对大陪审团的窘困。

伍德沃德竭力掩饰他的惊讶。幸好，那人正在研究作证书的另一部分。他谦和地抬头看一眼伍德沃德。“柯尔逊从未被问及派亨特去见她的原因。他说这和水门事件无关，于是这事情就被撂下了。但是亨特去医院看她的时候用了他在水门事件中的相同假名——爱德·汉密尔顿。而且他戴着——你不会相信……”那官员发出一阵笑声——“他戴着廉价商店买的浅红色假发。显然，这就是嫌疑犯被逮捕后在水门饭店里发现的那顶假发。”

那天晚上在办公室里，伍德沃德读了关于美国电报电话公司事件的剪报。1972 年 2 月 29 日，专栏作家杰克·安德森发表了迪塔·比尔德备忘录，于是，在尼克松总统访问中国期间，此事在白宫掀起了政治冲击波。3 月 17 日，就在柯尔逊派亨特去丹佛以后，比尔德夫人在丹佛的落基山骨科医院的病床上发表了一个声明，不承认备忘录是她写的，把它说成“伪造品”和“骗局”。她在那天晚上的声明是最初的暗示：备忘录不是真的，但是无法解释为什么她等了差不多三个星期以后才否认——在这期间，理查德·克莱恩丁斯特的司法部长提名发生了疑问。比尔德夫人原先向安德森的助手布列特·休姆逐字逐句地确认了备忘录的可靠性。

伍德沃德找到了把她的否认放到一个新语境中去的三个人——一个白宫官员，一个同白宫关系密切的共和党政治家，一个私人调查机构英特泰尔的经理。他们都讲了基本上相同的故事：

柯尔逊协调了白宫-美国电报电话公司的统一战略。一开始，政府和公司竭力把迪塔·比尔德描绘成一个醉醺醺的疯子，并试图败坏杰克·安德森的声誉。但是这样的努力没有结果。美国电报电话公司雇用了英特泰尔，由这个也为霍华德·休斯组织工作的机构，对备忘录作了技术鉴定。英特泰尔认定，备忘录也许是在比尔德夫人在华盛顿城里办公室的打字机上写的，但要证明几乎是不可能的。在华盛顿代表霍华德·休斯利益的罗伯特·本涅特把这个信息传给了霍华德·亨特，以便让柯尔逊知道。

这是老一套的“绝缘”把戏。英特泰尔的鉴定为把备忘录说成伪造品扫清了道路。亨特的另一个雇主柯尔逊派亨特到丹佛去。比尔德夫人然后就发表一个声明，否认她写了备忘录。（“我——从更大的意义上讲，美国——是一个残酷的骗局的牺牲品……”）她的话从亨特到本涅特，再到柯尔逊，回到了白宫。柯尔逊就把这个好消息抛给了休·司各特。就在那同一天，司各特在参议院议员席上宣读了比尔德夫人的否认。

关于已经发生的事情，还有另外一个人可以告诉伍德沃德更多的情况。但是迪塔·比尔德哪儿也找不到。伍德沃德找到了她的律师，律师说他可以把问题转给比尔德夫人。几小时以后，律师打电话回来说，原先在美国电报电话公司事件的高潮中把比尔德夫人送入医院的心脏病最近又“复发”了。伍德沃德想起来，1972 年，参议院司法委员会的参议员在她床边问她话的时候，她的心脏病也复发过一次。

就在律师打电话来前不久，伍德沃德打电话找到了比尔德夫人在丹佛的二十四岁的儿子罗伯特。伍德沃德问他是否记得霍华德·亨特来见过他母亲。小比尔德说，就在他母亲发表声明以前，一个“神秘的”人戴着廉价的假发，化了装，到医院来看过他母亲。“从我看见过的照片来分析，这可能是霍华德·亨特，但是我说不清楚。这个人拒绝说明自己的身份。关于下一步要发生什么事情，他似乎有内部消息……他很怪，确实戴着红色的假发，歪在一边，好像他刚在汽车里把它戴上似的。打扮成他那种样子，就是我兄弟也会认不出来。”小比尔德接着说，他会转达他母亲，让她给伍德沃德回电话的。如果说罗伯特·比尔德知道他母亲又旧病“复发”的话，他倒是会提一下的，可是他却只字未提。

在那天晚上截稿期限前不久，伍德沃德把一篇长达两栏的文章念给杰拉德·沃伦听，文章以新信息为基础，对迪塔·比尔德事件作了再审视。白宫以为美国电报电话公司的问题早已解决掉了，可是隔了这么久以后，争论又重新开始，这搞得总统班底很难得地一时无言以对。沃伦花了三个小时来说“无可奉告”。柯尔逊正在俄国从事一次贸易使命方面的旅行。第二天，《华盛顿邮报》驻莫斯科记者罗伯特·G·凯泽找到了柯尔逊，把这个报道的情况告诉了他。“那是一篇好文章，”柯尔逊咧嘴笑一笑说，然后走开了。

如果两名记者要知道亨特和李迪在白宫还干了什么，那么他们就会需要更多关于管子工的信息。第一步是要研究埃吉尔（·巴德）·克罗。伯恩斯坦曾在一个剪彩仪式上见过克罗。当时的克罗是总统国家资本事务顾问。他早晨上班前总是穿着一身运动衫裤绕着爱利普斯跑步，于是伯恩斯坦就问他，为什么政府就不能在地区预算中找到余地来为骑自行车和跑步建设一些道路呢。克罗的回答是既表示同情，又带着官僚的腔调，说是“凡事总有先后”。他似乎像是一个老好人。伯恩斯坦认为他有点温和。当两名记者想就克罗为什么和亨特、李迪之流搞在一起的问题寻求一种解释的时候，他们明白说他“好”实在是太保守的说法。埃吉尔·克罗是白宫的“清白”先生，非常循规蹈矩，以致他的一些朋友都挖苦地称他为“埃佛尔（坏）·克罗”。他曾是约翰·埃利希曼在西雅图的法律事务所成员，然后他成为白宫国内委员会的工作人员，协调尼克松政府在全世界范围内的反毒品交易行动。克罗三十三岁就成为尼克松内阁中最年轻的——交通运输部——副部长，任命于1973年2月。

伍德沃德给国会山打电话，了解一下关于克罗的确认听证的记录是否包含什么头条新闻的材料。人家说没有。但是一名从事听证工作的国会调查人员向伍德沃德提供了克罗的一些朋友与熟人的名字。

两名记者开始打电话。很快就有了一个突破："巴德说……亨特和李迪从国家安全窃听装置收集情报，"伍德沃德被告知。克罗的朋友记不得细节了。克罗是在亨特和李迪被起诉以后不久提到此事的。

两名记者通过查阅一本1972年的白宫电话本，开始给埃利希曼管辖下的人员打电话。一位前任白宫工作人员和一位现任白宫工作人员，提供了关于链条中下一个环节的相同说法。亨利·基辛格博士的前约见事务秘书，克罗在管子工项目中的副手戴维·扬格在1971年和1972年定期将窃听的谈话记录送给亨特和李迪。这两个消息来源都认为，两名记者以及那些被怀疑将情报泄露给他们的人也许都被窃听了。

伍德沃德给管子工的前秘书凯思琳·彻诺夫打电话，了解扬格转给亨特和李迪的被窃听资料。"我不能谈论那件事。"她说。

关于尼克松政府的——现实的和被怀疑的——窃听活动始终是有争议的。依据政府的"国家安全"窃听政策，即所谓的米切尔原则，总统手下要求在电子监控方面享有空前的权威。直到1972年6月19日最高法院宣布其非法——水门事件两天以后——司法部一直在没有法院授权的情况下就对那些被怀疑从事国内"颠覆"活动的人进行电子窃听。激进分子和公民自由论者一直坚持说，"颠覆"一词是对那些过分强烈地对尼克松政府的政策持不同政见的人的委婉说法。现在两名记者试图了解，他们新闻媒体的同行中是否有司法部声称有权窃听的"颠覆"分子。

从他们的调查受到的接待来判断，他们自己也差不多就在此列。有些官员的否认毫无说服力，另一些拒绝讨论，还有一些承认他们和两位记者一样有这方面的怀疑。两名记者陷入了僵局。

伍德沃德以单纯的细节为基础，起草了一篇报道，说亨特和李迪从国家安全窃听装置获取情报；情报是由戴维·扬格送给他们的。扬格既是基辛格博士的助手，又是管子工。这报道说，管子工的工作是调查消息泄漏的。读者需要自己得出结论。

这一次，杰拉德·沃伦又花了几个小时来回答，用的是白宫惯用的一句话的否定："经过彻底核查，我们认为该报道绝对没有任何基础。"伍德沃德早就厌倦了这种游戏，问他这是否就是断然的否定。

沃伦在这样的情况下变得很冷淡、很正式，他说，"我无法说任何别的事情"，并请求理解。伍德沃德的文章注明，沃伦没有断然否认这篇报道。

两星期以后，《时代周刊》发表了第一篇详细报道尼克松政府如何热衷于窃听新闻记者和政府官员的电话以追查消息泄漏的文章。按照《时代周刊》的文章，有六七个记者，有十几个白宫和政府助手被联邦调查局窃听，理由是为了国内"安全"。窃听始于1969年，在当时不大情愿的J·爱德加·胡佛领导之下，后来由他的继任、联邦调查局代局长L·帕特里克·格雷继续进行，直到最高法院于1972年6月19日作出决定。《时代周刊》说，胡佛只允许他的特工在每次都有约翰·米切尔的书面授权以后才安装窃听装置。《时代周刊》说，当政府试图强迫胡佛退休的时候，这位恶犬脸的老局长成功地顶住了，他威胁说要揭露窃听活动的细节。

2月26日，就在那期《时代周刊》在报摊上销售的那天，伯恩斯坦在司法部度过了一个早晨，设法确认细节。一个办公室一个办公室地追寻《时代周刊》在这件事情上做过的工作很是索然无味。伯恩斯坦一无所获，坐了一辆出租车回办公室。他垂头丧气地在《华盛顿邮报》报社的大厅里走进电梯，突然，他感到自己的胳膊被人抓住，然后他的身体就被拖回到大厅里。他开始挣扎，接下来听到一个女人的声音。

“嗨，我很高兴见到你!”这是劳拉·基尔曼，一个年轻的新闻助理，最近刚被提升为地方新闻的记者。“楼上新闻编辑室里有一个家伙正拿着传票传审你和你的笔记。布拉德里不想让你到那里去。他要你快离开这里。”

伯恩斯坦冲到大厅尽头的楼梯那儿，然后跑上去七级台阶，来到会计部。他关上门，拨了布拉德里的分机。伍德沃德到加勒比海去几天，但是他们早就约定，一旦被传审应该怎么做。无论在大陪审团程序中或在司法听证会上交出笔记或说出消息来源的名字显然都是不能考虑的。在法庭上有大量的时间来作斗争。要做的第一件事是把他们的档案转移到安全的地方。伯恩斯坦告诉布拉德里档案在哪里。他说，档案必须立即转移。

总统连任委员会要传审《华盛顿邮报》的五个人：伯恩斯坦，伍德沃德，吉姆·曼（从事过一些最初的水门事件报道），霍华德·西蒙斯，凯瑟琳·格雷厄姆。还有《明星新闻》《纽约时报》《时代周刊》的记者。总统连任委员会名单上惟一的两个非记者西蒙斯和格雷厄姆夫人，他们两人的传票已经送到了。传票要求那些接到传票的人在总统连任委员会的民事诉讼中以不到庭的作证书作证，并随身将他们拥有的有关水门事件的所有笔记、磁带、新闻报道草稿带去。布拉德里告诉伯恩斯坦，他找不到《华盛顿邮报》的律师，他想让伯恩斯坦听了律师的指点以后再接传票。“离开大楼，”他说，“去看一场电影，5点钟的时候给我打电话。”

伯恩斯坦去看了《深喉》——就那部电影。当他5点钟打电话的时候，布拉德里让他回到办公室去，并解释了策略。伯恩斯坦将接受传票。对两名记者至少某一些笔记的保管权将交由格雷厄姆夫人负责。

“当然，我们将一路斗争过去。如果法官想要送谁进监狱，那么他就得送格雷厄姆夫人。天啊！夫人说她会去的！那时候，法官就会因为此事而内疚的。你不会见到她的豪华汽车开到女子拘留中心去的图片吧？她从里面走出来，到监狱去坚持第一修正案。这是一张将登在世界上每一份报纸上的图片。也许会有一场革命。”

那天夜里，伯恩斯坦正在他的办公桌前打字，这时他看见总统连任委员会的青年听差匆匆从中间过道走过来，手臂向前伸出。伯恩斯坦继续打字。

“卡尔·伯恩斯坦?”

伯恩斯坦低着头，举起一只手，拿了那张传票。但是那青年听差默默站在那里。最后，伯恩斯坦从打字机抬起头来看了一眼。青年听差看上去大约二十一岁，乱蓬蓬的金色头发，穿着一件V字领的套头衫，很像个大学生。

“嘿，做这种事我真的感觉不好，”他说，“他们挑了我是因为学生模样的人更容易上楼。”他是一个法学系大学生，在以总统连任委员会首席律师肯尼思·威尔斯·帕金森为首的事务所打工。他答应一定对有益于《华盛顿邮报》的任何信息保持警惕，并把他家里的电话号码给了伯恩斯坦。

13

那星期晚些时候伍德沃德从加勒比海回来以后，一个矮胖敦实的年轻人戴着一副镜片厚厚的小眼镜，留着稀疏的络腮胡子，来到他的办公桌前。“迪姆·布兹，”他狡黠地自我介绍。他说他曾经在陆军情报部工作。现在他和前情报人员的志愿组织一起工作，他们正在调查参与国内间谍活动的人。

“我想，我们发现了一个乔治·华盛顿大学的学生为总统连任委员会充当间谍，”布兹说，“还需要再做一些工作。”他给伍德沃德讲了一个相当支离破碎的故事。伍德沃德鼓励他继续进行调查，在随后几天中他接到布兹打来的十几个电话，向他报告进展情况。大约一周之后，布兹又打来电话，说他找到了那个学生间谍的一个联谊会哥们儿，那人愿意把一切都说出来。于是定好了那天晚上一起吃饭，在梅迪逊饭店的咖啡苑。伍德沃德到那里的时候，布兹正在大厅里和一个年轻人来回踱步，他介绍那年轻人说是他的“线人”——一个神经质的高个子学生，名叫克雷格·希勒盖斯。三人一起去了一个小包厢。

希勒盖斯以生动的细节描述了他的卡帕·希格马联谊会哥们儿西奥多·F·布列尔告诉他的情况，说总统连任委员会每星期付他150美元，让他渗透到贵格会教徒的小组中去，这些教徒每天二十四小时守候在白宫门前，已经守了好几个月了。布列尔说，他的任务是定期向总统连任委员会汇报示威者的个人生活和打算，然后诬陷他们犯有吸毒罪加以逮捕。最后，华盛顿警察袭击了守候的人，但是一无所获。

布列尔，二十岁，是乔治·华盛顿大学"青年共和党人"的主席。他在总统连任委员会的工作是在水门事件发生后两天内终结的。"我们的目的，"希勒盖斯一边激动地说着，一边砰的一声把他的水杯砸在桌子上，"是要民主党人难堪，因为使激进团体的任何难堪都会被看成是令自由政治和参议员麦戈文难堪。"

他一口气描述了布列尔领取报酬时如何带有詹姆斯·邦德色彩。"泰德说，有一次别人让他去见一个穿红色连衣裙的女人，对方手里拿着一张报纸，连衣裙上别一朵白色康乃馨。他用他的书面报告交换了一个信封，里面装着给他的报酬。还有一次，泰德告诉我，他去17街和宾夕法尼亚大道路口拐角上的一个书店，有人递给他一本书，给他的钱就在书里面。

"但是这只是一个更大网络的一部分。泰德说，另外至少还有二十五个人将收集到的情报送到总统连任委员会的一些最高层人士那里。"

伍德沃德念念不忘哈里·罗森菲尔德的一贯主张：要找出10月10日关于赛格雷蒂的报道中提到的五十名间谍中的其他人。"其他四十九人在哪里?"罗森菲尔德每隔一两周就会问一次，虽然到那个时候，也许有二十五人已经披露出来。西奥多·布列尔似乎不完全像一个第一流的特工，但是——如果他的联谊会哥们儿说的是真话，那么——他至少有一部分是属于那种类型的。

离白宫五个街区远的乔治·华盛顿大学正在放春假。第二天夜里，伍德沃德打电话到新泽西州里弗埃基，找到了正在自己家中的西奥多·布列尔。对一个二十岁的历史专业学生扮演一本正经的角色使伍德沃德深感不安，但是布列尔也许是那种意外的缺口之一，可以帮助你发现更大的事情。结果，布列尔证实了他的联谊会哥们儿的说法，还增加了一些细节。他是受总统连任委员会全国大学组组长、二十五岁的乔治·

K·戈登雇用并支付酬金的。“在5月和6月给我付了五次钱——一次付的现金，四次用的是戈登的私人支票。我后来知道，给我用支票付钱是一个错误，因为不应该留下任何记录。我从戈登那里得到的印象是，别的地方还有几个别的人在从事同样的工作……戈登说有更高层的人知道情况。我应该到迈阿密的大会上去对激进团体做同样的事情。”

你为什么没去？伍德沃德问。

“水门事件发生两天后，我的工作就结束了。戈登领我去吃午饭，说因为水门事件，我得停止工作。他说我们的活动将被认为是超级机密。白宫的人深感不安，”布列尔说。这就大大削弱了总统连任委员会和白宫关于他们那里没有人察觉到水门事件和其他间谍破坏活动有关系的说法。

布列尔考虑过他的工作的伦理问题吗？

“伦理问题？”布列尔重复了一遍。听起来他对这个问题很吃惊。“嗯，不算非法，但是也许有点不道德。”

伍德沃德感觉自己有点太道貌岸然了，就谢过他，挂断了电话。他找到了乔治·戈登家的电话号码，打电话过去。电话里传来吵闹的摇滚音乐，一个年轻人的声音说，戈登出去了。伍德沃德回家以后又试了一次。这时差不多已经是凌晨1点了。又是摇滚音乐。戈登来接电话，伍德沃德说明了情况。

“你疯了吗？”戈登喊叫起来。“没有一个《邮报》记者会在凌晨1点打电话。”

伍德沃德感到稍稍有点受了伤害。为什么伯恩斯坦凌晨任何时候打电话都没有人对他说那种话呢？伍德沃德拼读了自己的名字，把自己家里和办公室的电话号码给了戈登。

“再说吧，”戈登吼道，“我这里有朋友在。”他啪地挂断了电话。

伍德沃德坐在写字台旁，从九层楼的窗户望出去，看着首都的灯火。《华盛顿邮报》反传统的专栏作家尼古拉斯·凡·霍夫曼把他们这种人称为“小爬虫”。他瞪着窗外，直到感觉自己的怒火平息下来。

第二天早晨，他被电话铃声吵醒。“乔治·戈登，”对方说，“我只是无法相信你会在半夜打电话来。”

伍德沃德问了他几个问题。

“哦，是的，布列尔为我做一些工作……说这是间谍活动，这种说法很有意思。我给布列尔的指示只是要搞清楚激进分子在干什么。了解所有的青年人在想些什么是我的部分工作。”

伍德沃德说，那是从事社会研究的一种怪路子——安插一个秘密特务，尤其是一个奸细。

戈登否认布列尔帮助安排过对贵格会教徒的袭击，坚持说布列尔停止工作的时间“正好”是在水门事件的两天之后。

然后，曾当过总统就职仪式青年狂欢聚会指挥的戈登骄傲地宣称，他在三十八个州里都有人收集激进分子的情报。

“这是我的主意。”戈登说，但是并不十分令人信服。他是总统连任委员会青年选票部部长肯尼思·利兹的手下。“利兹知道我可以提供给他情报，了解激进分子在想什么。我提供情报，但是利兹不问我是从哪里搞到的。”然后他改变了他的话题，声称布列尔是他惟一的特工。

三十二岁的肯·利兹是霍尔德曼选中的下一届共和党全国委员会主席。他已离开总统连任委员会到全国委员会去领导 1974 年的共和党议会竞选。

布列尔的每周 150 美元的薪水没有按照竞选活动必须公开的新法律上报。在关于布列尔的报道发表后，总会计办公室再次审查了拥护总统连任办公室的账目。这次审计有助于确定利兹领导了一个由为总统工作的青年间谍组成的“娃娃兵团”。

在这段时间里，伍德沃德去拜访了一个有身份的总统连任委员会的官员。此人似乎对白宫以及用来使总统连任的手段感到不满，感到厌恶。“如果做事有一种老实的方法和一种不老实的方法，”他说，“如果两种方法都会达到同样的效果，我们却偏要使用不老实的方法……好吧，你说说看，为什么有人会那样做。”

比方说什么呢？

“很难想到细节，”那位总统连任委员会的官员说。他又想了一会儿时间。“记得大约在大选五个月前给海防布雷①的决定吗？我们当中有些人感到，那个决定要么使总统成功，要么使他失败。我们花了 8 400 美元来发假电报，做虚假广告，煽起对总统决定的虚张声势的支持。很多钱花在发给白宫的电报上。这些电报告诉总统这是多么了不起的决定，这样齐格勒就可以宣布，表示支持的电报说明支持总统的人占很大百分比。还有的钱花在《纽约时报》上的一个虚假广告上。”

他从办公桌里取出广告副本递给伍德沃德。这广告的标题是《人民反对〈纽约时报〉》，批评了《纽约时报》反对布雷的一篇社论。

“注意，”总统连任委员会的官员说，“上面有大约十个所谓的无党派人士签名，给人留下的印象是，市民们对社论极为愤怒，愿意拿出他们自己的几千美元来表示他们的看法。事实并非如此。广告是由总统连任委员会用史坦斯保险柜里那些 100 美元面值的票子付给的，合计有四十张。”

广告中有一行字这样写道：“你到底相信谁——《纽约时报》还是美国人民？”

伍德沃德回到办公室，给另一个总统连任委员会的官员打电话。那人说，为了鼓吹对海防布雷问题的支持，“全体工作人员两个星期都处

① 1972 年 5 月 8 日，尼克松为削弱北越军队的作战能力，下令由美国海军在北越的海防市和其他港口的水域布雷，对北越实行大规模的海空封锁。——译者

于过度紧张状态之中……所做的工作包括请愿运动，组织集会，让人坐大轿车到华盛顿来，组织给白宫打电话，让选民给他们的议员打电话”。

伯恩斯坦记起了相关的事情。1972 年 5 月，巴克和斯特吉斯不请自来地出现在迈阿密一个古巴流亡者的会议上，试图重新安排会议计划，组织一次示威，支持布雷。斯特吉斯在会后举行的表示支持布雷的游行中驾驶领头的卡车。

苏斯曼让两名记者写一篇围绕海防问题的欺骗活动的报道。“这是击中要害的，”他说，“人们明白左右舆论的图谋。”

报道刊登的那一天，总统连任委员会邮件室的前负责人，十九岁的詹姆斯·杜利来到《华盛顿邮报》新闻编辑室，说要谈谈海防布雷的问题。伍德沃德把他领进了苏斯曼的办公室。

“你不知道关于海防所做的一切，”杜利说，“我们对有关人民是否支持总统决议的 WTTG 民意测验做了手脚。”

当地的梅特洛梅迪亚电视台请它的观众寄回一张卡片，表明他们同意还是不同意总统关于布雷的决定。投票的票样登在《华盛顿邮报》和《明星报》的广告中。

“是新闻办公室主持的这个计划，”杜利说，“工作是慢慢停止下来的。每个人都得填写十五张明信片。十个人干了好几天，买不同的邮票和明信片，用不同的笔迹来伪造回答……成千上万张报纸从报摊上买来，把票样剪下来，贴在明信片上寄走。”

杜利说，至少有 4 000 张支持尼克松决定的票是从白宫寄出去的。WTTG 民意测验报告说。5 157 票同意总统决定，1 158 票不同意。如果总统连任委员会没有寄那些票，那么总统在最好情况下也会以一票之差输掉——1 157 票对 1 158 票。

“当所有的票样都剪下来的时候，”杜利继续说，“人们开始害怕这些报纸会被人发现，于是有人说：‘把报纸粉碎掉。’麦考德负责粉碎机，他对粉碎机房里放满了一吨的报纸很是不安……但是所有的报纸都按指示销毁了。”

伍德沃德给总统连任委员会发言人戴文·舒姆威打电话，问是否对民意测验做了手脚。“当你卷入一场选举的时候，你能做什么就做什么，”舒姆威回答，“我们假定另一方也同样会这样做。我们是以这样一种假定为出发点的。我不知道另一方是否这样做过。”

伍德沃德问舒姆威所说的另一方是不是北越。

不，舒姆威说，他指的是麦戈文的手下。

伍德沃德要问个水落石出，就打电话给麦戈文的前竞选助手弗兰克·曼基耶维支。“我们没有这样做，”他说，口气中有点难以置信的腔调，“我们连想都未曾想到过，相信我吧。这些家伙可了不得。他们以为我们和他们一样伦理水准低下呢。”

影响水门事件的总统决定似乎没有一个比白宫在2月份发的公告更不明智，或者更让两名记者困惑的了。这公告说，L·帕特里克·格雷的名字将被提交参议院批准为J·埃德加·胡佛的永久继承者。格雷已经是联邦调查局代局长；批准他为局长的听证会几乎肯定会成为国会对联邦调查局在水门事件调查中所作所为的调查；为什么要把他的任期永久化，从而冒有可能造成参议员加以调查的危险呢？两名记者向其询问这个谜的政府官员似乎同样感到难以理解。几个内部人士声称只知道在尼克松最内部的圈子里有一场重大斗争。据说约翰·埃利希曼最强烈地反对提名，但是总统最终否决了他的意见。没有人暗示格雷被提名是因为能力，或者因为白宫把听证会看作一个机会，来纠正水门事件的档案。

就在听证会将要开始前不久，两名记者决定，该是伍德沃德挪动阳台上花盆的时候了。那天夜里他步行加坐出租车，来到停车库。“深喉”

没有来。“深喉”说，在他不能赴约的时候，他会在某个壁架上留下一个信息。五英尺十英寸的伍德沃德够不着它，他找到了一截水管，设法用水管将它够下来。

这是一小张纸，“深喉”用打字机在上面打了第二天夜里在一个伍德沃德从未听说过的酒吧见面的指令。一个酒吧。“深喉”疯了吗？伍德沃德很想知道。一定出了什么问题。当他到家的时候，他到电话簿里查那家酒吧。电话簿里没有这家酒吧。在他寓所大楼的一个付费电话那里，他拨了信息台的号码。一个接线员把有关信息告诉了他——这是在本市郊区的一个地址。

那天夜里 9 点钟，伍德沃德走过了几个街区，然后坐上出租汽车来到和那个酒吧相反方向的城区。他又走了十五分钟，再乘出租汽车到离那个酒吧只有几个街区远的地方。这确实是一个酒吧，一座适合卡车司机和建筑工人光顾的旧木屋改成的酒吧。穿着随便的伍德沃德走了进去。似乎没有任何人注意他。他发现“深喉”一个人坐在一张靠墙的桌边上，就很紧张地在他对面坐了下来。

为什么在这里？他问。

“变一变花样，”“深喉”说，“没有一个我的朋友，也没有一个你的朋友会到这里来。只是一个令人昏昏欲睡的酒吧。”一个侍者走过来，他们两人都点了苏格兰威士忌。

伍德沃德说，到这个新的会面地点来，一定还不只是这个原因。

“更时髦一点的环境，”“深喉”回答，“你不可能被跟踪吧？换了两辆出租车？”

伍德沃德点点头。

“《华盛顿邮报》对给它的传票怎么看？”

太棒了，伍德沃德说。

“那只是第一步。我们的总统对水门事件的消息泄漏暴跳如雷。他告诉有关人士说，‘竭尽全力’阻止他们。他是当真的。内部调查，再加上他想要动用法庭。在先进行刑事诉讼还是民事诉讼的问题上，还在展开讨论。在一次会议上，尼克松说竞选剩下的钱，大约还有500万左右，其实可以用来压压《华盛顿邮报》的气焰。于是就有了你的传票，以及别人的传票。讨论的一个部分是关于发动一场大陪审团的调查，但那是以后的事。

“尼克松发了疯，大喊大叫说：‘我们不能容忍，要阻止它。我不在乎花多少代价。’他的理论是新闻媒体做得太过分，这种倾向必须制止——几乎就像他在谈论联邦开支。他盯住了这个话题，不在乎花多少时间；他要把事情搞定。对他来说，问题恰恰是政府的廉正和基本的忠诚。他认为新闻界一心跟他做对，所以是不忠诚的；跟新闻界谈话的人就更糟糕——是内部的敌人，或者诸如此类的东西。”

伍德沃德吸了一口气。“深喉”小心翼翼地呷了一口苏格兰威士忌，然后很不雅观地用手背抹了一下嘴。

他很担心吧？

“担心？”“深喉”向后靠去，把手臂搭在椅子上，“不可能担什么心。他们绝不会找到任何人。他们绝不会。他们正在隐藏将会暴露出来，甚至使他们的反泄露战声誉扫地的东西。洪水正在到来，我告诉你。所以白宫想要吃掉《华盛顿邮报》，可这又怎么样呢？这会使你恼火，但是结局是看得见的。事情正在向高潮发展，他们看到了这一点，他们知道无法阻止真情实况的水落石出。那就是他们之所以如此绝望的原因。只是要当心，你自己和你的报纸，等着事情的败露，不要急于求成。要当心，不要太急。”

伍德沃德远没有因为他朋友的估计而得到安慰。他说，如果他要告诉《华盛顿邮报》的其他人，他们已经在菜单上了，但是将不会被吃掉，那么他需要更多的细节才行。“深喉”摇摇头，表明他不可能再说得很多。

格雷的提名是怎么回事？伍德沃德问。那没有任何意义。

“深喉”说，这意义可大了，尽管这是冒着很大风险的。“2月初，格雷到白宫去发了话，意思是：‘我正在承担水门事件的罪责。’他非常生气，说他已经做了他的工作，贤明地控制了调查，可是却被挑出来承担压力，这是不公正的。他暗示，如果他不能永久待在他的岗位上，捂住盖子，那么就会天翻地覆。尼克松可能认为这是一种威胁，尽管格雷不是那种人。不管是什么理由，总之总统匆匆同意，并立即把格雷的名字报到了参议院。白宫的一些上层人士坚决反对，但是他们无法说服他放弃决定。”

那么是帕特里克·格雷讹诈了总统。

“我可从来没那么说。”“深喉”笑起来。他抬起眼睛，一副天真的样子。

《时代周刊》的报道是怎么回事？格雷知道对记者和白宫助手的窃听吗？

“肯定的。”“深喉”说，同时又告诫说，即使格雷也不知道事情的全部。“有一个正常渠道外的窃听行动组专门做这事。包括在五角大楼文件发表以后，对《纽约时报》海德里克·史密斯和尼尔·希汉的窃听。但是窃听是在那之前就开始了。所有的记录据说全都被销毁了。”他解释说，窃听全都是由在正常渠道之外雇的前联邦调查局特工和前中央情报局特工干的。玛迪安为白宫负责司法部那一头的行动。“深喉”继续说，水门事件对政府来说不是什么新鲜玩意儿。

曾举行过一个选举战略会议，会上霍尔德曼催米切尔为竞选展开窃听活动。米切尔不愿意，但是霍尔德曼坚持要做。白宫幕僚长授意米切尔将一部分行动参与者从白宫转移到竞选活动中。这就是指亨特和李迪。

“1969 年，肆无忌惮的窃听的最初目标是记者和政府中那些被怀疑有不忠诚行为的人，”“深喉”说，“然后在反战抗议运动期间，重点被转移到激进的政治反对派身上。在接近大选的时候，窃听民主党人便是再自然不过的事了。水门大厦有人遭逮捕以后，每个人的锐气受到大挫，因为这个事件会使整个计划败露出来。”

“深喉”和伍德沃德各自又要了一杯苏格兰威士忌，尽情享受他们会面地点的那种不熟悉的舒适。伍德沃德很想知道，他的朋友是否故意冒着被发现的危险来寻开心？“深喉”是想要被抓住，以便可以无拘无束地公开说话？是不是他对他的政府机构既爱又恨呢？伍德沃德欲言又止。知道“深喉”绝不会亏待他，就足够了。总有一天会解释清楚的。

饮料很便宜。伍德沃德把 5 美元的一张票子放在桌上，自己先走了。

第二天早晨，两名记者研究了伍德沃德的笔记。他们现在正在考虑一篇报道，它将像 10 月 10 日那篇关于大规模间谍活动的报道那样，试图合理地来看待水门事件。就像水门闯入事件不过是大选之年大规模间谍破坏活动的一小部分一样，企图使总统连任的全部秘密努力也不过是总统班底所指挥的一项更大规模计划的一部分，几乎从一开始就是这样，目标对准那些他们认为威胁政府的人。

但是两名记者还需要更多的——细节、例证、能证实所发生之事的其他人。

帕特里克·格雷的批准任命听证会定于 2 月 28 日开始。

前一天夜里，伯恩斯坦同西弗吉尼亚的罗伯特·伯德参议员的一名年轻助手汤姆·哈特谈了话。伯德参议员是参议院民主党督导员，司法委员会委员。汤姆·哈特编了关于报刊杂志上的报道的卡片索引，并从这些报道中概括出水门事件的矛盾之处和未回答的问题。他所开列的东西已装满了一个活页夹。

这些问题正在被传播到精心挑选的委员会委员那里。哈特说，除非这些问题得到回答，并有联邦调查局水门事件档案中的证据为依据，要不然，格雷只能留在证人席上。即使司法委员会经过辩论表决要加以肯定的推荐，伯德也会使用他相当大的影响在议员席上反对提名，只要矛盾不解决的话。

听证会在2月28日召开，格雷嚼着喉片，坚持说水门事件调查是“一项大规模的专门行动”，一场“全面出击”，“不留任何死角”。然后，并没有谁问他，他便主动说起，他把调查档案移交给约翰·迪安了，不能保证迪安不把它们拿给唐纳德·赛格雷蒂看。

参议员们很吃惊。使伍德沃德感到很轻松的是，伯恩斯坦没有在那里听格雷的证词。好几个月来，伯恩斯坦一直在主张他们应该写一篇关于迪安收到档案的问题的报道。伍德沃德没有将此看得很重要，格雷争辩的恰恰也是这一点，说他对此不够重视，但是没有什么说服力。格雷正提议让参议员可以看到联邦调查局的水门事件档案。但是，帕特里克·格雷为比他小二十多岁的约翰·迪安当听差，这个印象实在太深刻了。格雷的听证会也将成为迪安的听证会，这是很清楚的。

第二天，星期四，伯恩斯坦阅读了他搞到的关于约翰·迪安的档案。迪安在6月17日以后掌握了霍华德·亨特保险柜里的东西，等了至少七天才把东西移交给联邦调查局。一份记录表明，有两本属于亨特的笔记本没有被开列在迪安的清单中。一名司法部的律师告诉伯恩斯坦，检察官最初在10月11日听说过这些笔记本，当时亨特提出一个动议，要求归还他留在办公室里的东西。

“白宫声称他们从来没有看到过笔记本，”伯恩斯坦被告知，“我们当时不知道该怎么想。现在仍然不知道。”

他给亨特的辩护律师威廉·比特曼打电话。比特曼确认了该情况，告诉伯恩斯坦说，笔记本里有姓名地址，检察官告诉他说，这些姓名地址会牵出参与水门阴谋的其他人。“我们认为联邦调查局拿了这些笔记本，并在他们的调查中用到了它们。我想要争辩说，政府办的整个案子是带有偏见的，因为他们的信息来自以非法调查搞到的材料（那些笔记本）。我想要给迪安和白宫的其他人打电话，告诉他们，亨特 6 月份仍然在使用他的办公室，他还没有放弃在白宫属于他的东西。

“当我们发现联邦调查局从来没有得到那些笔记本时，整个问题就变得可疑起来，”比特曼说，“我所能说的只是……整个事情非常奇怪。我不知道笔记本去了哪里。”

伯恩斯坦问，亨特究竟认为这些笔记本在构成一个针对高层人物的案子方面会派多大的用场？

“我要让你猜一猜，”比特曼说，“就是说，对某人来说，其价值足以使他让它们消失。”

星期五，3 月 2 日，在一次临时的记者招待会上，尼克松总统宣布，对于让迪安在格雷的听证会上作证的任何要求，他都将行使行政官员豁免权。于是关于失踪的笔记本以及迪安在移交亨特保险柜里的材料一事中所扮演的角色的报道加上了一段关于总统发言的描述，在报上刊登出来。

四天以后，格雷告诉参议员，说他“坚定不移地相信”，迪安没有扣压霍华德·亨特保险柜里的任何东西。几乎就在同时，白宫发表了一个声明，断言迪安已经移交了保险柜里的所有东西。① 但是事情被遮掩

① 格雷的辩护律师斯蒂芬·萨克斯在 1974 年初告诉伍德沃德，有暗示说格雷给总统施加了压力或讹诈了总统，“这绝对是假的”。“他（格雷）到白宫去并不期待得到那工作，”萨克斯说，“尼克松告诉他说，他在阻止泄漏方面应该像胡佛一样无情，而且要毫不犹豫地使用测谎仪……”萨克斯说，给白宫施加压力“不是格雷应付那些家伙的方法。大多数时候都是纯粹的恐惧……现在十分有意义的是，那里的有些家伙会认为他也许是在施加压力，正因为那是他们做事的方式，但不是格雷”。

过去，因为听证会上有了更加令人吃惊的发展。

那天下午，一群记者，包括伍德沃德，排队进入汤姆·哈特的接待室，领取格雷在回答一些参议员早先提出的问题时所提供的文件的副本。有一个文件的标题是《同赫伯特·W·卡尔姆巴赫的谈话》。

“卡尔姆巴赫先生说，在1971年的8月或9月，德威特·查品先生找他联系，告诉他说，唐纳德·H·赛格雷蒂上尉将要退役，他也许会对共和党有用。”白纸黑字，全写在那里。在谈话中，卡尔姆巴赫承认，他付给赛格雷蒂秘密活动的报酬，让他按查品的指示行事。帕特里克·格雷走出的这一步，是无法回头的，它破坏了白宫自称清白的基本可能性。同时也有助于确立《华盛顿邮报》的可信度。

伯恩斯坦和伍德沃德难以在截稿期限完成关于格雷的报道。报纸、广播公司、电台、电视台都打来电话，要求对《华盛顿邮报》“被证明是正确”的加以评论。几乎所有打电话来的人都使用了这样的用语。

伯恩斯坦和伍德沃德的报道，反映了郁积了十个月之久的愤怒和沮丧。他们引用了一段又一段白宫对各种报道内容的否认，拿它们来回敬总统班底。但是，这篇文章却并非有意地被包装得太露骨了。作为头版头条新闻，标题占了三栏：《联邦调查局长称/尼克松的助手/花钱收买赛格雷蒂》，正文和查品、卡尔姆巴赫、赛格雷蒂的超大型照片并排登在一起。把它们沿着报纸一边排下来，再加上照片下面的文字说明，很不幸地使它们看上去就像是杀人犯的脸部照片。“查品：据说是赛格雷蒂的后台。……卡尔姆巴赫：只是一个付钱的代理。……赛格雷蒂：同尼克松工作人员过从甚密。”兴奋之余，新闻的结果无意中是对《华盛顿邮报》不利，而不是对白宫不利。两名记者被白宫和政府中别的部门的官员告知，这篇报道的处理方法使人对《华盛顿邮报》憎恨到了极点。

通常对这种事情很敏感的布拉德里，太津津乐道于当天发生的大事，顾不得去注意别的了。除了找人去谈话以外，他在办公室里跑来跑去，拍拍罗森菲尔德的肩膀，装腔作势地试图和苏斯曼握手（差点弄掉了他的烟斗），并宣称帕特里克·格雷挽救了自由报业。

接下来的两个星期，两名记者惊讶地一天天注意到格雷对联邦调查局调查的监督是多么不称职——如果不是刑事上的玩忽职守的话。“深喉”曾含蓄地暗示过：尼克松吓坏了，所以才提名格雷。这个暗示变得越来越有道理了，因为这位提名人显示了一种危险的坦率。

3月22日，格雷证实说，约翰·迪安6月22日告诉联邦调查局他不知道霍华德·亨特在白宫有一间办公室，这“也许”是在撒谎。白宫发表一个声明，“明确”否认格雷的指责，迪安则要求“更正”。

前一天，总统连任委员会传唤《华盛顿邮报》记者和新闻主管到庭作证的传票被扔出了法庭。

14

第二天早晨，3 月 23 日，伍德沃德正走在社论版办公室附近的走廊上，《华盛顿邮报》的卡通画家赫布洛克拦住他。“嘿，你听说麦考德写给法官的信了吗？我是在广播上听说的。”

上一次有人从广播上给他带来了关于水门事件的新闻，伍德沃德想，结果关于霍尔德曼的报道出了问题。伍德沃德一边说没听说，一边等着对方往下说。

“哇，麦考德说有人作伪证，有人施加压力，让保持安静，还说别的人熟悉内情。”

当伍德沃德蹦蹦跳跳来到新闻编辑室的时候，站在全国新闻编辑办公桌旁的霍华德·西蒙斯正挥舞着一份电讯稿，在那里大喊大叫。

这是麦考德写给西利加的一封信的文本：

“我家庭的几个成员表示，如果我把了解的事实真相揭露出来，他们将为我的性命担忧……为了司法的利益……为了恢复对刑法制度的信任……”麦考德站出来说出了他所知道的情况。伍德沃德研究了这封信的指控：对被告使用了政治压力，让他们表示认罪，保持沉默。审判期间有人作伪证。证词没有说明参与水门事件的其他人的身份。

麦考德要求宣判以后同西利加会面。“……因为同一个联邦调查局特工谈话，在大陪审团和司法部的人面前作证，或者同其他政府代表谈话，我都无法感到信赖。”①

伍德沃德很想知道麦考德是否能证明他的指控。他脑海中一下闪过约翰·米切尔被法警带走的情景。

快乐的西蒙斯告诉伍德沃德，“搞清楚他究竟是在说什么事情——是谁作了伪证，还有谁参与，谁使用了压力。”他给在新加坡的格雷厄姆夫人打了电话。

布拉德里迁就了他。这封信也许是举足轻重的一步，但是信的内容太含糊。

“名字，伙计们，我们需要名字。”他说。

那个星期天，两名记者在办公室里发现，霍华德·西蒙斯的指示说起来容易，做起来难。麦考德是否告诉过任何人他心里知道的事情，以放下心中的包袱，这是一个严守的秘密。检察官对麦考德是否知道很多事情表示怀疑。白宫的盖子捂得很紧。少数几个回电话的总统助手一无所知，他们回电话是因为他们希望从记者那里了解到些东西。

下午过了一半的时候，伍德沃德接到通知，说是参议院水门事件委员会的首席顾问撒缪尔·戴什一小时后要举行记者招待会。伯恩斯坦乘出租车到国会山去。戴什正坐在他办公室里的铁灰色办公桌后面，等候摄制组做最后的调试。他看着稿子说，他在周末找麦考德长谈了两次，两次都录了音。麦考德“说出了名字”，开始“充分而又老老实实地描述了”水门阴谋活动。伯恩斯坦不明白戴什为什么要举行一次记者招待会。他不说具体细节，只是使人对麦考德告诉他的任何事情有越来越多的期待。水门事件委员会将举行公开的听证会，麦考德肯定会在会上作

① 麦考德的信造成了水门事件真相暴露的第一次重大突破，它使公众确信《华盛顿邮报》此前对水门事件的报道是正确的，从而一举扭转了该报的被动局面，其他媒体从此也加入到对水门事件追踪报道的行列中来。这封信的公开引起了白宫的连锁反应，多名高层官员相继宣布辞职。——译者

证。如果麦考德的指控内容泄露出去，又得不到证明，那么新闻界就跟水门事件委员会的调查没完。

他回到办公室，无精打采地开始试试运气，看能否找到一个委员会的线人，让他说出麦考德说了些什么。他打了六七个电话，一无所获，这时候有消息通过《洛杉矶时报》的电讯传来，说麦考德告诉戴什，杰伯·马格鲁德和约翰·迪安事先知道水门窃听行动，并参与了策划。这篇报道是让·奥斯特洛夫和罗伯特·杰克逊写的。伯恩斯坦知道，如果消息来源不绝对可靠，他们是不会草率从事的。

关于马格鲁德的信息倒不怎么新鲜，但是以前任何人都没有真正指出过迪安同策划窃听有关。如果被总统指名来调查窃听的人自己就是窃听行动的策划者之一，那么后果似乎就不堪设想了。白宫已经发表了一个声明，断然否认对迪安的指控。声明没有提到马格鲁德：尼克松的手下已不去管他了。

西蒙斯穿着旅行靴子来到办公室。自从得到关于6月17日水门闯入事件的最初消息以来，他是最关心情况每日进展的高级编辑。

到晚上的时候，伯恩斯坦已经给四十多人打了电话——参议员、水门事件委员会工作人员、律师、总统连任委员会和白宫的消息来源、司法部的官员、麦考德的朋友甚至他的部长。一无所获。他和西蒙斯决定由他来写一篇报道，引用《洛杉矶时报》的内容，并说明《华盛顿邮报》无法证实麦考德曾作过指控。这时候，西蒙斯接到一个律师打来的电话，声称他代表约翰·迪安。他威胁说，如果《华盛顿邮报》刊登对迪安的指控，他就要告他们诽谤罪。西蒙斯让伯恩斯坦引用这一威胁，并说出这个律师的姓名。

西蒙斯感觉到了伯恩斯坦的沮丧。他告诉他，要习惯于在报道问题上受到打击。《华盛顿邮报》在水门事件的报道上占决定性地位的时代已经过去。

第二天早晨，伯恩斯坦和伍德沃德疯狂地寻求对《洛杉矶时报》报道内容的确认，最终他们遇到了国会山的三个人，对方说报道内容没错。其中一个人是共和党政治家，他说麦考德的指控“有文件作依据，令人信服，令人不安”。

在白宫，齐格勒宣布总统亲自给迪安打了电话，表示对他“绝对信任，完全信任”。

水门事件到了快要爆炸的时候了。麦考德的指控只是在“深喉”所说的大坝上积聚起来的压力的一部分。洪峰尚有一段距离，但它越来越逼近：迪安，马格鲁德，玛迪安，米切尔和——最重要的——H·R·霍尔德曼，都可能在洪水中被卷走。

伍德沃德决定向副新闻秘书杰拉德·沃伦提出采访总统的要求。这是一个大胆的尝试，一个差不多令人难堪的大胆尝试，但是伍德沃德总是对理查德·尼克松的出其不意印象深刻。既然总统可以和红色中国坐下来谈判，为什么就不能和《华盛顿邮报》谈呢？

伍德沃德打电话给沃伦，问是否可以过去谈一谈。沃伦犹豫了一下，然后说：“当然可以。”伍德沃德没有白宫的记者通行证。沃伦说他会把伍德沃德的名字留在大门口的。

3 月 17 日风和日丽，伍德沃德走了五个街区到白宫去，身上微微出了一身汗。西厢房的新闻人员休息室里一个人也没有。他坐在直挺挺的软靠背椅里等着。大约十分钟以后，沃伦从一条长长的后走廊上出现了，把伍德沃德领到他的办公室。这办公室比衣帽间大不了多少，只够放他的办公桌和椅子，以及一把给客人坐的椅子。高个子的沃伦戴着眼镜，穿戴整齐，在外表举止上相当有学者气派。

“不介意我作记录吧？”沃伦问，推了推他鼻梁上的眼镜，在大小适合于法律文件的黄拍纸簿上迅速翻到干净的一页。

当然，伍德沃德没有表示异议。他解释说，他和伯恩斯坦有信息表明水门事件是一个大阴谋，比任何一个人在公开场合所暗示的都要大得多。伍德沃德说，这个信息将要见诸天日，《华盛顿邮报》将不会是惟一一家加以揭露的机构。也许白宫知道一些事情，可以缓解其效果。《华盛顿邮报》想要了解这些因素。形势的发展已经到了很严重的地步，非要总统亲自出马不可。

沃伦偶尔从他的笔记本上抬起头看一眼，要求说明具体事实。伍德沃德说，他和伯恩斯坦只想和总统谈论事实，希望沃伦将此视为要求采访的正式请求。沃伦说他可以将此视为正式请求，但是他认为这个请求会遭到拒绝。

"我可以告诉你，"他说，"这不是一个我可以做的决定。我将把这个请求报上去。"伍德沃德想象这个请求会一直报到齐格勒那里。他是故意不给齐格勒打电话的。他又试着继续提要求。

伍德沃德说，从他们对信息的评价来判断，总统将不得不很快在某个时候摆脱同水门事件的干系。《华盛顿邮报》很想在那种情况发生前讨论一下具体问题。伍德沃德说，他们还有有关其他窃听、闯入、搞秘密阴谋活动的信息，这些东西全都会公开出来。

沃伦眨巴了几下眼睛，向他投过来一种怀疑的眼光。"如果你说得更具体一点，会有用的，"他说。

伍德沃德说，到时候他会涉及具体细节的，如果总统同意被采访，那么问题将会被事先提供。不会试图给他来突然袭击。

沃伦笑了笑，好像在说：那样行不通，你要么有确凿证据，发表出来，要么就作罢。

伍德沃德讲完了，沃伦把笔轻轻放在拍纸簿上，站起来，伸出手。"我会再回来，"他说。

伍德沃德回答说不着急，又耸耸肩说，他知道回答会是什么。当他从鸽子笼似的办公室里走出来，进入到阳光里的时候，他感到很轻松。他已经尽力了。

伯恩斯坦和他都清楚地意识到，他们可以做的事情比以往要少得多。各种强大的势力在有力地插手干预。政府调查正在进行，求生存的本能会把总统班底的某些人变成了告密者。

3月28日，星期三，麦考德按预定日程秘密向水门事件委员会的七位参议员宣读他的宣誓证词。伯恩斯坦和几十名记者一起等在听证室外面。记者们开始讨论必然要公之于世的“情报泄露”问题，一致认为，设法报道里面正在进行的事情是很危险的。这不再是“调查性”报道的问题——如评价信息，把零零星星谜一样的东西拼凑在一起，揭露被遮掩的东西等。他们仅仅是要设法事先搞清楚最终将公开出庭作证的证人的证词。判断哪些陈述是道听途说，哪些陈述是第一手信息，再把这些陈述放到具体环境中，是很困难的事。对于与案件有关的当事人所作的轰动性指责和故意透露的消息，是很难作出评价的。如果某些报纸或广播公司搞到了透露的消息，所有的记者都会感到必须进行竞争。

委员会同麦考德的会面持续了四个半小时。随后，田纳西州参议员、委员会的共和党副主任霍华德·贝克宣布，麦考德提供了“有意义的信息……涉及的范围极其广泛”。

伯恩斯坦和伍德沃德打起了例行电话，先从参议员开始。“行，我将在这个问题上帮助你，”一位参议员告诉伍德沃德，“麦考德证实，李迪告诉他，水门阴谋活动的计划和预算是米切尔在2月份批准的，当时米切尔还是司法部长。他还说，柯尔逊事先知道水门事件的情况。”

但是，在回答伍德沃德问题的时候，他又说麦考德的陈述只有第二手信息为依据，他早先的指控也是如此，当时他说迪安和马格鲁德事先知道情况。

"然而，"参议员说，"他很有说服力。"

布拉德里能够找到第二个参议员来证实这条消息，而伯恩斯坦则从一个工作人员那里听到了同样的说法。

第二天早晨的报道虽然要人们注意麦考德证词来自道听途说，但是却引用了那位不透露姓名的参议员的评价。

大量"麦考德说"之类的报道接踵而来。麦考德在星期四再次露面，两名记者经历了同样的情况。麦考德说，李迪曾告诉他，概括水门行动的示意图曾在2月份拿给米切尔看过。三个消息来源都对证词有一致的说法。

这时候，新闻秘书罗纳德·齐格勒宣布，总统为了要"驱除说我们企图掩盖……的神话，"已经命令他的工作人员一旦被传唤，马上到大陪审团面前作证。《明星——新闻报》将此解释为一种政策上的改变，并报道说这"显然是尼克松政策的重大改变，他一向以行政官员豁免权为名，拼命庇护他的工作人员"。

伯恩斯坦和伍德沃德担心《华盛顿邮报》会犯同样的错误，就去找全国新闻编辑迪克·哈沃德。齐格勒自己说过，政策上没有什么新东西。几名白宫助手不是已经到大陪审团面前作证，就是未出庭但是提供了宣誓证词。总统从来没有宣称要代表他们要求行政官员豁免权，从而保护他们免于在刑事调查作证，他只是要求他们免于在国会的听证会上作证。

两名记者十分强烈地向正在写有关报道的《华盛顿邮报》全国新闻记者鲁·加农提示，齐格勒的最新宣告不代表政策的改变。加农在共和党人中的消息来源都是相当重要的人物，关于水门事件对白宫和共和党的影响，他写过几篇《华盛顿邮报》最棒的报道。现在他怒不可遏。他同白宫记者团最有经验的成员讨论过这个问题，他们都一致认为，总统对于碰不得的行政官员豁免权问题立场上有松动。

《华盛顿邮报》的本市新闻组和全国新闻组之间的关系从来就不太好，几个月以来，水门事件使这种关系变得更加紧张。伯恩斯坦和伍德沃德被加农那篇报道的要旨以及它在第二天该报上的头条新闻的地位激怒了。

第二天，他们在白宫的消息来源证实，齐格勒的声明不过是一种公关姿态。但是，更重要的是，参议员委员会及其工作人员指责，这个声明的意图在于转移参议院调查中对总统的行政官员豁免权要求的视线。对于总统愿意同一种调查合作，不愿意同另一种调查合作的倾向，参议院的消息来源暗示了另外一种理由——大陪审团的程序是秘密的，是在政府的司法部的监督之下。参议院的听证会是公开的，独立于行政当局。

在水门事件 9 个月之后，白宫再次表明，比起新闻界对白宫的了解来，它更加了解新闻界。

如果说，华盛顿还有一个记者不可能被白宫的操纵所蒙骗的话，那么伯恩斯坦和伍德沃德认为这就是《纽约时报》的塞穆尔·赫什。一位共同的朋友安排伯恩斯坦和伍德沃德同赫什一起在 4 月 8 日吃饭。

三十六岁的赫什戴着角质镜框的眼镜，有点矮胖，穿着网球鞋来赴宴，身上的细条子衬衣也许在他当年上大学一年级时是最好的衣服，但是现在已经磨损，漂白的咔叽裤皱巴巴的。他不像他们遇到过的其他记者。他毫不犹豫地在大庭广众之下把亨利·基辛格称为战犯，并公开对《纽约时报》表示好恶。赫什首先发表了揭露美国政府掩盖美莱屠杀[①]真相的报道，并花了多年时间报道军队和国家安全机构的官僚作风。只有他能理解水门事件的盘根错节。“我了解这些人，”赫什说，“这届政

① 指越战期间，越南村子里的平民遭美军屠杀的事件。——译者

府的一贯特点是谎言连篇。”

他对《纽约时报》也很不客气：“谎言，谎言，谎言。”他这样评论他的一个同事所写的报道。

用餐期间，伯恩斯坦和伍德沃德说起总统班底中一个有参与水门事件嫌疑的人。

“我也真的很想把那狗娘养的揪出来，早在水门事件以前我就认识他很久了，”赫什说，“但是我不会便宜他的；要么我用事实、可靠的信息、证据、真情实况好好把他揪出来，要么我不去碰他。”

三人交换了对水门事件中一些证人和主犯的感觉，留意不说出自己的最终判断。那天晚上晚些时候，伯恩斯坦开玩笑地问赫什，今天夜里《纽约时报》头版送到《华盛顿邮报》那里的时候，不知赫什会在上面对水门事件发表什么样的报道。

“不过是小事一桩，不足挂齿。”赫什回答。

伯恩斯坦和伍德沃德搞不清楚他是否在开玩笑。伍德沃德给办公室打了电话。赫什没有开玩笑。他的所谓“小事一桩”是第一篇说麦考德证实水门阴谋参与者直接从总统连任委员会获取现金酬劳的报道。这种关系是伯恩斯坦和伍德沃德一直在等待的关键性答案之一。自从1月份以来，每个人都在推测是总统连任委员会买通了那些阴谋参与者，让他们保持沉默的，现在终于有人从内部这样说出来了。

几个月前，休·斯隆告诉记者，说那大名鼎鼎的秘密基金从来没有停止存在过——甚至在水门事件之后。伯恩斯坦和伍德沃德当时就很吃惊。斯隆告诉他们说，这笔钱从他的保险箱里转到了弗雷德·拉吕那里。两个记者没有写这个问题，因为他们无法证实，不知道这钱是如何花的。斯隆拒绝说出涉及的钱数有多少。现在看来，这笔钱很可能已经买到了被告的沉默。拉吕曾是约翰·米切尔的副手，并和米切尔一起共同指挥了水门事件的善后工作。他和玛迪安是监督管理肯尼思·帕金森和委员会其他律师的两名总统连任委员会官员。麦考德的证词认为帕金森和霍华德·亨特的妻子，已故的朵罗茜·亨特，是中间渠道，钱是通过他们付给阴谋参与者的。

伍德沃德给总统连任委员会一位态度很友好，但是不愿意谈论细节的官员打电话。对于麦考德揭秘以后的可怕事态，此人在电话上大发雷霆：

“约翰·米切尔仍然坐在那里抽烟斗，言谈不多……我以前把那当作智慧，现在我明白了，这是无知。……上帝，我从来没有想到，我会告诉你们这些家伙说我并不憎恨你们所做的事情。正是白宫处理这一堆乱七八糟事情的方式破坏了总统的地位。……我有一些朋友，他们看见我就说，‘你怎么还会有自尊，仍然为总统连任委员会工作？’我很不舒服。”

伍德沃德看准了一个难得的机会，说他和伯恩斯坦知道在给阴谋参与者付钱一事上有拉吕一份。伍德沃德只见过拉吕的相片。他是一个正在秃顶的小个子，戴着圆眼镜，原先是拉斯维加斯一家赌场的老板和石油百万富翁——一个地道的洗钱人，伍德沃德这样想。

“我无法回答任何问题，但是我将告诉你一件你也许难以相信的事，”总统连任委员会的那个人说，“弗雷德·拉吕发誓后不会撒谎。如果他们问他，他就会说是他帮助收买那些人的。”

伍德沃德打电话给休·斯隆。他宣告是拉吕收买了那些人，然后明白他听起来有多傻。斯隆听到此消息后并不惊讶。他总是怀疑到最坏的情况，无论这情况有多严重。

从那笔基金里转移出去多少钱？伍德沃德正在寻求一个大致正确的数字。

斯隆不愿说。

他们玩起了他们的旧把戏，像两个有一段时间没有上拳击场的拳击手一样。10 多万美元？5 万多美元？在 5 万和 10 万之间？在 7.5 万以内还是 7.5 万以上？

“在最后那个数字的 5 000 以内。”斯隆说。

那太好了；也许是 8 万美元，但是他们会用 7 万。

在水门事件以后，总统连任委员会怎么能够继续保持这笔秘密基金，并把它转移的？

“这（钱的转移）是在 7 月做的，”斯隆说，“关于这笔钱，还没有任何事情透露出来过，（它）是史坦斯部长批准的。这是一种做生意的方法，手头现金支配。”斯隆推测，这是有人让史坦斯这么干的，但是他不知道是谁。在这个问题上，他也是做了最坏的设想。

伍德沃德问，检察官知道这情况吗？

“我认为不知道，”斯隆说。“我从来没有被问到过。”①

伍德沃德给司法部的一名官员打电话。检察官是在设法断定阴谋参与者是否被拉吕用水门事件之后从史坦斯的保险箱里取出来的 7 万美元收买了吗？

“检察官正在查看委员会的每一分钱，看看是否这钱被花在收买上，一分钱也不会放过。”

包括史坦斯保险箱里的钱吗？

“是的。”

这下子把结系上了。秘密基金让两名记者兜了一个圈子——先是窃听的问题，现在是掩盖的问题。

---

① 但是斯隆确实说过，在几个星期前，当他在纽约市的联邦大陪审团作证时，曾被问到关于秘密现金的相关问题。这个大陪审团正在调查罗伯特·L·维斯克给争取总统连任委员会的现金捐款。维斯克是一个国际金融家，也是一个受指控的骗子。他的 20 万美元的馈赠全是 100 美元的票子，是装在一个黑色的公文包里送到委员会去的。这钱被添加到史坦斯保险箱里的现金基金中，帮助为水门阴谋活动和其他秘密活动提供资金。

白宫记者团一年一度的宴会是一次很讲排场，大吃大喝的活动，参加者都是媒体和政府中有权有势的人——或者自以为有权有势的人。宴会于4月14日在华盛顿希尔顿饭店举行，霍尔德曼、埃利希曼、基辛格、总统（他在宴会后两旁由一帮“战犯”侍从护送着到来）坐在那些看文艺晚会的人中间。晚会不时掺杂着关于水门事件的粗野玩笑。

伯恩斯坦和伍德沃德得到邀请，是因为他们获得两项新闻奖。晚会的大部分时间他们都在假装好像以前从来没遇见过为他们提供消息的政府助手。有些人以前总是不容易找到，即使找到也不愿说什么。现在，他们当中有些人自己被排斥在消息来源以外，想要两名记者告诉他们正在发生的事情。“事情怎么样了?”“有多糟糕呢?”“你认为总统会怎么做?”他们不断问两名记者。

宴会后在大厅里，两名记者看见司法部长克莱恩丁斯特正在接待仰慕者。克莱恩丁斯特在公众面前的言论起到了政府为其调查辩护的台柱作用；伍德沃德和伯恩斯坦从来没有接近过他。他们走上前去作了自我介绍。

“你们两人敢于按自己的信念做事，”克莱恩丁斯特说。

伍德沃德问，事情怎么样了?

“水门事件的案子快要爆炸了。”克莱恩丁斯特干脆地说。

伍德沃德说他们应该谈一谈。第二天——星期天——怎么样?

“我得去上教堂。”克莱恩丁斯特说。

伯恩斯坦和伍德沃德说他们很希望能谈一谈。

“行，”克莱恩丁斯特说，“你们明天早晨和我一起去上教堂，然后咱们回我家吃早饭。”

有一些新闻组织租了社交活动室，在那里一直到差不多太阳升起的时候都有饮料供应。伍德沃德大约在凌晨2点到了《华尔街日报》集会的地方。大约有二十个人手里拿着玻璃杯，聚在一个角落里，一个熟悉的声音突然从人群中冒出来。"你这个狗娘养的！"无疑是布拉德里，他正同他以前的雇员、现在的白宫助手凯恩·克劳逊辩论。辩论的主题是谣传中克劳逊的声明，声明承认他写了加佬书信。但是辩论涉及老一套的对立——报界同政府，《华盛顿邮报》同尼克松的对立。克劳逊曾告诉朋友们，布拉德里是他最崇拜的人。现在他鄙视布拉德里，认为他个人应为加佬书信的报道负责。

由于喝了酒，辩论变得热烈起来，更带有个人色彩。两个人挥手将其他想加入到辩论当中来的人赶走。最后，他们可笑地试图变得更加谨慎，转移到盥洗室里，让门敞开着。

"他们打起来了吗?"一个女人幸灾乐祸地问。

在吧台那里，还有另一场关于水门事件的争论闹得不可开交。《华盛顿邮报》的律师，尼克松总统最喜爱的橄榄球队华盛顿雷德斯金斯的董事长爱德华·本涅特·威廉斯，正在同白宫演讲稿撰写人帕特里克·J·布坎南开战。威廉斯的事务所代表民主党。他正尖刻地批评1972年的选举。

"你不过是一个酸溜溜的失败者，"布坎南说。

"可是你们干得太卑鄙，帕特，"威廉斯说，同时把他巨大的身躯挪向一边，"你们不得不卑鄙。你们是赢了，但是你们不得不把它偷到手。"

"你只知道水门事件，"布坎南反唇相讥，"一些古巴人偷看拉里·奥布里安的邮件……你们做得太过分了。"

"肮脏，帕特，肮脏的选举，"威廉斯说，"你不感到羞耻吗?你是一个保守分子，可你们却有那么多违法乱纪的事情。《华盛顿邮报》确实刺痛了你们。哦。那一定是最疼的。"威廉斯把胳膊搭在伍德沃德肩上。"《华盛顿邮报》击中了你们的要害。"

"百分之六十一，爱德，"布坎南还嘴，"百分之六十一。最近历史上得到的最多票数，要不是因为水门事件，票数还会更多。”

“你们干了卑鄙勾当。”

“一些小小的间谍活动，爱德。那是政治。我敢打赌，你们这些家伙肯定在超级杯赛时拿望远镜对着舒拉（迈阿密海豚橄榄球队教练）。你在球场的另一边也拿着望远镜，可你们却没有赢。”

“你们赢了，对，现在每一个人都看到这有多臭。”威廉斯微微支吾了一下，双手紧抓住他的饮料。

“你的一些当事人怎么样啊，爱德？”布坎南还嘴，可能指的是汽车司机、搬运工国际兄弟联合会前会长詹姆斯·霍法和前参议员助理鲍比·贝克。“你确实在应付一些了不起的家伙。”

“帕特，”威廉斯说着走上前来，将他巨大的身躯置于布坎南面前，“我对你感到吃惊，帕特。这有很大的区别——”

“你为之辩护的那些无赖怎么样啊？”布坎南讥笑说。

“有很大的区别，”威廉斯发出低沉的声音，“如此之大。”他低下头，靠在吧台上，眼睛默默地往上看。

“有什么大的区别，爱德？”

“我没有为总统操纵我的当事人。”

第二天早晨，伍德沃德和伯恩斯坦睡过了上教堂的时间，他们径直驱车去弗吉尼亚，到克莱恩丁斯特家里去吃那顿他们得到许诺的早餐。

克莱恩丁斯特夫人前来开门。“他被叫到白宫去了，没法和你们讨论水门事件，”她说，“他到那里去做礼拜，还得待下来参加一个会议。他很抱歉。”

那个星期天下午近黄昏的时候，伍德沃德和一个朋友正坐在乔治城蒙特罗斯公园的草坡上。伍德沃德看见不远处有一对男女正激烈地谈着话朝他们走来。“这是霍尔德曼，”伍德沃德的朋友说。真的是霍尔德曼，他穿着浅色的旅游鞋，很随便的宽松长裤，一件棕色风衣。他双手插在口袋里，缓步而行。他的妻子也穿着很随便，显然正在激动而充满自信地同他说话。霍尔德曼默不作声，偶尔转过头对着她。太阳正在下山。

伍德沃德看到了一个跨越高墙的机会。这里，在一个公园里，没有保镖，没有警察，没有白宫的豪华轿车在等候。霍尔德曼的样子很压抑。伍德沃德开始站起来，不知道他作自我介绍的时候，霍尔德曼会不会给他来一下子。

“别理他。”伍德沃德的朋友静静地说。这对夫妇从他们身旁走过，专心致志于私人谈话。伍德沃德没有动弹。

星期一早上，克莱恩丁斯特打电话到办公室找两名记者，为取消早餐表示道歉。他含糊地说，白宫有一个紧急会议。几天之内就会真相大白。

那天晚上，《华盛顿邮报》的夜间市内新闻编辑打电话到伍德沃德家里找他。《洛杉矶时报》在头版上预言，白宫在几天内将戏剧性地承认水门事件的问题；报道中没有指明姓名的一两名高级官员将被指控在没有总统批准的情况下指挥或纵容政治性间谍破坏活动。

伍德沃德给“深喉”打了紧急电话。打紧急电话的程序是：从一个预先说定的电话亭打一个电话，什么也不说，然后在十秒钟后挂断。伍德沃德在电话亭里等了差不多一个小时，回电才过来。

“深喉”说，那天夜里见面是不可能的。“你不必告诉我你为什么打电话来。”

伍德沃德问，全城都快疯了，究竟发生了什么事？

“这次你最好抓紧，”“深喉”说，“迪安和霍尔德曼完了——肯定的。”

完了？伍德沃德呆若木鸡地重复了一遍。

“完了。他们将辞职。总统无法避免这个。”

《华盛顿邮报》可以报道这一消息吗？

“可以。这是可靠的。”“深喉”说。

伍德沃德问，我们该做什么？

“有人正在说出来。有好几个人在说——去搞清楚。我得走了。我的意思是——搞清楚。”“深喉”挂断了电话。

第二天早晨，4月17日，当伍德沃德在大约11点钟来到新闻编辑室的时候，伯恩斯坦、苏斯曼、罗森菲尔德、西蒙斯及布拉德里都在布拉德里的办公室里，试图设想下一步该做什么。伯恩斯坦刚给一名白宫官员打过电话，那人说，白宫里已经乱作一团，但是似乎没有人知道将要发生什么事情，在什么时候。

伍德沃德冲进布拉德里的办公室，脱口说出“深喉”的信息。所有人都大吃一惊。

伍德沃德说，这是可靠的。“深喉”很肯定。他们全都明白，纸房子正在摇摇欲坠。

“我们可以刊登这消息吗？”布拉德里望着窗外问。

可以，伍德沃德说。但是他害怕一篇报道会推迟辞职。

伯恩斯坦担心，《华盛顿邮报》的报道甚至会使有关的决定变成另一种样子。

罗森菲尔德很有礼貌地暗示，也许两名记者以及《华盛顿邮报》都高估了他们的重要性。如果迪安和霍尔德曼得滚蛋，总统所要担心的就不仅是《华盛顿邮报》是否因为首先报道此事而感到满足的问题了。

布拉德里回忆起从前的一次经历，他曾经在写一篇有关辞职的报道时上了一大当，那次经验使他对那类事情心有余悸。

“我为《新闻周刊》写了一篇关于J·埃德加·胡佛的封面故事，说白宫最终在寻找胡佛在联邦调查局的继承人，”他说。“莫耶斯（比尔·B·莫耶斯，林顿·约翰逊的新闻秘书）说，‘我们终于抓住这狗娘养的了。林顿让我寻找顶替他的人。’所以这就是这报道的导语：‘终于在寻找J·埃德加·胡佛的继承人’，只是没提莫耶斯的名字。约翰逊——我想是在第二天——举行了一个记者招待会，在会上他任命胡佛为联邦调查局的终身局长。当他走到电视镜头前时，他对莫耶斯说，‘你给本·布拉德里打电话，对他说：“操你妈。”’嘿，几年来人们都说，‘是你闹出来的，布拉德里。是你闹出来的，你让他当上了终身局长。’”

布拉德里说他不知道如何看待这个关于霍尔德曼和迪安的消息。他想要刊登，但他又很害怕。

暂时还没有必要做决定。一个新闻助理拿来了一篇电讯稿副本。总统预定在那天下午要在白宫的记者室发表通告。

两名记者决定，伯恩斯坦应该去，以防万一总统同意回答与会者的问题。伯恩斯坦给齐格勒办公室打了电话——他也没有白宫的记者通行证。

他到那儿的时候，房间里已经挤满了人。他对白宫记者团的态度感到很吃惊，无论是年纪大的，还是年纪轻的记者，他们的态度都和伯恩斯坦想的很不一样，房间里笼罩着一种面临大难时的幽默。总统将不能按时到达。

“他出去为帕特搞一条小猎犬和一件布衣服了。”一名高级记者说。[①]

“尼克松打算免除玛诺罗的行政官员豁免权，最终把他扔到狼群里

① 此话指的是尼克松在1952年发表的著名的契克斯演讲。当时他正在竞选副总统的职位。在演讲中，他为他的竞选费用和一笔秘密基金辩护。

去。”另一位说。玛诺罗·桑切斯是总统的贴身侍从。

有人从理论上说明，他们将要听到政府监狱改革的信息。“是啊，”另一位回答，“他们要把白宫搬到利文沃思去哩。”

有几名记者团的成员，包括合众国际社的海伦·托马斯，认为总统将要宣布鲍勃·霍尔德曼的辞职。一小时过去了，有人关掉了电视灯光。杰拉德·沃伦出来说，总统将尽可能快地出现。沃伦的样子显得阴森森的。

有些人在讨论是否沃伦的出现就意味着齐格勒完蛋了，将要被替换掉。有人说，如果总统承认白宫参与了水门事件，那么齐格勒就该完蛋。另一个人说，他不管有什么下场，都是活该。大家都大笑起来。

海伦认为，总统因为他将要宣布的事情而在情绪上变得如此激动，以致他无法振作起来经受这一切。这说明了他迟迟不露面的原因，她说。

沃伦又出来说，不会再等很长时间。此后灯光又亮了起来。

下午 4 点 40 分，样子比沃伦更加阴森的齐格勒从走廊来到西厢房。“女士们，先生们，美利坚合众国总统到。”

总统晒得很黑，看上去比相片上的形象老。伯恩斯坦注意到他的双手在发抖。

“有一些严厉的指控引起了我的注意，其中有的已经有公开报道，”他说，“于是在 3 月 21 日，我开始对这全部事情做了新的紧急调查……我今天可以报告说，案子已经有了重大进展，但是目前还不便说得更加明确，我只能说，在搞清真相的问题上，已经有了真正的进展。”

那天没有涉及辞职的问题。相反，总统宣布他将暂停在案子中被起诉的“行政主管部门或政府中的任何人的”职务。

总统变成了将确保在别人没有确保正义得到行使的地方行使正义的调查者。这就是大量报道的“重大进展”。尼克松于星期天会见了司法部长克莱恩丁斯特和助理司法部长亨利·E·皮特森，“审查调查中我所了解到的事实，也审查司法部调查的进展”。所以，这就是克莱恩丁斯特之所以星期天早晨不能吃早饭的原因。

理查德·尼克松现在也是检察官，他“向相应的当局”表示“我的观点：过去或现在在政府中居高位的人，谁都不应该被授予免受起诉的权利”。

总统说，他现在改变了他原先的立场，同意让他的助手宣誓以后在参议院水门事件委员会面前作证，虽然他们也许在特定的问题上仍然要求有行政官员豁免权。约翰·埃利希曼正在同委员会一起制订细节。

总统的公告大约花了三分钟的时间。他的双手一直没有停止颤抖。大多数时间，他的眼睛越过他面前的记者，盯着房间后面讲台上的电视摄影机，或者盯着他正在念的稿纸。

然后他勉强笑了笑——更像是做了个怪脸——匆匆从房里走出去了。伯恩斯坦问几个常客，总统的手是否老是抖得那个样子。他们说只是在近来才这样。

总统离开后，记者室里的气氛变得很别扭。记者们打算步步进逼，让齐格勒就范。

起初，齐格勒作了顽强抵抗。他坚持说，在总统的最新声明和以前说过的话之间并不矛盾。白宫以前的声明立足于“总统采取行动之前的调查”，立足于“以前的调查”，立足于“当时可以得到的信息”。现在，“新的信息”导致了最新的“有关立场的持久性声明”。

但是记者们要求更多的东西。在第十八次打击之下，齐格勒让步了。

“这是有效声明，”他说。“其他都是无效的。”有片刻工夫，房间里鸦雀无声。

伯恩斯坦回到办公室的时候已经6点以后了，他开始写他的报道。

关于霍尔德曼和迪安辞职的报道得等待进一步的证实。关于齐格勒的内容占满了好几页纸，就是为了避开这个问题。但是伍德沃德已经写了一篇插登的文章，那有助于合理理解总统的声明。他被司法部和白宫的官员告知，有几名总统助手很快将受到水门事件大陪审团的起诉——米切尔、马格鲁德、迪安是最可能的人选。报道中没有对他们指名道姓。

哈里·罗森菲尔德审阅报道的时候，和蔼地看了伯恩斯坦一眼，意思是说，“你应该了解得更清楚”，随即把关于总统双手发抖的那段文字划去了。

两名记者开始寻找总统突然转变方向的确切原因。第二天早晨，4月18日，伍德沃德给总统连任委员会的一个人打电话，问他谁在跟检察官谈话。

“你为什么今天下午4点不到我办公室来一下呢？我会有一些东西给你的。”他说。

走到那人的办公室去有很长一段路，而且走得热烘烘的，不怎么令人愉快，因为地铁建设把沿路的许多马路和人行道的路面都翻了起来。气锤和打桩机的声音震耳欲聋。当伍德沃德坐在总统连任委员会的那个人桌子对面椅子里的时候，他仍然可以听到外面的噪声。

“马格鲁德是你的下一个麦考德，”那人说，“上个星期六他跑到检察官那里去，把迪安和米切尔装里面了。”

伍德沃德很吃惊。他原本把马格鲁德视为铁杆分子。事情一定非常糟糕，他说。

“很糟糕，妈的，”那人说，“大墙正向他逼近——大墙，天花板，地板，一切的一切。”为了强调，他特意把双臂举到面前。

伍德沃德问，马格鲁德把什么事情归罪于迪安和米切尔。

“全部乱七八糟的事情，”那人说，“计划进行窃听，收买人员……

米切尔办公室里的那些会议，或者至少一次会议，会上同李迪讨论了窃听前的一切问题。”

伍德沃德坐出租车回到办公室，给白宫一名官员打了一个电话。

伍德沃德说，我们知道马格鲁德正在说出内情。

“那么说，你的消息够灵通的呀。”那位官员说。

马格鲁德告诉检察官的事情面有多宽？

“所有的事情——窃听、制订路线、收买等各项计划。这不是像麦考德所说的那种听来的话。这将把迪安和米切尔送进监狱。”

伍德沃德给马格鲁德的律师詹姆斯·J·比耳包尔打电话，告诉他说，《华盛顿邮报》知道他的当事人去了检察官那里。

“等一下，等一下，”比耳包尔说，“我甚至都还没有确认他是我的当事人。”

伍德沃德说，《华盛顿邮报》打算报道马格鲁德指控迪安和米切尔搞窃听，事后又加以掩盖的问题。

“十五分钟以后我给你打电话回去。”比耳包尔说。

半小时以后，他告诉伍德沃德：“我要证实的是，他在受到传唤时，将在大陪审团面前作证。”

伍德沃德给一名司法部的官员打电话，告诉他比耳包尔说的话。

“那不是全部，”那官员的口气听上去十足的趾高气扬，“其他人将证实，米切尔和迪安参与这些安排是拿酬劳的。”

伯恩斯坦打电话找到白宫的一个消息来源，那人证实了“深喉”的信息：霍尔德曼和迪安完蛋了。迪安的辞呈已经打印好，霍尔德曼的正在准备中。

伍德沃德正要完成这篇报道的第一页时，布拉德里来到他的办公桌旁。他带过来一张他那种厚纸，坐在伍德沃德身后的一台打字机跟前。

他们背对着背。然后伍德沃德听到了打字机的声音。布拉德里的第一段文字正好用了一分钟，他让伍德沃德转过来看。

伍德沃德婉转地表示抗议：布拉德里没有指明这篇报道的任何来源。它听起来好像有关马格鲁德作指控的消息不知从哪里飞出来，落到了《华盛顿邮报》的怀里。

布拉德里不受干扰，“你可以以后做那件事”，他说着又打了起来。到第三段打完的时候，他已经多少解决了指明来源的问题，并把他那张厚纸写满了。

这篇三段文字的导语，除了其中提到的头衔、中名、姓名首字母是伍德沃德加上去的以外，其他都是布拉德里写的。

> 据尼克松总统前特别助理杰伯·斯图亚特·马格鲁德说，前司法部长约翰·N·米切尔和白宫顾问约翰·W·迪安同意并帮助策划了水门窃听阴谋。
>
> 马格鲁德还说，米切尔和迪安后来安排收买了七名水门阴谋的犯罪嫌疑人，让他们保持沉默。
>
> 据白宫和总统连任委员会的三个消息来源说，总统竞选活动的副主管马格鲁德于星期六对联邦检察官作了以上陈述。

整篇报道占了报纸头版的一半，这是用来刊登单独一篇有关水门事件报道的最大版面。

在这同一天，即4月19日，《纽约时报》刊登了一条关于水门事件的五栏大标题。司法部长克莱恩丁斯特因为有“连续不断的报道”说他有三名以上的同事被起诉，从而没有资格处理这桩案子。塞穆尔·赫什写道，大陪审团调查的重点由水门事件本身，转到了被认为参与掩盖事件真相的政府官员妨碍司法公正的问题上。

那天早晨，伯恩斯坦给迪安的办公室打了电话。迪安的秘书正在哭泣。她不知道她的上司到哪里去了，也不知道他是否还在白宫工作。她给了伯恩斯坦几个也许会有帮助的人名，他们是迪安的朋友和同事。可是所有这些人都无法找到。

15

靠近中午的时候，迪安的秘书恢复了镇静，她打电话回来，给伯恩斯坦念了一个以迪安名义发表的声明。

> 迄今为止，我一直没有对水门事件的案子发表任何公开的看法。我在未来将继续保持这样的方针……然而，我的希望是，那些真正有兴趣看到……正义得到伸张的人不要轻易得出结论，认为某人有罪或参与了犯罪……最后，有些人会希望或认为我将成为水门事件一案中的替罪羊。任何相信这一点的人并不了解我，不了解真正的事实，也不懂得我们的司法制度。

伯恩斯坦自己把这个声明读了两遍。迪安如此咄咄逼人地进行挑衅是伯恩斯坦没有料到的。他给白宫新闻办公室打电话，核实这个声明。白宫对约翰·迪安的“擅自”声明不做任何评论。

《华盛顿邮报》的白宫记者凯罗尔·基尔帕特里克从白宫记者室给伯恩斯坦打电话。齐格勒在他的每日新闻发布会上没有努力为迪安辩护。他说，总统的顾问“在他的位子上……操心干某种不怎么样的事情”。总统正在追查“真相，而不是寻找替罪羊”。

伯恩斯坦打电话找到迪安的一个朋友，他以前曾同此人谈过话。他们以前那场谈话简短而又不友好，现在似乎已经被忘却。这次伯恩斯坦被告知："事情的真相说来话长，涉及面宽，它起伏跌宕，牵涉到上上下下。你无法提出理由认为……这就是约翰·米切尔和约翰·迪安。如果杰伯说约翰·迪安预先知道窃听，那么约翰就有另一种说法。约翰希望有机会对大陪审团说一说他那一方面的故事。他不打算为别人的活动遭殃。"

那位朋友不愿意说出这别人是谁。但是这响亮而明白无误的信息证实，那些曾经铁板一块地为理查德·尼克松服务，锻造了白宫有铁一般纪律和自制力的上层建筑的人，现在已公开自相残杀起来。

伯恩斯坦打电话找到了迪安的秘书提示的那些人之一。伯恩斯坦自我介绍的时候，那人的声音听上去很和蔼。伯恩斯坦决定提一个建议：

《华盛顿邮报》对约翰·迪安一直很严苛，他说，但是事实证明这是对的。现在此案已越来越明朗化。迪安一直处于一个独一无二的地位，能了解水门事件的全部。白宫内外的人显然正在伺机攻击他——今天是齐格勒，昨天是马格鲁德——并竭力败坏他的名声，使他无力再对他们造成任何伤害。如果《华盛顿邮报》知道迪安要说什么——如果他对记者说出内情，如果他们认为他说的是真话——报纸会阻止这些攻击。但是只能以事实说话。记者们有足够的消息来源来核对他的说法，并使之具体化。这样会对迪安有利。除非他自己说谎。

那位同事说，迪安尊重《华盛顿邮报》关于水门事件的报道。伯恩斯坦想，他们所需要的，是得到约翰·迪安的同意。

迪安"认为你们对他不公正。他没有理由个人来承担这一切。见鬼，他采取的每一个步骤都有人告诉他这件事情该怎么做。他没有做决定要打击你们。他反对这样做。他最希望的是和你们一起坐下来，把全部内情告诉你们。但是这不是他现在需要做的事情。如果他作证，他就要能够起誓说他没有先跟报界谈过内情。当然这并不是说我们不能互相拜访。在你证实了一些事情，双方建立起某种信任以后，我们双方都会更清楚我们在走向何处”。

伯恩斯坦不知道该指望些什么，便问他该从何处着手。

“你可以从P的声明着手呀，”那位同事说，（伯恩斯坦颇费了一番周折，才搞明白P就是总统[①]。）“搞清楚3月21日发生了什么事——是谁让总统注意到所有那些严厉的指控。”

约翰·迪安？

“哦，我不打算说是谁，但是你的思路是对头的。查一下吧。那天肯定不是约翰·埃利希曼走进椭圆形办公室说了诸如此类的话：‘有人想掩盖事实真相，这比你想的更糟糕，总统先生。’如果你是，比方说，H的话，那会是一个很好的理由使某人成为替罪羊，你不这样认为吗？”

霍尔德曼？

“以及别的人。从6月17日起，约翰·迪安做的事，没有一件不是H或别的人事先让他这样做的——包括安排用钱收买犯罪嫌疑人，让他们保持沉默。”

还有谁？

“让我们先看看你对这个问题核查得怎么样。”

7月17日以前是怎么回事？

“约翰·迪安将会告诉大陪审团说，是的，他参加了一个讨论窃听的会议，他在会上说不愿同这样的事情发生关系，任何同此事有关的人都疯了。”

约翰·迪安似乎有对一切问题的答案。如果迪安参加了那次会议，他怎么解释“迪安报告”？怎么解释总统的保证，说迪安和他的报告使总统相信他的贴身助手事先不知道窃听的事情？

“所谓的调查报告或多或少是递呈给P的一个整体——一个概念，

① 英语中总统是president，对方由于不便直接说出“总统”一词，所以用了第一个字母。——译者

或一种理论。”

由谁递呈？

“不是约翰·迪安。他自从8月29日起就从来没有同P讨论过水门事件。”

那么，那报告是怎么回事？

“见鬼，我原以为你们这些家伙应该很精明的，”他笑起来，“从来就没有过这样一个报告。迪安被要求收集某些事实。这些事实遭到扭曲，以帮助他上面的某些其他人。现在那些人正策划减少他们的损失，把约翰·米切尔和约翰·迪安抛出来，舍卒保车。如果他们以为能就此逃之夭夭，只是一厢情愿的想法。”

如果迪安对事情真相如此感兴趣，那么他为什么不马上把秘密公开呢？

“一个原因是因为如果他今天走出去，说出他知道的一切，没有人会相信他的。这并不始于水门事件。这是白宫的生活方式。他必须逐渐证明他是可靠的，不会说谎。因为他知道的是别的人没有一个愿意谈论的事情。几乎每一件事都可以核对出来。但是在他公开秘密以前，他必须使每一个人——检察官、报界、国会山上山姆参议员手下的人——相信他说的是实话。否则，在他还没来得及做的时候，白宫就会叫他好受不了的。”

这就是约翰·迪安之所以愿意同《华盛顿邮报》打交道的原因，是吗？

“瞧，你问对了问题，而我则给了你一些指点。《华盛顿邮报》不会为了约翰·迪安而处于困难地位的。你核查一下，我们明天再见面。”

伯恩斯坦不知道该怎么想。在水门事件的主犯中，他也许对约翰·迪安最看不上眼了。至少约翰·米切尔能自己做主。柯尔逊的智力是第一流的，不管你对他有什么想法，他在牌桌上是一个值得尊敬的人。霍尔德曼是一个谜，有时候才华横溢，有时因近视眼而显得可怜巴巴，通常很残酷，但有时候又很讨人喜欢，很有人情味。但是迪安似乎没有任何实质性的东西，他是一个享有特权的美国白人萨米·格里克[①]，甚至对于如何爬到上层去的方法都没有很多的想象力。另一方面，迪安是霍尔德曼愿意依靠，然后一脚踢开的那种人。他也因此知道了很多事情。

伯恩斯坦给迪安的同事回了电话。他想要问的问题非同寻常，但这也许正好测试一下那人的诚实程度。伯恩斯坦询问了他的一些个人背景，以便可以信任他——他的朋友是谁，他和谁一起工作，他的政治见解，他怎么认识约翰·迪安的，为什么他相信迪安是在说真话，等等。伯恩斯坦甚至还问了他业余时间在干什么。

他们谈了半个多小时，伯恩斯坦后来发现，他正在回答对方问的关于他自己的问题。这个人听起来像是他会喜欢的人。他们发现，他们有一个共同的熟人，伯恩斯坦很尊重那个人的判断能力。

他给这个熟人打了电话。此人竭力推荐这位约翰·迪安的朋友，尤其肯定他的诚实和可信度。

不停地问这问那让伯恩斯坦感觉有点疲惫，但是他轻松了许多。如果伍德沃德或他现在能找到另外一个迪安也向他说过同样话的人，那么他们就可以写报道了。

伍德沃德给总统连任委员会的那个人打电话。

对方说，不仅迪安将同样的事情全部告诉了他，而且他还了解其中有些说法的第一手情况。“在迪安那天（3 月 21 日）告诉总统全部事情以前，总统从来没有做过任何‘调查’，”他说。迪安在掩盖事实真相的行动中只是“一个跑腿的”。有关掩盖事实真相的行动，包括给阴谋参与者付钱的事，实际上没有一件不是霍尔德曼批准的。迪安如果能安排

---

① 美国作家巴德·舒尔伯格（1914— ）小说中的犹太人，很肤浅，野心勃勃，没有道德原则。——译者

同检察官做一笔交易的话，他就要把一切都告诉陪审团。

伯恩斯坦给不久前他刚与之谈过话的迪安的好友打电话。对方承认，迪安给他讲过同样的事情。

布拉德里对于发表迪安不愿意公开或亲自证实的说法深感不安。两名记者在罗森菲尔德和苏斯曼的帮助下，竭力说服他相信，这些说法太重要了，不可忽视。否则，迪安的那篇有关"替罪羊"的声明就毫无意义。他们详细描述了他们采取的预防措施。

但是，布拉德里的最终决定主要以他们全都忘记的事情为基础："深喉"打给伍德沃德的电话。布拉德里说，如果霍尔德曼出问题，他的麻烦之大，会使总统无法再给他提供保护。

"就这样了。"他说。

同一天早上，《华盛顿邮报》报道了约翰·迪安的指控，《纽约时报》上的标题预示，约翰·米切尔想轻松愉快地摆脱干系的可能性已经不存在了。就在几天以前，当杰伯·马格鲁德的指控在《华盛顿邮报》上登出来的时候，米切尔还说："事情变得有点越来越荒唐了，不是吗？我睡了一夜的好觉，没有听说任何这样的胡说八道。"《纽约时报》报道，米切尔曾告诉"朋友"说，在1972年的三次会议上，他听取了关于对民主党人进行窃听的建议，每次都反对这样的计划。米切尔告诉这些"朋友"，迪安也反对这样的想法。但是他对杰伯·马格鲁德有怀疑。

对于两名记者来说，他们的新游戏是找到一个玩水门游戏的人的"同事"或"朋友"，对方愿意匿名披露他们所代表的人对于事件的看法。那天早晨，伯恩斯坦打电话找到了米切尔的一个"同事"，那人证实了《纽约时报》的报道。在这一天，米切尔应该在中午12点30分去见水门事件的大陪审团。伯恩斯坦询问他此时的精神状态。

"作为一个落魄之人，他倒是还能挺得住，"那位同事说，"对于蹲监狱的可能性，他已经认命了。由于新闻界的缘故，他无法走出家门。他只是整天坐在寓所里看电视或考虑为自己辩护。过不了多久他就酗一回酒，但不太严重。他仍然理智清醒。玛莎整天冲他喊叫：他应该他妈的把他们每一个人都搞下去，包括尼克松在内。但是，他对他所知道的关于总统参与其中的任何事情，都严守秘密。他说这是不可能的。这在任何情况下都是他的回答。他太骄傲了，连电话都不愿意给尼克松打，更不愿意请他帮忙或指点。'那是霍尔德曼和埃利希曼那样的人做的事，'他说。他将保持忠诚，不管代价多大，也不管他多么憎恨那些人。"

那些人有谁？

"有霍尔德曼。还有柯尔逊，尤其是埃利希曼。但几个人有区别。他认为柯尔逊疯了，所有那些对出现在批评总统的6点钟新闻上的任何人加以陷害的疯狂计划都是头脑不清醒的反映。

"他恨埃利希曼和霍尔德曼是因为不同的原因，而且恨得厉害。他认为他们毁了总统，毒害了他的灵魂，尤其是埃利希曼。这种恨有许多是出自个人恩怨，因为他们使他和尼克松隔绝开来。他坚持认为，他们好几个月来就想找他的茬，水门事件正好是他们一直在等待的借口，再加上玛莎。他说，在某种程度上，帕特（·尼克松）[1] 也插了一手，大约在1月份的时候，她在一个仪式上闻到他身上有酒味。汉斯和弗里茨（霍尔德曼和埃利希曼）听到风声，三个人就一直大骂那个可怜的家伙，告诉总统说他得离开。"

米切尔变得更苍白，更瘦了，3点过后不久，他离开大陪审团的房间，在联邦法院外面会见了记者。他第一次公开承认，在当司法部长的

[1] 尼克松夫人。——译者

时候他参加过讨论有关窃听共和党人的计划的会议。“我听到了有关这种计划的讨论。讨论总是被我阻止，我想要知道是谁老是把这个问题提出来讨论……电子监控遭到拒绝，拒绝，被否决了。”他同意“一种完全是收集情报的计划”，目的在于“尽可能”得到“任何一点关于反对党候选人及其活动的情报”。是通过窃听吗？他再次被问到。“不，不，不。你知道，窃听是非法的，我们当然不会授权任何非法活动。”

伍德沃德给米切尔的另一个同事打电话，他知道此人很可靠。那人说米切尔告诉过大陪审团，他批准从总统连任委员会基金中拿钱付给水门事件的七名原始被告。但是他宣誓以后坚持说，这钱是用来支付这些被告的法律费用的，不是用来收买他们，让他们保持沉默的。他作证说，在一次同马格鲁德的会面中，他第三次也是最后一次否决了有关窃听的建议。他相信马格鲁德越过他，从白宫的某个人那里得到了对水门阴谋活动的批准。

那人是谁？

“他认为是柯尔逊，但是他没有对大陪审团提起任何名字。他没有确凿的证据。”

伯恩斯坦仍在追查迪安。迪安的同事在电话上说，迪安藏起了一些“书面证据”，这些证据再加上其他一些东西，就可以证明他的上司既参与了窃听，又参与了掩盖真相的活动。“直到现在，约翰·迪安一直是白宫坚定不移的士兵，此刻白宫决定把他送到监狱里去，就因为他是一个好兵。哼，他得捎带上几个中尉、上尉的跟他一起走。”

一名参与此案的律师告诉伯恩斯坦，他在那天下午，那是一个星期五，看见查克·柯尔逊在司法部长的办公室里。伍德沃德能够确定，柯尔逊已经移交了他档案中与约翰·迪安参与掩盖事实真相有关的文件，事情正在迅速发展。伯恩斯坦拿到了杰克·安德森最新的星期日专栏文章。安德森搞到了大陪审团的记录，逐字逐句地发表了其中的一些段落。霍尔德曼的政治助理戈登·斯查赛作证说，大选以后，霍尔德曼马上就命令他把总统连任委员会基金中的35万美元移交给弗雷德·拉吕——这笔钱自4月份以来保存在弗吉尼亚一家银行保险箱的储存盒里。

这一天，伍德沃德发现了拉吕的一个“同事”。这个同事说，这是用来付酬劳的钱，加到了原先的8万美元上，那8万美元是拉吕从斯隆那里得到，再转给那些嫌疑犯的。一名司法部官员向伯恩斯坦证实，大陪审团的工作是在这样一个假定的前提下开展的：全都是100美元票面的35万美元和8万美元是用来给那些嫌疑犯付酬的。

霍尔德曼被美国广播公司堵在他房子的外面，要求他证实或否认有关他将辞职的报道。

“我可以否认这些报道，”他说。

断然否认？

“是的，先生，哼。”

白宫的一个中层官员在回前一天晚上伍德沃德打给他的电话时，向他描述了白宫的形势——以往的忠诚破碎了，什么工作也做不了，在工作人员中谁会受到起诉，谁命令了什么，命令了谁，谁将辞职，谁会得到挽救，大家一片混乱。“每一个人都在为自己考虑——找律师，责备别人。”

总统会见了他的顾问团。“我们以前有过我们的柬埔寨，”他说。然后，在齐格勒一人陪同下，他飞到比斯坎岛去了。

伯恩斯坦和伍德沃德想要补一些觉睡，星期天两人都过了中午才来到办公室。新闻编辑室里静悄悄的，只有十几名记者在那里。大家感到很轻松。他们都在读星期天的报纸。赫什在文章中建议，让大陪审团调查霍尔德曼-斯查赛-拉吕的三角关系，以及霍尔德曼收到窃听记录的可能性。文章写到了迪安的同事所做的最新指责——埃利希曼参与了掩盖事实真相的活动（“埃尔是行动指挥官，”他说）。霍尔德曼和埃利希曼雇了同一个律师，这个律师也老会见总统。几个星期前用来做通栏标题新闻的消息，现在只是在一篇更大的报道中简单提一笔而已：戈登·斯查赛作证说，是霍尔德曼批准雇用唐纳德·赛格雷蒂的。

两名记者开始满城打电话，寻找至今还没有听到消息的三个主要人物——柯尔逊，霍尔德曼，埃利希曼——的同事。伍德沃德找到柯尔逊的一个代理人，那人听起来好像急于要说话。他很担心。“约翰·迪安飞快地跑到山姆·欧文和检察官那里去了，竭力要对我们先下手为强。尤其是，他说他会打击柯尔逊——如果他们提供豁免权的话。”

关于柯尔逊，迪安告诉他们了些什么？伍德沃德问。

“谁知道呢？我再迟钝，也不至于认为应该让你相信查尔斯·柯尔逊是个处女。他不是圣人，那个地方也不是西斯庭教堂。但是我所代表的人没有犯法。”

他坚持说，柯尔逊不但没有掩盖水门事件的真相，他还竭力去搞清真相，随后他敲响了警钟。

“柯尔逊早在12月就直接去找总统，他冒着风险警告尼克松，说他手下的一些人大规模参与了水门事件，并进行了有组织的掩盖真相的活动。他还就迪安和米切尔的问题警告了尼克松。总统说：‘此人（米切尔）向我否认了这一点；给我一些证据吧。’还有两个人跑到查尔斯那里说，‘同迪安和米切尔断绝关系吧。’查尔斯没有任何动作……如果让总统丢丑，这太他妈的不好了。别人告诉他，约翰·迪安和约翰·米切尔正在出卖他。”

伍德沃德打电话给白宫的一个消息来源。那年冬天，柯尔逊至少在三个不同场合对总统说，让他“摆脱掉那些人”，因为他们都参与了水门事件。别人也这么说。大多数警告针对的都是迪安和米切尔，消息来源说。

伍德沃德打电话给柯尔逊。对方否认就迪安或米切尔或掩盖真相的活动“警告”过总统。

那么，关于这个问题他对总统讲了些什么？

“我不想讨论我和总统之间的私人交往，”柯尔逊说，“不同任何人讨论——你，整个新闻界，大陪审团，或参议院委员会。”

几分钟以后，伍德沃德接到来自柯尔逊另一个同事打来的电话。“别在意查尔斯的否认”，他解释着。他证实，柯尔逊明确告诉过总统，有证据证明他的手下既参与了窃听，又参与了掩盖真相的活动。那位同事说，柯尔逊的否认有两个原因：避免承认总统得到过事先警告；害怕约翰·迪安会“报复”，在大陪审团面前把他牵连进去。

《华盛顿邮报》星期一的头条新闻是：《12月份就有人提醒尼克松注意掩盖事实真相的问题》。白宫对此不作任何评论。

第二个星期四，4月26日，刚过中午，伯恩斯坦就给约翰·迪安的主要同事打了一个电话。伯恩斯坦又提出了这个问题：在3月21日迪安会见总统和总统在4月17日发布公告这两件事情之间，究竟发生了什么事情？

“我想，我们输掉了华盛顿历史上赌注最大的一次扑克游戏。”那位同事说。

伯恩斯坦把自己的猜想大声说出来：总统将赌注下在了霍尔德曼和埃利希曼身上，用来和约翰·迪安作对。

“现在看起来是这个样子。但是没有人会告诉他任何可靠的事情。他就像一个囚犯……有一段时间，约翰感觉很高兴，因为他感到他们全都要做正道的事情。他的理解是，大家已经达成了共识。然后，这种想法破灭了，因为那两个德国牧羊人说，他们认为没必要和约翰·迪安一起失宠。”

霍尔德曼和埃利希曼不认为……？

“……不认为他们会受到起诉，以挽救这个局面。”

迪安在 3 月 21 日究竟告诉了总统什么？

“约翰走进去说：‘总统先生，癌症正在吞噬着这个办公室，必须将它切除掉。为了保全总统的地位，霍尔德曼、埃利希曼和我将不得不把一切都告诉检察官，并面对去蹲监狱的后果。’大概情况就是这样。总统呆若木鸡地坐在椅子上，就像被人用石块击中了脑袋。”

然后发生了什么事？

“约翰说出了一切——甚至给了尼克松一张名单，上面是有可能去蹲监狱的人的名字。这是一张非常长的名单。约翰告诉总统，牧羊人从一开始就知道全部内情，他一直让他们了解应该知道的一切，执行他们的命令，而他们则从一开始就让约翰不要同总统讨论任何事情，说是他们会从他们的角度来处理问题的。”

总统的反应是什么？

“他主要是听。然后他告诉约翰，他一定是过于紧张了。于是他让迪安去戴维营整理一下思绪，把它写在纸上……待约翰从戴维营回来，他以为每个人都会站起来说：‘是的，我们是有责任的，总统对此一无所知。我们准备接受后果，并将和大陪审团的调查合作。’

“但是当约翰回到白宫的时候，显然，总统已经被两个德国牧羊人说服，要把他的损失降到最低限度……一方面总统在设法阻止对霍尔德曼和埃利希曼的起诉，一方面牺牲约翰·迪安。”

伯恩斯坦问，迪安现在是否相信总统本人参与了掩盖真相的活动？

“先看看别人对这个问题怎么说吧，”他回答，“然后我们可以再见面。”

伍德沃德给他在总统连任委员会的人打电话。“迪安在 3 月份说，他要把一切说出来。他打算做老实人，但是他又得接受霍尔德曼和埃利希曼的命令。做老实人和服从命令是矛盾的，于是迪安与他们分道扬镳了。”

两名记者开始给白宫打另一轮的电话。迪安关于3月21日以来事态发展的说法十分容易就得到了证实。霍尔德曼和埃利希曼曾经对白宫有过一种威慑力，现在这种威慑力被粉碎了。霍尔德曼和埃利希曼对他们在白宫的某些部下承认，他们授权了广泛的秘密活动，知道给犯罪嫌疑人付钱的事情，但是他们坚持说，他们从来没有专门批准或命令人做过任何非法活动。

那天晚上大约7点45分，伍德沃德接到国会山一个消息来源的电话，告诉他一条更重要的新闻：《纽约每日新闻》几分钟后就要上市了，那上面说联邦调查局代局长格雷销毁了从霍华德·亨特在白宫的保险柜里拿来的文件。这些据报道被销毁的文件是放在两个文件夹里的。一个文件夹里是亨特伪造的国务院假电报，要将约翰·F·肯尼迪总统牵连到1963年对南越的吴廷琰总统的暗杀事件中。另一个文件夹里是一个塞满了亨特收集的关于参议员爱德华·肯尼迪的情报。消息来源说，《纽约每日新闻》的报道是精确的。

伍德沃德打电话给水门事件委员会的一个参议员助理。他证实了《纽约每日新闻》的报道。约翰·迪安十天前把有关情况告诉了助理司法部长亨利·皮特森。

大约9点30分的时候，伍德沃德办公桌上的电话响了。“给我一个电话号码，我再给你打过来，”“深喉”说。

伍德沃德给了他一个本地新闻部主要线路上的一个号码。电话马上就打过来了。

“你已经听说格雷的故事了吧？”“深喉”问，“嘿，这是真的。6月22日，在一次同埃利希曼和迪安的会面中，格雷被告知，这些档案是

‘政治炸弹’，应该‘永远不见天日’。他被告知，‘这些档案会比水门窃听事件本身造成更大的伤害’。事实上，那天早些时候，埃利希曼已经告诉迪安：‘你每天上下班都要过河，约翰。为什么你不把那些操蛋的玩意儿扔到河里呢?’格雷把那些档案保存了大约一个星期，然后他说他把它们扔进他办公室里的一个焚烧袋里了。他说他没有被确切告知应该烧掉档案，但是他理解这绝对是迪安和埃利希曼所想要的。”①

伯恩斯坦打电话找到了迪安的同事。

“你听说过‘深六’这种说法吗?”他问，“那是埃利希曼说他要用来处理那些档案的方法。”

这消息是可靠的。霍华德·西蒙斯命令将头版再制作一遍，用来出第二版。

伯恩斯坦在这件事情上受到的震动比 6 月 17 日以来的任何一件事都厉害。使他感到不安的，是埃利希曼对迪安说的话中所用的语言和上下文。总统的第二号助手竟然对总统的顾问说：嘿，乔，我们得把这玩意儿扔到河里去，免得老板受伤害。就好像他们是两个黑手党成员，正在一家餐馆里谈话似的。

霍华德·西蒙斯懒洋洋地坐在一把椅子上，深深地吸了一口香烟，脸上变了颜色。“联邦调查局的局长销毁证据？我原以为这是绝不可能发生的呢，”他安静地说。

4 月 27 日近傍晚的时候，伯恩斯坦和伍德沃德被一个编辑叫来看一看刚从美联社作为最新消息发过来的一篇报道。

这是又一次水门事件。在洛杉矶对丹尼尔·埃尔斯伯格的审判中，

① 在参议院水门事件委员会面前，格雷纠正了这一点。他说那时候，他在康涅狄格州的家中把这些档案保存了差不多六个月，于 1972 年 12 月将它们和圣诞节的垃圾一块儿烧掉了。

马修·比恩宣告，他从水门事件检察官那里听说，亨特和李迪操纵了1971年对埃尔斯伯格的精神科医生办公室的闯入事件。

伯恩斯坦打电话找到约翰·迪安的同事，同他进行他们的日常对话。

“卡尔，你认为他们怎么会知道西海岸的闯入事件的?”那位同事问。

又是迪安?

“你问问检察官，是谁告诉他们那个情况的……约翰有一些内情可以说。问问他们，他的可信度怎样?他告诉他们的每一件事都核对过的……还有他们想要知道的许多事情他没有告诉他们。不要忘记：约翰·迪安在白宫那里已经待了很长时间了，那里有过很多计划。约翰了解很久以来的非法活动。”

多久以前?

“很久……从一开始。”

还有别的窃听?

“我不想对这种假定表示怀疑。”

闯入事件呢?

“如果你只需要盗贼干一两回事，你会老让一伙盗贼待在你房子周围吗? H（霍尔德曼）和E（埃利希曼）对至今发表出来的东西很不自在。有文件……”

关于盗贼的文件?

关于许多事情。你也许会考虑帕特里克·格雷销毁文件的事情。这全部故事只有一种方法会公布出来……你没有看见E跑到检察官那里去说他如何犯了法。H去那里了吗?我想P不会从宾夕法尼亚大道走到法院去。这就剩下了一个人。又是约翰·迪安。……我们正在为保护自己奠定基础。

"霍尔德曼和埃利希曼一直设法让约翰一落千丈，使P相信，他应该保全他们，把责任推到约翰身上。P同意了。"

迪安打算把P牵连进去吗?

"有许多次会议……P都参加了。掩盖真相的活动在会上进行了讨论。"

第二天晚上，伍德沃德到白宫去。他要求同一位高级总统助手见面，谈论约翰·迪安的问题。伍德沃德坐在旧行政办公楼一间装饰得五颜六色的办公室里，用一只印有总统印记的杯子喝咖啡。

霍尔德曼和埃利希曼完了，那人说。

是的，这一天正在来临。约翰·迪安打算把总统牵连到掩盖事实真相的活动中。那助手脸上有一种痛苦的表情。

迪安掌握着什么东西?

"我不清楚。我不敢肯定这是一种证据……总统以前的律师会说总统是……呃，一个重罪犯。"那人的脸在颤抖。他请伍德沃德离开。

16

伯恩斯坦和伍德沃德在办公室里讨论了两个人的声明。他们相信，迪安将要把总统牵连进去。布拉德里和西蒙斯认为，刊登这种消息尚为时过早。他们需要做的是，要求看一看据说迪安拥有的文件，要求了解迪安对同总统谈话的回忆——这些东西将使他们能够估计迪安说的是不是真话。

两名记者没有写迪安和总统关系的报道，却拼凑了一篇星期日报道，说白宫高级助手得出结论，霍尔德曼和埃利希曼参与了掩盖真相的活动。

第二天早晨，4 月 30 日，消息慢慢传来。先是从国会山打来一个电话。然后是白宫一名记者尝试性的确认。布拉德里从办公室出来，对伍德沃德说：今天，事情正在发生。他们四个人：霍尔德曼和埃利希曼已经辞职；迪安被解雇；克莱恩丁斯特也已经辞职。艾略特·理查森从国防部调过来当司法部长。伯恩斯坦几分钟以后走进来，西蒙斯把这个消息告诉了他。他走到自己办公桌那里坐下来。奈特报业集团的全国新闻记者詹姆斯·麦卡尼正好在办公室里为《哥伦比亚新闻评论》写一篇关于《华盛顿邮报》的文章，他走过来想要同伯恩斯坦说话。伯恩斯坦说他此刻不想谈。

中午以前，白宫发表公告，霍尔德曼和埃利希曼的辞职信已经送到办公室里，是复印件。这回是真的了。霍尔德曼的信提到，“各种说法和暗示”以及“大量传言”，“使我在这样的情况下实际上不可能行使我在白宫的正常责任”。埃利希曼说：“人们不顾实际的事实，把我当成了公众攻击的目标……再三传播的谣言，毫无根据的指责或含沙射影，以及媒体刊登的任何别的东西。”

发表在《哥伦比亚新闻评论》1973年7、8月号上的这篇麦卡尼的文章记录了布拉德里对这官方新闻的反应：

> 这是4月30日上午11点55分，五十一岁的《华盛顿邮报》总编辑本杰明·克朗宁希尔德·布拉德里双脚跷在桌子上同一位来访者谈话，懒洋洋地尝试着把一只塑料玩具篮球抛到装在12英尺外的办公室窗户上的一个圈里面。不可避免的话题：水门事件。《华盛顿邮报》的执行编辑霍华德·西蒙斯溜到房间里来打断了他们的话。“尼克松接受了埃利希曼、霍尔德曼和迪安的辞呈，”他说，“克莱恩丁斯特下台了，理查森现在是新的司法部长。”
>
> 一刹那之间，本·布拉德里脸上露出一副乐不可支的样子，嘴张得老大。然后他把一边脸贴在桌子上，闭上眼睛，一再用右手的拳头砸桌面。“你觉得他们那些家伙怎么样？”他对咧开嘴笑的西蒙斯说，“一个不坏的开端。”
>
> 布拉德里控制不了自己。他大步走进《华盛顿邮报》宽敞的五层新闻编辑室，隔着好几排桌子冲伍德沃德喊叫……“不坏，鲍勃！一点不坏！”霍华德·西蒙斯用警告的口气说。“不要太得意，”他嘟哝着，这时《华盛顿邮报》的工作人员都凑过来，“我们得意不得！”

布拉德里大呼小叫地穿过本地新闻部。“绝不，”他不断地说，“绝不，绝不，绝不，绝不。”伯恩斯坦和伍德沃德坐在桌子旁。伍德沃德建议他们一起走一走。

那天晚上9点钟，总统在电视联播节目上对全国发表谈话。伯恩斯坦和伍德沃德到霍华德·西蒙斯办公室里和他及格雷厄姆夫人一起看电视。

“美利坚合众国总统，”播音员庄严地宣告。尼克松坐在他的桌子旁，桌子上一边放着他家人的相片，另一边是亚伯拉罕·林肯的半身像。

“哦，天啊，”格雷厄姆夫人说，“这太过分了。”

总统开始发言：“今晚我要由衷地对你们说话……有人试图对公众、对你们、对我掩盖事实真相……我曾经想要做得公正……今天，我作出了我任总统期间最困难的决定之一，我接受了我的两位最亲密的同事的辞职……鲍勃·霍尔德曼和约翰·埃利希曼——我有幸认识的两名最好的公务员……对我来讲最容易的办法是责备那些我委以重任，让他们来负责竞选的人。但是，那将是一种懦夫的行为……在任何组织中，为首的人必须负责。所以，那种责任应该由我这里来负。我接受这一点……正是这样的一个体制，使事实见诸天日……在目前情况下，这个体制包括了一个坚定不移的大陪审团，诚实的检察官，一位勇敢的法官约翰·西利加，以及强有力的言论自由……我现在必须把我的全部注意力再次转向本届政府更大的职责。这是我身为总统所必须做的，我要向你们负责——向祖国负责。

“……在白宫不能有掩盖错误的行为……将错就错是行不通的……我爱美国……上帝保佑美国，上帝保佑你们每一个人。”

总统4月30日讲话的第二天，伯恩斯坦正坐在桌旁读《纽约时报》和《华盛顿星报》的时候，一个抄写助理送来一篇合众国际社的电讯稿：

白宫新闻秘书罗纳德·齐格勒今天为早先批评《华盛顿邮报》及其两名记者关于水门阴谋所作的调查报告一事而公开向他们道歉。

在白宫的情况介绍会上，一名记者问齐格勒，白宫是否应该向《华盛顿邮报》道歉。

“在此时此刻考虑这一切的时候，应该说道歉是应该的，”齐格勒说，“我愿意向《华盛顿邮报》道歉，我愿意向伍德沃德先生和伯恩斯坦先生道歉……我们不得不说，我们在发表看法方面犯了错误。我对《华盛顿邮报》的看法过于情绪化了，尤其是你如果把它们放在事态发展的具体环境中来看，就更是如此。错了就是错了，那个案子是我们错了。”

齐格勒结束时说：“但是……”这时他被一名记者打断，那人说：“那么你就不要但是了，罗纳德。”

伯恩斯坦拿起那份稿子，把它放在伍德沃德的办公桌上。后来，伍德沃德打电话到白宫找齐格勒，向他表示感谢。

“我们都有各自的工作。”齐格勒回答。

伯恩斯坦和伍德沃德一星期以来一直在讨论关于迪安的报道；他们没能获得关于迪安对总统参与掩盖事实真相的问题究竟要说些什么的信息。5月5日，星期六，他们刚写完一篇关于白宫中情绪不安、士气不振的报道，这时电讯室里来了一份很长的电传稿。这是《新闻周刊》的新闻稿。伍德沃德猜想了最坏的情况——这家新闻刊物只有在有特别重要新闻的时候才会在星期六晚上发新闻稿。

《新闻周刊》的报道说，迪安准备描述前一年中的两件事，这两件事导致他得出结论，认为尼克松了解掩盖水门事件真相的活动。第一件事是在 1972 年 9 月，在水门事件的起诉被宣布以后，起诉只涉及李迪便不再往上追溯。迪安被霍尔德曼召到总统办公室，发现总统和他的办公室主任“全都笑眯眯的”。迪安引用了总统的话说：“干得好，约翰，鲍勃告诉我说，你正在做的是多么了不起的工作啊。”第二件事情发生在 12 月，迪安断言，当时埃利希曼告诉他说，总统实际上批准了给予霍华德·亨特以总统特批的减刑。

西蒙斯、罗森菲尔德、苏斯曼、伍德沃德都聚集在伍德沃德办公桌的周围。伯恩斯坦去了城外。伍德沃德说他可以很容易地证实这个消息。他打电话给一名白宫高级助手。那助手很勉强地说，迪安大体上对他作了同样的描述。一会儿以后，一名参议院委员会的高级助手也告诉他，“那就是迪安的情况”。

关于亨特和李迪指挥对丹尼尔·埃尔斯伯格的精神科医生办公室的闯入活动的揭露，无法解脱地将水门事件和洛杉矶的埃尔斯伯格的审判联系在一起。在新闻编辑室里，这两件事经常被称为东水门事件和西水门事件。5 月初，伯恩斯坦和伍德沃德决定写一篇报道，说两名《纽约时报》记者的电话被窃听，这是对五角大楼文件泄露案进行调查的一部分。几个月前，“深喉”曾告诉过伍德沃德他们的名字——尼尔·希汉和海德里克·史密斯——可是，即使到了现在，两名记者也找不见第二个消息来源，所以这两个名字就没有使用过。然而，他们没有发现会存在这样一种可能性：埃尔斯伯格的话已经被窃听。那是有道理的，因为埃尔斯伯格已经把文件泄露给希汉了。

在对埃尔斯伯格的审判中，检察当局坚持认为没有任何窃听涉及埃尔斯伯格。现在，马修·比恩法官要求政府再次搜寻它的档案，以便找到证据证明埃尔斯伯格的话可能已被窃听。

联邦调查局的新代局长威廉·D·拉克尔斯豪斯找到一个证据。窃听记录已经不见了，但是拉克尔斯豪斯曾被他的助手告知，埃尔斯伯格至少有一次被窃听——不是在希汉的电话线上，结果却是在亨利·基辛格博士的国家安全委员会的前工作人员莫顿·霍尔坡林的家庭电话线上。拉克尔斯豪斯宣告说，霍尔坡林的电话被窃听了二十一个月，这是第一次有人证实政府使用窃听的方法来调查消息泄露的问题。而且，这还证明政府非法地不把它窃听的所有信息透露给埃尔斯伯格的辩护律师。

几天以后，在5月11日，比恩法官驳回了对埃尔斯伯格的所有指控。他说，政府的不法行为“不可救药地使起诉受到影响”。

第二个星期一，5月11日，拉克尔斯豪斯宣布，作为政府寻找消息泄露原因工作的一部分，1969年至1971年总共命令进行了十七次窃听。丢失的窃听记录已经找到；这些记录在约翰·埃利希曼白宫办公室的保险柜里。拉克尔斯豪斯没有透露电话被窃听的十三名政府官员和四名记者的名字。问题是——是谁授权这样做的？

伍德沃德直接打了一个电话给联邦调查局的一名高级官员。这位官员还是有诚意的：有些关于窃听的授权不是口头传达到联邦调查局，就是通过来自亨利·基辛格的书信。

伍德沃德不敢轻信，打电话给一名前联邦调查局人员。

“我知道基辛格给予了某些授权，”他说。

白宫交换台把伍德沃德的电话直接接到基辛格的办公室。这是大约下午6点钟。

“喂，”对方是一个熟悉的声音，带有很重的德国口音。

伍德沃德解释说，他们从联邦调查局的两个消息来源那里得到信息，说基辛格授权对他自己的助手进行窃听。

基辛格停顿下来。“可能是霍尔德曼授权了窃听，”他说。

不会是你吗？伍德沃德问。

“我不相信这是真的，”他说。

这算是一种否认吗？

又一次停顿。“坦率说，我不记得了。”他也许向联邦调查局提供过看见或处理过被泄露的各种文件的个人的名字。“他们（联邦调查局）把这看作授权，这是完全可能的……在有可能的个别情况中，很可能我向我的副手（亚历山大·黑格将军）指出谁处理了什么文件，他又把信息传给了联邦调查局。”

伍德沃德说，有两个消息来源具体说明基辛格亲自授权了窃听。

又是一小会儿的停顿。“几乎从来没有，”他说。

伍德沃德提示说，“几乎从来没有”意味着“有时候有”。基辛格是在证实这个消息吗？

基辛格怒气冲冲地提高了嗓门。“我不必在这个问题上受到警察式的盘问，”他说。当镇静下来以后，他又继续说：“如果这是可能的，如果这事发生了，那么我就得为此而负责任……我为这个职位负责。”

你授权了没有？伍德沃德问。

“你不会引用我的话吧？”基辛格问。

当然要引用，伍德沃德说。

“什么！”基辛格喊叫起来，“我正要告诉你，我说的话是用来供内部参考的。”

伍德沃德说，他们没有达成过这样的协议。

“我竭力以诚相待，现在你却要惩罚我，”基辛格说。

没打算要惩罚，伍德沃德说，但是他不能接受追溯以往的参考。

“在华盛顿五年，”基辛格严厉地说，“我从来没有像今天这样谈过话，上别人的圈套。”

伍德沃德很想知道基辛格习惯于从记者们那里得到的是哪一种待遇。

基辛格有一种从愤怒到平静来回变换的有效方法。“我说出内情是为了有助于你们，”他接下来说。然后又愤怒起来：“我答应你采访，会有什么动机？简直不可想象。”

伍德沃德说，他要和《华盛顿邮报》的外交新闻记者核对一下，看看是否关于背景和准予公开发表的谈话遵循的是不同的规则。

“你完全破坏了我同任何记者遵循的程序，”基辛格宣布，并说了再见。

伍德沃德请教了《华盛顿邮报》的外交新闻记者主任莫利·玛德。在采访之后，记者们是不是通常让基辛格决定，这采访应该准予公开发表，不准予公开发表，或只是供内部参考？

呃，是，也不是，玛德说。从技术上说，伍德沃德是对的，但是，报道基辛格的大多数记者通常都让亨利发表在谈话以后供内部参考的声明。半小时以后，玛德经过伍德沃德的桌旁，说亨利打电话给他，使劲抱怨他同伍德沃德的谈话。玛德、伯恩斯坦、伍德沃德来到霍华德·西蒙斯的办公室讨论发生的事情。

玛德采取了中间路线，开玩笑说：“亨利也许将巴黎谈判的失败归罪于我们。”

西蒙斯的电话铃响了，他抓起听筒，哼哼了几声，然后转成免提电话状态，让每一个人都能听见。

“说给大家听吧，本尼，”西蒙斯说。

是布拉德里，正从家里用硬邦邦的德国口音说话。“你们那些家伙在干什么？”他问，“我刚接到亨利打来的电话。他疯了。”

西蒙斯作了解释。

“你们决定怎么做吧，”布拉德里说，“我将扮演记者，念给你们听亨利说的话，如果这有用的话，你们可以用。”

西蒙斯笑了。“这是供内部参考的吗？”

基辛格越过玛德，直接打电话给布拉德里，这种做法在外交圈子里被称为“使你的立场强硬化”。他对布拉德里说的话是，他授权窃听“几乎是不可想象的”。

伍德沃德说，“几乎是不可想象的”不是一种否认。他力争要写一篇报道。

但是已经快8点钟了，要上第一版已经太晚了。西蒙斯决定将报道压一天。

伍德沃德很生气。他感到编辑们在这篇报道上空谈浪费时间是因为基辛格的地位。伯恩斯坦不同意。从联邦调查局的消息来源那里来的信息来得太容易——也许这是他们想把责任从霍尔德曼和埃利希曼推到基辛格身上的做法的一部分。值得等一天来搞搞清楚。

但是，结果证明，这篇报道等不了一天。塞穆尔·赫什已经写了稿子。一天以后，他在《纽约时报》上写道，基辛格在告发他的几个助手为可能的泄露源方面发挥了他的作用。

《华盛顿邮报》参与报道水门事件的每一个人几乎都达到了一种永久的精疲力竭状态。曾经对于有点模棱两可的报道十分热情的人，现在没有一个会愿意花一整个晚上来协调和写作了。

5月17日是水门事件听证会预定开始的日子。在前一个星期里，两名记者拼凑了一篇洋洋洒洒的长篇报道，其中包括他们收集了好几个月的细节。对十七次窃听和埃尔斯伯格的精神科医生诊所闯入事件的揭露是“深喉”对伍德沃德谈起过的白宫警戒行动模式中的两次新的事件。

这种秘密工作要追溯到1969年，包括这样一些活动：特工处把关于一位民主党候选人的私生活的情报转给白宫；参议员伊格尔顿的健康状况档案先到约翰·埃利希曼的办公室，然后才被泄露给新闻界；霍尔德曼在1971年亲自命令联邦调查局对哥伦比亚广播公司新闻记者丹尼尔·肖尔进行调查。这使广泛的非法和准非法活动又增添了新的内容。有关报道于5月17日发表。

5月16日夜里，就在听证会的前夜，伍德沃德出发去和“深喉”见面。这是霍尔德曼和埃利希曼辞职以后的第一次，伍德沃德估计他的朋友会很高兴。他们上一次见面的时候，“深喉”告诉他，他们可以早一点见面，比方说，大约晚上11点钟。

在那个钟点，出租车很容易找，走的路也没有往常那么长，但是伍德沃德到达时，“深喉”已经在停车场里了。他正不安地来回走动。他的下巴似乎在颤抖。“深喉”说了起来，几乎是独白。他只有几分钟时间，他很快地说了一连串的话。伍德沃德乖乖地听着。显然他的朋友发生了变化。伍德沃德有几十个问题要问，可是“深喉”举起了他的手。

“形势就是这样，”他最后说，“我得马上走。你能理解。你要——呃，我必须说——当心。”

他匆匆离停车场而去。

伍德沃德取出笔记本，把一切都记下来。当他在午夜过后不久回到寓所的时候，给伯恩斯坦打了电话。

你可以过来一下吗？伍德沃德问。

当然可以，伯恩斯坦说。在伍德沃德寓所大楼门外，他按响了门铃。伍德沃德到电梯口迎他。

发生了什么事？伯恩斯坦问。

伍德沃德把手指放在嘴唇上示意安静。

伯恩斯坦不知道伍德沃德是疯了还是有什么恶作剧。他们一起走过走廊，前往伍德沃德的寓所。一到里面，伍德沃德放起了音乐。一曲拉赫玛尼诺夫的钢琴协奏曲。伯恩斯坦说没想到伍德沃德对古典音乐的趣味竟这么可怕。伍德沃德这时候把窗帘拉起来，挡住了俯瞰城区东部的大窗户。他到餐桌跟前，用打字机打出了一个便条，递给伯恩斯坦。

每个人的生命都有危险。

伯恩斯坦抬起头来。你的朋友疯了吗？他问。

伍德沃德迅速摇摇头，示意伯恩斯坦不要说话。他打出了另一张便条。

“深喉”说电子监控正在进行，我们最好留神。

伯恩斯坦打手势表示他需要可以用来写字的东西。伍德沃德给了他一支笔。

谁在做这事？伯恩斯坦写道。

中央情报局，伍德沃德无声地说。

伯恩斯坦不相信。随着拉赫玛尼诺夫钢琴协奏曲的继续演奏，伍德沃德开始一边打字，一边让伯恩斯坦越过他的肩膀阅读他写的东西：

> 迪安在水门事件委员会组成之后同参议员贝克谈了话，贝克完全被事先做好了圈套，直接向白宫作了汇报……
>
> 总统亲自威胁迪安，说如果他透露国家安全活动，总统就会保证让他去蹲监狱。
>
> 米切尔很早就开始做国际国内的秘密工作，然后把每个人都牵连进去。名单比任何人所能想象的还要长。
>
> 考尔菲尔德[1]见了麦考德，说：“总统知道我们正在见面，他会给你总统特准的减刑，你只需要在监狱里呆大约十一个月。”
>
> 考尔菲尔德威胁麦考德说，“如果你不合作的话，你的生命在这个国家里一钱不值……”
>
> 秘密活动涉及整个美国情报界，令人难以置信。“深喉”拒绝说出细节，因为这违反法律。

① 约翰·J·考尔菲尔德：前纽约市警察，是白宫的秘密特工和调查者。

掩盖真相的问题同水门事件没有多大关系，主要是为了保护秘密活动。

总统本人就被讹诈过。当亨特开始参与的时候，他决定阴谋活动者可以为此而得到一些钱。亨特干起了最肆无忌惮的“敲诈勒索”行当。

掩盖真相的问题费用在100万美元上下。每个人都参与了——霍尔德曼、埃利希曼、总统、迪安、玛迪安、考尔菲尔德和米切尔。他们全都有搞钱的问题，无法信任任何人，于是他们就开始在外面筹集钱，一点点变成他们自己的个人基金。米切尔无法实现他的份额……他们就把他抛出来……

中央情报局的人可以证明，霍尔德曼和埃利希曼说过总统命令你执行，指的是掩盖水门事件真相……瓦尔特斯和海尔姆斯①，也许还有其他人。

虽然还不明朗，但是白宫这些家伙显然在拼命搞钱，他们当中有些人在进行着疯狂的努力。

迪安充当了霍尔德曼-埃利希曼和米切尔-拉吕之间的中间人。

迪安拥有的文件比任何人想象的都要多得多，而且非常详细。

李迪告诉迪安说，他们会枪毙他，而且，或者他会枪毙自己，但是他绝不会说出内情，他始终是一个好士兵。

亨特是许多疯狂行为的关键，他还利用水门事件中被捕的人来搞钱……开始是10万美元，然后不断回来要更多的钱……

不真实的气氛围绕着白宫——一方面明白完蛋了，另一方面又试图一笑置之，继续干。总统的“危险的”抑郁症一阵阵地发作。

---

① 理查德·M·海尔姆斯和沃依·A·瓦尔特斯是中央情报局的局长和副局长。

伯恩斯坦坐在桌子旁边抽烟。那个星期已经有一个他在司法部的消息来源让他当心有人“监视”。他和伍德沃德互相做手势表示要离开寓所去走一走。在伍德沃德的门厅里，他们停下来，决定最好告诉一下什么人。

谁呢？伍德沃德问。

伯恩斯坦说他们最好直接去布拉德里那里。那么，走吧，伯恩斯坦说。这是在凌晨2点以后。

他们进了伍德沃德的车，决定在车里也不说话。离布拉德里家几个街区的时候，他们在电话亭给他打了一个付费电话。他让我们过去吧，伯恩斯坦说。

两名记者从来没有到过布拉德里的家，很想知道老板住得怎么样。街灯制造了一种半明半暗的气氛。当他们走近门廊的时候，一条汪汪叫的狗冲出来。一个人从朦胧的黑影中走出来。是布拉德里，他的头发梳过了，但是他的声音和眼睛都睡眼惺忪。

“进来，”他说。三人走进了摆满书籍和粗糙古董的舒适起居室。

伍德沃德递给布拉德里一本备忘录。布拉德里一边读，一边问问题。两名记者都阻止他，让他先把备忘录读完。

布拉德里读完了，抬起头来。

让我们到外面走走，伯恩斯坦建议。

布拉德里茫然地盯着他的起居室看来看去，然后站起来，走出前门。三个人来到小院子的中央。这里寒风刺骨。他们没有人穿外套或毛衣。

布拉德里带着嘲讽的口气说，他的前院是不可能被窃听的。“现在我们究竟干什么？”他问。

伯恩斯坦建议动员一群记者核查一下备忘录上的每一条。伍德沃德建议《华盛顿邮报》雇私人侦探来帮忙。他们在前院的草坪上待了半个小时，一边蹦蹦跳跳地，免得冻僵，一边讨论“深喉”说的话。布拉德里说他以前从来没有见过这样的事情。他很怀疑，但是又感到震惊，他说现在已不再仅仅是新闻方面的问题了，事关国家前途。他说第二天早晨将召集一次主要编辑和记者的会议。

布拉德里似乎在延长这场谈话，他不断重复自己的话，也让记者不断重复他们的话。他通常的不耐烦一点也没有流露出来。

“行。”他最后看着伍德沃德说。两名记者在凌晨4点离去。他们不知道布拉德里是否认为这次凌晨的造访有必要。

第二天早晨在办公室里，伍德沃德和伯恩斯坦把备忘录分发给西蒙斯、罗森菲尔德和苏斯曼，用手势表示不应该在办公室里加以讨论。

就在中午以前，布拉德里在《华盛顿邮报》的屋顶花园召集了一个会议。花园在格雷厄姆夫人办公室的旁边。布拉德里、西蒙斯、罗森菲尔德、苏斯曼，全国新闻编辑理查德·哈伍德、伯恩斯坦、伍德沃德围坐在一把大伞下的一张大熟铁桌子周围。哈伍德认为整个消息没有说服力。他的问题表明了这样的担忧：《华盛顿邮报》关于水门事件的报道正在接近幻想的边缘。

布拉德里说他对事情的逻辑不感兴趣。“在过去一年里，我们看到了一些很不符合逻辑的事情。”他只是要搞清楚什么可能是真实的。

会议毫无结果地结束了。伯恩斯坦和伍德沃德跟迪安的同事之一约好一起吃午饭的。他们认为他也许知道一些他们收到的信息。他们和他在一个相当远的餐馆见面，一起悠闲地用了很长时间的餐，在这期间，那人证实了“深喉”备忘录中的大多数要点。

按照打印出来的讨论记录，那个消息来源“认为RMN（尼克松）在国家安全问题上威胁迪安的时候没有使用‘监狱’一词，但是证实这次谈话发生过，总统用‘最强硬的言辞’表明，他不赞成迪安透露秘密活动。迪安在那次见面后心绪非常不宁……”。

但是他证实迪安相信参议员贝克被事先做了圈套，帮助了白宫，而亨特则在讹诈白宫。

“RMN从2月份开始直接同迪安打交道。到那时候，讹诈的阴谋已经实施，赌注下得越来越大。RMN在一次会议上问迪安，要收买到沉默的总价钱是多少，请他估算一下。迪安说100万美元，总统说，这倒是可以给予方便的，搞到那笔钱没有问题……他不认为已经发放出去的有100万美元那么多，那是全部一揽子计划的数字。”

布拉德里在《华盛顿邮报》大楼经改建的旧区域一个空荡荡的大办公室里召集了另一次会议。早晨开会的原班人马聚集在一大块玻璃板后面，从玻璃板望出去，可以看见报社新区域里的办公桌。

当伯恩斯坦和伍德沃德描述他们吃午饭时听到的情况时，编辑和记者们来回走动。这是至今为止最具体的证据，证明总统不仅知道掩盖事实真相的活动，而且是一名自觉的参与者。

哈伍德改变了态度；他认为这消息很重要，应该刊登。布拉德里和西蒙斯很是不安。“这对我们来说是新东西，”西蒙斯后来说，“我们被告知，我们的办公室也许被窃听，生命可能处于危险中。任何可能那样做的人也许都会有意识地诱使我们写报道。所以没有理由着急。”

伯恩斯坦和伍德沃德在过了两周以后，才写了迪安关于总统参与用那100万美元掩盖真相活动的报道，又过了两周，他们才证实霍华德·亨特讹诈白宫，并写了有关报道。但是，在随后几个月里，“深喉”备忘录里的所有各条都作为新闻组织、参议院委员会和白宫声明发挥作用的结果出现在可供公众查阅的档案中了。

伍德沃德同“深喉”会见以后有好几天，伯恩斯坦和伍德沃德都小心行事。他们在街角商议，在办公室传字条，避免电话联系。但是这一切显得非常傻，非常夸张，于是他们很快就恢复到他们的正常程序中。他们从来没有发现任何证据证明他们的电话被窃听，或者任何人的生命处于危险中。

在1月份的审判中，司法部硬说像戈登·李迪这样的低层官员是水门阴谋背后的推动力。关于司法部正在考虑总统参与的暗示是在5月份同一名司法部高级官员进午餐的时候得到的。

在4月17日总统公告前的那个星期，这位官员告诉伯恩斯坦，检察官通知助理司法部长皮特森，他们正要起诉总统的几名亲密助手——现在的和以前的。检察官坚持要让总统本人了解即将来临的起诉。皮特森也这样坚持。检察官期待总统会立即宣布霍尔德曼和埃利希曼的辞职。然而他却抵制了差不多两个星期。他们要求他命令他的工作人员合作。可是却从来没有这种合作。检察官对总统此后的行为困惑不解，惴惴不安。

5月末，伯恩斯坦在电话上同司法部的另一名官员谈论了此事。他断定，让对方谈这个问题的最佳方法，是暗示司法部在调查中太软。于是他问，为什么司法部不涉及有关总统的种种说法？

“你怎么会以为我们没有呢？”那位官员愤怒地回答。

伯恩斯坦说，我们知道你对这个案子的观点，你认为这是一个到霍尔德曼为止的封闭的阴谋。

“你刚告诉我你不了解情况，”那官员说。他停了一下。

“如果你记笔记的话，那么这可不是随便说说就可以的。”

那么你们正在调查总统了？

“瞧，你不应该让我回答那个问题的。”

伯恩斯坦列举了一些针对总统的证据。

“你不知道你正在谈论什么，”那官员不耐烦地说，“证据与此无关。去跟一些律师谈一谈吧。宪法上关于总统是怎么说的？想一想吧。他可以被起诉吗？即使有一个案子表明总统犯有妨碍公务罪，他可以被起诉吗？”

伯恩斯坦问，为什么检察官不愿意把总统传唤到大陪审团面前。

“谁说他们不会?”

伯恩斯坦说，你没有说啊。

“去跟一些律师谈一谈。”那官员厌恶地说。

伯恩斯坦去找律师谈了，当他谈完的时候，他明白发生了什么事情。关于总统的参与问题，在司法部已经比较详尽地讨论过了。研究这个问题的律师最后相信，宪法排除了现任总统受起诉的可能性。如果总统不可以被起诉，那么他就不能被传唤到大陪审团面前。

伯恩斯坦去找一个有地位的消息来源，那人说，“没有什么轰动的事情被隐藏起来。有一种证据形式……对总统的角色提问题。”

伯恩斯坦向另一名司法部律师暗示，如果是别人而不是总统的话，这样一种证据形式将意味着那个人将被传唤到大陪审团面前。这律师表示同意。

伍德沃德查遍了司法部的电话簿，发现在刑事局有一名律师，这位律师说：“水门事件调查直接违反了宪法。我们现在必须探讨总统如何才能被调查的问题。”

伯恩斯坦回到那位愤怒的律师那里，就是那位暗示宪法问题的律师。“总统当然不可以被传唤，”他说，“当然这也可以被证明是正当的。”这也是检察官的观点，他补充说。

这篇报道的标题是：《检察官说尼克松的恶作剧可以被证明是正当的》。白宫暴跳如雷。齐格勒说总统不会在大陪审团或参议院委员会面前作证，因为“这在宪法上将是不合适的”，“将违背三权分立的原则”。齐格勒说，《华盛顿邮报》的报道描述了“联邦检察官惊人地、不负责任地滥用权威。按照法律规定，大陪审团的记录是保密的。”白宫要求司法部长理查森和哈佛大学法律教授，5 月份刚被任命为特别检察官的阿契博特·考克斯找出为这报道提供信息的消息来源。一旦一场调查开了头，消息来源就再也找不到了。

6月的第一周，伯恩斯坦正在同一个消息来源谈话，他已经好几个星期没给此人打电话了。他问是否还有任何别的闯入行为。

“有过一个建议……但是我不认为它实行过。那是布鲁金斯学会。约翰·迪安回避了这件事。”

伯恩斯坦给迪安的同事打电话。“我不敢肯定你是否用词不当，朋友，”他说，“一定是有人口误。柯尔逊是想要把两根棍子放在一起摩擦。”

也许伯恩斯坦的脑子跳跃得太快了。柯尔逊想要放火？

“你可以那样说。”

伯恩斯坦说，这不会很严重吧？

“严重到足以使约翰·考尔菲尔德惊慌失措地从柯尔逊的办公室跑出去。他直接去找约翰·迪安，说他不想再同柯尔逊那家伙谈话，因为他疯了。他说约翰最好做点什么来阻止他，免得来不及。约翰赶上第一班信使航班，到圣克利门蒂去见埃利希曼。瞧，就严重到了这步田地。”

为什么去见埃利希曼？

“因为他是惟一能在那时刻拥有足够影响力来阻止此事的人。他并不是很乐于见到约翰·迪安。迪安不应该了解这些情况。但是一旦他飞到那里去就此事做一笔大生意，E（埃利希曼）就没有别的办法，只好把它封杀掉。约翰待在房间里，听E给柯尔逊打电话。在整个打电话期间，E紧盯着他，就好像他是一个叛徒。”

迪安的同事向伯恩斯坦解释了这种行动的目的：丹尼尔·埃尔斯伯格的朋友莫顿·霍尔坡林的电话在“基辛格窃听名单”之列，他被认为在离开基辛格工作班子而成为布鲁金斯学会（公共政策问题研究中心）成员的时候保留了一些机密文件。白宫要收回这些文件，但是由于学会的保安工作很严密，连简单的闯入都有很大危险，于是就设想也许放一把火可以掩护对霍尔坡林办公室的闯入。

伯恩斯坦找到了从考尔菲尔德那里听说过全部内情的人。“不只是一把火，而是扔火焰炸弹，”那人说，“那就是柯尔逊认为要要的把戏。考尔菲尔德说，‘这太过分了’，他一生中不想再同柯尔逊有任何关系。”他说，迪安和考尔菲尔德把情况告诉了调查者。

伍德沃德害怕会是圈套。

伯恩斯坦又和他的消息来源和调查者进行了核对。绝对可靠，他告诉伍德沃德。是火焰炸弹。

然后伍德沃德给柯尔逊打电话。

“那是毫无疑问的，”柯尔逊告诉他，“有一个错误……不是布鲁金斯，而是《华盛顿邮报》。我让他们雇一台救援吊车，爬到上面去，拆掉大楼，对《新闻周刊》也是如此。”

伍德沃德说他是认真的，这种说法可不是闹着玩的。

“我告诉你，就是《华盛顿邮报》。他得到了明确的任务，要摧毁《华盛顿邮报》，”柯尔逊回答，他的口气完全是直截了当的，“我想要毁掉《华盛顿邮报》。”

伍德沃德不怀疑这一点，但是他说关于布鲁金斯学会的说法将要见报。

“显然是，”柯尔逊回答，“臭狗屎。我绝对没有说过这样的话或作过这样的暗示。这是荒唐可笑的。你说给我听的故事是幻想联翩，天方夜谭——太过分了。”

几小时以后，他给伍德沃德打回电话来。“你关于这消息是认真的吗？”

伍德沃德说，他是认真的。

柯尔逊的口气变了。“我被联邦检察官问到了这一点。我知道关于如何把机密文件搞回来的事进行过一次讨论……始终有一种可能性：也许我会说这个问题……这是我的特点……可是我从来没有说，当然也从来没有这打算。”

这报道于6月9日刊出。

大约在约翰·迪安1973年6月到参议院委员会去作证之前一个星期，伍德沃德正同参议院的一个律师谈论霍华德·亨特。那律师感觉亨特持有打开更深的秘密工作之门的钥匙。亨特从监狱被带到国会山进行长时间谈话。他揭露了他声称大约在亚拉巴马州长华莱士被枪击以后半小时他从柯尔逊那里接到的一个指示。

“亨特说柯尔逊要他立即飞到密尔沃基，闯进亚瑟·布莱默尔的寓所，”那律师说，“把任何有助于将布莱默尔同左翼政治事业联系在一起的东西带回来。”

华莱士是1972年5月15日大约下午4点钟的时候在马里兰一个购物中心被布莱默尔枪击的。到6点30分，《华盛顿邮报》的一个编辑已经从白宫官员凯恩·克劳逊那里知道了那个未遂暗杀者的名字。克劳逊说，从布莱默尔在密尔沃基的肮脏寓所里找到的文件，可以清楚地说明暗杀者同左翼事业，很可能是同乔治·S·麦戈文参议员的竞选运动有关。伍德沃德一直在从事这条新闻的报道，他否定了这个想法。事实上，寓所里左翼、右翼的宣传品都有。但是几名密尔沃基的记者告诉他，他们在马里兰的枪击刚发生后的九十分钟内被允许进入布莱默尔的寓所。许多记者拿走了文件和其他财物。两名密尔沃基报纸的记者告诉伍德沃德，联邦调查局的特工到过那里，然后又离开了，这两名记者正是在那之后进入到布莱默尔的寓所里去的。一个半小时以后，那些特工回来封了寓所。联邦调查局对于为什么他们允许布莱默尔的财物被拿走从来没有作出任何解释。

在1972年末，就在第一次水门事件审判之前，霍华德·西蒙斯把一些编辑和伯恩斯坦、伍德沃德召集到他的办公室里。“你们知道，有一件事我们得考虑一下，”他说，“最终的肮脏把戏。”

伯恩斯坦和伍德沃德不止一次地互相提起此事。伍德沃德接到一个匿名电话说水门事件的嫌疑犯之一去密尔沃基会见过亚瑟·布莱默尔。而且有谣传说布莱默尔蹑手蹑脚走近华莱士的时候，身上带着100美元面值的票子。西蒙斯要求对这些谣传加以核对。

伍德沃德和伯恩斯坦心有疑虑，西蒙斯也表示同意。但是，他又指出，许多曾经被认为不可思议的事情却发生了。

两名记者从来没有发现任何证据证实布莱默尔和嫌疑犯之间有联系。几个月之后，《华盛顿邮报》的一名记者到密尔沃基去，他也一无所获。

现在伍德沃德被告知，柯尔逊命令亨特闯进布莱默尔的寓所。第二天早晨，他打电话给亨特的律师威廉·O·比特曼。“有有关的证据，这是毫无疑问的，”比特曼说，“柯尔逊要求他（亨特）到密尔沃基进入到布莱默尔的寓所去……我记不清他为什么要到那里去了。我想不起来是否用过‘闯入’一词。”

1973年6月19日下午大约4点钟，伍德沃德到柯尔逊的法律事务所去见戴维·夏皮罗，这是柯尔逊的法律事务合伙人，也是他在水门事件中的主要法律顾问。新的柯尔逊与夏皮罗法律事务所把办公室设在离白宫几个街区的一幢现代大楼里。夏皮罗热诚地招呼伍德沃德，把毛茸茸的大手伸给他，请他坐到一把装填得厚厚的浅褐色皮椅上。夏皮罗说，连想起柯尔逊会做这样疯狂的事情都很可笑。他把事务所一个戴眼镜的律师犹大·贝斯特[①]介绍给伍德沃德。他告诉他，在一篇报道中甚至提一下这样一种拙劣的说法都是不公平的。贝斯特的手笨重地抽动

① 不到两个月后，贝斯特得到一个新的当事人——副总统斯皮罗·T·阿格纽——并成功地帮助阿格纽免于入狱，作为交换条件，阿格纽放弃了他的职位。

着，他一边坚持说霍华德·亨特处于压力之下，很不稳定，一边皱起眉头，做着怪脸。夏皮罗和贝斯特花了大约四十五分钟来努力说服伍德沃德，竭力播下怀疑的种子。夏皮罗然后来到他的办公桌跟前，给他的秘书打电话，指示她让“他”进来。过了片刻之后，门开了，柯尔逊穿着细条子裤、深蓝色衬衣，戴着圆点花纹的领带，大腹便便地走进来。他同伍德沃德握手的时候，显得受了创伤，疲惫不堪的样子。他谈吐不多，只是眼睁睁地看着伍德沃德。

“你们不可以对这样的人做这种事情，”夏皮罗站在他的办公桌后面说。柯尔逊一言不发。他看上去像是快要哭了。他通常那种盛气凌人的姿态已荡然无存。“你们要毁了他，”夏皮罗说。

伍德沃德说他不想毁任何人。

“瞧，你可以承认这一点，”夏皮罗说。

律师们认为，柯尔逊命令亨特闯入布莱默尔的寓所不合逻辑，因为那天夜里柯尔逊正同联邦调查局密切接触。他们说柯尔逊敦促联邦调查局进行一次迅速彻底的调查。

“我敦促联邦调查局，同时又命令亨特到密尔沃基去，这难道不符合逻辑吗？”柯尔逊问。

伍德沃德想象录音机正在运转，就当心每一个措辞。他说水门事件的案子已经满是不合逻辑的东西了。

“指控是绝对失实的，我发誓这是失实的，”柯尔逊说。

柯尔逊似乎因为伍德沃德不愿意把他的话作为确切的证据来接受而受了伤害。

伍德沃德在笔记本上记录下柯尔逊的否认。

夏皮罗然后出示了测谎仪测试报告的副本，柯尔逊自愿接受这种测试，测试结果表明他没有参与水门窃听。伍德沃德还拿到一个“档案备忘录”，标明日期为1972年6月20日，这正是《华盛顿邮报》第一次认定霍华德·亨特是嫌疑犯的日子。档案备忘录经常被叫做“遮起你的屁股备忘录”。递给伍德沃德的那一份标题为“霍华德·亨特”，其中有一部分说：“我在华莱士州长遭枪击的那一晚上同他（亨特）在电话上谈话，只是想听听他的反应，看他对未遂暗杀的原因有什么看法。亨特在中央情报局的时候，某种程度上以心理战和行为方式的专家闻名。”但是，柯尔逊在备忘录的附言中说，“我无法肯定我的备忘录全都那么精确。”

夏皮罗又给了伍德沃德两份同柯尔逊-亨特-布莱默尔的事情无关的备忘录。其中一份的日期是 1972 年 10 月 11 日，是在伯恩斯坦和伍德沃德关于间谍破坏活动的主要报道发表以后的那一天。备忘录是由凯恩·克劳逊写给柯尔逊的。关于将他的名字同马斯基的加佬书信联系起来的问题，克劳逊写道：他将花费第二届尼克松政府的钱来“回报《华盛顿邮报》”。另一个备忘录表明霍尔德曼竭力责备柯尔逊而不是克劳逊写了加佬书信。

伍德沃德要求给他关于加佬书信的两份备忘录的副本。有很长时间的沉默。

伍德沃德重复了他的要求。

又一次沉默。然后律师之一说可以想办法，伍德沃德将在不久的将来得到副本。

他们是要做一笔交易吗？说得含含糊糊，但是可以感觉到是在暗示做一笔交易。如果伍德沃德说，关于布莱默尔说的话将不会有任何报道，那将会发生什么事？这时候律师之一还会说有可能让他拿到备忘录的副本吗？也许伍德沃德静静地等着听下文是因为他很肯定这就是柯尔逊的办事方式。伍德沃德想要避开任何这样的暗示。他说这听起来像是有什么建议，但是他知道这不是。

三个人同时说了起来。当然，他们不会想到那一点。他们绝不会那样做，甚至这样想或这样想象都会是一种侮辱。

伍德沃德看到他们是怎么操作的了。如果他不是一直在等着听下文，他就不会明白人家在建议做一笔交易。伍德沃德想，贿赂一定就是这样运作的，只有那些等着听下文的人才会听到。他无法检测这种情况。如果他要接近一笔交易，他们就会摧毁他。

夏皮罗和柯尔逊又开始慢慢磨伍德沃德了。伍德沃德猜想，这是他不得不付出的代价。他不得不听着；也许有某种理由他应该相信。他偶尔想起了一个问题。他问柯尔逊，你为什么同联邦调查局有这么多的联系？

“总统很激动，要关于布莱默尔的政治背景资料，”柯尔逊说。总统知道枪击事件的消息后，深为不安，立即表示担心凶手会同共和党，或者更糟糕的是，同总统的连任委员会有关系。柯尔逊说，如果是那样的话，就会让总统付出整个选举的代价。

同夏皮罗和柯尔逊的会面几乎花了两小时时间，没有时间在第二天的报纸上发表这篇报道了。就在第二天晚上截稿时间以前，伍德沃德打电话给夏皮罗，告诉他这篇报道将要见报。伍德沃德曾许诺让他知道的。

那天夜里晚些时候，柯尔逊打电话给伯恩斯坦表示抗议。这“完全是一种颠倒黑白的说法”，他坚持说，还说他“不相信这会是关于参议院委员会收到的任何证词的精确报道”。

伯恩斯坦告诉他这是精确的。

柯尔逊说，即使它精确地反映了亨特的证词，可将它发表出来仍然是不负责任的，因为亨特会见参议院委员会的时候是迫于“很大的压力”。

伯恩斯坦说，他在报道中会包括柯尔逊的意见的。

柯尔逊拼命利用他称之为伯恩斯坦的公民自由论者本能的东西，请求他不要让这报道见报。当伯恩斯坦说不行的时候，柯尔逊称他为“恶毒的伪君子”。

自从1972年6月17日以来，两名记者保留了他们的笔记和备忘录，不时翻阅一遍，开列一张尚未探究的头条新闻的单子。单子上的许多条是总统连任委员会和白宫中两名记者认为会有有用信息的人员名单。到1973年5月17日参议院听证会开场的时候，伯恩斯坦和伍德沃德已经变懒了。他们的夜访变得越来越少，他们开始越来越依靠相对容易的途径，找参议院委员会工作人员中的调查者和律师。但是，在两人的名单上都有一条没有打钩——总统助理亚历山大·P·巴特菲尔德。“深喉”和休·斯隆都提到过他。斯隆几乎顺便说过，他负责“内部安全”。1月份，伍德沃德曾经过巴特菲尔德在弗吉尼亚郊区的家。没有人来开门。

5月份的时候，伍德沃德问一个委员会的工作人员，是否找巴特菲尔德谈过话。

“没有，我们太忙了。”

几周以后，他问了另一个工作人员委员会是否知道为什么巴特菲尔德在霍尔德曼办公室里的职责被说成是“内部安全”。

那工作人员说委员会不知道，也许找巴特菲尔德谈一下是个好主意。他将问一下委员会的主要顾问山姆·戴什。戴什把事情推后了。那位工作人员告诉伍德沃德，他会再次催促戴什的。戴什最终同意在1973年7月13日，星期五，找巴特菲尔德谈话。

7月14日，星期六，伍德沃德在家里接到委员会一个高级调查人员打来的电话。“祝贺你，”他说，“我们找巴特菲尔德谈过了。他说出了全部内情。”

什么内情？

“尼克松本人搞窃听。”

他告诉伍德沃德，谈话时只有下级工作人员在场，有人读了约翰·迪安关于他 4 月 15 日同总统见面的证词摘录。

“谈话期间发生的最有趣的事情是在快要结束的时候，”迪安说，“他（尼克松）从椅子里站起来，绕过椅子后面走到行政办公楼那间办公室的角落里，用一种几乎听不见的声调对我说，他同柯尔逊讨论亨特的宽厚也许太愚蠢了。”迪安暗想，也许这房间遭到窃听。

巴特菲尔德是一个勉强的证人。他说他知道这也许是不想让人揭露的惟一一件事。审问者咄咄逼人——于是流传出一个故事，空前地扰乱了总统的天地。

有录音装置监控总统谈话的事只有总统本人、霍尔德曼、拉里·希格比、亚历山大·黑格、巴特菲尔德以及几个维修该装置的特工处特工知道。当时，这个情报是严格禁止外传的。

两名记者再次担心白宫设圈套。他们捉摸，一个录音装置是可以揭露的，那么总统就可以拿出篡改过或伪造的磁带来为他本人和他的手下开脱。或者，由于总统知道磁带在转动，他就会引诱迪安——或任何别的人——说出有牵连的事情，然后假装他自己不知道。他们决定暂时先不追究这条消息。

整个星期六晚上，伍德沃德都为这个问题苦恼。巴特菲尔德说，连基辛格和埃利希曼都不知道录音装置。参议院委员会和特别检察官当然会设法搞到磁带，也许甚至发传票索取它们。

基辛格不知道，伍德沃德思索着。然后他又想，基辛格也许几乎什么都知道，但他不喜欢知道有秘密录音装置把他审慎的言论和忠告录下来——无论是给后代听还是给某个大陪审团听。当外国领导人知道有隐藏的麦克风在那里，他们会有什么感受？伍德沃德考虑自己知道了基辛格不知道的事情。齐格勒显然也被蒙在鼓里。

伍德沃德给布拉德里打电话。当时大约是晚上 9 点半，布拉德里的声音听上去好像他一直在睡觉。伍德沃德概括了巴特菲尔德揭露的事情。当他念他的笔记时，他有几次都发不出声音来。也许他的反应过于强烈。布拉德里则一言不发。

“我只是要你知道，”伍德沃德说，“因为这似乎很重要。如果你打算的话，我们就着手干起来。”

“呃，我不知道，”布拉德里有点生气地说。

“你怎么给这条消息打分?”伍德沃德问。

“B+，”布拉德里很快地说。

伍德沃德想，B+。嘿，分数不高。

“看看你还能发现点什么，但是我不会因为这而把人送进监狱的，”布拉德里说。

伍德沃德为星期天夜里给他打电话而道歉。

“没问题，”布拉德里快乐地说，“总是很高兴听一听所发生的事情的。”

他们挂上了电话。伍德沃德得出结论：他太着急了。

参议院委员会动作很快。星期一在全国电视节目上，巴特菲尔德勉强地在参议院委员会以及全国人民面前说出了关于录音磁带的全部内情。①

“行，”第二天早晨布拉德里说，“这比 B+ 要高。”

---

① 这是水门事件案情发展中最为重大的发现和突破。自 1971 年 2 月起被安装于尼克松办公室用于窃听并记录尼克松一切谈话的录音带证实，尼克松从水门闯入事件发生后即对掩盖事件做了指示。自此，关于尼克松不知情的说法不攻自破。此事直接导致了尼克松下台。——译者

17

在 11 月的第一周，伍德沃德移动了花盆，来到地下停车场。两星期以前，总统罢免了水门事件特别检察官阿契博特·考克斯。考克斯用传票索取了九盘总统的磁带录音。司法部长艾略特·理查逊和他的副手威廉·拉克尔斯豪斯辞了职。在白宫支离破碎的内部圈子里，总统的助手们在说，特别检察官被罢免是因为总统害怕考克斯打算起诉他。然后，随着考克斯的离去，总统向舆论和法庭命令低头，交出了磁带中的七盘。他的律师说，另两盘是从来不存在的。

“深喉”的信息很短，很简单：有一两盘磁带中有故意抹音的地方。

伯恩斯坦开始给白宫的消息来源打电话。其中四个人说他们知道磁带质量很差，有些谈话中有空白。但是他们不知道这些空白是否由抹音造成。让·齐格勒告诉伯恩斯坦，磁带上没有空白或抹音的地方。一篇断言相反情况的报道将是“不精确的”。伯恩斯坦建议把这报道压下来，条件是齐格勒以他的荣誉保证，他是绝对可靠的。“我们讨论的是事实，不是荣誉，”齐格勒回答。

这报道匿名引用了“深喉”的话，说有一些“带有可疑性质”的空白，这“可以使人得出结论：磁带被篡改过”。

11 月 21 日下午，齐格勒给伯恩斯坦打回电话来。总统的律师们在西利加法官的法庭上宣告，磁带中有一盘含有十八分钟半的空白。“我向你保证，我们进行其他谈话时，我不知道这情况。”

伯恩斯坦和伍德沃德没有不相信他。他们从一些消息来源那里知道，总统好几个月都拒绝让任何一个他的白宫助手听所有这些磁带——尽管他自己声称它们的充分揭露会帮他得到解脱。

理查德·尼克松的手下说，诡秘，使总统成了他自己房子里的囚犯——他甚至连那些试图为他的事业辩护的人也不相信。在他整个总统任职期间同他最接近的人之一无奈地告诉伍德沃德，“他能坦率地与之谈论水门事件的人是比勃·利伯佐和鲍勃·阿布普拉纳尔蒲”——两个百万富翁企业家，他们同他有长期的私交。

在佛罗里达的迪斯尼世界，总统告诉一帮全国电视节目的编辑说：“我不是一个骗子。”

12 月 27 日，白宫的幕僚长亚历山大·黑格打电话在华盛顿一家餐馆找到凯瑟琳·格雷厄姆。他的电话是从圣克利门蒂打来的，讨论两名记者在那天《华盛顿邮报》头版上的两篇报道。第一篇说，“坦诚计划”——总统给为他自己辩护的运动所起的名称——被取消，总统的两名最信任的顾问曾坚定不移地坚持认为他是无辜的，现在也不再相信这一点。第二篇报道说，总统的律师一直在向 H·R·霍尔德曼和约翰·埃利希曼的辩护律师提供白宫提交给特别检察官办公室的文件和其他证据的副本。

黑格把这些报道说成是“恶言诽谤”，指责《华盛顿邮报》“危害”国家利益，并呼吁格雷厄姆夫人停止发行这样的报道。

两名记者很快知道，黑格本人也开始怀疑总统的做法是否明智。六个多月以来，他和亨利·基辛格一直在敦促总统割断同他的三个前助手——霍尔德曼，埃利希曼，柯尔逊——的联系。他们曾经同他最接近，现在是特别检察官调查的主要目标。

然而，总统把自己的法律辩护同这三个人拴在一起，继续会见他们，同他们在电话上谈话。1973年夏天期间，基辛格试图说服总统公开拒绝对他的前助手承担责任，同时自己为水门事件承担一定责任。这个建议遭到让·齐格勒的愤怒拒绝。

到1974年2月末，水门事件特别检察小组得到杰伯·马格鲁德、赫伯特·波特、唐纳德·赛格雷蒂、赫伯特·卡尔姆巴赫、弗雷德·拉吕、埃吉尔·克罗、约翰·迪安的认罪书。八家公司及其高级职员承认给了总统连任委员会非法捐款。在华盛顿，德威特·查品被起诉犯有伪证罪。在纽约，约翰·米切尔和莫里斯·史坦斯受到审判，被指控犯有妨碍司法公正和伪证罪。

3月1日，原先起诉于1972年密谋闯入民主党全国总部的嫌疑犯的华盛顿大陪审团将掩盖水门事件事实真相案的主要起诉书上交上级法院。它指控总统的七名前白宫与竞选活动助手阴谋妨碍司法公正：霍尔德曼，埃利希曼，柯尔逊，米切尔，斯查骞，玛迪安及律师肯尼思·帕金森。

一周以后，第二个华盛顿大陪审团将关于阴谋闯入丹尼尔·埃尔斯伯格的精神科医生诊所的起诉书上交上级法院。被起诉的人有埃利希曼，柯尔逊，李迪，以及三名美国籍古巴人，包括伯纳德·巴克和欧仁尼奥·马蒂内斯，此二位是原先水门闯入案的被告。

众议院司法委员会代表宪法授予“惟一弹劾权”的全体众议院，开始了一百多年来对一桩涉嫌总统的诉讼案的第一次调查。水门事件主要陪审团除了七份起诉书外，还将一个装有一份报告和有关案子附带证据的公文包交给了西利加法官。“深喉”和其他人将这个案子称为针对总统的棘手案子。由于检察官坚决认为，宪法排除了起诉现任总统的可能性，大陪审团成员建议把案子全部交给众议院委员会。

1月30日，总统向参众两院联席会议、最高法院的法官、顾问团成员，以及其他客人和全国电视观众发表了他一年一度的国情咨文。

“一年的水门事件已经足够了。”他在结束时宣布。他恳求全国和议会转到别的更迫切的事情上去。

对于那些将决定他是否应该为“滔天罪行和恶劣品行”而受到审判的人——众议院——

对于那些在众议院弹劾情况下将在这样的审判中开庭审案的人——参议院——

对于将主持这样一场弹劾审判的人——美国大法官沃伦·伯格——

对于全国人民……

总统说：“我要你们知道，我没有任何打算，要离开美国人民选我来为美利坚合众国人民做的工作。”

后　记

水门事件四十周年记

当参议员山姆·欧文在 1974 年完成他的二十年参议院经历，并发表他作为参议院水门事件委员会主席的最后一个报告时，他提出了“什么是水门事件?”的问题。

自从 1972 年 6 月 17 日一伙穿着西服套装，戴着橡胶手套的闯入者于凌晨 2 点 30 分在华盛顿水门办公大楼民主党总部被捕以来的四十年间，人们对这个问题作出了无数答案。该事件四天以后，尼克松的白宫给出了它的答案：“某些家伙会试图言过其实。”白宫新闻秘书罗纳德·齐格勒讥讽说，将该事件斥为“三流盗窃案”。

历史证明，事情远非如此。两年后，理查德·尼克松成为第一位也是唯一一位辞职的美国总统，他在阻碍公正原则的犯罪阴谋中所扮演的角色——掩饰水门事件——得到明确证实。

另一个自此以后始终存在、往往未受质疑的答案是认为掩饰比罪行更恶劣的看法。这种看法极度低估了尼克松犯罪行为的规模和影响范围。

欧文对他自己问题的回答暗示了水门事件的严重性：“就 1972 年的总统选举而言，摧毁了美国总统赖以得到提名和选举的程序之诚信度。”而水门事件远不止于此。最要命的是，水门事件是一次由尼克松本人所领导的对美国民主之核心——宪法、我们的自由选举制度、法治——的一次厚颜无耻的鲁莽侵犯。

今天，一个远比我们最初作为年轻的《华盛顿邮报》记者论及这个事件时更丰富的报告为水门事件及其意义提供了明确的答案和证据。这个报告在几十年中不断增容，因为有几百小时尼克松秘密磁带的录音，给参众两院的听证会增加了细节和背景资料；有入狱的大约四十名尼克松助手与同伙的审判和有罪答辩；有尼克松及其副手的回忆录。此类文件证据的提供使追踪总统个人对大规模活动的控制，包括针对他的真正反对者或察觉到的反对者采取的政治间谍行为、破坏及其他非法活动。

在他始于1969年的五年半总统任期过程中，尼克松发动并操纵了五场连续的、部分重叠的战争——针对反越战运动、针对新闻媒体、针对民主党、针对司法制度，以及最终针对历史本身。一切都反映了尼克松独一无二而又无处不在的思想气质和行为方式：一种为了政治优势而无视法律的意愿，一种作为他总统任职期间组织原则的对反对者内幕和秘密的刺探。

早在水门盗窃事件以前，偷偷摸摸、入室盗窃、窃听电话、政治破坏就已经成为尼克松白宫的一种生活方式。

水门事件是什么？是尼克松的五场战争。

一、针对反越战运动的战争

尼克松的第一场战争针对反越战运动。总统觉得这个运动是颠覆性的，认为它限制了他按照自己的要求在东南亚实施战争的能力。1970年，他批准了高度机密的休斯敦计划，授权中央情报局、联邦调查局和军事情报机关对被认定为“国内安全威胁”的个人加强电子监控。计划包括截取邮件，撤销对“擅自闯入”——即破门而入或“非法秘密搜查”——的限制。

设计这个计划的白宫助理托马斯·查尔斯·休斯敦告诉尼克松这是非法的，但是总统不顾后果地批准了。该计划一直未被正式废止，直到联邦调查局局长J·埃德加·胡佛提出异议——不是立足于原则，而是他把那些活动视为联邦调查局的势力范围。尼克松一意孤行，继续坚持这样的活动。

在一份日期为1970年3月3日的备忘录中，总统助理帕特里克·布坎南写信给尼克松，谈到了他所谓的"集中于救助民主党基础的左派的制度化力量"。特别受到关注的布鲁金斯学会，是华盛顿一个有着自由派学养的智库。

1971年6月17日——恰好是水门闯入事件的一年前——尼克松在他的总统办公室会见了他的参谋长H·R·"鲍勃"·霍尔德曼和国家安全顾问亨利·基辛格。讨论的问题是关于前总统林顿·约翰逊对1968年停止轰炸越南问题处理的一份档案。

"你可以在这个问题上胁迫约翰逊，这也许值得一做，"按照会议的录音带，霍尔德曼这样说。

"是啊，"基辛格说，"但是鲍勃和我三年来一直试图把这破事拼凑起来。"他们需要关于约翰逊行动的完整故事。

"休斯敦向上帝发誓布鲁金斯有一个关于它的档案，"霍尔德曼说。

"鲍勃，"尼克松说，"现在你记得休斯敦的计划？贯彻它……我的意思是说，用偷窃的方式贯彻它。妈的，进去拿到那些档案。炸掉保险柜，拿到它。"

尼克松不会就此罢休。十三天后，按照另一次和霍尔德曼、基辛格的讨论录音，总统说："闯进去，把它拿出来。你们明白吗？"

第二天早晨，尼克松说："鲍勃，布鲁金斯那些东西的事情马上进行。保险柜必须要在那里被撬开。"那天早晨稍后，他坚持说："谁去闯入布鲁金斯学会？"

因为一些未知的理由，闯入行动显然没有实施。

二、针对新闻媒体的战争

尼克松的第二场战争是针对新闻界进行的，新闻界正在坚持不懈地报道停滞不前的越南战争和反战运动的有效性。虽然胡佛认为他已经叫停了休斯敦计划，但事实上，计划是由高层的尼克松副手实施的。一个“管子工”小组和一个闯入小组在尼克松的国内事务总顾问约翰·埃利希曼和助手埃吉尔·克罗的指导下建立起来，接受未来水门闯入事件的行动长官、前中央情报局特工霍华德·亨特和前联邦调查局特工G·戈登·李迪的领导。亨特被尼克松的政治助手查尔斯·柯尔逊雇为顾问，他的强硬态度和总统的正相符。

一项早期的任务是毁掉丹尼尔·埃尔斯伯格的声誉，他在1971年向新闻媒体透露了五角大楼文件，一部秘密的越战史。文件在《纽约时报》《华盛顿邮报》以及最终在其他报纸上的发表使尼克松对埃尔斯伯格、反战运动、新闻界、犹太人、美国左派，以及国会里的自由派暴跳如雷——他将所有这些人混为一谈。这些都记录在他的录音带上。虽然埃尔斯伯格受到起诉，被指控犯有间谍罪，但是以亨特和李迪为首的小组却冲进他的精神病医生办公室，搜寻可以污蔑埃尔斯伯格、破坏他在反战运动中可信度的信息。

“你不能放弃，鲍勃，”1971年6月29日尼克松告诉霍尔德曼，“你不能让这个犹太人偷走那些材料。你明白吗?”

他继续说：“人们不相信这些东部权势集团的家伙。他是哈佛毕业生。他是犹太人。你知道，他是一个傲慢的知识分子。”

尼克松的反犹狂热对于身边工作人员来说是一清二楚的，包括一些本身就是犹太人的助理。正如在我们1976年的《最后的日子》一书中所报道的，他会告诉他的副手，包括基辛格："犹太密谋集团决心要收拾我。"1971年7月3日在与霍尔德曼的谈话中，他说："政府里尽是犹太人。其次，大多数犹太人不忠诚。你知道我是什么意思吧？你有一个加尔蒙特［白宫顾问里昂纳德・加尔蒙特］和一个基辛格，以及，坦率地说，一个赛菲尔［总统演讲稿撰写人威廉・赛菲尔］，老天作证，他们是例外。但是，鲍勃，总体而言，你无法相信这些家伙。他们会跟你翻脸。"

埃尔斯伯格的泄密似乎加深了他的偏见和多疑。

为了回应对新闻界泄露越南问题的嫌疑，1969年基辛格在没有法庭批准的情况下，命令联邦调查局窃听十七名新闻记者和白宫助理的电话。许多立足于泄密文件的新闻报道质疑美国战争努力的进程，进一步刺激了反战运动。在一盘1971年2月22日的总统办公室录音带中，尼克松说："短期中，以独裁者的方式指挥这场战争，杀掉所有记者，将战争进行下去，会变得容易得多，不是吗？"

"新闻界是你的敌人，"按照另一盘录音带，尼克松在五天后会见参谋长联席会议主席海军上将托马斯・H・穆勒时解释说，"敌人。明白吗？……现在绝不要那样行事……给他们一杯饮料，你知道，款待他们，你就是喜欢这样，你在试图助人为乐。但是不要帮助那些家伙。绝不。因为他们正试图用刀子捅进我们的下体。"

三、针对民主党人的战争

在尼克松的第三场战争中，他拿起相应的武器——管子工、窃听、闯入盗窃——来对付挑战他连任选举的民主党人。

尼克松的竞选活动负责人和密友约翰・N・米切尔1972年初在司法部会见了李迪。当时米切尔是司法部长。李迪提出了一个100万美元的计划，代号“宝石”，用于即将到来的总统竞选期间的间谍和破坏活动。

按照参议院水门事件报告和 1980 年的李迪自传，他使用中央情报局准备的多色图表来描述计划的基本组成部分。钻石行动会用劫持小队和绑架小组以使反战抗议者噤声；煤炭行动会让现金流入来自布鲁克林、寻求民主党总统提名的众议员雪莉·切斯霍尔姆那里，努力在党内散布种族与性别不和；猫眼石行动会对各种目标，包括民主党总统候选人爱德蒙·马斯基和乔治·麦戈文的总部，使用电子监控；蓝宝石行动会在民主党全国会议期间迈阿密海滩附近安装了录音装置的游艇上安排妓女。

米切尔拒绝了计划，让李迪把图表烧掉。在不到三周后的第二次会议上，李迪提出了一个相应缩减的 50 万美元版本的计划；米切尔再次拒绝。但是不久后，按照竞选副经理杰伯·马格鲁德的说法，米切尔批准了一个 25 万美元版本的计划。计划包括通过窃听和闯入盗窃来收集民主党人的情报。

后来米切尔信誓旦旦地否认批准过该计划。他作证说，他告诉马格鲁德：“我们不需要这种计划。我讨厌听到它。”根据他自己的说法，他没有提出异议是因为计划是非法的。

1972 年 10 月 10 日，我们在《华盛顿邮报》上写了一篇报道，概括了尼克松竞选活动和白宫大量的尤其是针对马斯基的破坏与间谍活动，并且说水门闯入盗窃不是一个孤立的事件。报道说，至少五十名特工卷入了间谍与破坏活动，其中许多人接受名叫唐纳德·赛格雷蒂的加利福尼亚青年律师的领导；几天后我们报道，赛格雷蒂受雇于负责总统约见事务的尼克松秘书德怀特·查品（参议院水门事件委员会后来发现五十多个破坏者，包括二十二名由赛格雷蒂付费的人）。尼克松的个人律师赫尔伯特·卡尔姆巴赫为这些活动，从剩下的竞选基金中拿出 43 000 多美元付给赛格雷蒂。整个行动从头到尾，由霍华德·亨特定期接触赛格雷蒂。

参议院调查提供了更多关于反对马斯基隐秘努力的细节。马斯基在1971年和1972年初被白宫认为是最有可能打败尼克松的民主党人。总统的竞选运动付给马斯基的司机，一个名叫埃尔墨·怀厄特的竞选运动志愿者，每月1 000美元，来给内部备忘录、意见书、日程安排、战略文件拍照，并将副本交给米切尔和尼克松竞选运动成员。

其他针对马斯基的破坏活动包括编造假新闻稿，宣称其他民主党候选人有不正当性行为——用伪造的马斯基信笺等文具制造。在竞选站引起混乱的一个屡试不爽的丑恶花招是顺走马斯基助手放在酒店走廊里要擦亮的皮鞋，然后丢到大垃圾桶里。

按照一份总统录音带，白宫幕僚长霍尔德曼在1971年5月向尼克松建议了查品-赛格雷蒂破坏计划。在日期为1972年4月12日给霍尔德曼和米切尔的备忘录中，帕特里克·布坎南和另一个尼克松助理写道："我们的主要目标，是阻止参议员马斯基在早期预选中一举取胜，阻止他在4月的民主党全国代表大会上有获胜把握，阻止他团结民主党支持其秋季选举，目标已经实现。"

录音带还揭露尼克松对另一个民主党人参议员爱德华·肯尼迪的执着关注。亨特为白宫完成的最早任务之一是发掘肯尼迪的性生活内幕，以1969年发生在马萨诸塞州查帕奎迪克的一场车祸为基础，车祸造成了一位年轻的肯尼迪助理玛丽·卓·柯佩琴的死亡。虽然肯尼迪发誓不寻求1972年的总统任职，但是他无疑在竞选中扮演了大角色，而且不排除1976年当候选人的可能。

"我真的喜欢肯尼迪被录音，"尼克松在1971年4月告诉霍尔德曼。按照1994年的《霍尔德曼日记》一书，总统也要求给受牵连的肯尼迪拍照，并将图片透露给新闻界。

而当肯尼迪为民主党总统候选人麦戈文进行竞选活动而受到特工处保护时，尼克松和霍尔德曼讨论了一个新计划将其置于监控之下：他们准备安插一个退休的特工处特工罗伯特·纽布朗德到保护肯尼迪的小组中。这位前特工在尼克松当副总统时曾是尼克松保护小组成员。

“我去和纽布朗德谈一下，告诉他如何着手这件事情，”霍尔德曼说，“因为我让纽布朗德做什么，他就会做什么。”

“那我们就很幸运了，逮住这婊子养的，看他还竞选‘76’！”总统回答，并加上一句，“那会很好玩的。”

1971年9月8日，尼克松命令埃利希曼指示国内收入署调查所有可能的民主党总统候选人以及肯尼迪的纳税申报单。“我们在查寻他们的纳税申报单吗？”尼克松问，“你知道我是什么意思？他们藏了很多金子呢！”

四、针对司法制度的战争

水门闯入者的被捕，触发了尼克松针对美国司法制度的第四场战争。这是一场谎言与封口费的战争，一场必要的阴谋，以掩盖高官的作用，隐藏尼克松竞选中的非法间谍活动和政治破坏活动，包括米切尔在水门事件听证会上描述为“白宫恐怖活动”的秘密行动：休斯敦计划、管子工、针对埃尔斯伯格的闯入、李迪的宝石计划以及拟议中的对布鲁金斯学会的闯入。

在一盘1972年6月23日即水门逮捕事件之后的磁带录音中，霍尔德曼警告尼克松：“由于调查，你知道，我们回到了问题域，因为联邦调查局不在控制之下……他们的调查现在正导入某些富于成效的领域，因为他们能够查出钱的去向。”

霍尔德曼说，米切尔提出了一个新的计划，让中央情报局声称如果联邦调查局不停止其水门调查，就会泄漏国家安全机密。

尼克松批准了计划，命令霍尔德曼召来中央情报局局长理查德·海尔姆斯和他的副手沃伦·瓦尔特斯。“坚持不懈，”总统指导说，“这就是他们的玩法，也将是我们的玩法。”

磁带内容在 1974 年 8 月 5 日公布。四天后，尼克松辞职。

1972 年 8 月 1 日，是闯入者被逮捕后的第六周，也是《华盛顿邮报》公开我们的报道、披露尼克松基金转入闯入者之一的银行账户的当天，另一盘磁带录下了总统办公室的讨论。

尼克松和霍尔德曼讨论付钱给闯入者及其头头，不让他们同联邦调查人员谈话。“得付给他们钱，”尼克松说，“只能如此。”

1973 年 3 月 21 日，在磁带录下的最难忘的水门事件谈话之一中，尼克松会见了他的顾问约翰·W·迪安。迪安自从闯入事件以来一直担任协调掩盖的工作。

迪安报告说，“我们正在”被亨特和闯入者“讹诈”，而更多的人“正在开始作伪证”。

“你需要多少钱？”尼克松问。

“要我说，这些人将在未来两年中花费 100 万美元，”迪安回答说。

“你会拿到这个数的现金，”总统说，“我，我知道在哪里可以拿到。我是说，这不容易，但是可以办到。”

亨特直接要 12 万美元。他们讨论了给予亨特和闯入者行政赦免。

“我不确定你会给予这种赦免，”迪安说，“这简直是太棒了。”

“74 年选举前你无法这样做，那是肯定的，”尼克松宣布。

这时候霍尔德曼走进房间，尼克松带头寻找“关照那些在监狱里的蠢驴”的方法。

他们讨论了存放在白宫的一笔 35 万美元的秘密现金，讨论了这样的可能性：利用神职人员帮助掩饰给予闯入者的钱款，通过拉斯维加斯或纽约的赌注登记经纪人“洗”钱，以及挑选一个新的大陪审团，使每个人都可以宪法第五修正案为理由或声称失忆。最后，他们决定派米切尔去完成紧急募捐的使命。

总统称赞了迪安的努力。“你的处理恰到好处。你遏制住了事态。在选举之后，我们得实施另一个计划。”

五、针对历史的战争

尼克松最后的战争，一些前助理和历史修正主义者甚至至今还在进行，目的在于降低水门事件的意义，让它呈现为总统记录中昙花一现的事件。尼克松在辞职后生活了二十年，不懈地着力于将丑闻降到最低限度。

尼克松虽然得到杰拉德·福特的充分赦免，但是他坚持认为，他没有参与任何罪行。在英国新闻记者戴维·弗罗斯特1977年对他的电视采访中，他说，他使“美国人民失望”，但是他没有妨碍司法公正。“我不认为这是一种掩饰手段。我没有打算掩饰。要我说，如果打算掩饰，请相信我，我早就掩饰成了。”

在他1978年的回忆录《理查德·尼克松》中，尼克松谈到他在水门事件中的作用：“我的行动和疏忽，尽管使人悔恨，可能也没法辩解，但是无可非议。”十二年后，在他的《在角斗场》一书中，他谴责了许多关于水门事件的“神话”，声称对他的许多指控都是莫须有的。他说，有一个神话就是他下令给亨特和其他人封口费。然而，1973年3月21日的录音带表明，他命令迪安搞钱有十二次之多。

甚至现在，都有尼克松的前手下和辩护者拒绝考虑水门事件的重要性或声称关键问题仍未得到解答。2012年，乔治·华盛顿大学的创意写作项目主任托马斯·麦伦发表了一部名叫《水门事件》的小说，讲了一个时而机智、完全虚构的故事，刻画了许多真实的出演者。前尼克松白宫助理，现在为尼克松基金会工作的弗兰克·加农为《华尔街日报》写了这本书的书评。

“《水门事件》显现了一种强烈的意识，关于1972年6月17日的事件，我们还有多少仍然一无所知，”加农写道，“是谁命令闯入的？……闯入的真正目的是什么？它是故意被拙劣拼凑起来的吗？中央情报局卷入了多少？……像理查德·尼克松这样一个强硬而又精明的政治家怎么会让自己被一桩‘三流闯入案’击溃呢？”

“你的猜测几乎和我的一样。”

当然，加农正确地注意到有一些尚未回答的问题——但不是很大的问题。通过聚焦于假设的关于1972年6月17日闯入案的少量细节，他转移了我们的注意力，让我们偏离更大的故事。

关于那个故事，没什么好猜测的。

1974年夏天起来反对尼克松的，既不是新闻界，也不是民主党，而是总统自己的共和党。

7月24日，最高法院以8比0投票裁定，尼克松必须交出水门事件特别公诉人所要求的秘密磁带。总统委派到法院的三人——最高法院首席法官沃伦·E·伯格、法官哈里·布莱克门、法官刘易斯·鲍威尔——赞成这个意见。另一名尼克松的委派人、法官威廉·雷恩奎斯特要求取消自己的资格。

三天后，众议院司法委员会的六名共和党人在投票中加入民主党人中，以27票对11票建议因水门掩饰事件中九种妨碍司法公正的行为而弹劾尼克松。

到8月份，尼克松在众议院面临弹劾已成定局，参议员巴里·戈德沃特领导的一群共和党人聚集在一起宣告他的总统任期结束。“太多的谎言，太多的罪行，”戈德沃特说。

8月7日，这群人在白宫面访了尼克松。

总统问，他在参议院询问中会得多少票？

“我今天差不多点了一下票数，”戈德沃特回答，“非常坚决的不超过4票，都是较老的南方人投的票。有些人非常担心一直在发生的事情，很犹豫不决，我就是其中之一。”

第二天，尼克松上了全国电视，宣布他将辞职。

七十七岁的山姆·欧文，一位受人尊敬的立宪主义者，两党都很尊重他，在他作为参议员关于水门事件的最后讲话中，他提出了一个决定性的问题：“为什么是水门事件？”

欧文自己回答说，总统及其助理们都“渴望政治权力。”他解释说，那种渴望“使他们对伦理问题和法律要求视而不见；对亚里士多德的箴言置若罔闻：政治，止于人的良善。”

尼克松失去了作为总统的道德权威。他的秘密磁带——及其所揭示的——也许是他最持久的遗产。在磁带上可以听到他几乎无休止地谈论对他有利的事情，他在历史上的地位，尤其是他的积怨、仇恨和复仇计划。几乎听不到有利于国民安康的必要之事的任何讨论。

从1972年至1974年我们在《华盛顿邮报》上报道的水门事件不是我们今天所知道的水门事件。它只是对远为糟糕之事的一瞥。直到被迫辞职时，尼克松已经在很大程度上把他的白宫变成了一个犯罪企业。

在1974年8月9日他离开白宫的那一天，尼克松在白宫东大厅对他的工作人员、朋友及顾问团做了一个感情丰富的告别演说。他的家人和他站在一起。在接近尾声的时候，他挥舞手臂，好像要突出他所要说的最重要的事。

“请始终记得，”他说，“别人会恨你，但是恨你的人不会赢，除非你恨他们，然后你会毁了你自己。”

他的恨招致了他的倒台。尼克松显然领悟了这个深刻的道理，但是为时已晚。他已经毁了他自己。

总 统

理查德·尼克松

总统班底

亚历山大·巴特菲尔德

德威特·查品

凯恩·克劳逊

查尔斯·柯尔逊

约翰·迪安

约翰·埃利希曼

帕特里克·格雷

霍华德·亨特

H·R·霍尔德曼

赫伯特·卡尔姆巴赫

弗雷德·拉吕

埃吉尔·克罗

戈登·李迪

杰伯·斯图亚特·马格鲁德

罗伯特·玛迪安

约翰·米切尔

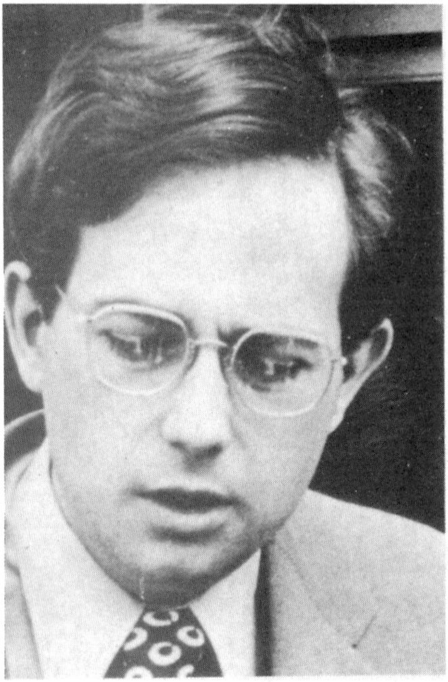

罗伯特·奥德勒

唐纳德·赛格雷蒂

赫伯特·波特

休·斯隆与他的妻子黛博拉

戈登·斯查骞

莫里斯·史坦斯

罗纳德·齐格勒

闯入者

詹姆斯·麦考德

检察官

唐纳德·坎贝尔，厄尔·西尔伯特，塞穆尔·格兰泽

法 官

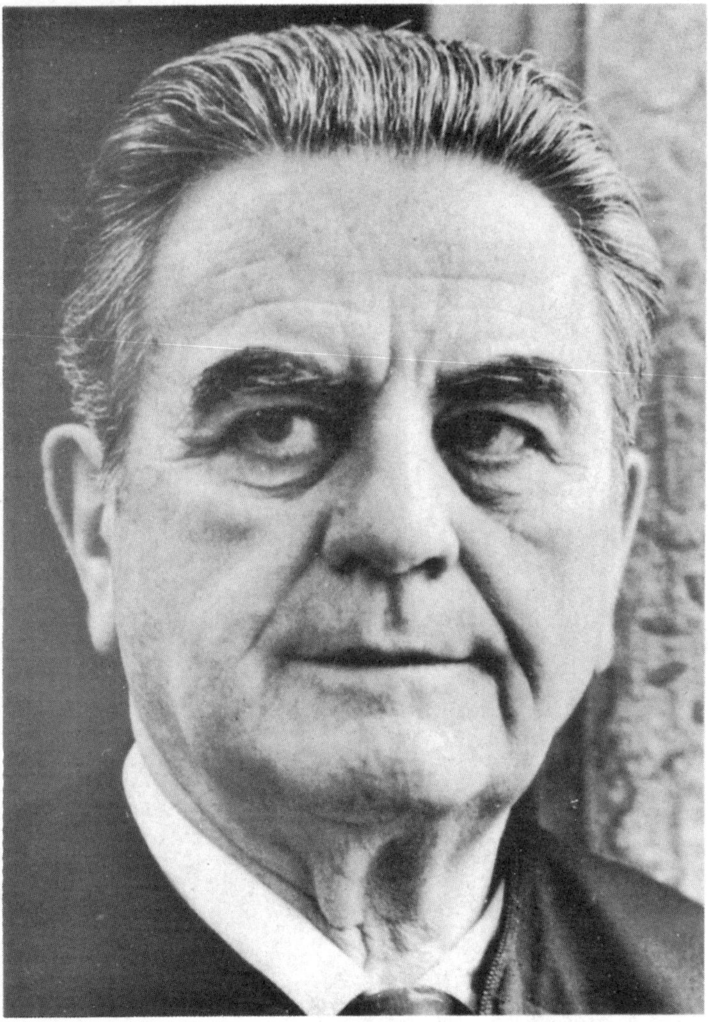

约翰・西利加

《华盛顿邮报》

凯瑟琳·格雷厄姆与本杰明·布拉德里

哈里·罗森菲尔德

巴利·苏斯曼

霍华德·西蒙斯

参议员

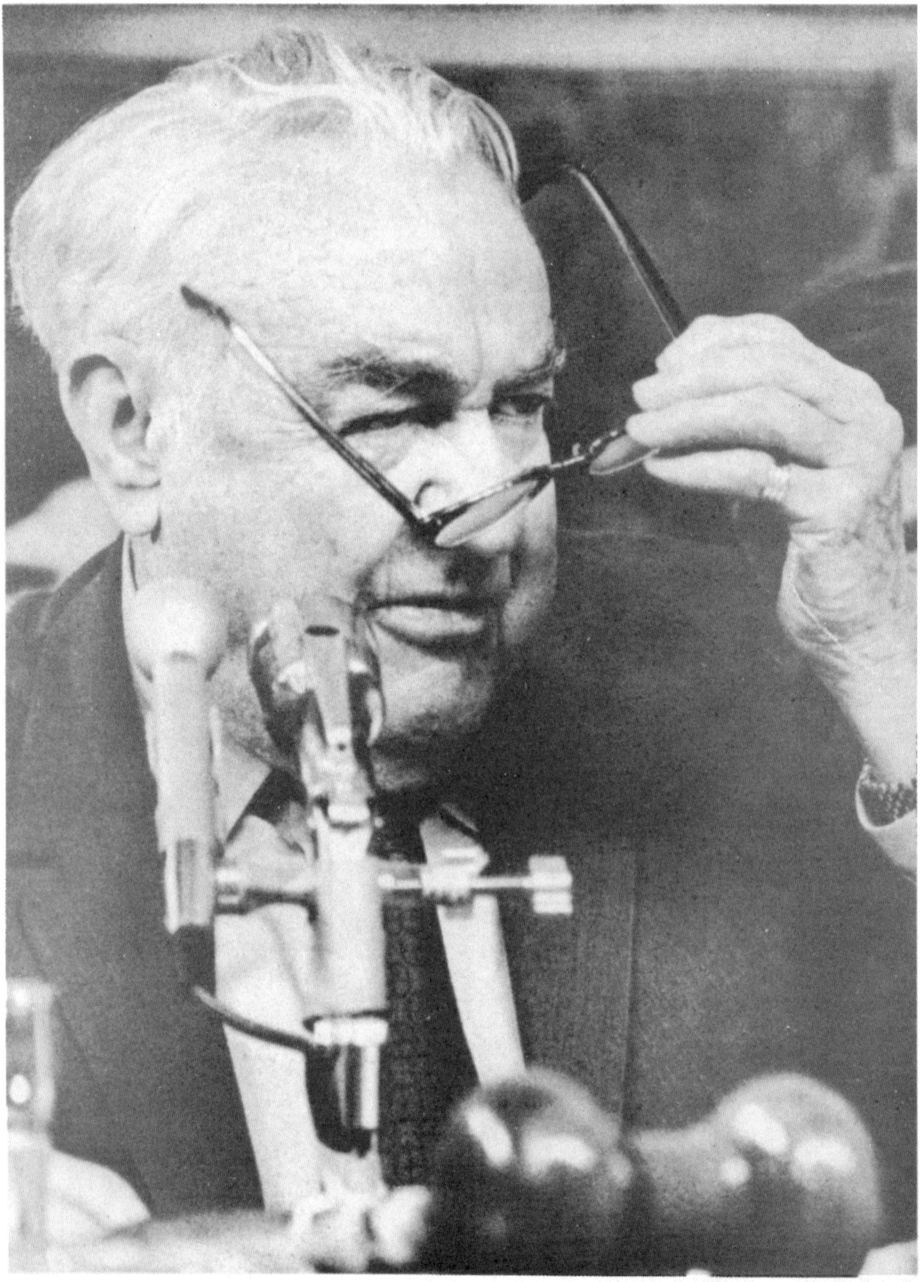

山姆·欧文

图书在版编目(CIP)数据

总统班底 / (美) 卡尔·伯恩斯坦(Carl Bernstein),
(美) 鲍勃·伍德沃德(Bob Woodward)著;
杨恒达译. — 上海:上海译文出版社,2019.6 (2021.1重印)
(译文纪实)
书名原文:ALL THE PRESIDENT'S MEN
ISBN 978-7-5327-8098-3

Ⅰ. ①总… Ⅱ. ①卡… ②鲍… ③杨… Ⅲ. ①纪实文
学—美国—现代 Ⅳ. ①I712.55

中国版本图书馆 CIP 数据核字(2019)第 086532 号

总统班底
[美] 卡尔·伯恩斯坦 鲍勃·伍德沃德 著 杨恒达 译
责任编辑/张吉人 装帧设计/邵旻 未氓设计工作室

上海译文出版社有限公司出版、发行
网址:www.yiwen.com.cn
200001 上海福建中路 193 号
上海市崇明县裕安印刷厂印刷

开本 890×1240 1/32 印张 12.5 插页 2 字数 239,000
2019 年 6 月第 1 版 2021 年 1 月第 2 次印刷
印数:15,001—18,000 册

ISBN 978-7-5327-8098-3/I·4978
定价:49.00 元